Daniel Stenmans

KOMPLIZE

Thriller

mainbook

ISBN 978-3-948987-64-0

Lektorat: Gerd Fischer
Coverdesign und Umschlaggestaltung: Florin Sayer-Gabor –
www.100covers4you.com

Auf der Verlagshomepage finden Sie weitere spannende Bücher:
www.mainbook.de

Der Autor

Daniel Stenmans, Jahrgang 1979, verheiratet und Vater von zwei Kindern. Er lebt mit seiner Familie in dem beschaulichen Wallfahrtstädtchen Kevelaer am unteren linken Niederrhein. Nach komödiantischen Theater-Stücken veröffentlichte er 2015 die E-Book-Reihe „Der Friedhofsänger“ beim mainbook Verlag. „Komplize“ ist sein Thriller-Debüt. Daniel Stenmans arbeitet hauptberuflich als Leitung einer Kindertagesstätte in Kevelaer.

Das Buch

Der Student Jan lernt auf einer Kneipentour durch Krefeld die schöne, aber betrunkene Becca kennen. Er ist ihr sofort verfallen und begleitet sie nach Hause. Dass in ihrer Wohnung eine Leiche liegen soll, hält er zunächst für einen Scherz. Doch der Tote mit dem Messer in der Brust ist sehr real. Becca ist eine Mörderin. Sie sagt jedoch, es sei Notwehr gewesen. Jan hilft ihr, die Leiche verschwinden zu lassen. Doch Becca ist kurz darauf auch verschwunden und Jan weiß nicht, woran er bei ihr ist.

Nach einer misslungenen Verhaftung, bei der die Kriminalkommissarin Sonja Krüger beinahe gestorben wäre, befindet sie sich außer Dienst und verfällt in eine Depression. Ihr Familienleben droht zu scheitern. Als sich Kriminaldirektor Leon Gerberich hilfesuchend an sie wendet, um einen Serienmörder dingfest zu machen, bekommt sie eine zweite Chance. Sie setzt alles daran, den Mann zu fassen. Denn ein Verdacht überfallt sie: Der Gesuchte könnte jener Mann sein, der auch sie beinahe getötet hat.

Als sich Jans und Sonjas Wege kreuzen, geschieht ein weiterer Mord und Beccas Rolle wird immer zwielichtiger. Welches Spiel spielt sie?

Für meine Oma.

Prolog

Er lag auf der Matratze, die er Bett nannte, starrte zur Decke und dachte an den Tod. Über ihm Beton mit Rissen und Sprüngen, Brüchen und Spalten. Seine Arme lagen schlaff neben seinem Körper. Die Hand der Frau neben ihm lag auf seinem straffen Bauch.

Er beachtete sie gar nicht, ließ ihre Liebkosungen geschehen. Die sanften Finger der fremden Hand schlossen sich um seinen schlaffen Penis und sorgten dafür, dass er bald prallgefüllt mit Blut war und aufrecht stand. Er blieb regungslos liegen. Er hatte nur Augen für die zerklüftete Landschaft über ihm. Ein Anblick absoluter Hoffnungslosigkeit. Und doch so vertraut und trostspendend wie die Gegend, in der man als Kind so gerne gespielt hatte, in der man herumgetollt war und sich die ersten Schürfwunden zugezogen hatte, an die man sich ein Leben lang erinnern durfte.

An die Verletzungen und Demütigungen, die ihm hier in diesem Raum begegnet waren, würde er sich auch immer erinnern. Doch nun war diese Höhle seine Zuflucht, sein Zuhause.

Tränen traten ihm in die Augen, als sein Körper zu zucken begann, ausgelöst durch das wilde Treiben der Hand in seinem Schoß.

Wie war es nur so weit gekommen? Wie war er hier wieder gelandet? Fragen, die er sich nicht zum ersten Mal stellte. Auf die er aber keine Antwort wusste. Mittlerweile war es ihm egal, warum alles so war, wie es war. Es war ihm einerlei, wie der Beginn seiner Geschichte ausgesehen hatte. Wichtig war nur das Ende. Er wusste genau, wie es aussehen sollte: Alle würden tot sein.

Er würde ihnen das Leben nehmen, grausam und furchtbar, für alle Zeiten ein Mahnmal für die Nachwelt. Sie würden leiden, jeder einzelne. Er würde sie um Gnade winseln lassen. Gnade, die es nicht gab. Er würde ihnen Hoffnung machen, so wie sie falsche Hoffnung verkauft hatten. Und dann würde er diese Hoffnung in Flammen aufgehen lassen, die seine Opfer bei lebendigem Leibe fressen würden. Er würde sie schreien lassen. Sie quälen, bis sie ihn anflehten, es zu Ende zu bringen. Er würde ihren Wunsch erfüllen und ihnen den Tod schenken. Mit Wonne, mit Genugtuung. Aber auch mit Trauer im Herzen, die selbst ihr Ableben nicht ausmerzen konnte.

Nichts würde sich für ihn bessern. Auch nicht, wenn sie alle tot waren. Er machte sich nichts vor. Ihr Tod würde seinem Leben keine positive Wendung geben. Aber war das ein Grund, diese Schweine am Leben zu lassen?

Nein.

Der Kopf der Frau in seinem Schoß erhob sich. Er blickte in ihre liebenden Augen und streichelte das silbrig-graue Haupthaar. Die Frau senkte wieder den Kopf und fuhr fort mit dem, was sie begonnen hatte.

Er schloss die Augen.

Und genoss.

Teil Eins

„Nichtsdestotrotz habet Ihr starke Hände, ein Messer und eine Pistole, und es ist nicht schwer, ein Grab zu schaufeln.“

H.P.Lovecraft, Tales of the Cthulhu Mythos

1

Jan konnte den Blick nicht von der Frau nehmen, die ihm gegenüber am Tresen saß. Sie war bezaubernd.

Er suchte nach etwas in ihrem Gesicht, was er nicht schön fand. Ihre Augen waren zwar ein klein wenig zu groß, aber dafür umrahmt von umwerfend geschwungenen Wimpern. Ihre Nase war klein, ein Stupsnäschen, wie eine winzige Knolle. Die Grübchen rechts und links unbeschreiblich süß. Die Lippen ihres Mundes waren schön voll, geschwungen, aber zu blass, um sinnlich genannt werden zu können. Ihr rotes Haar trug sie offen. Es schwirrte wirr um ihren Kopf. Geschminkt war sie nicht, und wenn doch, dann so unauffällig, dass man es natürlich nennen durfte.

Er schätzte die Frau auf zwanzig. Sie war nicht groß, eher zierlich. Sie trug eine verblichene Jeans mit breitem Schlag, wie jene Hosen, die man mit Vorliebe in den späten 70ern getragen hatte, und einen ausgeleierten, viel zu großen Strickpullover, für den es in der Kneipe eigentlich viel zu warm war. Sie hatte die Beine übereinandergeschlagen, den Ellbogen auf der Theke abgestützt und die Stirn in ihre Hand gelegt. Mit traurigem Blick starrte sie auf das kleine Schnapsglas, mit dem sie unablässig feuchte Kreise auf die Thekenoberfläche zeichnete. In ihrer Unterlippe funkelte links ein kleines Piercing. Dort wölbte sich die Lippe nach außen, das Piercing tanzte. Offenbar spielte ihre Zunge nervös mit dem Verschluss. Sie nahm das Gläschen und schluckte den Inhalt in einem Zug hinunter. Sie verzog das Gesicht und winkte dem Mann hinterm Tresen zu, er solle nachschenken.

In der *Alten Mühle* war nicht mehr viel los. Es war kurz nach 1 Uhr nachts, nur drei Tische waren besetzt. In Krefeld hörte das Nachtleben früh auf, zumindest an einem Mittwoch. Zwei Betrunkene versuchten sich an einem Spiel am Billardtisch. An der Theke hielt sich außer der jungen Frau nur noch ein dürrer, blasser Hänfling mühevoll aufrecht, der aussah, als wäre dies seit Wochen sein erster Ausflug weg von seinem Rechner. Er wartete auf sein Wechselgeld, grinste die Frau an, doch sie nahm keinerlei Notiz von dem Nerd.

Jan fragte sich, was mit ihr los war. Er konnte es nur schwer ertragen, traurige Frauenaugen zu sehen. Und da Maik Kaiser Jans Mitbewohner war, hatte er bereits eine Menge traurige Frauenaugen sehen müssen.

Jan schaute auf die Uhr seines Handys. 01:21 Uhr. Er seufzte. Wollte nach Hause, er gehörte ins Bett. Aber da Maik ihm noch nicht geschrieben hatte, dass die Luft rein war, musste er wohl noch eine Weile ausharren.

So konnte er die schöne Fremde an der Bar noch ein wenig länger betrachten und überlegen, was er tun sollte? Sie kippte gerade den nächsten Kurzen hinunter und winkte dem Barkeeper bereits nach einem Neuen.

Junge, Junge, dachte Jan. Die kann was vertragen.

Der betrunkene Nerd hatte sein Wechselgeld erhalten und schob umständlich sein Portemonnaie zurück in die Gesäßtasche. Er stolperte einen Schritt zur Seite, hauchte der Frau ein „schönen Abend noch“ zu, grinste dämlich und schwankte in Richtung Ausgang.

Sie sah dem Spargeltarzan mit Rundbrille hinterher und grunzte verächtlich. Sie sah nicht danach aus, als würde sie noch einen schönen Abend haben. Oder damit rechnen, dass ihr noch einer beschienen war.

Jan schluckte, als ihre Blicke sich plötzlich trafen. Für ihn bedeutete es Schwerstarbeit, nicht fortzuschauen. Sie hatte wunderschöne Augen, soweit er es aus der Entfernung beurteilen konnte. Sie glitzerten im Kneipenlicht. Wahrscheinlich hatte sie geweint, sodass ihre Augen noch feucht waren. Doch das allein war nicht der Grund, warum es in seinem Bauch zu brennen begann, als hätte sie sein Innerstes entzündet. Die Hilflosigkeit in ihren Augen traf ihn bis ins Mark. Er öffnete den Mund. Schluckte. Und dann senkte er den Blick. Er konnte sie nicht länger ansehen. Seltsam. Er konnte es sich nicht erklären. Aber diese Hilflosigkeit, die ihren Augen innewohnte, und sich ihm präsentierte, als trüge sie einen schwarzen, schweren Mantel, hielt er nicht aus.

Eine Weile später konnte er nicht anders und sah sie wieder an. Sie hatte sich einem neuen Schnaps zugewandt und stürzte ihn hinunter. Wenn die weiter so trinkt, dachte Jan, wird sie sich nicht mehr lange auf dem Hocker halten können. Dann musste er ihr zu Hilfe kommen. Er schmunzelte. Warum eigentlich nicht?

Jan leerte sein Bierglas und erhob sich. Den Bierdeckel, auf dem die Kellnerin seine Getränke notiert hatte, nahm er mit. Er stakste zur Theke. Sein Herz begann heftiger zu schlagen. Ruhig bleiben, sagte er sich. Du hast nichts zu verlieren.

Jan stellte sich an die Theke und winkte mit seinem Bierdeckel.

„Zahlen?“, fragte der Barkeeper.

„Ich hätt gern noch eins.“

Der stämmige Kerl, der gerade dabei war, Gläser zu spülen, nickte und schob sich hinter die Zapfanlage.

„Pils?“

Jan nickte. Er wandte sich der Unbekannten zu, schluckte, öffnete den Mund und … zögerte. Räusperte sich. „Und du? Was möchtest du?“

Das Mädchen blickte ihn an. Jan hatte jedoch nicht das Gefühl, dass sie ihn tatsächlich sah. Es war, als läge ein Schleier über ihrem Blick. Als hätte man diesen mit einem Ruck fortgezogen, musterte sie ihn kurz darauf und ein müdes Schmunzeln legte sich um ihre Mundwinkel. Sie hob das Schnapsglas zwischen zwei Fingern an und ließ es hin und her schwingen.

„Sicher?“, fragte Jan.

Die Fremde nickte und ließ schwer den Kopf hängen.

„Für sie bitte noch einen Kurzen, okay!?“, rief er dem Barkeeper zu.

„Wenn du meinst …“

Die Augen des Mädchens wanderten an ihm herab. Er konnte ihren Blick fast körperlich spüren. Ein Kribbeln wie von tausend Ameisen kitzelte seine Haut. Er kramte in seinem Kopf nach den passenden Worten. „Alles cool bei dir?“

„Seh ich so aus?“

Sie wandte den Kopf ab, sah auf die feuchte Thekenoberfläche. Jan hob die Hände. Der Barkeeper stellte ihm sein bestelltes Bier hin und der jungen Frau den Schnaps. Sie nahm das Gläschen zwischen zwei Finger und exte es. Allein vom Zusehen brannte es Jan im Hals. Er konnte Schnaps nicht ausstehen. „Liebeskummer?“

Die Frau knallte das Glas zurück auf den Tresen. „Warum bist du so wild auf eine Unterhaltung?"

„Ich frag mich nur, was mit dir los ist?"

„Lass mich einfach in Ruhe!" Ihre Stimme zitterte. Sie schob sich vom Barhocker, schwankte. Jan war bereit, ihr beizuspringen, um sie notfalls zu stützen, doch sie hielt sich am Tresen fest und setzte sich einen Barhocker weiter rechts.

Jan öffnete den Mund, um etwas zu sagen, doch die Fremde kam ihm zuvor. „Was?", polterte sie.

Jan zögerte. „Du …"

„Was?"

„… bist bezaubernd."

Die Frau legte ihre Stirn in Falten und sah ihn entgeistert an. Wenig später brach sie in schallendes Gelächter aus, dass sogar der Barmann aufsah, vor Schreck ein Glas zwischen den Händen jonglierte und es beinahe fallenließ.

Langsam ebbte das Lachen ab, sie keuchte. Es war ein befreiendes, ein hilfreiches Lachen gewesen. Als die Fremde sich vollends beruhigt hatte, fuhr sie sich mit der Hand durchs Haar und schüttelte anschließend den Kopf. Eine Locke fiel ihr ins Gesicht. Wie sie so mit großen Augen zu Jan herüberblickte, sah sie extrem aufregend aus. „Du bist echt 'n Typ", sagte sie und schenkte ihm ein Lächeln. Das erste richtige Lächeln.

„Ist das gut oder schlecht?"

„Keine Ahnung."

„Na dann …" Jan hob sein Bierglas. „Prost!"

„Sorry", sagte die Frau und hob ihr Gläschen. „Nix mehr drin."

„Und so wird's auch bleiben, Kleine", unterbrach sie der Barkeeper. „Von mir kriegste nix mehr."

„Schenkst du mir einen ein?", fragte Jan.

„Einen was?", wollte der Barkeeper wissen.

„Na, so'n Schnaps."

Der Mann zögerte einen Moment, verdrehte die Augen, schob Jan ein Schnapsglas hin und füllte es mit Korn.

„Danke", sagte Jan und reichte es der fremden Frau weiter. Die sah ihn an, musste wieder lächeln und nahm den Drink entgegen. „Oh, ein richtiger Gentleman."

Jan zuckte mit den Schultern und zwinkerte ihr zu.

„Sag mal, was bist du für'n Penner, ey!", zischte der Mann hinterm Tresen. Er hatte das Abtrockentuch geschultert, das er nun mit Schwung herunterriss und kräftig auf die Theke klatschte.

Jans Grinsen verschwand, erschrocken blickte er dem Barkeeper ins Gesicht. „Weißte, was ich gar nicht leiden kann, Alter?", sagte der. „Wenn man mich verarschen will!"

„Aber ich …", begann Jan, doch der Typ unterbrach ihn sofort.

„Halt die Fresse! Ich will nix von dir hören! Und jetzt mach, dass du hier rauskommst."

„Was?"

„Du hast schon gehört, Mann! Verpiss dich! Solche Gäste wie dich braucht kein Schwein!"

Jan starrte den Kerl hinterm Tresen mit offenem Mund an. Hilfesuchend schaute er zu dem Mädchen herüber. Aber die konnte auch nicht mehr tun, als mit den Schultern zu zucken. Jan wusste nicht, ob der Kerl es ernst meinte oder ob er ihn auf die Schippe nehmen wollte. Der Mann richtete sich zu seiner vollen Größe auf, stapfte um die Theke herum und kam auf Jan zu. Gleich knallt's, dachte er, hopste unwillkürlich vom Stuhl und hielt die Hände vor sich – auch wenn das den Bullen sicher nicht aufhalten würde.

„Ich hab gesagt, du sollst dich verpissen!" Der Mann fasste Jans rechtes Handgelenk, riss ihn am Arm, dass er einen Schritt vorwärts stolperte und fasste ihn hinten am Kragen. „Raus mit dir!"

„Hey, jetzt aber mal halblang!", mischte sich die Fremde ein. „Meinste nich, dass du'n bisschen übertreibst, Dicker?"

Der Barmann blickte der Frau streng ins Gesicht. „Und du Schnapsdrossel kannst dich gleich mit auf den Weg machen!"

„Schnapsdrossel?" Sie lachte amüsiert. „Wie süß!"

Während der Mann Jan immer noch am Kragen gepackt hielt, griff er mit der linken Hand nach der Frau und fasste sie am Oberarm.

Sie stöhnte. „Autsch!"

Der Kerl wirbelte sie herum und zog die beiden hinter sich her in Richtung Ausgang. Die Tür war nur angelehnt, mit einem ledernen Gurt um den Türgriff, dass sie nicht ins Schloss fallen konnte. Der Barmann trat im Gehen gegen die schwere Tür und schubste Jan ins Freie. Der stolperte vorwärts, sich aber aufrecht hielt. Als er sich rumdrehte, fiel das Mädchen schon auf ihn zu. Er bekam sie unter den Achseln zu fassen.

„Fuck!“, schrie sie.

„Was is?“

„Hab mir den Fuß umgeknickt!“ Sie drehte sich zu dem Barmann herum, der den Türrahmen ausfüllte und sich die Fäuste in die Hüfte stemmte. „Arschloch!“, brüllte sie.

„Hey, hey, hey!“, flüsterte Jan und legte ihr beschwichtigend einen Arm um die Schultern. „Godzilla ist gerade dabei sich zu beruhigen. Reg ihn nicht wieder auf, okay!?“

Der Barkeeper sah aus, als wollte er etwas sagen. Jan kam ihm zuvor. „Bevor du noch auf andere Scheißideen kommst …“ Er kramte in seiner Hosentasche und zerrte einen Geldschein hervor. Fuck!, dachte er. Fünfzig Euro! Jan schloss seufzend die Augen, nickte und warf dem Mann den Schein entgegen, der flatternd durch die Luft segelte. „Hier, Dicker!“

Ohne ein Wort wandte er sich ab.

Das war's wohl mit dem lockeren Abend, dachte Jan. Er holte sein Handy aus der Tasche. 1.48 Uhr. Maik hatte sich noch immer nicht gemeldet. Vielleicht hatten er und seine Perle sich mächtig vergnügt und waren anschließend eingepennt? Was für'n Dreck …

„Der war echt sauer!?“ Die Fremde gluckste.

Jan nickte und grinste sie an. „Naja, wenigstens lachst du wieder.“

Ihr Blick verdüsterte sich schlagartig.

„Schade“, sagte Jan. „Mit einem Lächeln im Gesicht gefällst du mir besser.“

„Und du mir, wenn du die Klappe hältst.“

„Was ist denn? Ich will dir doch nichts Böses!“

„Weiß man's. Ich kenn dich nicht.“

„Willst du mir nicht sagen, was los ist?“

„Ich erzähl doch nicht jedem dahergelaufenen Penner meine Probleme.“ Sie musterte ihn. „Gute Nacht!“ Sie wandte sich ab, schob ihre Hände in die Hosentaschen und schlenderte davon. Ihr

Gang war unsicher, aber für die Menge an Kurzen gar nicht mal schlecht. Jan starrte auf ihren Po, blickte zum Himmel und schloss die Augen.

„Warte!", rief er.

„Was?" Sie blieb stehen, schien ihren Ohren nicht zu trauen.

Jan wusste, dass er aufdringlich war, aber er wollte … er konnte sie nicht einfach ziehen lassen. Wer wusste, ob er sie wiedersehen würde?

„Sorry, aber du schwankst und ich ... ich bring dich nach Hause", beharrte er.

Ihre Mundwinkel zuckten. Offenbar wusste sie nicht, ob sie empört oder amüsiert sein sollte. „Ich komm allein klar."

„Ob du willst oder nicht … Ich geh mit dir. Und dann zieh ich Leine, okay."

Das Mädchen öffnete den Mund, schloss ihn wieder. „Du bist verrückt", sagte sie, schüttelte den Kopf und ging voraus.

*

Sie verließen die kleine Seitenstraße zur Hochstraße, in der sich das *Number One* befand, und gingen dem Südwall entgegen. Jan schlenderte hinter der Frau, die Hände in den Taschen vergraben, und starrte auf ihren Hintern. Herrlich wie ihr Po sich in der straff sitzenden Jeans bewegte.

Die Fremde ließ sich zurückfallen, lief plötzlich neben ihm. „Süß von dir", sagte sie, den Blick geradeaus gerichtet. „Und wie ein Perverser siehst du nicht aus."

Jan grinste.

Sie marschierten durch die Nacht und kamen ans Ende der Hochstraße. Es wehte ein kühles Lüftchen. Aus einer Dönerbude stolperte ein Typ auf den Gehsteig, strauchelte und ließ seinen Mitternachtssnack auf den Boden klatschen. „Alter", johlte ein Zweiter, der an ihm vorbeihuschte. „Du bist echt ein Opfer."

Jan und die Fremde sahen sich lächelnd an. Das Funkeln in ihren Augen ließ sein Herz vor Aufregung hüpfen. Sein Mund war trocken. Es war einer dieser Momente … wie im Film …

„Ich muss da lang", sagte sie plötzlich und ging rechts den Südwall rauf.

Jan holte sie ein, als sie kurz darauf rechts in die Lindenstraße einbog.

„Wie heißt du eigentlich?"

Sie blieb stehen und beäugte ihn skeptisch. „Wieso willst du das wissen?"

„Weil …" Er hob die Arme, zuckte mit den Schultern. „Weil es höflicher ist, als dich mit *Chiqua* anzureden."

Ihre Augen weiteten sich, ihre Stirn legte sich in Falten. Dabei senkte sie das Kinn leicht auf ihre Brust. „*Chiqua* … Dein Ernst?"

Jan nickte.

Sie grinste breit. Um ihre Augen entstanden winzige Fältchen. Er lächelte zurück. „Oder stehst du drauf, wenn man dich so nennt?" Er fuchtelte mit den Armen vor seinem Körper herum, wie bei einer albernen Gangsta-Rapper-Parodie. „Ey, *Chiqua*, wo wohnste eigentlich? Wäre nett, wenn du mir das verrätst, damit ich weiß, wie lang ich hier noch durch die Gegend eiern muss."

„Niemand zwingt dich!"

Jans Grinsen gefror zu Eis. Das Mädchen setzte sich wieder in Bewegung und ging an ihm vorbei.

„Hey!" Jan rief ihr hinterher. „Das sollte ein Witz sein!"

Er trabte hinter ihr her, holte sie nach wenigen Metern wieder ein und fasste sie am Ellbogen. „Weißt du nicht, was ein Witz ist?"

Sie funkelte ihn an. Für einen kurzen Moment dachte er, sie würde ihm ihre Fingernägel über die Wangen ziehen, sodass blutige Striemen zurückblieben. Irgendwo hupte ein Auto, jaulte eine Katze.

„Nenn mich Becca."

„Und wie ist dein richtiger Name?"

„Alle nennen mich Becca."

„Wer ist alle?"

Ihre Augen verengten sich und ihre Brauen schoben sich über ihrer Nase zusammen. „Was bist du? Ein gottverdammter Bulle?" Er antwortete nicht, sie seufzte. „Rebecca."

„Hm?"

„Eigentlich Clara Rebecca. "

„Clara …? "

„Clara mit C."
„Oh … klar …"
„Kein Spruch, okay!?"
„Hey… Clara Rebecca ist doch …"
Ich warne dich, sagte ihr Blick.
„… ist doch wirklich ein schöner Name."
„Und wie heißt du?"
„Heinz." Der Versuch, ernst zu bleiben, scheiterte. Fast zeitgleich mussten sie amüsiert grunzen.
„Fick dich!" Sie wandte sich um, zögerte.
„Hey, soll es das etwa schon gewesen sein? Das traurige Ende der heißen Liebesgeschichte von Heinz und Clara?"
„*Rebecca!*", beharrte sie. Aber länger konnte auch Becca nicht mehr an sich halten und musste lachen. Ein ähnlich befreiendes Lachen wie vorhin in der Kneipe. Er hatte es wieder geschafft.
„Wie heißt du wirklich?", fragte sie.
„Jan. Jan Holtmann."
„Und was machst du so, Jan Holtmann?"
Er grinste. „Ich studiere."
„Was?"
„Kulturpädagogik an der Hochschule Niederrhein."
„In Krefeld?"
„Mönchengladbach."
„Aber du wohnst hier, oder?"
Jan nickte.
„Warum studierst du dann in Mönchengladbach?"
Jan zuckte grinsend mit den Schultern und zwinkerte ihr zu. „Da siehst du mal, was ich für ein cleveres Kerlchen bin."

Becca legte ihm die Hände auf die Brust und ihre Lippen näherten sich seinem Gesicht. Sie musste sich auf die Zehenspitzen stellen. Das wird sie nicht tun …, dachte Jan und zitterte innerlich. Die Luft zwischen ihnen war elektrisch aufgeladen. Seine Lippen kitzelten, als striche jemand mit einer sanften Feder über die raue Haut. Im selben Moment trafen ihre Lippen die seinen.

*

Sie fand ihn süß, hatte sie gesagt. War es möglich, dass sie sich wiedersehen würden?

Sie liefen die Roßstraße hinauf, eine lange, schmale Einbahnstraße, in der die parkenden Autos Stoßstange an Stoßstange am Straßenrand standen. Und dann kam dieser Moment, wenn Stille immer stiller wird. Das Schweigen legte sich wie eine Decke über sie und über Beccas Gesicht zog ein Schatten. Der Glanz von vorhin, als er sie kurz vor ihrem Kuss zum Lachen gebracht hatte, war verschwunden.

„Alles okay?"

Sie schwieg.

„Was is?"

„Nichts."

Sie blieb stehen, sah ihn an. Lächelte, wenngleich ihr Lächeln etwas schief hing und wenig Freude besaß. Sie spielte wieder mit dem Piercing-Verschluss. Der kleine Brilli in ihrer Unterlippe hüpfte hin und her. „Ich hab mich erinnert, warum ich überhaupt in die Kneipe gegangen bin. Du hast es mich einen Moment vergessen lassen …"

„Und das ist gut?"

„Vergessen ist gut … Leider geht das nicht auf Dauer."

Jan drehte sich zu ihr herum, schaute auf sie herab. Sie reichte ihm bis zu den Schultern. Sie standen im Schatten einer erloschenen Straßenlaterne.

Sie öffnete den Mund, schluckte. Ihre Augen glitzerten. Er trat einen Schritt näher an sie heran, fasste sie bei den Schultern. Wer sie so stehen sah, mochte nicht glauben, dass sie sich vor nicht ganz einer Stunde kennengelernt hatten. „So schlimm?"

„Schlimmer." Sie fuhr sich mit dem Ärmel ihres Pullovers übers Gesicht, bevor auch nur eine Träne die Chance hatte, ihre Wange hinabzukullern. „Lass uns weiter gehen. Es ist nicht zu verhindern."

„Zu verhindern? Was?"

„Nach Hause zu gehen."

Ping!

Der Rufton einer eingegangenen Kurznachricht ließ ihn aufschrecken. Jan nahm sein Handy hervor und las die Nachricht auf dem Display. Sie war von Maik und ein riesiger Penis mit einem aufgemalten, lachenden Gesicht grinste ihn an. Maiks Profilbild. Daran gewöhnte Jan sich nie.

Die Luft ist rein. Kannst kommen, las er. Maik erklärte sein Schäferstündchen als beendet. Seine Frauen blieben niemals über Nacht.

„Warte!“ Jan spurtete Becca hinterher.

„Was?“

„Komm mit zu mir, okay?“ Jan konnte nicht glauben, die Frage wirklich gestellt zu haben. So viel hatte er doch nicht getrunken.

„Was willst du?“

„Du kannst bei mir pennen. Ich hau mich auf die Couch. Du willst doch nicht nach Hause, oder?“

Becca lächelte wieder dieses schiefe, wenig freudvolle Lächeln. In Jans Augen war es die Fortsetzung eines Anfangs.

„Du bist süß.“

„Sag ja.“

„Das ist lieb von dir, aber …“ Sie wandte den Kopf ab und ihr Blick verlor sich zwischen den Häusern der Roßstraße. „… meine Probleme wären morgen noch schlimmer als heute.“

Das sprach für einen gewalttätigen Typen, der zuhause auf sie wartete, meinte Jan und schluckte.

„Wie kann ich dir helfen?“

„Gar nicht.“ Sie strich ihm zärtlich über die Wange. Wie gern hätte er die Augen geschlossen. Ihre Hand war sanft und kühl. Eine wundervolle Berührung. „Geh nach Hause und vergiss mich.“

„Warum?“

Sie schwieg. Ihr Blick verriet Jan, dass sie mit sich rang, ihm alles zu sagen. Die ganze Wahrheit.

„Es wartet jemand auf dich. Stimmt’s?“, sagte Jan. Mit einem Mal schien es, als flösse ihre gesamte Anspannung aus ihrem Gesicht wie Wasser aus einem lecken Eimer. Bingo, dachte Jan. „Ich kann Karate.“ Jan hob die Arme zu einer albernen Bruce-Lee-Parodie.

Sie lächelte, aber es wirkte gezwungen.

Jan ließ die Arme sinken. „Also hab ich recht. Dein Freund ...?“

„Ja … nein …“, fuhr sie ihm ins Wort. „Ach ich weiß nicht …“

„Schlägt er dich?"
„Er ..."
Mit einem Mal war Jan ernst. Er fasste sie wieder bei den Schultern, legte ihr den Zeigefinger unters Kinn und zwang sie, ihn anzusehen. „Schlägt er dich?"
„Er ... hat ..."
„Dem zeig ich's." Er ballte die Fäuste.
„Brauchst du nicht." Sie legte ihm beruhigend eine Hand auf den Unterarm. „Er wird mir nichts mehr tun, Jan!"
„Wieso? Ist er abgehauen?"
„Nein, er ist noch da."
„Aber dann verstehe ich nicht, warum ..."
„Er ist tot."

2

„Tu' was ich dir sage."
Seine Stimme war nicht bedrohlich, eher weich und warm. Seine blauen Augen sahen sie an, wie ein Junge, dem es leid tat, dabei ertappt worden zu sein, wie er seine Finger nach dem Genuss verbotener Schokoladenriegel schamvoll abgelutscht hatte.
Sonja Krüger konnte nicht reagieren.
„Dreh dich um und knie dich hin!" Die Worte drangen mit Nachdruck an ihr Ohr. Doch Sonja konnte sich nicht bewegen. Ihre Augen füllten sich mit Tränen, ihre Unterlippe zuckte. „Bitte, tu es."
„Ich kann nicht ..." Sie wimmerte, schämte sich für ihre Angst. Nie hätte die dienstjüngste Kommissarin des KK11 gedacht, dass sie so reagieren würde. Doch wer wusste schon, was mit einem passierte, wenn eine geladene Waffe auf einen gerichtet war.
Der ganz in schwarz gekleidete Mann machte einen Schritt auf sie zu. Lars Hendricks war sein Name. Sonja war sich sicher, dass er ein Mörder war.
Die Pistole hielt er in der rechten Hand. Seine Linke legte sich auf ihre Schulter und übte einen sanften Druck aus, der ihr half,

sich herumzudrehen. Diese beiden tauben Klötze, zu denen ihre Beine geworden waren, ließen sich bewegen. Sie starrte auf die nasse, graue Wand mit dem bröselig abblätternden Putz, der wegen der aufsteigenden Feuchtigkeit so aussah, als hätte man die Wand mit Schaum besprüht.

Hier werde ich sterben, dachte sie. Mit einer Kugel im Kopf. In einem stickigen, verschimmelten Keller.

Ihr Kollege Heinz Marquardt lag an der Wand und rührte sich nicht. Hendricks hatte nur einen einzigen Schuss abgegeben. Der hatte ausgereicht, um Marquardt von den Füßen zu heben und gegen die Wand zu schleudern.

„Los, knie dich endlich hin!“, flüsterte Hendricks.

Ein Laut drang aus ihrer Kehle, unkontrolliert, verzweifelt. Sie hatte einen Kloß im Hals. Glaubte, nicht atmen zu können. Weinen zu müssen. Es kamen aber keine Tränen.

„Um ihn ist es nicht schade“, sagte Hendricks. „Marquardt war Abschaum. Ein korrupter Bulle. Er hat sich von Merker bezahlen lassen, wegzugucken, wenn er für Löfflers Nutten Koks besorgt hatte. Eines dieser armen Geschöpfe war meine Schwester gewesen. Mia. Sie war einundzwanzig Jahre alt. Fast noch ein Kind. Koks, um sie gefügig zu machen. Von Merker besorgt. Von Löffler zur Prostitution gezwungen. Von Marquardt gefickt. Dafür, dass er schwieg. Und zu Tode geprügelt, weil sie sich gewehrt hatte.“ Der Mann schniefte. Weinte er? „Deshalb mussten sie sterben. Alle drei ... Aber du warst nicht mit eingeplant.“

Sonja schloss die Augen. Etwas klickte. Sie kannte das Geräusch aus unzähligen Filmen. Hendricks hatte den Hahn der Pistole gespannt. Gleich würde sich ihr Hirn auf dem Boden, ihren Kollegen und die Wand verteilen, während der Knall des Schusses in dem Kellergewölbe widerhallte. Was für ein Ende.

Sonja bebte am ganzen Leib. Die Mündung der Pistole berührte ihren Hinterkopf. Sie zuckte zusammen. Der Lauf war noch heiß und ihr brannte sich die kleine kreisrunde Öffnung der Mündung in die Kopfhaut. Sonja kniff die Augen zusammen. Tränen pressten sich daraus hervor. In dem Schwarz hinter ihren Lidern flammten bunte Blitze auf.

„Möchtest du noch etwas sagen?“

Sonjas Blase entleerte sich. Urin sog sich in den Stoff ihrer Hose und klebte ihr an den Oberschenkeln. Ihr Wimmern wurde lauter. Sie hatte so furchtbare Angst. Hinzu kam Scham. Ekel.

Halt!

Für den Bruchteil einer Sekunde hatte sie geblinzelt. Ihr Umfeld blitzte auf. Marquardts Hand. Sie hatte gezuckt. Der Druck auf ihrem Hinterkopf ließ nach, die Hitze schwächte ab. Sonja vernahm ein Kratzen – eine Schuhsohle, die sich über den Betonboden schob. Hendricks. Er bewegte sich. Von ihr fort. Dann dasselbe Geräusch noch einmal. Sonja versuchte, sich zu konzentrieren, schloss erneut die Augen und legte all ihre Aufmerksamkeit auf ihr Gehör.

Da! Wieder ein vorsichtiger Schritt, rechts von ihr. Hendricks hatte sich von ihr abgewandt, schlich um sie herum, um freien Blick auf den wie leblos daliegenden Marquardt zu haben. Sonja bewegte ihren Kopf, kaum wahrnehmbar, aber ausreichend, um den Mann aus den Augenwinkeln sehen zu können. Sie sah seinen Arm, der die Waffe ausgestreckt hielt, dass der Ellbogen ganz durchgedrückt war. Die Muskeln des Mannes waren angespannt, die Pistole zitterte.

„Hey, Arschloch! Lebst du noch?“ Die Sanftheit von eben war aus seiner Stimme verschwunden. Marquardt reagierte nicht. „Zur Sicherheit werde ich dir noch eine Kugel verpassen. Was meinst du, Mädchen?“ Hendricks neigte sich in ihre Richtung, ohne dass er den Blick von Marquardt abwandte. „Schießen wir dem Pisser in den Kopf oder lieber in den Rücken?“

Sonja schwieg.

Ein Schuss explodierte. Der Knall dröhnte in Sonjas Ohren. Sie schrie. Genau wie Marquardt. Er fuhr in die Höhe, riss die Hände hoch. Panisch flirrte sein Blick umher, fand Hendricks. Der lachte humorlos.

„Nein“, flehte Marquardt. Sein weicher, für einen Polizisten viel zu üppiger Bauch wackelte über dem engen Gürtel. Tränen rannen ihm über die dicken, roten Wangen.

„Hör auf zu flennen, du jämmerliches …“

JETZT!

Sonja ließ sich zu Boden fallen und stieß sich dabei schmerzhaft die Schulter. Sie zog das Bein zur Brust. Hendricks reagierte, sah auf sie herab, blickte ihr in die Augen. In seinen flammte das Erkennen auf, einen Fehler gemacht zu haben. Als er die Pistole auf sie richtete, trat Sonja zu. Mit aller Kraft, die sie aufbringen konnte, rammte sie dem Mann ihren Fuß in die Kniekehle. Hendricks schrie auf. Er riss den Schussarm in die Höhe, sackte in den Knien ein, ging zu Boden. Hendricks war auf allen Vieren. Er schrie, die Zähne zusammengepresst. Sonja stemmte sich in die Höhe. Ihr Kreislauf versagte, schwarze Punkte tanzten vor ihren Augen. In ihren kalten Wangen kribbelte es.

Halt durch!, mahnte sie sich. Sie befand sich im Vorteil. Dennoch wusste sie nicht, wie sie den nutzen sollte.

Nicht denken! Tun!

Sonja holte aus und trat dem Mann mit voller Wucht in die Seite. Hendricks bäumte sich auf, ächzte. Doch er ging nicht zu Boden, hielt sich auf allen Vieren. Sonja wirbelte um die eigene Achse, nahm Schwung. Sie sprang hoch in die Luft, winkelte die Beine an. Sie schrie. Alle Wut, alle Angst entlud sich in diesem einen Schrei. Sonja sauste auf den am Boden knieenden Mann zu. Ihre spitzen Knie bohrten sich in seinen Rücken. Hendricks jaulte auf und brach unter ihr zusammen. Er schlug mit dem Gesicht auf den Beton des Kellerbodens. Es rumste. Sonja purzelte von Hendricks herunter, atmete schwer. Hendricks bewegte sich nicht mehr.

Sonja stützte sich auf die Ellbogen und stand auf.

„Verdammt, Krüger, nimm die scheiß Waffe!“ Marquardt rappelte sich hoch. Seine Schulter blutete. Sein Gesicht war eine rote, verheulte Maske. „Nimm die Waffe und bring den Scheißkerl um.“

Sonja versuchte, zu Atem zu kommen.

„Scheiße, er wollte uns töten. Bring ihn um!“

„Nein!“, schrie Sonja und blitzte den verletzten Kollegen an.

„Dann mach ich das eben!“ Marquardt zog seine Dienstpistole, legte auf Hendricks an. Sonja dachte nicht nach und sprang dem wütenden Kollegen in die Schusslinie. „Bist du bescheuert?“

Vielleicht war sie das.

„Aus dem Weg!“ Marquardt heulte, die Waffe zitterte in seiner Hand.

„Du hast schon genug angerichtet, Scheißkerl!“ Sonja brüllte dem Kollegen ins Gesicht. Speichel flog ihr aus dem Mund.

Marquart riss die Augen auf. Es war, als hätte sie ihn geohrfeigt. „Du?“, flüsterte Marquardt kraftlos und müde. „Du glaubst es auch …?“

Bevor Sonja darauf antworten konnte, hörte sie ein Scharren hinter ihr. Kleine Steinchen, die über den Asphaltboden schrubbten. Hendricks. Sie drehte sich herum. Niemand mehr da. Er war geflüchtet.

Scheiße.

„Das hast du ja wunderbar hingekriegt! Wir hatten ihn, Krüger. Und du lässt ihn einfach entkommen. Einen brutalen Mörder. Ich hoffe, du bist stolz auf dich.“

*

„Sonja …“

Sie schrak auf. Ihre Finger ballten sich zu Fäusten, die Fingernägel bohrten sich in die Handflächen. Ihr Blick irrte durchs Wohnzimmer, suchte denjenigen, der sie beim Namen genannt hatte. Was, wenn es Hendricks war? Dieses Mal würde sie nicht zögern. Sie würde …

Eine Gestalt erschien in ihrem Blickfeld. Sie stand aufrecht im Türrahmen, eine bedrohliche Silhouette. Auf ihren Wangen spürte sie die Spannung von getrockneten Tränen. Sie wischte sich mit dem Ärmel ihres Pyjamas über die Augen, wollte Hendricks nicht heulend entgegentreten. Wollte nicht, dass er noch einmal ihre Schwäche sah.

„Was machst du hier?“, fragte Thomas.

Sonja atmete auf. Es war kein geisteskranker Mörder, der in ihr Haus eingedrungen war. Es war ihr Ehemann, der in der Tür stand und sie mit einem Blick ansah, den sie nicht deuten konnte.

„Ich …“

„Wieder ein Albtraum?“

„Ich konnte nicht schlafen.“ Sie schniefte.

„Genau wie Maya“, sagte er. „Hast du sie nicht gehört? Sie hat nach dir gerufen.“

„Oh Gott, nein, ich …“

„Sonja!“ Thomas’ Stimme klang ernst. „Ich möchte, dass du endlich diese Psychologin aufsuchst, die man dir vom Präsidium empfohlen hat. Eine Beurlaubung allein reicht nicht. Du musst mit irgendjemandem reden, der dir helfen kann, wieder zu dir zu finden. Ich kann es nicht …“

„Morgen hab ich einen Termin.“ Sie räusperte sich.

Seine Augenbrauen schossen in die Höhe.

Sie klang geschwächt und das ärgerte sie. Aber gottverdammt! Wem wollte sie sich etwas vormachen? Sie war eine schwache Frau …

Thomas‘ Überraschung währte nicht lange. Er öffnete den Mund. Doch ohne ein Wort schlossen sich seine Lippen wieder und pressten sich aufeinander.

„Ich wollte es dir sagen …“ Sonja suchte nach einer Erklärung, doch bis eben gerade hatte sie nicht einmal darüber nachgedacht, Thomas über Termin bei Melina Seibold, der Polizeipsychologin, zu informieren. Der dritte, um genau zu sein. Vor etwa vier Wochen hatte Hendricks ihr die Pistole an den Kopf gehalten hatte und ihre Welt war zusammengebrochen.

„Dann wird es sicher ein aufregender Tag“, sagte er zögernd. Er versuchte sich an einem Lächeln. „Gute Nacht.“ Er verließ das Wohnzimmer.

Thomas wusste von nichts. Sie hatte sich nicht getraut, ihm zu erzählen, was im Keller der alten Werkstatt geschehen war. Die Kollegen hatten ihn lediglich informiert, dass seine Frau im Krankenhaus lag. Wegen eines misslungenen Einsatzes. Sie konnte ihm nicht sagen, was passiert war. Vielleicht weil sie ihn nicht belasten wollte oder weil sie – verdammt nochmal! – nicht darüber reden wollte.

3

„Tot?" Er hatte es für einen Scherz gehalten. Jans Grinsen versteinerte. „Du willst mir ernsthaft sagen, dass dort oben … in deiner Wohnung … ein Toter liegt?"

Becca schloss sich seinem Lachen nicht an und wagte nicht, ihn anzusehen. Sie nickte aber auch nicht, war wie eingefroren.

„Hallo …?" Jan winkte mit seiner Hand vor ihrem Gesicht. „Echt jetzt?"

Becca erwachte aus ihrer Starre, nickte vorsichtig.

Jan raufte sich die Haare, sein Blick schwirrte umher. Das war ein Scherz! Irgendwo hier mussten Kameras versteckt sein, die ihn filmten. Um ihn dann als *Prank*-Opfer ins Internet zu setzen.

„Okay, mal langsam. In deiner Wohnung liegt dein toter Freund. Und was machst du? Gehst in eine Kneipe, kippst einen Korn nach dem anderen, reißt einen Typen auf und …"

„Jetzt mach mal halblang!" Beccas Kopf fuhr in die Höhe. Haarsträhnen fielen ihr ins Gesicht. Ihre Augen funkelten ihn an. „Ich brauchte einen klaren Kopf. Außerdem hast du dich an mich rangemacht."

Sie starrten einander an. Jan schluckte und kickte einen Stein zur Seite, der im Rinnstein verschwand. Er fuhr sich mit den Händen übers Gesicht, stemmte sie in die Hüften und baute sich vor ihr auf. „Und jetzt?"

Sie zuckte mit den Schultern. Die Härte war wieder aus ihrem Blick verschwunden. Nun sah sie aus wie ein kleines, ängstliches Mädchen.

Jan hatte das dringende Bedürfnis, sie zu umarmen. Also tat er es. Fast wie von selbst.

Sie presste sich an ihn, begann zu weinen, dass sein T-Shirt feucht wurde. Was sollte er tun? Er konnte sich ja jetzt schlecht von ihr verabschieden. Sich für den interessanten Abend bedanken und ihr noch ein schönes Leben wünschen.

Aber der Tote …? Scheiße!

Beccas Gesicht löste sich von seiner Brust. Sie schniefte und trocknete sich die Tränen mit dem Ärmel ihres Pullovers. Jan schossen so viele Fragen durch sein überfordertes Hirn, doch bevor er den Mund auch nur einen Millimeter öffnen konnte, kam ihm Becca zuvor. „Ich brauche dich! Du musst mir helfen?“

*

Du bist ein Idiot, dachte Jan, als er hinter Becca die Treppe zur Wohnung in der Roßstraße hinaufging. Wie konnte er nur so blöd sein und dieser Unbekannten in eine fremde Wohnung folgen? Er hatte nicht den Hauch einer Idee, was er für sie tun konnte. Außer die Polizei rufen …

„Wie ist er eigentlich gestorben?“

Becca schwieg, stoppte abrupt. Er erkannte an ihrem sich streckenden Rücken, dass sie tief einatmete. „Ein Unfall.“

Totenstille. Das Knarzen der Holzstufe, als Becca ihr Gewicht vom einen aufs andere Bein verlagerte, war das nächste Geräusch. „Was ist passiert, Becca?“

„Kann ich dir nicht sagen. Am besten … los, komm schon!“

Nun kam die Angst. Sie war ein winziger Dorn, der sich ihm wie der mit einem Widerhaken versehene Stachel einer Biene in den Nacken bohrte. Ein spitzer Stich, der sich langsam durch seine Nerven fraß.

Sollte er abhauen? Natürlich! Aber Jan blieb. Er war wie geschaffen dafür, immer die falschen Entscheidungen zu treffen.

Becca öffnete die Tür zu ihrer Wohnung. Ihre Hand tastete an der Wand entlang. Es dauerte, bis sie den Lichtschalter fand.

Nun mach schon, dachte Jan. Konnte es wirklich sein, dass er dort drinnen auf eine Leiche traf? Er wollte es nicht glauben. Aber warum zitterten seine Knie? Warum lief ihm kalter Schweiß zwischen den Schulterblättern hinab?

Becca stand im Türrahmen, sah ihn mit großen, fast flehentlichen Augen an. „Kommst du?“

„Du verarscht mich doch!“

Becca sah ihn mit ernsten Augen an. „Komm rein oder hau ab!“ Sie senkte den Blick. Mit schweren Schritten schlurfte sie in die Wohnung.

Jan schluckte. Verschwinde! dachte er. Die Kleine ist nicht normal. Aber sie gefiel ihm. Und wenn es eine Falle war? Vielleicht wartete tatsächlich jemand in den vier Wänden des fremden Mädchens. Jemand, der nicht tot war. Sondern jemand, der ihn überfallen wollte.

Quatsch, dachte er.

So kam er nicht weiter. Alles Spekulieren half nichts. Er musste es wagen, die Schwelle zu überschreiten. Selbst auf die Gefahr hin, in einem Albtraum zu landen.

Er hörte sie schluchzen.

Jan trat ein. Hielt sich rechts. Links befand sich ein an die Wand geschraubter Schuhschrank mit einem schmucken, weiß gerahmten Wandspiegel. Er sah den Flur entlang. Links gab es zwei Türen, am Ende eine weitere. Sie stand halb offen. Jan glaubte, den Teil einer Küchenzeile zu erkennen. Lag der Tote dort?

„Becca?"

Jan ballte die Fäuste, machte einen Schritt vorwärts. In seinen Eingeweiden startete eine Achterbahnfahrt. Schweiß stand ihm auf der Stirn. Kalt und klebend. Er erreichte die erste Tür. Vorsichtig spähte er durch den Spalt. Das Schlafzimmer. Mit der Fußspitze stieß er die Tür auf. Becca konnte er nicht entdecken. Auch keinen Toten. Es sei denn, er lag hinter dem ungemachten Futonbett, das das Zimmer dominierte. Über dem Bett an der Wand hing ein grotesk farbiges Bild, das man wohl einen modernen Druck nannte. Dem gegenüber gab es einen hohen Wandschrank mit halbgeöffneten Türen, aus denen Hosenbeine, Blusenärmel und Röcke hervorschauten. Aber keine Leiche. Hinten rechts gab es eine weitere Tür. Er schätzte, dass sich dort ein Badezimmer anschloss.

Wieder das Schluchzen. Er zog die Tür wieder zu, machte einen Schritt über eine halbgeöffnete Sporttasche hinweg, die mitten im Flur lag. Die Fotos an der Wand beobachteten ihn, Männer und Frauen, lachend, in entspannten Situationen. Du bist ein Vollidiot, schienen sich die Abgebildeten über ihn lustig zu machen. Doch etwas irritierte ihn an den Bildern. Er konnte aber nicht sagen was.

Im Rahmen der nächsten Tür blieb er stehen. Das Wohnzimmer. Ihm gegenüber stand ein Sofa, das Rückenteil war ihm zugewandt. Es besaß eine L-Form. Die längere Seite stand an der linken Wand. Der Couch gegenüber, rechts in der Ecke, befand sich der Fernseher, ein kleiner Flatscreen, nicht wesentlich größer als ein Computerbildschirm. Auch über der Couch hing ein abstrakter Kunstdruck, der aussah wie ein wilder Strudel sich übergebender Farben. Er schüttelte den Kopf und suchte die Frau, die er heute Abend kennengelernt hatte.

„Becca?“

Ihr Kopf tauchte hinter der Couch auf. Sie kniete auf dem Boden. Weinte. Tränen rannen ihr über die Wangen, ließen ihre Schminke verlaufen, dass sie selbst wie eines ihrer seltsamen Kunstwerke aussah.

Jan öffnete den Mund. Er war so trocken, dass er sich rissig anfühlte. Langsam betrat er das Wohnzimmer und näherte sich Becca.

Und dann sah er ihn.

Erst einen Fuß, dann ein Bein. Eine Hand, einen Arm. Zu guter Letzt den Kopf eines Mannes, der – genau wie sie gesagt hatte – tot war.

Der Kopf des Toten lag zu ihren Knien auf dem Boden, den starren Blick zur Zimmerdecke gerichtet. Jan hatte noch nie eine Leiche gesehen, nicht einmal die seiner Eltern. Der Anblick des leblosen Mannes traf ihn wie ein Schlag. Als er vier Jahre alt war, verstarb seine Mam an Brustkrebs. Sein Paps hatte ihm die Leichenschau erspart. Als dieser vor einem halben Jahr das Zeitliche gesegnet hatte, konnte Jan es nicht über sich bringen, ihn noch einmal anzusehen. Er wollte ihn so in Erinnerung behalten, wie er ihn liebte. Mit rundem, lachendem Gesicht, wohl genährt und gemütlich. Nicht vom Krebs zerfressen.

Jans Beine begannen zu zittern, Schweiß perlte seine Stirn hinunter. Er schwankte. Er hielt sich am Rückenteil der Couch fest. „Der … ist … tot …“

Becca schluchzte.

Dass sie die Wahrheit gesagt hatte, ließ seine Welt schwanken. Sachte, wie eine eingerostete Wippe, kippte sein Blickfeld zur Seite. Ein leichter Schwindel.

Becca holte ihn zurück. „Jan!?“

Jan hielt sich aufrecht, betrachtete das Gesicht des Toten. Er schätzte den Mann auf Mitte vierzig. Attraktiv, wie er fand. Mit leichten Falten. Der Schatten eines Dreitagebartes zeichnete seine Wangen, Kinn und Hals. Der Mann war sportlich, aber nicht muskelbepackt. Er trug Jeans, an den Knien verwaschen, am rechten ein Riss. Der schwarze Schaft eines Messers ragte ihm aus der Brust. Ein Kranz aus Blut, ähnlich einer grotesken Blüte rings um den Messergriff, zierte das T-Shirt.

Jan rieb sich mit den Händen durchs Gesicht, als könnte diese Geste ihm helfen, seine Gedanken zu ordnen. „Wie … ich meine … wie …?"

Becca schwieg, sah ihn an, blickte aber durch ihn hindurch.

Jans Nackenhaare stellten sich auf. Ein Gefühl überfiel ihn, als würde sich in diesem Moment jemand von hinten an ihn heranschleichen. Mit einem Messer. Er riss den Kopf herum. Niemand da.

„Ich … ich wollte … wollte das nicht …" Quälend leise verließen die Worte Beccas Mund.

4

Sonja stand im Türrahmen zum Zimmer ihrer fünfjährigen Tochter Maya. Das Licht aus dem Flur warf ein helles Rechteck auf den Boden. Am Rand des Lichtscheins stand Mayas Bett. Sonja sah ihre kleine Tochter friedlich schlafen. Sonja lächelte. „Tut mir leid, dass ich dich nicht gehört hab", flüsterte sie. Etwas geschah in ihrem Innern. Wie ein Zittern. Das Gefühl, weinen zu müssen. Alles zog sich in ihr zusammen.

Sonja verstand sich als gute Mutter und liebte Maya über alles. Dass sie aber ihre weinende Tochter nicht gehört hatte, setzte ihr zu. Vor vier Wochen wäre ihr das nie im Leben passiert. Es war, als hätte dieser Mörder alle Gefühle für die Menschen, die ihr Nahestanden, ausgebrannt. Seit vier Wochen war sie zuhause, hatte sich gehen lassen, tat nur das nötigste für sich. Sie putze sich morgens die Zähne, wusch sich, doch meist krabbelte sie anschließend wieder zurück ins Bett. Und dann begann vor ihren Augen der Film ihres Untergangs und der beißende Geruch ihres eigenen Urins, wie damals im Keller, stieg ihr in die Nase. Zu ihrer Panik, gesellte sich Scham und Ekel. Aus der Ferne hatte sie die Sirenen der Kollegen, die langsam näherkamen, um ihr zu helfen, gehört. Sonja schniefte. Marquardt lag ihr gegenüber. Sein dicker Bauch drohte beim Einatmen sein Hemd zu sprengen. Von seiner rechten Schulter bis hinunter auf die Brust hatte es sich rot verfärbt. Blut. Seine linke Hand hielt seinen rechten Arm umfasst. Marquardts Gesicht war vor Schmerzen verzerrt.

Sonja schloss die Augen, ertrug seinen Anblick nicht.

„Na …?" Marquardt ächzte. „Ich hoffe, du bist stolz auf dich." Es folgte ein schmerzhaftes Stöhnen. „Der ist weg. Und tötet weiter." Die Sirenen näherten sich. „Hast du sie gerufen?"

Sonja hörte ein schabendes Geräusch, Marquardt veränderte seine Sitzposition. „Vorausschauend. Ich frag mich nur warum?"

In Sonjas Kopf herrschte Leere. Sie sah ihren schwitzenden, blutenden Kollegen an. Seine Augenlider flattern. Er atmete einmal heftig ein, dass sie für einen kurzen Moment dachte, das war's. Dann hustete Marquardt, verzog sein Gesicht. Er versuchte, ruhig zu atmen. Über ihnen hörten sie Autos bremsen, die Martinshörner erstarben.

„Bereust du es?" Marquardt beugte sich vor. „Dass der Kerl mich nicht erschossen hat?"

„Hallo?" Lautes Rufen der Kollegen. Eine männliche Stimme erteilte Anweisungen. Fußgetrappel.

„Du glaubst ihm! Richtig? Du glaubst ihm, dass ich …"

Sonja wandte den Blick ab. Es war als wöge ihr Kopf mehrere Kilo. Er sackte einfach zur Seite. Sie starrte auf einen roten Punkt auf dem Boden. Ein Fleck. Blut. Dann ein Quietschen und Scharren. Schritte.

„Sicher!", hörte sie eine männliche Stimme. „Gott, wir brauchen einen Krankenwagen. Schnell!" Alle weiteren Anweisungen des Mannes, der den Keller betreten hatten, vermischten sich zu einem Vokalbrei, der ihren Kopf ausfüllte. Und dann war alles dunkel.

Das nächste, woran sie sich erinnern konnte, war, dass sie in einem Bett aufgewacht war. Ihre Lider ließen sich nicht richtig öffnen. Ihre Umgebung war nur ein milchiger Schattenriss. Dann wieder Ohnmacht.

Irgendwann saß Thomas neben ihr, als sie aus einem weiteren tiefen Schlaf erwachte. Er hielt ihre Hand, sah sie besorgt an. Sie konnte sich noch gut an sein Lächeln erinnern, als sie die Augen auftat. An die Tränen, die ihm über die Wangen liefen. Er beugte sich vor und küsste sie. „Wie geht es dir?“

„Weiß … nicht …“ Sie krächzte. Er streichelte ihre Stirn, wischte ein paar Haarsträhnen beiseite. „Wo bin ich?“

„Im Krankenhaus.“

„Was ist passiert?“

„Ich weiß es nicht. Du stehst unter Schock.“ Thomas schwieg, suchte nach den richtigen Worten. Ihr kamen die Tränen. Sie wandte den Blick ab und weinte. Sie wünschte, Thomas würde sie in den Arm nehmen. Doch er tat es nicht. Er saß da, starrte sie an, hielt ihre Hand. Fest umschlossen, dass ihre Finger schmerzten. Mit einem Mal wollte sie, dass er ging.

Fünf Tage war sie im Krankenhaus geblieben. Zur Beobachtung. Niemand konnte sagen, wie tief der Schock wirklich saß. Posttraumatische Belastungsstörung, nannte es einer der Ärzte. Wie ein Damoklesschwert schwebte dieser Begriff über ihrem Krankenbett. Tagsüber schlief sie viel. Nachts war sie meist wach. Dann kamen die Albträume. Oft fuhr sie schreiend in die Höhe, weil der Mann mit der Pistole abgedrückt hatte. Immer wenn die Kugel ihren Kopf durchschlagen sollte, wachte sie auf.

Einmal kam sogar ihr Chef zu Besuch. Kriminaldirektor Leon Gerberich, der Leiter der Direktion Kriminalität des Polizeipräsidiums Krefeld. Gerberich war ein großer, stattlicher Mann, stets adrett gekleidet in maßgeschneiderten Anzügen mit passender Weste. Er war ein Mann, der sehr auf sein Äußeres bedacht war. Sonja glaubte, dass er sich nicht nur die Augenbrauen rasierte, er zupfte sie sich. Außerdem zog er mit Kajal seine Wimpern nach. Es hieß, er wäre schwul. Was Sonja nichts ausmachte.

„Ich möchte Sie nicht stören“, sagte er, als er seinen Kopf hinter der Tür hervorschob, nachdem er geklopft hatte.

„Nein, kommen Sie herein.“

Gerberich betrat das Krankenzimmer und hielt ihr eine Schachtel Pralinen hin. Die kleinen Nougatmuscheln, die sie so gerne mit ihrer Oma verputzt hatte. Sonja freute sich über die Aufmerksamkeit.

„Ich hoffe, Sie mögen das."

Gerberich nahm sich einen der beiden Stühle, die an einem kleinen Tisch an der Wand standen, schob ihn heran und setzte sich. Er schlug die Beine übereinander, legte seine Hände auf dem Knie ab. „Wie geht es Ihnen?"

„Gut.", sagte sie. „In zwei bis drei Tagen darf ich raus."

„Ruhen Sie sich aus!" Es klang wie die Mahnung eines Vaters an seine Tochter.

„Was ist mit Hendricks?"

„Das lassen Sie mal meine Sorge sein."

„Ich muss ihn kriegen."

Gerberich beugte sich vor. „Frau Krüger, Sie sind eine gute Polizistin. Aber Sie sind nicht die einzige gute Polizeibeamtin."

„Was wissen wir über die verlassene Werkstatt? Vielleicht …"

„Frau Krüger, ich möchte, dass Sie uns erhalten bleiben. Ich schätze Sie sehr. Und weil ich das tue, möchte ich, dass Sie erst wiederkommen, wenn Sie richtig gesund sind." Gerberich griff in die Innentasche seines Jacketts und zauberte eine kleine weiße Karte hervor. „Hier, nehmen Sie!"

„Was ist das?"

„Die Visitenkarte unserer Polizeipsychologin, Melina Seibold." Sonja starrte die Karte an. „Gehen Sie zu ihr! Reden Sie mit ihr! Sie wird Ihnen helfen, ihr Trauma zu bearbeiten."

Die Karte wirkte winzig. Statt etwas zu erwidern, nahm sie die Karte und klemmte sie zwischen die Seiten eines Buches.

Irgendwann war ihr das Buch und die Karte wieder in die Finger gekommen. Sie hatte versuchen wollen, etwas zu lesen. Um sich abzulenken. Die Karte war ihr in den Schoß gefallen. Ein Zeichen. Sie hatte die Polizeipsychologin angerufen. Ihre Stimme klang freundlich.

Sonja warf Maya einen leisen Kuss zu, wandte sich um und ging in den Flur. Leise schloss sie hinter sich die Tür. Alles wird gut, dachte sie zitternd.

Sonja hatte sich fest vorgenommen, ihrer Therapeutin gegenüber offener zu werden. Was ihr schwerfiel. Aber sie wollte heraus aus dem Loch, das ihr Leben war. Sie musste versuchen, dieser fremden Frau zu vertrauen. Vielleicht konnte sie ihr wirklich helfen. Sonja war nervös, wenn sie an den dritten Termin morgen dachte. Es war, als stünde ihr Herz in Flammen, während zeitgleich ein eiserner, festgezurrter Ring um ihre Brust geschlungen war.

5

„Er ist auf mich losgegangen. Ich … ich konnte in die Küche entkommen, hab mir ein Messer geschnappt. Er war außer sich, hat rumgeschrien. Ich hab mit dem Messer nach ihm geschlagen. Ich glaub, ich hab ihn am Oberarm verletzt." Jan konnte nichts erkennen. Becca kniete am Kopf des Toten, die Hände auf den Oberschenkeln. „Wir standen uns gegenüber, die Klinge war auf ihn gerichtet. Schlampe, sagte er. Dann fing er an zu lachen. Du dämliches Miststück bringst es eh nicht fertig. Ohne Vorwarnung sprang er auf mich zu. Riss mich mit sich. Wir stürzten über die Rückenlehne der Couch, schlugen auf dem Boden auf. Ich rappelte mich hoch. Er bewegte sich nicht mehr, röchelte. Das Messer steckte in seiner Brust. Aber es war nicht meine Schuld. Es war … Er war selbst schuld. Und jetzt bin ich eine Mörderin!" Tränen brachen aus ihr heraus.

Jan wusste nicht, was er tun sollte. Seine Hände streichelten den rauen Stoff des Sofabezuges. Es half ihm, nicht den Verstand zu verlieren. „Du … musst zur Polizei gehen!"

Sie versuchte, die Tränen wegzublinzeln. „Hast du mir nicht zugehört? Ich habe einen Menschen ermordet."

„Es war Notwehr! Ein Unfall!"

„Es gibt keinen Zeugen."

„Sie werden dir glauben!"

Becca funkelte ihn mit eisigem Blick an. Es lief ihm kalt den Rücken herunter. „Mir hat noch nie einer geglaubt. Sie werden mich verhaften. Ich will nicht ins Gefängnis!"

Jan wollte nicht mit ihr diskutieren. Er wollte nur noch hier raus. Nur wie? Becca würde sicher alles tun, um ihr Geheimnis zu bewahren. „Hör zu … Der Kerl … Wie heißt er überhaupt?"

„Stefan."

„Und er ist … ich meine, er war dein Freund?"

Sie wich seinem Blick aus.

„Warum hat er dich angegriffen?"

Sie suchte nach den richtigen Worten. „Ich wollte ihn verlassen. Da ist er wütend geworden."

„Warum wolltest du ihn verlassen?"

Eine einzelne Träne lief ihre Wange hinunter. „Ich hatte ihm gesagt, dass ich von Sylvie wusste. Dass er sie gefickt hat. Ich hab ihn angeschrien. Verpiss dich, hab ich gesagt. Verpiss *du* dich, schrie er mich an. Dann hab ich meine Sachen gepackt. Und er ging auf mich los …"

Es gefiel Jan nicht, dass Becca seinem Blick nicht standhalten konnte. „Was hast du jetzt vor?"

Sie kniete sich auf das Sofa und lehnte sich gegen die Rückenlehne. Jan wollte zurückweichen. Tat es aber nicht. Becca sah mit großen Augen zu ihm auf. Tränen glitzerten darin. „Das wollte ich dich fragen."

Der Kloß in Jans Hals ließ sich nicht herunterschlucken. „Ich … ich weiß nicht … Vorhin dachte ich noch, ich sollte dich überreden, zur Polizei zu gehen. Dann dachte ich daran, selbst zur Polizei zu gehen." Ein Schatten huschte über ihr Antlitz. „Und jetzt … jetzt weiß ich es nicht mehr. Ich hab sowas noch nie erlebt … ich …"

„Ich hab auch noch nie einen Menschen getötet."

„Das hoffe ich." Er gluckste. Becca lächelte ebenfalls. War das respektlos? Vielleicht. Aber es half, die Situation erträglicher zu machen.

Sie legte ihre Hand auf seine. Er erstarrte, zog aber die Hand nicht weg. „Hilfst du mir?"

Jan konnte nicht antworten. Der Kloß in seinem Hals schien sich in seiner Speiseröhre verkeilt zu haben.

Becca kam noch näher. „Ich brauche deine Hilfe!"

Er schmeckte ihren warmen Atem. Ihre Nasenspitzen berührten sich. Jan spürte ein Kribbeln auf seinen Lippen. Sanft. Zitternd atmete er ein und aus. Suchend tasteten sich ihre Lippen an den seinen entlang. Dann spürte er ihre Zunge. Sie schob sich in seinen

Mund. Er stöhnte.
„Hilf mir, ihn wegzuschaffen."

*

Jan stand über der Leiche gebeugt und überlegte, wie er es schaffen sollte, den Mann aus der Wohnung zu bringen. Doch es fiel ihm schwer, sich zu konzentrieren. Immer wieder dachte er an den Kuss. Erst war es nur eine zarte Berührung gewesen, kaum spürbar, und endete schließlich in einer wilden Knutscherei. In dem Moment hatte er mehr gewollt. Er hatte sie gewollt. Becca. „Nein", hatte sie gehaucht und ihn sanft, aber bestimmt weggedrückt. „Nicht jetzt. Später. Erst brauch ich deine Hilfe."

Nun musste er die Leiche aus dem Haus schaffen. Nur wohin? Er hatte keine Ahnung. Er konnte ja schlecht Google fragen.

Stopp!, dachte er. Einen Schritt nach dem anderen.

„Jan?"

Er war so in Gedanken versunken gewesen, dass er gar nicht bemerkt hatte, wie Becca wieder ins Wohnzimmer zurückgekehrt war. Sie reichte ihm eine dampfende Tasse Kaffee. Jan nahm sie dankend an.

„Er muss raus hier."

Sie nickte.

„Das Messer lassen wir stecken."

„Warum?"

Er zuckte mit den Schultern. „Loswerden müssen wir es eh. Dann besser gleich mit ihm zusammen."

„Wir müssen den Griff abwischen. Wegen der Fingerabdrücke." Sie machte kehrt und eilte zurück in die Küche. Wenig später kam sie mit einer Packung *Sagrotan Hygienetücher* zurück. Jan grunzte.

„Sicher ist sicher."

„Das ist nicht dein erster Mord, was!?"

Becca erstarrte, sah ihm in die Augen. Ein eiserner Ring spannte sich um sein wild schlagendes Herz. Stumm nahm er ihr die *Sagrotan*-Packung aus der Hand und zupfte ein paar Tücher heraus. Er ging in die Knie und wischte den Schaft des Messers ab. Die Leiche zuckte. Die Klinge des Messers ließ ein schmatzendes

Geräusch ertönen. Jan drehte sich der Magen um.

„Und jetzt?“, fragte Becca.

Jan ließ die Tücher auf den Boden fallen und erhob sich. „Hast du ein Auto?“

Sie schüttelte den Kopf.

„Das hab ich befürchtet.“

„Du?“

Er verneinte ebenfalls.

„Fuck.“ Nervös spielte ihre Zunge mit dem Lippen-Piercing.

„Aber Maik. Mein Mitbewohner. Er hat einen alten VW Bulli.“

„Fahrtauglich?“

Er zögerte, dachte nach. Sah ihr in die Augen. Ihre füllten sich mit Tränen. „Ich krieg das hin. Ich helfe dir. Mach dir keine Sorgen! Vertrau mir!“

*

Als Jan auf die Straße trat, spürte er die kühle Nachtluft. Sein Herz schlug wild. Verpiss dich!, dachte er. Das ist die Gelegenheit. Ruf die Polizei! Die Beamten würden ihr Fragen stellen, Becca würde alles erklären. Es würde alles in Ordnung kommen. Er zog sein Handy hervor. Sein Daumen zitterte über dem Display. Aber was, wenn die Polizei ihr nicht glaubte?

Jan schluckte. Ihm wurde klar, dass es schon zu seinem gottverdammten Scheißproblem geworden war. Wegen Beihilfe landete man auch im Knast. Er war zu ihrem Komplizen geworden.

Auf dem fünfzehnminütigen Weg zu seiner Bude am Ostwall, schüttelte er die bösen Gedanken ab. Er schob den Schlüssel ins Schloss, drehte ihn leise. Er wollte nicht, dass Maik bemerkte, wie er nach Hause kam. Es klackte, sachte öffnete er die Tür. In der Stille des nächtlichen Wohnhauses erschien es Jan durchdringend. Er hielt den Atem an, huschte über die Schwelle und drückte die Tür genauso vorsichtig wieder zu.

Jan brauchte kein Licht. Im Schrank der Garderobe gab es eine Schublade, in der sie immer ihre Schlüssel verstauten. Maik besaß zwar die Angewohnheit, seine Schlüssel in der Hose mit sich herumzutragen, aber vielleicht hatte er ja Glück.

Jan öffnete die Schublade. Er schob Papiertaschentücher beiseite, Handschuhe, eine halbvolle Dose Kaugummis, einen Schal und eine Packung Kondome. Einen Schlüssel fand er nicht.

Scheiße!

So groß die Hoffnung auch gewesen war, so groß war nun die Enttäuschung. Sollte er sich in Maiks Zimmer schleichen und in den getragenen Sachen seines Mitbewohners wühlen, um einen Autoschlüssel zu suchen?

Er hatte keine andere Wahl. Jan wandte sich dem Flur zu, machte einen Schritt und …

Dong!

Er war gegen etwas getreten, hatte dieses Etwas wie einen Ball über den Laminatboden geschossen, sodass es gegen die Küchentür geknallt war. „Verdammt!"

Er tastete rechts, fand den Schalter und machte Licht. Ein hochhackiger Frauenschuh. Rot. Der zweite lag wenige Zentimeter weiter. Dem schloss sich eine Spur von Kleidungsstücken an. Ein schwarzer Rock, eine rote Bluse oder etwas in der Art, ein BH und ein Slip. Außerdem erkannte er ein Paar Männerschuhe, Maiks Lieblingstreter, dessen T-Shirt und die zerschlissene Hose seines Freundes, die nur darauf wartete, von ihm durchsucht zu werden.

Jan konnte sein Glück nicht fassen. Eilig hob er sie auf, drehte sie auf alle Seiten, bis er die rechte Hosentasche fand und griff hinein.

Bingo! Seine Hände umklammerten den Schlüssel. Jan musste sich zusammenreißen, um nicht vor Freude laut zu jubeln. Er erhob sich, als die Tür zum Zimmer seines Mitbewohners sich öffnete und eine nackte Gestalt in den Flur trat.

Jan hielt in der Bewegung inne. Er fühlte sich wie ein ertappter Dieb in der Nacht.

„Was machst du da?"

Jan betrachtete seinen Kumpel und suchte nach einer Ausrede. Über Maiks schlaffem Penis hing ein ausgeleiertes Kondom.

„Ich dachte du seist allein." Jans Finger umklammerten den Schlüssel des rettenden VW-Busses.

„War ich auch. Mandy ist zurückgekommen."

Schlanke Finger schoben sich mit einem Mal über Maiks Bauch und eine braungebrannte Blondine schmiegte sich mit verschlafenen Augen an ihn. „Warum kommst du nicht wieder ins Bett?“, fragte sie mit schwerer Zunge.

„Komme ... Darf ich vorstellen … Mandy, Jan.“

Mandy musterte Jan hinter schweren Lidern. „Willste nich mitkommen? Du siehst gut aus.“

„Danke.“ Jan schüttelte den Kopf.

Mandy zuckte mit den Schultern und wandte sich ab. Jan sah an seinem Freund vorbei und betrachtete die Rückseite seiner Gespielin.

„Lecker.“, sagte er.

Maik zwinkerte. Er wies nickend auf seine Hosen, die Jan noch immer in der Hand hielt, und auf die geschlossene Faust der anderen. „Hast du noch was vor?“

„Ich … brauch deinen Bulli, Mann.“

„Was is passiert?“

„Nix.“

„Aha …“ Maik kam auf ihn zu, während das Kondom wie ein labbriges Glockenpendel hin und her schwang. Er nahm Jans linke Faust in die Hand, öffnete seine Finger und entnahm ihm den Schlüssel. „Dann brauchst du auch meinen Bulli nicht.“

„Ich … ich hab ein Mädchen kennengelernt. Aber sie kommt nicht nach Hause. Ich hab ihr angeboten, sie zu bringen. Und …“

„… es fahren keine Taxis mehr, hm?“

„Doch, aber …“

„Sie ist scharf.“

„Luzifermäßig.“

Maik hielt ihm den Schlüssel hin. „Mach, dass du wegkommst. In der Kommode sind Kondome.“ Maik grinste.

6

Thomas lag mit dem Kopf tief in seinem Kissen vergraben. Sein Mund stand leicht offen. Er schnarchte leise. Sonja mochte es. Eigentlich. Wenigstens einmal in der Nacht wurde Sonja wach und lauschte diesem Schnorcheln. Ein Geräusch, das sie mit ihrem Zuhause verband. Doch jetzt löste es nichts in ihr aus. Dort in ihrem Bauch, wo es stets zu kribbeln begann, wenn sie an Thomas dachte, gab es nur noch einen schweren, schwarzen Gesteinsbrocken, der sie innerlich zerquetschte.

Von dem, was Familie ausmachte, spürte sie nichts. Bestenfalls eine vage Erinnerung daran. Sonjas Augen füllten sich mit Tränen.

Sie war müde, wollte sich schlafen legen. Doch sie konnte sich nicht bewegen. Sich nicht neben ihren Ehemann auf ihre Seite des Bettes legen. Sie verließ das Schlafzimmer und ging zurück ins Wohnzimmer. Dort legte sie sich auf die Couch und starrte in der Dunkelheit zur Zimmerdecke.

Seit vier Wochen war sie nun vom Dienst befreit. Seit vier Wochen zuhause. Doch gedanklich war sie immer woanders. Und das hatte ihr geholfen, denn inzwischen wusste sie, sie würde erst wieder frei sein, wenn sie die Dämonen der letzten vier Wochen verscheucht hatte. Und das konnte sie nur, indem sie Hendricks verhaftete.

Doch wie sollte sie am besten vorgehen? Kriminaldirektor Gerberich war ein analytischer Kopf, vielleicht half ihr die Erinnerung an die erste Vernehmung, auf eine Spur zu kommen.

Gerberich hatte sie aufrichtig angelächelt, als er den kleinen Vernehmungsraum betrat. Er öffnete die Knöpfe seines Jacketts und setzte sich ihr gegenüber. Die Weste spannte über seinem Bauch und je nach Lichteinfall glitzerte sie als wäre sie paillettenbestickt.

„Wollen wir?“, fragte Gerberich. Sonja antwortete mit einem unsicheren Nicken. „Keine Angst. Ich bin bei Ihnen. Gemeinsam werden wir das schon machen, Frau Krüger.“

Sie lächelte, ihre Wangen glühten.

„Donnerstag, 20. Juni 2019“, sagte er. „Im Gespräch befinden sich Kommissarin Sonja Krüger und Kriminaldirektor Leon Gerberich. Es ist …" Er blickte auf seine Armbanduhr, dessen Zifferblatt im Vergleich zu seinem Handgelenk winzig war. „13:56 Uhr. Frau Krüger, danke, dass Sie meiner Einladung gefolgt sind."

Sie nickte.

„Bitte nennen Sie fürs Protokoll Ihren Namen und Ihren Dienstgrad."

„Sonja Krüger. Ich bin Kommissarin der Mordkommission *Rotlicht*."

„Danke, Frau Krüger." Er zwinkerte ihr zu. „Es geht um die Ereignisse der Nacht vom 22. auf den 23. Mai. Okay, Frau Krüger?"

Sie nickte.

Gerberich schmunzelte aufmunternd. „Seien Sie so gut und antworten Sie bitte mit einem Ja. Ihr Nicken ist auf Band leider nicht zu verstehen." Er zwinkerte wieder. Sonja sah beschämt auf den Mikrofonkopf, der ihr zugewandt war, und wurde rot. „Entschuldigen Sie. Es ist das erste Mal, dass ich auf der anderen Seite des Tisches sitze. Ich bin wohl doch nervöser, als ich dachte."

„Schon in Ordnung. Kein Grund nervös zu sein. Betrachten Sie das Ganze als eine harmlose Zeugenaussage. Oder vielmehr als ein Gespräch unter Kollegen."

Kriminaldirektor Leon Gerberich war ein großer Mann, von knapp zwei Metern Körpergröße mit kräftiger Statur, breiten Schultern, massigen Oberarmen und entsprechend großen Händen. Er trug einen modischen grauen Anzug mit einer schwarzen Weste darunter. Seine schmale Krawatte war akkurat gebunden und seine schwarzen Schuhe glänzten im Schein des kalten Lichts im Verhörzimmer. Die Ruhe, die von ihm ausging, schien er über den Tisch an Sonja weiterzugeben.

„Warum waren Sie und Ihr Kollege Oberkommissar Heinz Marquart am besagten Abend in dem Keller der verlassenen Werkstatt am Kütterweg in Fichtenhain?"

„Wir sind einer Einladung gefolgt."

„Wessen Einladung?"

„Von Lars Hendricks." Sonjas Augenlid zuckte bei Erwähnung dieses Namens.

„Wer ist das?"

„Nun … Wir vermuten in ihm den Mörder des …“ Sie räusperte sich. „… des Geschäftsmannes Hartmut Löffler und des Pächters Sebastian Merker.“

Gerberich hob die Augenbrauen. „Geschäftsmann und Pächter?“

Dass Löffler Zuhälter und Merker Clubbesitzer und Drogendealer waren, war hinlänglich bekannt. „Löffler ist Inhaber und Geschäftsführer des *Club D'Amour*, eines stadtbekannten Etablissements, wo Herren hingehen, wenn sie nicht allein sein wollen.“

„Ein Puff?“

„Er selbst sprach stets von einem Edelbordell. Unterm Strich gesehen war es ein normaler Puff. Vielleicht ein wenig extravaganter als andere, ich kenn mich da nicht aus.“

Gerberich nickte und wies sie an fortzufahren.

„Mit den dort arbeitenden Damen hatte Löffler sogar einen Prostitutionsvertrag abgeschlossen, der sich haarklein auf alle Grundlagen des Prostitutionsgesetzes von 2002 bezog. Dennoch stand er im Verdacht der Zuhälterei. Stichwort: Zwangsprostitution. Doch nachweisen konnten ihm die Kollegen diesen Tatbestand nicht.“

„Wen meinen Sie mit ‚die Kollegen‘“

„Na, die Kollegen vom KK23, Rauschgiftkriminalität und Prostitution liegen ja in deren Zuständigkeitsbereich.“

„Gut, weiter!“

„Sebastian Merker ist der Betreiber der Kneipe *Stadtgespräch*. Direkt gegenüber des *Club D'Amour*. Das *Stadtgespräch* verstand sich als Kontakthof für den *Club D'Amour*.“

„Kontakthof?“

Sonja schmunzelte. „Ja. Marquart, Ermittler für Sexualdelikte, erklärte es mir. Ein Kontakthof nennt man den Ort, in dem Prostituierte mit dem männlichen Freier sexuelle Handlungen anbahnen. Marquart benutzte eine etwas unverblümtere Sprache für seine Erklärung.“ Gerberichs Blick erklärte Sonja, dass er sie verstanden hatte.

„Das *Stadtgespräch* steht im Verdacht, Umschlagsplatz für Drogen zu sein. Angefangen vom Tütchen Hasch bis hin zur Spritze oder einem Körnchen Crystal Meth. Sebastian Merker soll die Fäden in der Hand gehabt haben. Auch er war bislang zu clever für die Kollegen des KK 23. Weder Löffler noch Merker konnte man etwas nachweisen."

„Wie kamen Sie darauf, dass Lars Hendricks als Mörder in Frage kommt?"

„Weil er es selbst gesagt hat."

„Er hat gestanden?"

Sonja nickte. „Ja. Bei unseren Nachforschungen stieß ich auf den Namen eines Mädchens. Mia Hendricks. Sie war vor wenigen Wochen tot aus dem Rhein gefischt worden. Ihr Leichnam war übel zugerichtet und im Seitenarm des Linner Mühlbachs in Uerdingen ans Ufer geschwemmt worden. Vor ihrem Tod wurde sie brutal misshandelt und vergewaltigt."

„Was aber nicht die Todesursache war?"

„Nein. Sie starb an einer Überdosis Heroin." Die Nervosität war von Sonja abgefallen. Sie sprach nüchtern über das Schicksal des jungen Mädchens. „Mia Hendricks war eine von zwölf angestellten Frauen im *Club D'Amour* gewesen. Nach Löfflers Ermordung haben wir mit allen außer Mia gesprochen. Alle sagten das Gleiche aus. Er sei ein fairer Chef gewesen, immer höflich, entgegenkommend. Er hätte dafür gesorgt, dass es ihnen stets gut ginge, stellte ihnen regelmäßige ärztliche Untersuchungen in Aussicht und versprach ihnen Schutz, wenn Freier Dinge wollten, die sie als Frauen nicht leisten konnten oder mochten."

„Großartiger Kerl", sagte Gerberich. „Warum wurde Mia Hendricks nicht dazu vernommen?"

„Weil wir sie nicht finden konnten." Gerberich merkte auf. „Sie hatte ein paar Tage Urlaub angemeldet und war an ihrem ersten Arbeitstag, drei Tage nach dem Auffinden der Leiche Löfflers, nicht wieder im Club erschienen. Zeitgleich erfuhren wir von einer fast zwei Wochen alten Vermisstenmeldung. Ihr Bruder Lars Hendricks hatte die Anzeige aufgegeben. Leider konnten wir auch ihn zwecks einer Befragung nicht antreffen. Und dann fand man die zweite Leiche, Sebastian Merker, auf dem Klo seiner Kneipe." Sonja stockte. Nur zu deutlich hatte sie die grausigen Bilder noch vor Augen. „Als Kontakthof gingen alle Mädchen im *Stadtgespräch* aus und ein. Wir haben die Mitarbeiter dort verhört. Keiner konnte oder wollte etwas Schlechtes über Merker als Chef sagen. Informationen oder Ideen zum Verschwinden von Mia Hendricks hatten wir auch keine erhalten. Wenig später hatte der Kollege Baimer von der Fahndung Mia Hendricks ausfindig gemacht. Tot. Er hat INPOL durchforstet, stieß auf den Leichenfund in Uerdingen und stellte fest, dass ihr Bruder sie identifiziert hatte. Das muss zwei Wochen vor dem Mord an Löffler gewesen sein. Ich hatte bei der KK 23 nachgefragt. Wegen Personalmangels ist diese Info erst viel später ins System übertragen worden."

Der Kriminaldirektor schloss die Augen. „Weiter!"

„Ich erhielt einen Anruf von Lars Hendricks. Den genauen Wortlaut weiß ich nicht mehr. Aber er hatte mich und Marquart gesehen, als wir an seiner Wohnung waren – zum wiederholten Male. Er wusste, dass ich als leitende Ermittlerin für die Mordfälle Löffler und Merker zuständig war, und er freute sich darüber, dass es nicht allzu lange gedauert hatte, bis man eine Verbindung zwischen dem Tod seiner Schwester und den beiden …" Sonja malte Gänsefüßchen in die Luft. „… Schweinehunden gefunden hatte. Löffler und Merker hätten Mia in den Tod getrieben. Dafür hätten sie büßen müssen. Ich fragte, ob er es war, der die beiden gefoltert und ermordet hatte. Natürlich, hat er gesagt." Sie trank einen Schluck. „Er könne alles beweisen. Wir könnten uns gerne treffen. Er nannte die Adresse des Kütterwegs. Eine ehemalige Schlosserei im Gewerbegebiet *Europapark* Fichtenhain. Ich sollte meinen ‚fetten Kollegen' mitbringen."

Gerberich hob die Augenbrauen. „Marquart?"

Sonja zuckte mit den Schultern, als wollte sie fragen, ob er noch einen anderen kennen würde.

„Okay … Weiter!"

Sonja atmete einmal tief durch.

„Wollen Sie eine Pause machen?"

„Geht schon … Aber könnte ich ein Wasser bekommen?"

„Natürlich. Entschuldigen Sie. Gastfreundschaft wird bei der Polizei wohl nicht allzu großgeschrieben."

„Schon gut."

Wenig später betrat eine uniformierte Polizistin das kleine Verhörzimmer und brachte Sonja ein Glas Wasser. Sie nahm es dankend entgegen und trank einen großen Schluck.

„Marquart und ich betraten also das verlassene Gebäude gegen kurz vor 23 Uhr am 22. Mai."

„Sie beide allein?"

Sonja nickte, besann sich und sagte: „Ja."

„Warum?"

„Marquardt meinte, wenn Hendricks spitzkriegen würde, dass wir mit Verstärkung zu unserem Treffen kämen, würde er sich nicht blicken lassen."

„Klingt logisch."

„Ja."

„Trotzdem haben Sie die Kollegen informiert und Verstärkung angefordert."

„Ja."

„Ohne Marquardt Bescheid zu geben."

„Ja."

„Warum?"

Sonja zögerte. „Ich hielt es für eine gute Idee."

„Weiter, bitte!"

Sonja atmete tief durch. „Wir hatten uns mit Hendricks um 23 Uhr verabredet. Wir durchquerten einen Vorraum und kamen dann in die Werkstatt. Hendricks empfing uns mit einer automatischen Pistole im Anschlag. Er forderte uns auf, in den Keller hinunterzugehen. Das taten wir. Unten bat er uns, uns umzudrehen."

„Er bat?"

„‚Seien Sie so freundlich und drehen Sie sich bitte um', sagte er." Sonja zuckte die Schultern. „Hendricks sprach die ganze Zeit über sehr höflich. Wenigstens zu mir. Mit Marquart sprach er anders."

„Was sagte er?"

„‚Da ist ja die fette Sau, die meine Schwester totgefickt hat!'"

Gerberichs Lippen lösten sich voneinander. Er räusperte sich und fuhr mit den Händen sein Kinn entlang. „Was hat er damit gemeint?"

Sonja lehnte sich zurück. „Da muss ich etwas ausholen."

„Tun Sie das!"

„Hendricks hat Hartmut Löffler getötet, weil er Mia seiner Meinung nach zur Prostitution gezwungen hatte. Er hatte den Mann an Händen und Füßen an die Pfosten seines Bettes genagelt und ihm zehn Zentimeter lange Eisennägel durch die Handflächen und die Füße getrieben. Er hatte ihn entkleidet und ihm die Genitalien mit einer Nietpistole verstümmelt. Laut den Obduktionsergebnissen von Professor Dr. Gernot vom Rechtsmedizinischen Institut Düsseldorf wurde Löffler mit Benzodiazepin betäubt. Das hatte zur Folge, dass er dem Treiben des Mörders willenlos gegenübergestanden hatte."

„Mit anderen Worten: Löffler hatte sich ohne Gegenwehr ans Bett nageln lassen?"

Sonja nickte. „Die anschließende Folter durch die Nietpistole musste ihn um den Verstand gebracht haben. Denn Schmerzen hatte er empfunden. Die Verbindung aus Stress, dem Löfflers Mechanismus ausgesetzt war, und dem Betäubungsmittel führte zum Erbrechen. Als Todesursache nannte Gernot Aspiration."

„Was war mit Sebastian Merker?"

„Der musste dran glauben, weil er Hendricks Schwester in die Abhängigkeit getrieben hatte. Er wurde auf dem Klo seiner Kneipe in Dießem gefunden. In dieses Etablissement gingen Leute nicht, wenn sie nur Gras rauchen wollten, sondern wenn es sie nach Härterem verlangte. Sebastian Merker konnte ihnen alles besorgen, was sie brauchten. Hendricks hatte Merker ebenfalls betäubt. Das Ergebnis der toxikologischen Untersuchung lautete: Benzodiazepin. Auch er wurde nackt ausgezogen. Anschließend wurden ihm die Hände mit Kabelbindern auf dem Rücken gefesselt, die Beine verschnürt und der Mund mit Panzerband verklebt. Merker hatte ausgesehen wie ein groteskes Nadelkissen. In seinen Ellbogenbeugen steckten 10-Mililiter-Spritzen, deren Kanülen bis zum Anschlag durchgedrückt waren. Zwei weitere in seinem Hals und zwei in seinen Leisten. Auf diese Weise war Luft in seine Venen injiziert worden. Prof. Dr. Gernot gab an, dass er innerlich erstickt war. Durch den Venenzugang war Luft in die rechte Herzkammer gelangt, hatte dafür gesorgt, dass das Blut schaumig wurde und so den Lungenzugang verstopft. Es hatte kein Gasaustausch stattfinden können. Luftembolie."

Gerberich verzog das Gesicht. „Ein qualvoller Tod."

Sonja nickte. Das bläuliche, aufgedunsene Gesicht des Leichnams war zwar eine normale Folge dieser Todesursache, war aber entsetzlich anzusehen gewesen und verfolgte sie noch immer in ihren Träumen.

„Und was hat nun unser Kollege Heinz Marquardt mit all dem zu tun?"

„Laut Hendricks soll Marquart von den beiden bezahlt worden sein, um öfter mal wegzusehen. Die Bezahlung, die Marquart in Empfang nehmen durfte, war nicht immer Geld. Er bekam Mia. Er musste nicht für sie bezahlen und durfte entgegen den Verträgen die Löffler mit seinen Mädchen hatte, mit ihr machen, was er wollte."

„Wie reagierte Marquart auf Hendricks Anschuldigung?"

„Er sagte, das sei Bullshit. Sie habe aus freien Stücken mit ihm gefickt. Verzeihen Sie, das sagte er. Dann gab eins das andere. Hendricks hatte ihm ein paar Pillen hingehalten. Er solle sie nehmen. Besser für ihn, wenn er es freiwillig täte. Marquardt weigerte sich. Dann griff er nach seiner Pistole. Hendricks war schneller. Er schoss auf ihn und Marquart fiel getroffen zu Boden. Und dann … dann …" Die Sachlichkeit fiel von ihrer Stimme ab. Ihre Augen wurden feucht und ihre Finger, die die ganze Zeit über auf dem Tisch geruht hatten, begannen zu zittern, dass ihre Nägel auf der Tischplatte tickerten.

Gerberichs Blick taxierte sie, als versuche er, jede ihrer Regungen und Gesten – und war sie auch noch so klein – aufzunehmen.

„Er … er bat mich, mich umzudrehen und mich hinzuknien. Ich … ich konnte nicht … also half er mir …"

Sonja erzählte Gerberich stockend, was weiter geschehen war. Gerberich ließ sie reden. Gab ihr alle Zeit, die sie brauchte. Er unterbrach sie nicht und erwiderte erst wieder etwas, als Sonja erklärte, dass Marquart sie zwang, beinahe anflehte, Hendricks zu erschießen.

„Was haben Sie gemacht?"

„Ich habe nicht auf ihn angelegt. Also hat Marquart seine Waffe auf den Verdächtigen gerichtet. Und ich glaubte … nein, ich war mir sicher, dass er Hendricks erschießen wollte."

„Warum glauben Sie das?"

Sie schüttelte fragend den Kopf. Sie verstand nicht, worauf Gerberich hinauswollte.

„Sie sagten, Hendricks lag auf dem Boden. Entwaffnet. Richtig?"

Sonja nickte.

„Waren Sie, Frau Kommissarin, der Meinung, dass von dem Mann noch eine Gefahr ausging?"

Sonja verzog keine Miene, nicht der kleinste Muskel zuckte. Sie starrte ihren Gesprächspartner an.

„Ich wiederhole meine Frage, Frau Krüger. Ging von Hendricks in diesem Moment, als Oberkommissar Marquart von Ihnen verlangte, den Verdächtigen zu erschießen, eine Gefahr aus?"

Sonja schüttelte sachte den Kopf, die Geste war kaum zu erkennen.

„Bitte antworten Sie mit einem Ja oder einem Nein."

Sonja räusperte sich, da ihre Stimme die Antwort zunächst nicht über die Lippen brachte. „Nein. Die Situation war unter Kontrolle."

Gerberich nickte.

„Danke, Frau Kommissarin."

„Bis …"

„Ja?"

„… Marquart durchgedreht ist."

„Warum, glauben Sie, ist er das?"

Sie schüttelte den Kopf, atmete tief aus und suchte mit den Augen die nackten Wände ab, als stünde dort die Antwort.

„Sie haben einen Verdacht." Es war weniger eine Frage, denn eine Feststellung von Gerberich.

Sonja schwieg, ihr Blick sprach ein einziges Wort: Ja.

„Raus mit der Sprache! Was vermuten Sie? Warum wollte unser Kollege Heinz Marquart Hendricks' Tod?"

Sonja schluckte. „Mein erster Gedanke war, Hendricks könnte recht haben."

7

Die Fahrt über hatte Jan sich den Kopf zerbrochen, wohin sie die Leiche schaffen sollten. Erst als er den VW vor Beccas Tür geparkt hatte und den Klingelknopf drückte, hatte er eine Idee. Die Seiten einer zusammengerollten Zeitung, die schief in einem der Briefkästen steckte, winkten ihm zu. Er riss sie heraus. Perfekt.

In Beccas kleiner Küche klatschte die Zeitung auf den Tisch, Werbeprospekte schossen fächerartig hervor. Becca saß auf einem Stuhl, das Gesicht in den Händen vergraben, und sah auf, als Jan neben sie trat. Irritiert starrte sie auf das leuchtend rote Banner des *Stadtspiegels,* einer Wochenzeitung, die immer mittwochs den Weg in die Haushalte fand.

„Danke", sagte sie. „Hab grad keinen Kopf für den Stadttratsch."

„Schade." Jan zwinkerte. „Denn in diesem Blatt liegt die Lösung unserer Probleme."

„Was?"

„Blätter mal durch. Von hinten nach vorne."

„Von hinten?" Beccas Mimik deutete an, als frage sie sich, ob er den Verstand verloren habe.

„Genau."

„Aber da stehen doch nur die …" Becca stockte. Ihre Augen weiteten sich, ihre Wangen färbten sich rot, ähnlich leuchtend wie das Banner der Zeitung. Jan wusste, dass Becca verstanden hatte, wie sein Plan aussah. „… die Todesanzeigen."

Jan nickte eifrig. Becca blätterte hastig die Seiten durch, fiebrig suchten ihre Augen die Seiten ab, huschten wie gehetztes Wild über die schwarz umrandeten Kästchen der Trauermeldungen. Jan beugte sich vor, eine Hand auf dem Tisch abgestützt, eine auf der Stuhllehne. Doch die Aufregung in seinem Innern legte sich rasch, als sie nicht fanden, was sie suchten.

„Nichts. Und nun?"

Ratlos starrte Jan auf die Buchstaben in der Zeitung. Sie wirbelten durcheinander und verhöhnten ihn mit einem wirren Tanz. Ihm wurde schwindelig.

„Die Homepage", sagte er.

„Was?"
„Hol deinen Laptop."
„Hab keinen!"
Jan zerrte sein Handy hervor und gab in die Suchmaske des Internet-Browsers *Krefeld* und *Stadtspiegel* ein. An erster Stelle schlug man ihm die Seite *Extra Tipp am Sonntag* vor. Ohne zu zögern, öffnete er den Link zur Homepage des Verlags. *Mein Krefeld* empfingen ihn weiße Lettern auf rotem Grund. Er scrollte mit dem Daumen zum Seitenende.

Jan fand das Gesuchte und hielt Becca das Display vor die Nase. Sie las laut vor. „Trauerprotal."

Jan tippte auf den Link und eine weitere Seite öffnete sich. *Trauer und Gedenken* stand dort neben einer grafischen Taube, die einen roten Ast im Schnabel trug. Direkt darunter gab es eine kleine Suchmaschine, die einem half, Traueranzeigen, Dienstleister oder Ratgeber zu finden. Jan interessierte sich für das Feld *Aktuelle Traueranzeigen.* Er klickte auf *Letzte 14 Tage* und ihnen präsentierte sich ein Reigen verschiedenster Traueranzeigen der letzten zwei Wochen in und um Krefeld. Eine Seite mit 36 Unterseiten. Mit offenem Mund starrte Becca Jan an.

Der zuckte mit den Schultern. „Gestorben wird immer."
„Das ist wie die Suche nach der Nadel im Heuhaufen."
„Deshalb sollten wir keine Zeit verlieren!"
Sie wollten schon aufgeben, als sie auf der zehnten Seite fanden, was sie suchten. Nach unzähligen Namen, Trauerbekundungen, trostspendenden Zitaten und Fotos meist älterer Menschen, fanden Sie den Namen von Karl-Heinz Wolters. Am heutigen Tag um 10 Uhr sollte seine Beerdigung auf dem Hauptfriedhof stattfinden. Jan schaute auf die Uhr. Es war 3:21 Uhr. Noch etwas über 6 Stunden Zeit. Aber viel weniger, bis die Sonne aufging. Am helllichten Tag konnten sie ihre Idee nicht in die Tat umsetzen.

„Du hast wirklich vor …?" Beccas Brilli tanzte wild in ihrer Unterlippe.

Jan spürte ein Lächeln in seinem Gesicht. Es kam ihm falsch vor. „Jetzt packen wir den Kerl in Maiks Bulli, fahren raus zum Hauptfriedhof und sehen zu, dass wir ihn unter die Erde kriegen."

Wenn es einen Ausdruck für Grauen gab, dann spiegelte er sich gerade in ihrem Gesicht wider. Sie öffnete den Mund, wollte etwas sagen, doch außer einem leisen Stöhnen, kam nichts heraus.

„Wir können ihn auch in deine Mülltonne stopfen."

Sie fuhr sich mit den Händen übers Gesicht. Atmete durch. Jan setzte sich neben sie, fasste sie bei den Schultern und drehte sie zu sich herum. „Wir brauchen etwas, in das wir ihn einwickeln. Eine Decke vielleicht." Er nahm zwar an, dass die Messerstichwunde bereits geronnen war und der Tote nicht mehr bluten würde, aber man konnte ja nicht wissen. Becca verschwand im Flur.

Jan ging in die Knie und betrachtete den Toten. Er tastete vorsichtig mit den Fingern das Gesicht ab und fand seine Befürchtung bestätigt. Die Totenstarre hatte im Gesicht bereits eingesetzt. Dies geschah nach ein bis zwei Stunden. Das hatte er im Fernsehen bei einer dieser Ermittlerserien erfahren. Nach ungefähr vier Stunden sollten der Kiefer und die Kaumuskeln steif sein. Jan versuchte, den Mund zu schließen. Es gelang ihm nicht. Der Kerl musste also mindestens vier Stunden tot sein. Wenn sie jetzt ganz viel Pech hatten …

Jan umfasste das Handgelenk des rechten Arms, hob ihn an. Er versuchte das Handgelenk wie bei einer Wink-Bewegung auf und ab zu knicken. Doch das Gelenk war bereits steif. Die Finger spreizten sich wie eingefrorene Krallen von der Hand ab. Auch das Gelenk des Ellbogens ließ sich nur millimeterweise in seiner Fassung bewegen. Die Schulter war noch flexibel, doch die Nackenmuskulatur war schon fest und unnachgiebig, wenn er mit den Fingern auf ihnen herumdrückte. Sie hatten nicht mehr viel Zeit.

Jan hatte gehört, dass die Totenstarre im Oberkörper begann, bevor sie auf den Unterkörper überging. Das hieß für ihn, dass der Tote im Hüftgelenk noch biegsam sein musste, sodass er ihn sich über die Schulter werfen konnte. Vorausgesetzt, Becca kam endlich mit einer Decke zurück. Denn wenn der Kamerad erst richtig steif war, mussten sie einen oder gar zwei Tage warten, bis eine Erschlaffung der Muskulatur wieder einsetzen würde.

Becca kehrte zurück. Jan sprang auf und fasste den schmalen Couchtisch bei der Platte. Er hob ihn an und setzte ihn zur Seite. Die kleine bauchige Vase, die in der Mitte stand, tänzelte gefährlich, fiel aber nicht um. Jan breitete die Decke neben den Toten aus und rollte ihn darauf. Gänzlich eingewickelt, schob Jan nun die Hände unter die dicke Wurst und wuchtete den Körper in die Höhe. Er war schwer.

„Wo steht dein Wagen?", fragte Becca.

„Direkt vor der Tür."

Becca wandte sich um, doch Jan hielt sie auf. „Warte. Die Autoschlüssel."

„Wo sind sie?"

„In meiner … Hosentasche."

Becca hielt inne, musterte ihn, blickte auf seine Hosentasche und schien zu überlegen, ob sie hineingreifen sollte. Jan war es unangenehm. Aber den schweren Leichnam wieder hinzulegen, um den Schlüssel aus der Tasche zu nehmen, kam für ihn nicht in Frage.

Schon spürte er, wie ihre schlanken Finger sich in seine enge Hosentasche schoben, an seiner Leiste entlangkitzelten und die Schlüssel griffen. Ihre Aktion blieb nicht ohne Folgen. Es kribbelte zwischen seinen Beinen und Jan schickte ein Dankgebet an *Levi's Jeans*.

Becca ging voraus, Jan drehte sich herum. *Klong*, machte etwas. Es folgte ein rollendes Geräusch. Jan drehte den Kopf und sah die Vase über den Tisch kullern. Orange und gelbe Blüten lagen überall verteilt.

Verdammt!, dachte er.

„Nein!" Aus den Augenwinkeln sah Jan Becca um den Tisch hetzen und mit einem Sprung neben dem Möbelstück auf die Knie stürzen. Doch sie war zu langsam. Die Vase segelte vom Tisch zu Boden und zerbrach.

„Scheiße!", stieß Becca hervor. „Kannst du nicht aufpassen?"

Eine verflixte Vase!, dachte er.

Becca klaubte die Scherben zusammen, die einzelnen Blütenblätter. Die Last des Toten drückte auf Jans Schulter. Es schmerzte. Er wagte aber nicht, etwas zu sagen. Er starrte nur Becca an, wie sie die Bruchstücke der Vase beseitigte.

„Können wir endlich?", fragte er.

Becca ging voraus, öffnete die Wohnungstür und warf vorsichtig einen Blick in den dunklen Flur.

„Die Luft ist rein“, flüsterte sie.

„Nun mach schon, der Kerl ist schwer!“

Becca huschte hinaus.

Mit jeder Stufe, die Jan nahm, sackte der Körper des Toten auf seine Schulter, stauchte seine Wirbelsäule, sodass er befürchtete, morgen wie ein krummes Fragezeichen auszusehen. Mit aufgeblähten Wangen nahm er Stufe für Stufe und betete, dass nicht gerade in diesem Moment jemand aus einer der anderen Wohnungen in den Flur trat.

Unten wartete Becca bereits auf ihn und hielt die Tür auf. Jan schwitzte, als er den Fuß der Treppe erreicht hatte. Schweiß perlte ihm von der Stirn.

„Mach schon den Wagen auf“, ächzte er.

Becca nahm den Schlüssel und steckte ihn ins Schloss des alten VW T3, der dort auf seine Mitreisenden wartete. Nur leider stand der Bulli falsch herum. Die Verladetür befand sich auf der anderen Seite.

„Du musst um die Karre rum, Becca. Ich krieg den Kerl nicht über den Beifahrersitz gehoben.“ Allmählich begann es in seinen Beinen und seinen Schultern zu zittern. Lange hielt Jan dieser ungewöhnlichen, körperlichen Strapaze nicht mehr Stand. Becca sprang um den Wagen herum, Jan schlich hinterher. Sie öffnete die Seitentür des Bullis.

„Was zum Henker …?“

„Frag nicht!“

Sie kletterte hinein und traute ihren Augen nicht. Der Boden war mit einem weichen Plüschteppich ausgelegt. Vor der Rückseite des Bullis stand ein großes Bett mit haufenweisen Kissen und Decken. Becca setzte sich darauf, um Jan nicht im Weg zu sein.

Der beugte sich vor, setzte den Hintern des Toten auf den Boden des Verladeraums und ließ ihn langsam ab. Er stemmte die Beine in die Höhe, stopfte sie hinein. Jan kletterte ebenfalls in den Bulli, um die Leiche weiter hineinzuziehen. Becca sah sich um. Das Innere des Bullis war aufgemacht wie ein Schlafzimmer. Es gab eine zusätzliche Wandverkleidung, in der der Erbauer – Maik – indirektes Licht integriert hatte, das sich hinter einer Borde verborgen hielt. Es hingen sogar Bilder an der Wand, Naturfotografien von malerischen Seeufern, pittoresken Bergwelten und eindrucksvolle Strandpanoramen. An der Wand zur Fahrerkabine gab es eine Minibar mit HiFi-Anlage. Die dazu gehörigen Lautsprecher hingen in den Ecken des Laderaums.

„Was zum Teufel stimmt nicht mit deinem Mitbewohner?"

„Frag ihn selbst!"

Becca strich über die weich aussehenden Kissen und Decken und schenkte Jan einen vielsagenden Blick. Wenn es das bedeuten sollte, was er hoffte, war diese Nacht noch lange nicht zu Ende.

*

Die Scheinwerfer beleuchteten ein verrostetes Eisentor und ein schräg in den Boden gerammtes Schild mit der Aufschrift *Reserviert für Geistliche*.

Jan parkte den Bulli vor dem Hintereingang des Hauptfriedhofs. Sie stiegen aus. Becca sah sich um. „Woher weißt du von dem Eingang hier?"

„Da liegt der Fußballplatz des FC Hellas Krefeld." Jan wies mit dem Kopf Richtung Süden. „Ich hab da gekickt."

Sie zerrten die Leiche aus dem Bulli. Jan lud sie sich wieder stöhnend auf die Schulter und humpelte in Richtung Zaun. Dieser bestand aus Eisenelementen und war circa einen Meter achtzig hoch. Die gusseisernen Zacken am oberen Rand ließen Jan schon allein bei der Vorstellung, sich dort abstützen zu müssen, die Handflächen schmerzen. Er wies Becca an, die Decke vom Bett auf der Ladefläche des Bullis zu holen, um sie dann über den Zaun zu werfen. Vielleicht milderte dies den Schmerz in den Händen beim Hinüberklettern ein wenig ab.

„Rüber mit dir", sagte Jan.

Becca fasste den oberen Rand, legte die Hände auf die Decke, setzte den rechten Fuß auf das schiefe Schild nahe des Zauns und stemmte sich in die Höhe. Sie ächzte, als sie die Ellbogen durchdrückte, schwang ein Bein herüber, dann das zweite. Sie federte in den Knien ab, als sie auf der anderen Seite des Zauns zu Boden sprang.

„Ich versuch den Kerl jetzt da obendrauf zu legen. Halt ihn fest, dass er nicht auf der anderen Seite herunterfällt."

Jan wuchtete seine rechte Schulter in die Höhe. Seine steifen Muskeln jagten einen Schmerz der Empörung und des Widerstands durch seinen müden Körper. Gleich geschafft, dachte er. Der Tote landete mit seinem Hintern auf dem Zaun. Vor Jans geistigem Auge bohrten sich ihm die Zinken in den Hintern. Er musste ein Lachen unterdrücken.

Jan sah auf, erkannte ein Gesicht. Die Decke war vom Kopf des Mannes gerutscht. Er starrte ihn mit debilem Gesichtsausdruck an. Rasch schlang Jan wieder die Decke über den Kopf der Leiche.

„Alles … in … Ordnung?" Beccas Stimme flatterte.

„Ja, ja! Ich lass jetzt los. Pass auf, du musst ihn stützt. Und dann komm ich auch rüber."

„Okay."

Jan ließ los, nutzte wie Becca das Schild, das den Priesterparkplatz markierte, als Stufe und stemmte sich in die Höhe. Der kantige Druck gegen die Handflächen war unangenehm, aber nicht schmerzhaft. Jans Arme zitterten. Er schwang die Beine über den Zaun und ließ sich auf der anderen Seite wieder hinuntergleiten. Er richtete sich vor Becca auf und lächelte sie Mut machend an. Becca lächelte zurück. Nervös spielte sie mit dem Verschluss ihres Lippenpiercings.

„Wo müssen wir hin?"

„Da lang!" Jan wies geradeaus. Becca wandte sich um, blieb aber abrupt stehen. Sie zeigte auf eine Art Turm, der sich schwarz vor dem marineblau der langsam heller werdenden Nacht abzeichnete.

„Was ist das?"

„Das Krematorium."

„Du meinst … dort werden … Tote … verbrannt?"

„Ist nicht mehr aktiv. Leider. Sonst wäre es die bessere Alternative."

Jan orientierte sich, lud sich den Toten wieder ächzend auf die Schulter und ging geradeaus. In Richtung Krematorium. Der Schornstein ragte wie ein riesiger, mahnender schwarzer Zeigefinger in den Himmel. Jan wusste, dass es an der rückwärtigen Seite der Einäscherungshalle ein kleines Gärtnerhäuschen gab.

Dort angekommen, ließ er den Toten zu Boden gleiten und ging in die Knie. Seine Finger hakten sich in die Maschen eines Fußabstreifgitters und hoben es an. Kurz drauf hielt er breit grinsend einen kleinen Schlüssel in die Höhe. Er schloss die alte Flügeltür des Schuppens auf, um eine Schubkarre und einen Spaten herauszuholen.

„Ein Freund von mir hat hier vor Jahren ein Praktikum gemacht.“ Becca hob die Augenbrauen. Jan zuckte mit den Schultern. Mehr brauchte sie nicht wissen. Becca half ihm, den Toten in die Schubkarre zu zerren. Sie nahm die Schaufeln, er die Karre, in die er den Toten legte.

Der Krefelder Hauptfriedhof gefiel durch seine Größe und seinen üppigen Baumbestand, erinnerte an einen imposanten Park. Es gab kaum Gruften mit Grabeinfassungen. Die Gräber wirkten wie Eins mit der Natur, als wären sie aus ihr entsprungen und nicht in sie hineingebracht. Eine *Oase der Ruhe*. Jan, der jeden Sonntag das Grab seiner Eltern besuchte, konnte dem nur zustimmen. Er liebte das Flanieren unter den Bäumen entlang der Grabreihen.

„Der Friedhof ist ja riesig! Wie sollen wir das Grab finden?“

„Da lang.“

„Woher willst du das wissen?“

„Mein Paps und meine Mutter liegen hier. Dort sind die neueren Grabstätten.“

„Und wenn der Kerl in eine bereits existierende Gruft begraben werden soll?“

„Dann dauert unsere Suche länger.“ Jan drohte, die Nerven zu verlieren. „Hast du eine bessere Idee?“

Becca schwieg und trottete Jan hinterher.

Die Dunkelheit machte es ihnen nicht leicht. Doch sie hatten Glück. Nach zwanzig Minuten sahen sie das bereits offengelegte Grab. Ein dunkles, schwarzes Loch im Boden. An der Kopfseite war die ausgehobene Erde zu einem kleinen Hügel aufgetürmt. Von Louis, seinem Kumpel, wusste Jan, dass die Gräber für die Beisetzungen bereits am Tag vorher ausgehoben wurden.

„Jetzt buddeln wir da unten ein Loch, werfen ihn rein und schaufeln es wieder zu. Den Rest besorgt der Kleinbagger für uns." Rechts neben dem Erdhügel stand ein Bagger mit angewinkeltem Schaufelarm wie ein schlafendes Ungetüm.

Jan sprang in die Grube und gab Becca zu verstehen, sie solle ihm den Spaten zuwerfen. Die Erde war glücklicherweise weich und es dauerte nicht lang, bis er ein kleineres Loch in der größeren Grube ausgehoben hatte. Anschließend stemmte er sich wieder hinaus, fasste die Schubkarre an den Handgriffen und justierte sie so vor das offene Grab, dass die Schütte der Karre parallel zum Loch stand. Er wuchtete die Schubkarre in die Höhe, der Leichnam rutschte übers Metall, segelte durch die Luft und purzelte hinunter in die Grube. Becca wandte den Blick ab. Mit einem beherzten Sprung setzte Jan dem Toten nach, drapierte Arme und Beine der Leiche so, dass er bequem in das Loch passte. Er griff eilig nach der Schaufel und bewarf den Toten mit der lockeren Erde. Erdklumpen prasselten auf das Gesicht der Leiche.

Becca hielt sich die Hand vor den Mund, sah sich um, sprang hinter eine Hecke und erbrach sich.

Eine Viertelstunde später krabbelte Jan schmutzstarrend aus dem Grab. Er grinste. War erschöpft, aber er fühlte sich gut. Er rief sich in Erinnerung, dass er gerade einen toten Menschen in einem bereits ausgehobenen Grab verscharrt hatte. Die einsetzende gute Laune war wie weggeblasen.

„Das war's", sagte er leise. „Morgen früh setzen die den anderen Sarg auf Stefan und schütten beide zu. Den wird nie jemand finden." Er betrachtete sein Werk. „Stefan, ruhe in Frieden. Ich hoffe, Karl-Heinz wird dir nicht zu schwer, Arschloch."

*

Schweigend brachten sie die Werkzeuge zurück, verschlossen den Schuppen und legten den Schlüssel wieder an Ort und Stelle. Sie sprachen kein Wort, als sie sich gegenseitig über den Zaun halfen. Kommentarlos gingen sie zum VW und stiegen ein. Jan knetete das Lenkrad, Becca schob ihre Hände unter die Oberschenkel. Sie sprachen noch immer keinen Ton. Es war, als würde das, was sie getan hatten, langsam in ihr Bewusstsein krabbeln. Wie ein gefräßiger Wurm, der sich aus der Düsternis ins fahle Mondlicht schob und sich an ihren Seelen gütlich tat.

„Becca …“, begann Jan. Weiter kam er nicht. Sie überfiel ihn. Ihre Finger krallten sich in seine Haare. Ihr Gesicht schoss vor. Sein Mund wurde von ihrer Zunge wieder verschlossen. Jan fiel zurück, stieß mit dem Kopf gegen die Scheibe der Fahrertür. Becca war über ihm. Ihre Zunge wand sich in seinem Mund wie eine tollwütige Schlange.

Keine fünf Minuten später lagen sie im Bett des Verladeraums des Bullis.

8

Die Sonne stand bereits am Himmel, als Jan den VW vor Beccas Tür parkte. Er drehte den Schlüssel, der Motor erstarb. Jan atmete tief durch, versuchte sich an einem Lächeln. Becca starrte in den Fußraum, die Hände zwischen die Oberschenkel geklemmt.

Ein schwitzender Jogger trabte über die Straße, schaute dabei von rechts nach links. Er passierte den VW, bemerkte die beiden aber nicht.

„Alles okay?“, fragte Jan

„Echt jetzt?“

Jans Finger spielten nervös mit dem Saum seines T-Shirts und fanden einen dünnen Faden. Er zwirbelte ihn um seinen Zeigefinger, staute das Blut in der Fingerkuppe, bis er violett wurde.

„Danke …“, begann Becca.

Jan erkannte Tränen in ihren Augen, eine einzelne kullerte ihre Wange hinunter.

„Wie soll’s weitergehen?“, fragte sie, kramte ihr Handy hervor, wischte über das Display. „Wie ist deine Handynummer?“

Er zögerte, gab ihr seine Nummer aber dennoch.

Becca küsste ihn auf die Wange, nachdem sie seine Nummer gespeichert hatte, und stieg aus. Sie schloss die Tür und blieb noch einen Moment stehen. Nun waren sie für immer miteinander verbunden. Das Grauen, das er vor ein paar Stunden noch empfunden und ignoriert hatte, kehrte zurück wie ein Felsbrocken, der sich stechend durch seine Eingeweide schob.

*

Der blutige Mund grinste ihn an. Der Striemen einer verendeten Mücke, der er vor wenigen Nächten den Garaus gemacht hatte. Zwei dicke Knubbel der Raufasertapete dienten als Augen. Du dummer Sack, beschimpfte ihn die Fratze.

Jan lag auf seinem Bett und starrte zur Decke. Sein Herz hämmerte in der Brust, in seinen Ohren, den Schläfen.

Warum hast du das getan, fragte die Fratze.

Jan schloss die Augen, rieb mit den Handballen die Augäpfel, bis er bunte Blitze vor dem Schwarz tanzen sah. Er nahm rasch die Hände runter und die Blitze tanzten wild durch sein Zimmer. „Das ist nicht passiert."

Er erschrak, wie heiser seine Stimme klang. „Ich bin ein Verbrecher." Er dachte an den Toten, an das Messer, das tief in einer Brust steckte, an die blutige Blüte um die Einstichstelle, die starren Glieder. „Aber kein Mörder!"

Er musste es laut sagen, um es zu glauben. Denn es fühlte sich anders an.

Es klopfte. Ohne eine Antwort abzuwarten, öffnete sich seine Zimmertür. Maik lehnte sich in den Türrahmen. In der rechten Hand hielt er eine durchgeweichte Pappschachtel mit roten chinesischen Schriftzeichen auf der Seite. In der anderen Hand hielt er eine Gabel und rührte in der Schale herum. „Frühstück?"

„Was ist das?"

„Babi Pangang."

„Warm?"

„Bist du geck? Was Warmes zum Frühstück … Das ist pervers, Alter!" Maik schob sich eine Gabel in den Mund, verzog sein Gesicht zu einem breiten Grinsen und schloss genießerisch die Augen.

Jan schwang die Beine aus dem Bett, blieb aber auf der Kante sitzen. Er ließ den Kopf hängen, es hämmerte in seinen Schläfen.

„Harte Nacht gehabt?"

Jan stieß die Luft durch die Nase aus.

„Wie war sie? Heiß?"

Jan reagierte nicht.

„Komm schon. Kenn ich sie?"

Jan schüttelte den Kopf.

„Alter, was habt ihr die ganze Nacht getrieben?"

Nur eine Leiche verscharrt, und du?

„Na, was glaubst du?" Jan versuchte sich an einem vielsagenden Grinsen. Maiks Antwort war ein Lachen.

„Du hast ihr den Laderaum gezeigt?"

Jan zwinkerte. Wieder grölte Maik vor Lachen. Jan stand auf, schnupperte an seinem T-Shirt und zog es aus.

„Ich hoffe, du Sau hast wenigstens sauber gemacht?"

Scheiße!

Jan hatte genügend Folgen *CSI* gesehen, um zu wissen, dass einen der kleinste Blutfleck auf den elektrischen Stuhl bringen konnte. Den gab es in Deutschland nicht, aber auf lebenslange Haft hatte er auch keine Lust.

„Was?", fragte Maik.

„Gib mir 10 Minuten!"

*

Der Schweiß lief Jan in Strömen von der Stirn. Sein T-Shirt klebte ihm am Oberkörper. Es war erst 9 Uhr in der Früh, doch das Thermometer zeigte bereits 24 Grad an. Im Innenraum des alten Bullis waren es gefühlte 40.

Jan hockte auf dem Bett und schrubbte mit einem Lappen über die Innenverkleidung.

Die Wände hatte Jan bereits abgewaschen. Der Tote war nicht mit ihnen in Berührung gekommen. Aber er erinnerte sich daran, wie Becca sich an der Rückwand abgestützt hatte, als sie auf ihm gesessen und sich rhythmisch bewegt hatte. Allein bei dem Gedanken daran kribbelte es zwischen Jans Beinen.

Er kletterte vom Bett, wandte sich der kleinen Minibar zu. Er tauchte den Lappen in den Eimer mit Putzwasser, wrang ihn aus und ging vor dem Kühlschrank in die Knie. In seinen Schläfen pulsierte es, sein Kopf glühte.

„Ihr müsst ja echt gewütet haben, Alter."

Jan schrak auf, ließ den Lappen fallen. Er blickte sich um und sah Maik lässig im Rahmen der Seitentür stehen. Sein Blick wanderte durch den Innenraum seines Busses. Jan hoffte, dass ihm nichts entgangen war.

Doch! Direkt neben Maiks Hand. Sie lag locker auf dem Teppichboden des Innenraums. Dort funkelte ein einziger, winziger Blutstropfen.

„Und warum schuftest du wie jemand, der *Germany's Next Top Housewife* werden will?" Maik grinste. „Das bisschen Staub hat dich nicht davon abgehalten, gestern Nacht einen wegzustecken."

„Und aus Dank mach ich dir deine Karre mal so richtig sauber. Ein bisschen Wischen hier ..." Jan putzte über die Tür des Mini-Kühlschranks. „... ein bisschen Wischen da." Er robbte auf allen Vieren näher an Maik und den Blutfleck heran und rieb über eine wahllos ausgesuchte Stelle an der Wand. „Und ein bisschen Staubwischen ..." *Dort,* wollte er sagen. Doch Maik veränderte seine Position und legte seine linke Hand genau über den Blutfleck.

Jans Hirn jagte im Eiltempo voran. Fuck! Er hob Maiks Hand, schrubbte den Fleck weg und sagte: „Und auch ein bisschen Staubwischen dort. Solltest du auch mal probieren, Alter."

Maik stieß Jan gegen die Schulter. Er verlor das Gleichgewicht und landete auf dem Hintern. „Dir leih' ich nochmal meine Karre ..."

Jan lachte. Dass es nicht echt war, bemerkte Maik nicht. Er kletterte in den Innenraum. Der Blutfleck war nicht mehr zu sehen.

„Meine Hochachtung. Sehr ordentlich!" Maik setzte sich aufs Bett, stützte sich nach hinten mit den Armen ab und schaute sich um. „Aber da hast du was vergessen."

Jans Eingeweide zogen sich zusammen. Er folgte Maiks Finger. Doch er konnte nichts entdecken. Kein dunkles Haar, kein leuchtender Blutfleck.

„Entspann dich, Alter. War nur Spaß. Du tust gerade so, als hätt ich dich dabei ertappt wie du einen Tatort reinigst. Alles klinisch

rein, nicht der Hauch einer Spur mehr zu finden."
„Da bin ich ja beruhigt."

9

Sonja saß am Frühstückstisch. Ihr Rücken schmerzte von der viel zu kurzen Nacht auf der Couch. Sie umschlang den Bauch einer Kaffeetasse, ihr Blick ruhte auf einem Brot mit Salami.

Das Geräusch von Männerabsätzen auf Fliesenboden drang an ihr Ohr. Ihr Nacken krampfte sich zusammen. Dann das Klicken einer automatischen Waffe. Nein, bitte, dachte sie, war außerstande sich zu bewegen. Sie spürte eine spitze Berührung an ihrem Hinterkopf. Ein Pistolenlauf. Er war wieder da! Hendricks! Finger. In ihrem Nacken. Auf ihrer Schulter. Ihrem Oberarm. Als sie erkannte, dass die Berührung keine Einbildung war, schrie sie auf. Sprang vom Stuhl hoch und griff wahllos nach dem ersten, was sie zu fassen bekam.

„Hey, hey, hey!" Die Gestalt hinter ihr riss die Hände in die Höhe. Dahinter zeichnete sich allmählich ein Gesicht ab. Thomas.

„Du hast mich erschreckt."

„Du mich erst." Er wies auf ihre Hand, die den gegriffenen Gegenstand verteidigend vor sich hielt. „Aber damit hättest du mich nicht lange aufgehalten, wenn ich ein Einbrecher gewesen wäre."

Ein Löffel. Sie musste lachen. Thomas fiel mit ein. Es tat gut, gemeinsam zu lachen.

Sie legte den Löffel übertrieben vorsichtig zurück auf den Tisch. „Keine Sorge, ich tu dir nichts."

„Dann bin ich beruhigt."

Sonja nahm einen Schluck von ihrem Kaffee. Thomas setzte sich ihr gegenüber. „Du hast kaum geschlafen." Sonja schwieg. „Was war los?"

„Ich war nicht müde."

Thomas nahm die Kaffeekanne, die vor Sonja stand und goss sich eine Tasse ein. Er trank einen Schluck und stellte die Tasse zurück. Er sah sich auf dem gedeckten Tisch um, überlegte, was er essen sollte.

„Ist Maja gut in den Kindergarten gekommen?“, fragte sie.

Thomas nahm sich eine Scheibe Brot, legte sie vor sich auf den Teller. „Sie wollte lieber zu dir. Vielleicht kannst du sie nachher abholen?“

Sonja reagierte nicht sofort, antwortete mit einem unsicheren Nicken.

„Schon okay … Ich hole sie ab!“, sagte Thomas.

„Ich hab doch diesen Termin. Bei der Psycho-Tante.“ Thomas sagte nichts. „Was schaust du denn so?“ Sonjas Stimme wurde härter. „Du wolltest doch, dass ich dahingehe.“

„Ich hab nix gesagt.“

„Aber gedacht.“

„Kannst du jetzt auch Gedanken lesen?“

Sonja blitzte ihn an. Er wollte doch, dass sie die Psychologin aufsuchte, die ihr die Polizei zur Seite gestellt hatte. Und nun giftete er sie an, wenn sie den Termin wahrnehmen wollte?

Thomas stand auf. „Wann hast du den Termin?“

„Um halb 10.“

„Dann hast du ja noch etwas Zeit.“ Im Gehen warf Thomas einen Blick auf seine Armbanduhr.

Sonja hielt ihn auf. „Sollen wir vielleicht … etwas … zusammen machen?“ Sonja verzog innerlich das Gesicht.

„An … was hast du denn gedacht?“

„Ich weiß nicht … Ich meine …“

„Tut mir leid.“ Thomas senkte den Blick. „Ich hab mich mit Marius zum Joggen verabredet.“

„Schon gut“, sagte sie schnell und hoffte, dass er ihre Erleichterung nicht an ihrem Gesicht ablesen konnte.

*

„Wie geht es Ihnen?“ Melina Seibold schenkte Sonja ein aufmunterndes Lächeln. Ob man im Studium lernte, so positiv zu lächeln oder war Frau Seibold tatsächlich ein so lebensbejahender Mensch? Sicher hatte ihr auch noch nie einer eine Pistole an den

Kopf gehalten und gedroht, abzudrücken.

„Wie soll's mir schon gehen?" Sonja legte die Arme auf die Oberschenkel, dachte dann aber, dass es sehr unsicher wirken musste. Also legte sie ihre Unterarme auf die klobigen Armlehnen des Sessels. Gemütlich war anders. Melina Seibold lächelte sie an. „Ich beantworte mal wieder eine Frage mit einer Gegenfrage …" Melina Seibold nickte. „Okay, also … gut, denke ich …"

„Wie haben Sie geschlafen?"

„Um ehrlich zu sein …"

„… Sie haben kaum geschlafen. Stimmt's? Ich sehe es Ihnen an." Frau Seibold räusperte sich. „Sagen Sie mir, was Sie denken, Frau Krüger?"

„Das ist gar nicht so einfach …" Sonja stockte. „Tausend Gedanken schwirren mir durch den Kopf … Wissen Sie, wie diese Assoziativgedankenspiele … Wenn man mit dem letzten Wort eines Satzes, seinen nächsten Satz beginnen soll …"

Melina Seibold musterte sie.

Sonja seufzte und ihr Blick wanderte durch das kleine Büro. Es war geschmackvoll eingerichtet. Rechts ein kleiner Schreibtisch an der Fensterseite. In den Bilderrahmen, die auf dem Schreibtisch standen, vermutete sie Familienfotos. Ein Mann, ein Kind, vielleicht auch zwei. Ihr Schreibtisch war aufgeräumt. Neben der Schreibunterlage lagen zwei Kugelschreiber, ein Bleistift und ein Füller akkurat nebeneinander. Ein einsames, beschriebenes Blatt, möglicherweise ein Formular, lag parallel im rechten Winkel zu der Unterlage. War die liebe Frau Seibold vielleicht ein wenig zwanghaft?

„Möchten Sie was trinken, Frau Krüger?" Zwischen ihnen standen zwei Gläser und eine Karaffe Wasser auf einem kleinen nierenförmigen Tischchen, das an das Mobiliar der 50er-Jahre erinnerte.

„Gerne." Melina Seibold schenkte ihr einen Schluck Wasser ein. Sonja trank das Glas in einem Zug leer.

„Erzählen Sie mir von ihrem Abend gestern."

Sonja zuckte mit den Schultern. „Ich könnte Ihnen nichts Neues berichten. Ich habe nachgedacht."

„Sind Sie zu einem Ergebnis gekommen?"

Sonja hielt Melina Seibolds Blick nur einen Moment stand, bis sie ihren Kopf senkte und betreten zu Boden sah. „Nein."

„Wie soll es nun weitergehen?"

Sonja zuckte mit den Schultern. „Das liegt an Ihnen."

Erstaunt hob Melina Seibold die Augenbrauen. Sonja fragte sich, ob ihre Psychologin derart filigran zupfen konnte oder ob diese zwei schwarzen Halbmonde nur elegant aufgemalt waren. „An mir?"

„Ihr Gutachten lässt mich in den Polizeidienst zurückkehren."

„Ist es das, was Sie wollen?"

Sonja biss die Zähne aufeinander und nickte entschlossen.

„Um was zu tun?"

„Das Arschloch schnappen, das mich mit einer Waffe bedroht hat."

10

Jan sah einen Hund, der am Vorderreifen des Bullis in die Hocke ging, um dort einen beachtlichen Haufen zu hinterlassen. Er verzog das Gesicht zu einem schiefen Grinsen. Was für ein Omen! Jan stand am Fenster seines Zimmers, schwitzte noch immer und starrte auf die Straße hinunter. Er sah Autos sein Blickfeld kreuzen, eine ratternde Straßenbahn und Passanten, die auf den Bürgersteigen entlangschlenderten oder über den baumbewachsenen, alleeähnlichen Grünstreifen flanierten, der den Ostwall mittig teilte, und vom Hauptbahnhof einen Kilometer weit bis zur Deutschen Bank an der Neuen Linner Straßer führte.

Was sollte er tun? Nichts. Abwarten. Es war alles in Ordnung. Ihm konnte nichts passieren. Er war sicher. Es gab niemanden, der …

Doch. Es gab jemanden, der sie zusammen gesehen hatte. Der Barkeeper des *Number One*. Der Schrank, der sie gestern Nacht vor die Tür gesetzt hatte. Und der Nerd. Wobei der mehr Augen für Becca als für ihn gehabt hatte. Aber der Barkeeper konnte eine Verbindung herstellen. Zwischen ihm und Becca. Und dem Toten.

Sollte er mit dem Kerl reden? *Hey, Mann! Du hast mich gestern am Kragen gepackt und wie einen Penner aus deiner Kaschemme geschmissen. Ich wollte dich nur bitten … Sollte die Polizei sich nach mir erkundigen, dann tu so, als hättest du keine Ahnung, wer ich bin, Mann.*

Quatsch! Funkelnde Sternchen flirrten durch sein Blickfeld. Er kannte sich gut genug, um zu wissen, dass es der Stress war, der ihm zusetzte. Und die Unterzuckerung. Ich muss mal was trinken. Und was essen.

Jan schwankte in die gemeinsame Küche, einem Sammelsurium aus nicht zusammengehörigen Schränken, Regalen und Küchengeräten, die Mitte der 90er modern gewesen sein mochten. Er nahm eine Flasche Wasser von der Anrichte. Nach zehn großen Schlucken setzte er die Flasche ab, ließ ein beachtliches Rülpsen verlauten.

Jan öffnete den Kühlschrank, fand einen gewellten Pappbecher mit chinesischen Zeichen. Er nahm die feucht-kalte Schachtel heraus, zwirbelte den Klappdeckel auf und besah sich den Inhalt. Es sah aus wie schon einmal gegessen, aber es würde seinen Magen füllen. Aus einer Schublade kramte er eine Gabel hervor und tat sich an den gebratenen Nudeln mit Hühnerfleisch gütlich. Sein Magen jubelte ein Dankeschön.

Als er sich an den Tisch setzte – ein wenig gestärkt und mit einen halben Liter Wasser im Bauch –, kam ihm eine Erkenntnis. Vor Godzilla aus dem *Number One* brauchte er keinen Schiss zu haben, solange niemand die Leiche finden würde. Es gab nur eine Person, die ihn mit der Leiche in Verbindung bringen konnte. Becca. Aber die würde schweigen. Oder?

„Es gibt nur eine Möglichkeit, das herauszufinden“, sagte sich Jan und trank einen weiteren großen Schluck.

„Was?“, rief Maik, der unbemerkt die Küche betreten hatte.

Jan zuckte zusammen und ließ beinahe die Flasche Wasser fallen. „Musst du mich so erschrecken?“, schnauzte er.

„Sorry, Alter, ich hatte nicht gedacht, dass du über Nacht so eine Pussy geworden bist.“ Maik öffnete den Kühlschrank. „Hast du etwa meine …?“ Mitten im Satz drehte er sich herum und stockte. „Sag nicht, du Sack hast mein Mittagessen aufgegessen.“

Jan zuckte die Schultern. „Sorry.“

„Du bist mir ja ein Freund. Erst versaust du mir meinen Bus mit deinen Sex-Eskapaden und dann frisst du mir auch noch mein Essen weg. Was kommt als nächstes?"

Jan reckte ihm den Mittelfinger entgegen. Maik setzte sich zu ihm und fixierte ihn mit einem breiten Grinsen. „Stell dich nicht doof, Alter. Ich weiß es doch eh, Mann."

Obwohl Jan wusste, dass Maik keine Ahnung haben konnte, befürchtete er für einen Mini-Moment, seine Schuld stünde ihm mitten ins Gesicht geschrieben: Du bist Komplize bei einem Mord.

„Ach ja ...?"

„Du willst die Kleine wiedersehen!"

Jans Hals war trocken. War es so? Sowie er an Becca dachte, spürte er eine Regung auf dem Gesicht. Ein Lächeln. Maik boxte ihn gegen die Schulter. „Alter! Mehr als Sex? Dich hat's erwischt!"

*

„Da wären wir." Maik zog die Handbremse, die krächzend einrastete.

Jan sah an seinem Freund vorbei. Es war nur wenige Stunden her, dass er hier gestanden, sich von Becca verabschiedet und sie geküsst hatte.

„Los, Alter!"

Jans Herz schlug bis zum Hals, er hatte das Gefühl, keine Luft zu bekommen.

„Worauf wartest du?"

Maik versetzte ihm einen Faustschlag gegen die Schulter. Jan öffnete die Tür und hüpfte auf die Straße. Er hielt inne, bevor er die Tür schloss. „Weißt du eigentlich, was für ein Arschloch du bist?"

„Jap."

„Wenn du wüsstest, in welche Situation du mich bringst."

Jan spürte Maiks Blick im Rücken, als er die Haustür erreichte. Der Bulli sprang an und düste davon. Na toll, dachte Jan und schaute auf die Klingelschilder. Es waren sechs. Er erinnerte sich, dass er in dieser Nacht zwei Stockwerke mit der Leiche auf den

Schultern hinuntergestiegen war. Also musste Beccas Wohnung im obersten Stockwerk liegen. Und die Wohnungstür hatte sich rechts befunden. Beccas Klingel musste die rechte in der oberen Reihe sein, schloss er. „N. Hausmann“, war dort zu lesen. Jan versuchte sich an Beccas Nachnamen zu erinnern. Hatte sie ihn genannt?

Er blickte sich um. Die Sonne stand hoch am Himmel, und alles sah sommerlich hell und freundlich aus. Der dunstige Eindruck des Tagesanbruchs war lange fort, doch Jan wusste, dass er hier richtig war. Also klingelte er.

Oberhalb der sechs Klingeln befand sich der Lautsprecher einer Gegensprechanlage. Es dauerte einen kurzen Moment, dann knackte es statisch und wenig später meldete sich eine weibliche Stimme. Becca war es nicht. Ihre Stimme würde er nicht vergessen. Wie sie sanft durch seinen Gehörgang gekrochen war, einem liebevollen Streicheln gleich, als sie geflüstert hatte, er solle sie nehmen, jetzt und hier und hart.

„Ja?“

Jan konnte nichts sagen.

„Wer ist denn da?“, fragte die Frau am anderen Ende der Leitung

Jan räusperte sich. „Hier ist Jan.“ Er nahm an, dass Becca eine Freundin bei sich hatte. Und dass sie ihr von ihm erzählt hatte.

„Jan wer?“

„Holtmann.“

„Müsste ich Sie kennen?“

„Frau Hausmann?“, fragte Jan.

„Ja.“

„Ich …“ Jan wusste nicht, ob er sich nach Becca erkundigen sollte. Vielleicht war es nicht Beccas Wohnung, sondern die einer Freundin.

„Hören Sie … Sagen Sie mir, was Sie von mir wollen, oder …“

„Ich möchte zu Becca?“

„Zu wem?“

„Becca.“

„Kenn ich nicht.“

„Rebecca?“

„Auch nicht.“

„Dann vielleicht … Clara?“
Einen Moment Stille. Dann: „Verpiss dich, du Irrer!“

11

„Was haben Sie gefühlt, als der Mann Ihnen die Pistole an den Kopf gehalten hat?“, wollte Melina Seibold wissen.

Sonja bewegte sachte den Kopf von rechts nach links. „Ich weiß nicht … ich …“ Sie versuchte sich daran zu erinnern. In ihrem Kopf entstanden Bilder, wie sie auf dem Boden kniete. Sie spürte noch genau das Steinchen, das sich ihr unterhalb der Kniescheibe durch den Stoff der Hose gebohrt hatte. Ihre Narbe brannte. Dort, wo die heiße Mündung der Pistole ihr die Kopfhaut verbrannt hatte. „Da war …“

„Ja?“

„Nichts.“

„Frau Krüger. Ich weiß, dass Sie nicht freiwillig hier sind, aber Sie müssen verstehen, dass ich Ihnen helfen möchte.“

„Jetzt sagen Sie bestimmt etwas wie *Ich bin Ihre Freundin*, oder?“

„Nein. Ich bin nicht Ihre Freundin. Und werde es auch niemals sein.“

Sonja hob die Augenbrauen. „Ich weiß, dass ich Angst gehabt haben muss. Panische Angst. Ich weiß noch, dass ich geweint hab. Ich kann mich daran erinnern, wie mir die Tränen über die Wangen gelaufen sind. An den salzigen Geschmack auf meinen Lippen. Aber … als ich dort kniete, im Dreck … und er mir die Mündung der Pistole auf den Hinterkopf setzte, war da nichts. Nur ein Schmerz. Weil der Stahl der Pistole heiß war.“ Sonja brach ab. Ihr Blick wanderte zurück ins Zimmer und suchte den von Melina Seibold.

„Das macht nichts“, sagte die Psychologin. „In einer solch traumatischen Situation, wie Sie sie erlebt haben, ist alles möglich. Dass Sie kein Gefühl benennen können, spricht dafür, dass Ihre Verarbeitungsstrategien funktionieren oder funktioniert haben.“

„Das ist gut, oder?“

„Um irgendwann wieder arbeiten gehen zu können, ja."
„Und wann?"
„Frau Krüger. So schnell geht das nicht. Auch wenn ihr Unterbewusstsein gut mit dem Trauma umgeht, dürfen wir nicht vergessen, dass es dennoch ein Trauma ist. Eines, das sie aufarbeiten sollten, sonst holt es Sie wieder ein."
Sonja schwieg, presste die Lippen aufeinander und nagte mit ihren Zähnen von innen an ihrer Unterlippe. Das war nicht das, was sie hatte hören wollen. *Sie machen einen guten Eindruck. Ich schicke Sie zurück in den Dienst. Schnappen Sie sich dieses Schwein. Bringen Sie ihn hinter Gitter.*
„Was soll ich denn noch tun?"
„Gesund werden."
„Ich fühl mich nicht krank."
Verstehend schloss Melina Seibold die Augen, hob ihre Mundwinkel zu einem sanften Lächeln an. „Sie sind Mutter einer Tochter, richtig?"
„Ja … aber … was hat das …?"
„Wie alt ist sie?"
„Vier?"
„Wie heißt sie?
„Maya."
„Sie lieben sie?"
„Was für eine Frage!?"
„Schließen Sie die Augen", bat Melina Seibold. Sonja lehnte sich in ihrem Sessel zurück, verschränkte die Arme. Was sollte das jetzt? „Vertrauen Sie mir. Ich möchte Ihnen helfen."
„Was ist, wenn ich keine Hilfe brauche?"
„Sollte ich zu dieser Erkenntnis gelangen, werde ich Ihnen das bescheinigen und Sie in Ruhe lassen."
Das klang nach einem Deal. Gute Psychologen hatten immer ein paar Tricks auf Lager, um einen aus der Reserve zu locken. Sonja schloss die Augen.
„Danke", sagte Melina Seibold. „Bringen Sie sich in eine bequeme Sitzposition. Atmen Sie tief ein und wieder aus. Ein. Und aus. Entspannen Sie sich. – Sie sind in dem Keller der alten Werkstatt. Sie sehen die nackten Wände, Sie spüren einen kalten

Luftzug." Melina Seibolds Stimme drang in sie ein, erfüllte sie. Sonja fühlte sich überraschend entspannt, auch wenn das Zittern, das in ihren Knien begonnen hatte, und nun auf ihren Unterleib überging, sie überraschte, vertraute sie der Frau ihr gegenüber. „Sie halten Ihre Pistole in der Hand. Sie sind bereit und nähern sich einer Tür. Eine dieser schweren Feuerschutztüren. Aus Stahl. Sie versuchen, sie zu öffnen. Ihre Muskeln zittern, Sie müssen ihre Pistole zurück ins Holster stecken, damit Sie die Tür öffnen können."

Sonja schluckte. Ein Kloß bildete sich in ihrem Hals, schien ihren Atemweg zu blockieren wie ein massiger Stein ein Felsengrab. Was Melina Seibold ihr schilderte, war nicht korrekt, so war es nicht gewesen. Dennoch wurde Sonja immer nervöser. Das Zittern breitete sich aus, hatte ihre Bauchdecke erreicht. Ihre Bauchmuskeln flatterten.

„Sie betreten einen weiteren Raum des Kellers." Melina Seibold setzte ihre makabre Traumreise fort. „Eine einzige nackte Glühbirne taucht den Raum in dumpfes Licht. Dort steht er. Lars Hendricks. Sie sehen ihn genau vor sich. Groß, gefährlich, entschlossen. Er hält eine Pistole in der Hand. Der Hahn ist gespannt, der Finger am Abzug."

Sonja öffnete den Mund. Ihr Hals verengte sich immer mehr. Ihr Atem rasselte wie bei einem Asthmatiker, der einen Anfall hatte und drohte, keine Luft mehr zu bekommen. Und dann dieses Zittern. Es hatte ihr Herz erreicht. Als umschlossen es feste Finger und schüttelten es.

„Die Mündung der Pistole", fuhr Melina Seibold fort. „Sie ist nicht auf sie gerichtet. Sondern auf die kleine Gestalt zu Hendricks' Füßen. Sie kniet. Ein Mädchen. Ihre Tochter. Es ist Maya."

Schweiß brach ihr aus, perlte von ihrer Stirn. Das innere Zittern brach aus ihr hervor, schüttelte ihre Beine. Die Absätze ihrer Schuhe trommelten auf dem Boden. Ihre Arme schlotterten, ihre Finger verkrampften sich um die Lehne des Sessels. Sie wollte die Augen öffnen, konnte es nicht. Das Bild, das Melina Seibold vor ihren Augen hatte entstehen lassen, war so echt, so grausam. Sonja weinte, Tränen flossen ihr über die Wangen, rannen in ihren Kragen. Sie hielt sich krampfhaft am Sessel fest, als stünde er unter

Strom. „Nein …", wimmerte sie.

„Frau Krüger." Lars Hendricks' Stimme drang an ihr Ohr, quetschte sich in ihren Gehörgang wie ein fetter Wurm. „Es ist noch nicht vorbei. Ich finde Sie und dann werde ich es zu Ende bringen. Mit Ihnen, Ihrem Mann. Und Ihrer Tochter!" Er lachte. Krümmte den Finger.

„NEIN!"

Sonja schrie. Endlich konnte sie vom Sessel ablassen und sprang auf. Sie riss ihre Hände dorthin, wo sich das Holster ihrer Waffe hätte befinden müssen. Doch beides war nicht an Ort und Stelle. Sonjas Augen waren weit aufgerissen, wirbelten umher und suchten den Feind, den Dämon, der sie seit vier Wochen jede Nacht besuchte.

Allmählich dämmerte ihr, dass sie sich nicht in einem dunklen Keller befand, sondern in einem Büro. Sie sah sich um. Der Anblick beruhigte sie. Ihre Wangen waren rot vor Aufregung, ihr Brustkorb hob und senkte sich, spannte ihre Bluse. Melina Seibold schien nicht minder aufgeregt als sie.

„Was … was …", begann Sonja, „… haben Sie mit mir gemacht?" Tränen erstickten ihre Stimme.

Schwer atmend antwortete Melina Seibold: „Ich habe Ihre Verteidigungslinie durchbrochen."

*

„Was haben Sie getan?" Sonja stockte, konnte noch immer nicht fassen, was mit ihr geschehen war.

„Ihr Schutzmechanismus ist die Verdrängung." Die Psychologin sprach sachlich neutral. „Um herauszufinden, wie viel verdrängt wird, habe ich mit einer anderen Strategie reagiert. Der Verschiebung. Ich habe die Situation, in der Sie sich befunden haben, auf den Menschen verschoben, den Sie am meisten lieben. Ihre Tochter. Angst, Verzweiflung, Hass. Alles was in Ihnen verschüttet war, wurde so zutage gefördert."

„Sie haben mich bloßgestellt!", brach es aus Sonja hervor.

„Nein", entgegnete Melina Seibold mit ungewohnter Härte. „Ich will Sie schützen. Um Ihnen zu zeigen, wie labil Sie sind. In welche

Gefahr Sie sich bringen würden, müssten Sie sich in eine ähnliche Situation begeben, wenn Sie sich auf die Jagd nach diesem Mörder machen. Sie würden unkontrolliert zittern, hätten Schweißausbrüche, drohten, keine Luft zu bekommen. Das nennt man eine Panikattacke."

„Aber ich muss ihn finden."

„Sie müssen …"

„Sonst findet er mich!"

„Sie müssen gesund werden!!!"

12

Was sollte Jan davon halten? Die Wohnung gehörte einer N. Hausmann, die ihn gerade an der Gegensprechanlage *irre* genannt hatte. Zu dumm, dass er sich Beccas Nachnamen nicht gemerkt hatte.

Jan schlenderte die Straße entlang, weg vom Haus, und wirkte verloren. Wohin sollte er nun gehen? Irgendetwas zog ihn Richtung Friedhof. Jan kramte sein Handy hervor, betätigte das Display. Es war 10:46 Uhr. Die Beerdigung von Karl-Heinz Wolters hatte um 10:00 Uhr stattfinden sollen. Möglich, dass die Trauergemeinde das Grab bereits erreicht hatte.

Nach einer Weile entdeckte er zwei quadratische, weiße Häuschen mit schwarzen Dächern rechterhand, die einen schmiedeeisernen, hüfthohen Zaun mit offenstehendem Tor säumten. Die Heideckstraße teilte den Hauptfriedhof in einen neuen und einen alten Teil. Und Jans Entdeckung war der Zugang zum Neuen, dem Teil des Friedhofs, den er vor ein paar Stunden schon mit Schubkarre und einem Toten darin durchquert hatte.

Jan steckte die Hände in die Taschen und ging langsam durch das Friedhofstor. Nach einigen Minuten ragte die Trauerhalle mit seiner kupferbedeckten Kuppel vor ihm auf. Die schieferbedeckten, halbrund angelegten Seitenflügel schienen nach ihm zu greifen. Jan fröstelte. Er umrundete die Trauerhalle und hielt auf das Krematorium zu, das 2011 seinen letzten Toten verbrannt hatte. Er ließ es links liegen.

Zehn Minuten später hatte er die Ausläufer der dahinzockelnden Trauergemeinde erreicht. Die letzten Herrschaften liefen mit hängenden Köpfen, einen schweren Schritt vor den anderen setzend, vor ihm. Niemand weinte.

Kurz drauf erreichten sie das Grab. Die Menge spaltete sich. Ein Teil ging rechtsherum, der andere links. Jan mischte sich unters Volk. Er trug zwar nur ein dunkelblaues T-Shirt und eine hellblaue, an den Knien zerrissene Jeans, doch niemand achtete auf ihn. Wie viele Menschen mochten hier sein? Jan schätzte die Menge auf gut 50 Männer, Frauen und auch ein paar Kinder. Karl-Heinz hatte sich offenbar großer Beliebtheit erfreut.

„Liebe Gemeinde …", ertönte die dünne Stimme eines kleinen Pastors mit schütterem Haar. „Wir nehmen Abschied von unserem Bruder Karl-Heinz. Er wird eine Lücke in unserer Gemeinde hinterlassen. Und in unserem Herzen. Er war Freund, Vater, Ehemann. Alle werden sich im Guten an ihn erinnern. Wir werden …" Wind kam auf, der das Stimmchen des kleinen Gottesmannes in eine andere Richtung blies. Jan zwängte sich an ein paar Trauergästen vorbei. Nicht, um die Grabrede deutlicher verstehen zu können, sondern um einen besseren Blick zu haben. Ins Grab.

Jan war nun ganz in der Nähe, stand in zweiter Reihe. Die erste war den nahen Angehörigen vorbehalten. Doch von hier, wo er stand, konnte er noch immer nicht ins Grab sehen. Der Sarg ruhte rechts neben der offenen Grube, vier kräftige, in dunklen Anzügen gekleidete Herren warteten mit hinter den Rücken verschränkten Händen. Sie hatten den Sarg getragen.

Jan schlich linksherum. Machte einen langen Hals, doch es gelang ihm nicht, auf den Grund des Grabes zu sehen. Dorthin, wo sich das *zweite* Grab verbarg.

„Scht! Leise, Bonnie!" Die Worte drangen wie ein sanftes Flüstern an sein Ohr. Er sah sich um und erkannte ein kleines Mädchen rechts von ihm. Sie trug ein schwarzes Kleidchen mit weißen Punkten. Darunter eine schwarze Strumpfhose. Sie wiegte ihren Oberkörper hin und her, summte die Melodie von *Guten Abend, gute Nacht*.

„Jetzt ist aber gut“, unterbrach sich das Mädchen. „Du musst doch jetzt schlafen.“ Das Mädchen wiegte eine Puppe in ihren Armen. Bonnie.

Jan machte einen Schritt vor. „Hey …“, flüsterte er. Aus den Augenwinkeln erkannte er, dass ihn niemand beachtete. „Will sie nicht schlafen?“

Die Zöpfe des Mädchens wirbelten wild herum und die Haarspitzen schlugen ihr bis ins Gesicht. „Nein.“ Sie seufzte theatralisch. Jan grinste.

„Nun wollen wir den Verstorbenen zur ewigen Ruhe betten“, wisperte die Stimme des Priesters. Nervosität überfiel Jan. Er musste ins Grab sehen, ehe der Sarg darin verschwunden war. Er musste wissen, ob ihr Grab unentdeckt geblieben war. Aber wie sollte er das anstellen?

„Lasset uns beten.“ Der kleine Mann senkte sein struppiges Haupt und faltete die Hände vor der dürren Brust. „Vater unser im Himmel, geheiligt werde dein Name …“

Jans Gedanken spielten Fangen. Er hatte eine Idee, sie war zum Greifen nah, er spürte es. Doch sie ließ sich nicht erwischen. Immer wieder flutschte sie ihm zwischen den Fingern hindurch wie ein Stück Seife. Sie würden den Sarg ins Grab hinablassen, sobald das *Vater unser* zu Ende gesprochen war.

„… dein Reich komme, dein Wille geschehe. Wie im Himmel …“

„Scht Bonnie! Fein schlafen.“

Sieh nach!, schrie eine innere Stimme.

„… so auf Erden. Dein tägliches Brot gib uns heute …“

„Nun, hör doch auf zu weinen.“ Das Mädchen schaukelte ihre Puppe. Sie wollte nicht schlafen.

„… und vergib uns unsere Schuld …“

Jan fuhr sich mit der Hand durchs Haar. Haltet doch mal die Fresse, dachte er. Ich muss nachdenken.

„Denn auch wir vergeben unseren Schuldigern.“

Das Mädchen drehte sich zu ihm herum, zuckte entschuldigend mit den Schultern, als brüllte ihre Puppe wirklich Zeter und Mordio. „Sie will nicht.“

„Und führe uns nicht in Versuchung …“

„Soll ich mal?" Jan reckte seine Hände vor. Erwartungsvoll blickte er sie an. Das Mädchen zögerte.

„... sondern erlöse uns von dem Bösen ..."

Mach schon!, dachte Jan.

„... denn dein ist das Reich ..."

Das Mädchen sah Jan an.

„... und die Kraft ..."

Sie sah ihre Puppe an.

„... und die Herrlichkeit ..."

Sie lächelte.

„... in Ewigkeit ..."

Sie reichte Jan ihre Puppe. Grinste.

„... Amen."

Jan nahm das zerzauste Spielzeug entgegen. Ehe er die Puppe in der Hand hielt, ließ er sie auch schon wieder fallen. Zumindest sollte es so aussehen. Er balancierte das Ding zwischen seinen Fingern. Die Puppe segelte durch die Luft. Das Mädchen sog erschrocken den Atem ein. Das Spielzeug landete am Rand des Grabes.

„Bonnie", rief das Mädchen aus, als die vier Anzugträger im Begriff waren, den Sarg aufzunehmen.

Alle Augen hafteten auf Jan und dem Mädchen. Eine Frau mit verheulten Augen herrschte sie an. „Julia, benimm dich!"

„Aber der hat Bonnie weggeworfen!"

Jan schüttelte den Kopf, hob die Augenbrauen und sah die die trauernde Frau mit seinem treuesten Rehblick an. Sie kümmerte sich nicht weiter um ihn. „Heb sie auf! Sofort!"

„Aber, Mama..."

„Julia!" Widerspruch war zwecklos.

Jan legte dem Mädchen die Hand auf die Schulter. „Ich hol sie dir. Ich hab sie ja auch fallen gelassen." Jan machte einen Schritt vor und bückte sich nach der Puppe, die in den Himmel stierte. Jan spürte die Blicke der Trauergemeinde in seinem Rücken. Sie würden ihn lynchen ...

Jan schloss die Finger um den Stoffkörper, als er eine Stimme hörte. „Ist da nicht was im Grab?"

Schweiß brach ihm aus. Ihm wurde schlecht. Einer der Sargträger machte einen langen Hals. Jan folgte seinem Blick. Tatsächlich. Dort unten schien sich etwas aus der dunklen Erde ans Licht gegraben zu haben. Doch da niemand ahnte, dass dort unten bereits jemand vergraben lag, würde auch niemand die Schuhspitze als solche erkennen.

Jan ließ die Puppe abermals fallen. Sie segelte hinunter ins Grab. Kurzschlussreaktion. Er schloss die Augen. Und betete. Ein Raunen ging durch die Gemeinde. Als er die Augen wieder auftat und hinab in die Grube blickte, atmete er auf. Die Puppe war genau dort gelandet, wo die Schuhspitze aus dem Boden ragte.

„Meeeeiiine Booooninie!!“ Das Mädchen heulte.

„Julia“, zischte die Mutter. „Reiß dich zusammen!“ Sie war am Ende, völlig überfordert und tat Jan leid. Er wandte sich Julia zu, legte ihr die Hände auf die Schultern.

„Ich hol sie dir, okay?“

Julia schniefte, nickte.

Jan suchte den Blick des Priesters, der sich in diesem Moment bekreuzigte. Ihm war deutlich anzusehen, dass ihm dies alles andere als angenehm war.

Jan sprang in die Grube, ging in die Hocke, griff mit der linken nach der Puppe und häufte – verdeckt vom Kleidchen – mit der rechten die Erde über die aufragende Fußspitze.

„Würden Sie mir bitte hinaushelfen?“, bat er einen Mann am Grabesrand. Der reichte Jan eine Hand. Oben angekommen, gab er dem Mädchen die Puppe zurück. Julia war selig und knuddelte sie. Jan reichte dem Priester die Hand. „Bitte, verzeihen Sie!“

Der Priester malte ein Kreuzzeichen in die Luft. Jan neigte den Kopf und trat beiseite. Der Kerl, der ihm aus dem Grab geholfen hatte, sagte: „Da unten … da war was …“ Der Mann starrte den Priester an. „Was Schwarzes. Sah aus wie ein …“

Jan wagte, den Mann anzusehen. Er hatte eine glattrasierte Glatze und stechende Augen.

„Jörg“, rief eine Stimme hinter ihnen. Einer der anderen Sargträger. „Es geht los.“

„Ja, ja. Ist schon gut.“

Der Sargträger wandte sich seiner Aufgabe zu. Die vier hoben den Sarg an und ließen ihn mit dicken Stricken ins Grab hinunter.

13

„Ungewöhnliche Methode, das Vertrauen eines anderen zu gewinnen, indem man es missbraucht." Sonja atmete schwer. Sie bemühte sich noch immer, die Fassung zurückzugewinnen, strich sich eine Haarsträhne aus dem Gesicht und wischte sich zum x-ten Mal über die geröteten Wangen.

„Ich kann verstehen, dass Sie das so sehen." Ein Lächeln umspielte Melina Seibolds Mundwinkel. „Aber ich musste Sie erfahren lassen, dass Sie noch nicht gesund sind."

„Vielen Dank für Ihre Anteilnahme."

Die beiden Frauen belauerten sich. Sonja stellte sich die Frage, ob sie noch länger mit der Frau reden oder einfach aufstehen und gehen sollte. „Ist das die Art, wie Ihresgleichen Ihren Job macht?"

„Es ist die Art, wie ich meinen Job mache."

Sonja verzog ihr Gesicht zu einem grimmigen Grinsen, grunzte. Es klang verächtlich. Und doch gefiel ihr die Psychologin. Sie war unkonventionell.

„Der Zweck heiligt die Mittel. Manchmal. Ich habe ihre unterbewussten Ängste freigelegt. Die Bedrohung, die Sie erfahren mussten, ist ein Trauma, das sie nicht loslässt. Wir müssen daran arbeiten."

„Wir?"

„Sie müssen daran arbeiten. Sonst überfällt es Sie in Situationen, in denen Sie es nicht gebrauchen können."

„Sie haben meine Tochter benutzt!", brach es aus Sonja hervor. Ihr Blick verschleierte sich, weil ihre Augen sich wieder mit Tränen füllten. Vor Wut. „Jede Mutter mit einer ausgeprägten Fantasie hätte Panik empfunden."

„Jede Mutter hat Angst um ihr Kind! Richtig!", unterbrach sie Melina Seibold. „Jeder Vater. Doch kaum einer hat erfahren, was Sie erlebt haben, und würde daher nicht so reagieren wie Sie!" Melina Seibold ging in die Hocke, legte Sonja eine Hand aufs Knie. „Eine Mutter, der man noch nie eine Pistole an den Kopf gehalten hat, die keine Todesangst erlebt hat, würde bei der geringsten Vorstellung einer Situation, wie ich Sie Ihnen geschildert habe, reagieren wie eine Löwin. Sie würde kämpfen bis aufs Äußerste, um ihr Kind zu beschützen. Sie wäre durch ihre eigene Panik nicht blockiert."

Sonja öffnete den Mund, konnte nichts sagen. Eine einsame Träne rann ihre Wange hinunter.

„Sie sagen, ich kann mein Kind nicht beschützen …"

„Ich sage, das Trauma hat in Ihnen Ängste freigesetzt, die sich in Ihrem Unterbewusstsein tummeln. Die wir aufarbeiten müssen, bevor sie sich so tief einnisten, dass Sie sie gar nicht mehr loswerden. Sie sind eine starke Frau. Eine gute Polizistin und eine noch bessere Mutter. Aber Sie sind nicht gesund genug für den Polizeidienst."

Sonja schwieg, wischte stumm die störrische Träne fort. Sie wollte nicht, dass die Psychologin ihr Schweigen als Zustimmung bewertete. Aber sie hatte keine Idee, was sie erwidern sollte.

Es klopfte. Sonja zuckte zusammen. Die Psychologin erhob sich, wandte sich ihrem Schreibtisch zu, wo eine Box mit Papiertaschentüchern stand, zupfte eines heraus und reichte es Sonja, die ihre Tränen trocknete und sich die Nase putzte. Als sie gefasst wirkte, ging Melina Seibold zur Tür und öffnete.

Der Mann, der im Flur wartete, war groß und füllte den Türrahmen fast komplett aus. Seine rechte Faust war erhoben. Er war im Begriff gewesen, ein weiteres Mal zu klopfen. Der Mann war modisch gekleidet. Seine Wangen waren gerötet, auf seiner Stirn glänzten Schweißperlen. Seine Augen lagen nicht ruhig in ihren Höhlen, sondern irrten umher. Als er Sonja Krüger erblickte, beruhigten sie sich. Die Schultermuskulatur des Mannes entspannte sich und ein vages Lächeln entstand in seinem Gesicht.

„Ja, bitte?", fragte Melina Seibold.

„Entschuldigen Sie die Störung.", sagte der Mann. „Mein Name ist Leon Gerberich. Ich bin der Leiter der Direktion Kriminalität der Polizei Krefeld und …"

„Ich weiß, wer Sie sind."

Leon Gerberich stutzte. Sonja spürte, wie die Neugier sich in Anspannung wandelte und sich ihr Nacken verkrampfte.

„Tut mir leid", sagte Gerberich zögerlich, „wenn ich gerade nicht weiß, woher wir …"

Melina Seibold winkte ab. „Was kann ich für Sie tun?"

„Es ist mir sehr unangenehm, Sie stören zu müssen." Er versuchte, ein Lächeln zustande zu kriegen. „Aber ich muss Frau Krüger ganz dringend sprechen."

„Wir sind mitten in einem Gespräch." Melina Seibold verschränkte die Arme vor der Brust. Obwohl sie ihm nur bis zu den Schultern reichte, erweckte sie den Eindruck, als überrage sie Gerberich um Längen. „Und was ist so wichtig?"

Gerberich suchte Blickkontakt zu Sonja. „Wir haben heute Morgen eine Leiche gefunden. Ich brauche dringend Ihre Hilfe, Frau Krüger." Gerberichs linke Augenbraue zuckte unkontrolliert.

„Was soll das bedeuten?", fragte die Therapeutin und stemmte die Hände in die Hüften.

„Der Tote, von dem ich sprach …" Gerberich schaute abwechselnd Frau Seibold und Sonja an, „… ist Heinz Marquardt."

14

Auch wenn die Heideckstraße im Schatten kräftiger Buchen lag, fröstelte es Jan nicht mehr. Er war heilfroh, den Friedhof hinter sich gelassen zu haben. Als wäre der Himmel hier wärmer, heller und freundlicher und die Welt drumherum lebendiger. Vogelgezwitscher, das aufgeregte Knattern eines Mofas, das weit entfernte Lachen spielender Kinder.

Er atmete auf, spürte, wie kalter Schweiß auf seiner Stirn trocknete. Er wandte sein Gesicht der strahlenden Sonne zu und schloss die Augen, spürte die Wärme auf seinen Wangen, auf seiner Stirn, auf der dünnen Haut seiner Lider. Er hatte das Gefühl, aus einem Albtraum erwacht zu sein.

Als er den Kopf senkte, sah er eine Gestalt, die Silhouette einer Frau in einem Strudel pulsierender Farben, die auf der anderen Seite der Straße stand. War das Becca? Was wollte sie hier? Wollte sie sich auch vergewissern? Oder hatte sie andere Pläne?

Er hob die Hand, winkte.

Die Person wandte sich um und rannte fort.

„Hey!", entfuhr es Jan. Er setzte sich in Bewegung. Die vermeintliche Becca rannte die Straße hinauf. Hinter einer Reihe parkender Autos sah er ihren Kopf und ihren zu einem lockeren Pferdeschanz zusammengebundenen Haarschopf hin und herschwingen, als würde er sie antreiben wie die Peitsche eines Inquisitors.

„Bleib stehen!“

Sie reagierte nicht, rannte links um eine Kurve. Jan vergewisserte sich, dass er nicht Gefahr lief, auf der Motorhaube eines Autos zu landen, sprintete über die Straße, erreichte die Ecke und setzte seine Verfolgung fort, obwohl er befürchtete, dass es kein Zweck hatte. Sie war zu schnell für ihn, hatte nach wenigen Metern die Entfernung zwischen ihnen beiden bereits verdoppelt.

„Becca!“, rief er, holte auf.

Das Geräusch eines sich nähernden Automotors drang an sein Ohr. Wenig später überholte ihn eine schwarze Limousine. Der Wagen fuhr langsam an ihm vorbei. Hinterm Steuer saß ein männlicher Fahrer. Auf dem Rücksitz war eine zweite Gestalt. Sie dreht sich zu ihm herum.

Kümmer dich um deinen Scheiß, dachte Jan und lenkte seine Aufmerksamkeit wieder auf die fliehende Becca, auf deren Höhe der Wagen bremste. Becca – inzwischen war er sicher, dass sie es war, denn er konnte sie gut erkennen – blieb stehen, beugte sich vor, stützte die Hände auf die Knie und ließ den Kopf hängen. Der Wagen hielt, die Hintertür schwang auf. Becca blickte in Richtung des geöffneten Innenraumes. Sie schüttelte den Kopf. Ihre Mimik konnte er nicht erkennen. Nur ihre erschöpfte Haltung. Ein Mann schälte sich von der Rückbank aus dem Fond, baute sich neben ihr auf und stemmte die Fäuste in die Hüften. Er war groß und überragte Becca um gut zwei Köpfe. Für einen Moment starrten beide zu ihm herüber. Jan näherte sich, auch wenn sein Gehirn seinen Beinen den stillen Befehl gab, langsamer zu werden. Etwas stimmte hier nicht!

Der Mann packte Becca mit einem Mal am Oberarm und zerrte sie mit sich. Jan war nah genug, um sie gut zu erkennen. Der Griff war schmerzhaft. Sie verzog ihr Gesicht, stemmte sich mit ihrem ganzen Körper gegen den Übergriff. Doch der Kerl war stärker. „Lass mich los!“, hörte er sie rufen.

Jan rannte schneller, flog beinahe über den Bürgersteig.

Der Mann hatte keine Lust auf Spielchen, schlug Becca ins Gesicht. Das Klatschen war deutlich zu hören. Jans Mund wurde trocken, seine Lungen zogen sich zusammen.

Der Mann schnappte Becca an Schultern und Oberarmen und pflanzte sie in den Wagen. Becca musste sich bücken, um nicht mit dem Kopf gegen das Autodach zu stoßen. Durch den Schwung des Anfahrmanövers schlug die Tür zu. Mit kreischenden Reifen rauschte der Wagen davon.

*

Jan stand mit hängenden Armen da und atmete schwer wie eine Dampflok. Sie hatten Becca entführt. Aber warum? Gut möglich, dass sie die Kerle kannte. Und …

Geh zur Polizei!

Aber was sollte er den Beamten sagen? *Hallo, mein Name ist Jan Holtmann. Ich möchte eine Entführung melden. Es wurde die Frau entführt, mit der ich gestern Nacht die Leiche eines Mannes auf dem Hauptfriedhof vergraben habe. Von Kerlen, die sie möglicherweise kannte, aber trotzdem nicht nett zu ihr waren.*

Becca. Wer war diese Frau nur? Und was war mit ihr los? Dass sie einen Mann auf dem Gewissen hatte, war offenbar nicht ihr einziges Problem …

15

Sonja brach der Schweiß aus, nachdem Gerberich den Namen ausgesprochen hatte.

„Wer ist das?“, fragte Melina Seibold.

„Marquardt war Mitglied der Mordkommission, die Frau Krüger leitete. Eine Serie von Tötungsdelikten im Rotlicht-Milieu. Marquardt war offensichtlich mehr in den Fall verwickelt, als wir dachten.“

„Vielleicht … Hendricks.“ Sonjas Einwand war nicht lauter als ein Flüstern.

„Der Mann, der Sie mit einer Pistole bedroht hat?“ Melina Seibold wandte sich ihr zu, blickte sie mit zusammengekniffenen Augen an. So machte sie Gerberich den Weg frei, der nun das Zimmer betrat. Doch statt sich zu den Frauen zu gesellen, eilte er an ihnen vorbei, umrundete den Schreibtisch und schaute aus dem Fenster. Die Gardine öffnete er nur einen Spalt.

Sonja war irritiert. Sie beobachtete, wie sich der Kopf ihres Chefs hin und her bewegte, als scannte er die Gegend vor dem Fenster.

„Ich höre?!“ Melina Seibolds Tonfall verriet, dass sie aufgebracht war.

Gerberich wandte sich um, blieb aber vor dem Fenster stehen, stemmte die Arme in die Hüfte.

Sonja schluckte. „Marquardt ist tot?“

Gerberich nickte.

„Gibt es Beweise, dass es Hendricks war?“ Sonjas Stimme gewann an Festigkeit. Ihre Hände umklammerten die Lehnen des Sessels.

„Nein.“

„Wer hat nun die Leitung der Mordkommission?“, fragte Melina Seibold.

„Werner Springer.“ Gerberich beobachtete Sonjas Reaktion. Sie nickte anerkennend.

„Wenn ich das richtig verstehe …“ Melina Seibold reckte ihren Daumen in die Höhe. „Sie haben einen Toten.“ Sie streckte ihren Zeigfinger aus. „Sowie einen leitenden Ermittler …“ Sie erhob den Mittelfinger. „… und einen Verdächtigen. Was wollen Sie von Frau Krüger?“

„Frau Krüger kennt die Hintergründe des Falls. Ihre Unterstützung würde unsere Arbeit erheblich weiterbringen. Ein Fortschritt wäre bedeutungsvoll. Seit vier Wochen steht die Mordkommission *Rotlicht* auf der Stelle. Sie …“ Gerberich machte zwei Schritte in den Raum hinein, stockte und trat wieder zurück ans Fenster.

Was war nur mit ihm los?, fragte sich Sonja.

„Sie werden gebraucht, Frau Krüger. Von ihrer Mitarbeit erhoffe ich mir den Impuls, der uns ein Stück näher an Hendricks heranbringt.“

In Sonjas Eingeweiden begann es zu flattern.

„Wie ich sagte, Frau Krüger befindet sich im Krankenstand“, wiederholte Melina Seibold. „Sie ist noch nicht wieder in der Verfassung …“

„Sie wurde beurlaubt. Von mir. Als ihr Dienstvorgesetzter. Nicht ärztlich krankgeschrieben.“

„Dann werde ich das nachholen.“

„Frau Seibold, dass Frau Krüger …“

„Die Ermittlungen übernehmen kann …“, unterbrach sie ihn. „… ist absolut unmöglich!“

„Das soll sie auch nicht.“ Gerberichs Augen huschten durch den Raum, als suchten sie in den Ecken des Büros nach den richtigen Worten, die er brauchte, um die Polizeipsychologin zu überzeugen. „Sie soll lediglich als … sagen wir … Beraterin tätig sein.“

„Das ist …“ Melina Seibold wusste nicht mehr, was sie sagen sollte. Sie hob die Arme und ließ sie kraftlos sinken.

„Ungewöhnlich?“ Gerberich trat einen Schritt vor. „Möglicherweise. Ich habe hier ein Schreiben unseres Polizeipräsidenten Prof. Dr. Ludwig Gärtner.“ Mit diesen Worten zog Gerberich einen Umschlag hervor und kam näher. Er überreichte der Psychologin den Briefumschlag, den sie von beiden Seiten betrachtete. Verdutzt blickte sie zu dem Polizisten auf. Er war nicht beschriftet, also riss Melina Seibold den Umschlag auf.

Sonja betrachtete das Spiel. Gerberich kam auf sie zu. „Frau Krüger, ich brauche Sie.“

„Und Springer?“

„Wird dankbar sein für Ihre Unterstützung.“

Melina Seibold ließ den Brief sinken, räusperte sich. „Hier steht, dass Herr Gärtner zwei Bedingungen stellt. Zum einen erwartet er Frau Krügers Zustimmung, zum anderen meine.“

Gerberich blickte Melina Seibold wie versteinert an. Er schien etwas sagen zu wollen, doch Sonja kam ihm zuvor. „Ich bin dabei.“

Gerberich lächelte und reckte ihr seine Hand entgegen.

„Stopp“, sagte Melina Seibold. „Es tut mir leid, aber ich habe auch noch ein Wörtchen mitzureden. Und das lautet: nein.“

„Aber …“, begann Gerberich. „Haben Sie den Brief nicht gelesen?“

„Hab ich.“ Sie stopfte den Brief wieder in den Umschlag und reichte ihn zurück. „Sehr genau sogar. Mir scheint es ein hanebüchenes Manöver zu sein. Es muss eine andere Möglichkeit geben.“ Der Brief schwebte zitternd in der Hand der Psychologin. Sonja wollte danach greifen, doch da hatte Gerberich ihn schon an sich genommen und in der Innentasche seines Sakkos verstaut.

„Frau Seibold, ich weiß nicht, wie …“

„Das ist der falsche Weg, Herr Kriminaldirektor! Es tut mir leid. Frau Krüger ist krank.“

„Wenn ich Herrn Gerberich richtig verstanden habe, soll ich nicht als leitende Ermittlerin tätig sein, sondern lediglich die Kollegen mit Hintergrundinformationen über die bisherigen Ergebnisse in der Mordermittlung in Kenntnis setzen.“ Sie sah Gerberich an.

„Korrekt.“

Sonja sah Melina Seibold unschuldig an. „Das kann meiner Genesung nicht schaden, oder?“

„Sie begeben sich auf die Jagd nach dem Mann, der Sie bedroht hat. Sie begeben sich im wahrsten Sinne des Wortes in die Schusslinie.“ Melina Seibold suchte Gerberichs Blick, doch der wich ihr aus.

„Nein, ich *unterstütze* die Jagd. Mit meinen bisherigen Ergebnissen. Mehr nicht. Ich kehre nicht in den aktiven Dienst zurück.“

„Genau“, sagte Gerberich zustimmend.

Melina Seibold schwieg.

„Sie sagten, ich solle Ihnen vertrauen, Frau Seibold. Das möchte ich gerne tun. Aber dann vertrauen Sie mir auch. Ich werde Sie mindestens einmal in der Woche aufsuchen, damit Sie mir helfen können, mein Trauma aufzuarbeiten. Sie lassen mich dafür ein Teil dieser Ermittlung sein. Deal?“

Melina Seibold musterte die kleine Kommissarin.

Gerberich senkte den Kopf und sprach sehr eindringlich. „Ich werde auf Frau Krüger aufpassen, das verspreche ich. Ihr wird es gut gehen. Die MK ist groß genug, dass sie sich nicht in Gefahr begeben muss.“

Sonja wunderte sich über die Wortwahl, richtete ihre Aufmerksamkeit aber weiterhin auf die Psychologin.

„Also gut“, gab Melina Seibold sich geschlagen.

„Ich danke Ihnen.“ Sonja lächelte seufzend, dass es fast wie ein erfreutes Auflachen klang.

*

„Woher wussten Sie, wo Sie mich finden würden?“ Sonja saß auf dem Beifahrersitz von Gerberichs Wagen, hielt den Haltegriff über ihrem Kopf fest in der Hand.

„Ihr Mann.“

Sonja zögerte. „Haben Sie ihm gesagt, was Sie von mir wollen?“

„Nein.“

„Warum?“

„Er macht sich Sorgen.“

„Hat er das gesagt?“

Gerberich nickte. Sonja schwieg und lauschte dem Rauschen des Motors. Musterte ihn. „Bringen Sie mich zum Tatort!“

„Bitte, was? Aber …“ Gerberich schien außer sich zu sein. „Wir hatten einen Deal mit Frau Seibold!“

„Ich will nicht mit diesem Fernsehscheiß anfangen, aber Sie wissen selbst, wie wichtig es ist, einen Eindruck vom Tatort zu bekommen.“

„Aber Frau Seibold hat ausdrücklich …“

„Wenn Sie mich dabeihaben wollen, würde ich an Ihrer Stelle machen, was ich Ihnen gerade gesagt habe.“

Gerberich schnaufte in sich hinein. Mit der rechten Hand schlug er aufs Lenkrad. „Okay, Sie bekommen Ihren Willen, aber danach bringe ich Sie eigenhändig ins Präsidium und das verlassen Sie dann auch nicht mehr. Verstanden?“

*

Gerberich blickte während der Fahrt permanent in den Rückspiegel, wirkte nervös. Sonja fiel sein stetiges Augenzucken auf.

„Alles in Ordnung?“, erkundigte sie sich.

„Natürlich."

„Man könnte den Eindruck bekommen, Sie glauben, wir werden verfolgt."

Gerberich lachte auf. „Wer sollte mich verfolgen?"

„Keine Ahnung. Sagen Sie es mir!" Gerberich zuckte nur mit den Schultern und schüttelte breit grinsend den Kopf. Sonja sah nach vorne. „Vielleicht werde auch ich verfolgt."

Irgendwas stimmt hier nicht, dachte Sonja. Für einen kurzen Moment glaubt sie, keine Luft mehr zu bekommen. Ein Geruch nach Moder und Schimmel stieg ihr in die Nase. Wie es in alten Kellern roch. Sie griff nach dem Haltegriff über ihr, fasste zu, atmete tief durch die Nase ein und ließ die Luft mit geblähten Wangen wieder aus.

Gerberich brach das Schweigen. „Ich erinnere mich oft an meinen ersten Toten. Ein Mann, gegen den ich ermittelt hatte und der … wie ich dachte … schuldig gewesen war. Er hatte sich dem Urteil des Gerichts entzogen und sich die Pulsadern aufgeschnitten, als er am Schreibtisch saß. Ich hatte noch nie so viel Blut gesehen. Es musste in hohem Bogen aus ihm herausgespritzt sein. Ich hatte angenommen, dass mich der Anblick dieses Toten ein Leben lang verfolgen würde. Weil er der Erste war. Doch in Wahrheit war es erschreckend unspektakulär gewesen. Ohne Rührung, ohne Entsetzen, sogar ohne Ekel hatte ich mich dem Toten genähert, als wäre er lediglich eine Puppe gewesen." Gerberich suchte Sonjas Aufmerksamkeit. „Dieses Mal wird es anders sein."

„Sie wissen, was uns erwartet?"

„Ein Schlachtfest."

*

Gerberich und Sonja betraten das Wohnhaus und eine Welle übler Gerüche empfing sie. Sonja rümpfte die Nase, schnellte instinktiv mit der Hand zum Mund, hielt aber in der Bewegung inne, als sie den Beamten erblickte, der an der offenstehenden Wohnungstür postiert worden war. „Tun Sie sich keinen Zwang an", sagte er.

Dankend erwiderte sie dem Kommentar mit einem Nicken. Sie

hatte etwas sagen wollen, doch als sie den Mund öffnete und dieser metallisch-süßliche Geruch nach Fäulnis und Blut in sie hineinströmte, musste sie an sich halten, sich nicht zu übergeben.

Der uniformierte Kollege hielt ihr ein kleines Döschen hin. „Hier, nehmen Sie."

„Eukalyptusbalsam?"

„Ja. Schmieren Sie es sich unter die Nase, dann ist der Gestank einigermaßen ertragbar."

„Tatsächlich?"

„Nein." Der Beamte zuckte die Schultern. „Aber besser als nichts."

Sonja lächelte, nahm das Döschen entgegen und schmierte sich einen beachtlichen Streifen unter die Nase. Sie hustete, schluckte und hustete wieder. Sie reichte das Döschen Gerberich, der sich ebenfalls großzügig bediente. Es roch nun anders. Nicht besser, aber anders.

„Sie werden bereits erwartet, Herr Direktor", sagte der Kollege. „Den Flur runter und dann links ins Wohnzimmer." Der Mann reichte ihnen jeweils ein Paar Überschuhe und Einweghandschuhe. Gerberich und Sonja legten beides an und betraten den Tatort, Heinz Marquardts Wohnung.

Obwohl das Licht im Flur und in allen Räumen eingeschaltet war, wirkte die kleine Behausung düster und drückend. Die Tapeten waren schmutzig, das Mobiliar alt, die Bilder an den Wänden staubig, deren Gläser blind. Gerberich ging auf die offenstehende Wohnzimmertür zu. Um sie herum war reges Treiben. Männer in weißen Papieranzügen, mit Mundschützen maskiert, sicherten die Spuren. Mit Adhäsionspulver bestrichen sie Türklingen und Türblätter, um dann sichtbar gemachte Fingerabdrücke mit einer Gelfolie zu fixieren und auf eine Spurenkarte zu kleben. Sonja folgte Gerberich und versuchte sich innerlich zu wappnen. Es gelang ihr nicht. Der Anblick des Toten haute sie um, ließ sie taumeln. Sie musste sich am Türrahmen festhalten. So etwas Entsetzliches hatte sie noch nicht gesehen. Das Grauen brannte sich ihr ins Hirn. Selbst als Sonja den Blick abwandte und die Augen schloss, sah sie dieses Horrorszenario noch vor sich. Dass ein Mensch einem anderen Menschen so etwas antun konnte, war unglaublich.

Der nackte Heinz Marquardt lag in einem abgewetzten Sessel, den man mit dem Fußteil in Liegeposition gebracht hatte. Sein Kopf lag im Nacken. Sein linker Fuß lag auf der Fußstütze, der rechte war heruntergesackt auf den Boden. Das Bein, samt Fuß, schimmerte lila, fast blau und sah aus, als wäre er angeschwollen. Der Mund des Toten stand offen, die Mundwinkel waren eingerissen. Der Grund dafür waren Bündel Geldscheine, die ihm in den Rachen gestopft worden waren. Die Hände des Toten lagen auf den Oberschenkeln und waren ebenfalls geschwollen und blau angelaufen. Doch das Schlimmste präsentierte sich Sonja zwischen den Schenkeln des Toten. Dort wo sich sein Geschlechtsteil hätte befinden müssen, klaffte ein großes Loch. Eine blutige, fleischige Wunde. Dem Toten war der Penis amputiert worden. Um Marquardts Hüfte herum hatte sich der Stoff des Sessels mit Blut vollgesogen. Fliegen surrten herum und ließen sich auf das blutige Fleisch zwischen seinen Beinen nieder. Sie hatten dort bereits ihre Eier hinterlassen. Kleine weiße Punkte im schimmernden Rot.

Sonjas Magen rebellierte. Sie befürchtete, sich übergeben zu müssen, wandte den Blick ab und erkannte, dass auch Gerberich nicht länger hinsehen konnte. Seine Rechte legte sich auf seinen Bauch, massierte seine Magengegend.

„So etwas kriegt man nicht alle Tage zu Gesicht“, raunte eine kratzige Stimme hinter ihnen.

Sonja sah einen Mann in einem weißen Ganzkörperanzug auf dem Boden hocken. Mit einem Streifen Gelfolie sicherte er Spuren, den er anschließend auf eine Karteikarte klebte und nummerierte. Der Kollege ließ sich nicht stören, als der Mann, der zu ihnen gesprochen hatte, ihn umrundete: Ein kleiner untersetzter Kerl mit ergrauendem Haarkranz um eine blanke Glatze und stechenden Augen. Hauptkommissar Werner Springer. Er näherte sich mit großen Schritten und reichte Gerberich die Hand. Ihr Chef war gut drei Köpfe größer als der neue leitende Ermittler ihrer Mordkommission.

„Sie müssen Sonja Krüger sein“, wandte sich Springer an sie. „Unsere … Geheimwaffe.“

Seine Äußerung gepaart mit einem höhnischen Blick, der seine kühlen Augen aufleuchten ließ, entfachte in ihren Eingeweiden ein brennendes Gefühl, als stünde ihre Blase in Flammen. Sonja schluckte die aufkeimende Wut hinunter. Sie hatte nicht angenommen, ein Protegé zu sein.

„Mein Name ist Bond", sagte Sonja. „Jane Bond. Aber Sie dürfen mich auch gerne Geheimwaffe nennen, wenn Ihnen das lieber ist."

Hinter sich hörte sie ein amüsiertes Grunzen. Sie wandte sich dem Geräusch nicht zu, sondern blickte ihrem Gegenüber ins Gesicht. Springers Augenbrauen zogen sich verärgert zusammen, sodass zwei Fältchen über seiner Nase entstanden, die aussahen wie ein Paar Anführungszeichen. Springer blickte über ihre Schulter und suchte den Spaßvogel. Dann entspannte sich seine Mimik und um die Mundwinkel deutete sich ein Lächeln an.

„Das hab ich wohl verdient", entgegnete er. „Bitte verzeihen Sie! Mein Ego. Ich bin seit gut dreißig Jahren bei der Polizei und ..."

„Sie haben noch nie die Hilfe einer Frau gebraucht."

„Nein, so ist das nicht. Ich hab nur noch nie die Erfahrung gemacht, dass man mir sagt, ich brauche Hilfe, bevor ich selbst die Chance bekommen habe, ermitteln zu dürfen. Verstehen Sie?"

„Natürlich. Darum geht's auch nicht. Ich kann Sie mit Background-Wissen füttern, sollten Sie für Ihren Fall welches benötigen." Sonja betonte bewusst *Ihren Fall*, damit klar festgelegt war, wer die Richtung vorgab. „Und wenn nicht, freue ich mich, von Ihnen lernen zu dürfen."

Springer hob die buschigen Augenbrauen. „Okay. Dann geben wir beide uns jetzt die Hand und fangen noch einmal von vorne an." Er streckte seine Rechte nach vorne. „Werner Springer. Ich würde Ihnen ja anbieten, mich Werner zu nennen. Aber das tut keiner. Sogar meine Freunde – die zwei, die ich hab – sagen Springer. Also tun Sie sich keinen Zwang an."

„Gerne. Ich heiße Sonja."

Springer wandte sich dem Toten zu. „Laut Notarzt ist unser Kollege hier seit circa 36 Stunden tot. Marquardt muss zwischen 1 und 3 Uhr in der Nacht des Vortages gestorben sein. Wie Sie am Geruch feststellen können, hat die Fäulnis bereits eingesetzt. Muss an den hohen Temperaturen der letzten Tage liegen. Die Todesursache ist noch unklar. Wahrscheinlich ist er erstickt. Die

Amputation seines Geschlechtsteils fand *post mortem* statt."
„Wo ist es?"
„Noch nicht gefunden."
„Warum hat er dem Mann das angetan?", schaltete sich Gerberich ein.
„Er?" Springer hob die Augenbrauen.
„Lars Hendricks."
„Waren Sie Augenzeuge oder warum sind Sie sich so sicher?"
„War ich nicht. Als leitender Ermittler sollten Sie aber über die Hintergründe der *MK Rotlicht* Bescheid wissen, und …"
Springer hob beschwichtigend die Hände. „Ich weiß Bescheid. Aber es ist nicht meine Art, das Naheliegende anzunehmen, Herr Direktor."
Gerberich sagte nichts mehr, wandte sich von dem Mordermittler ab. Sonja beobachtete Springer. Es hieß, dass er ein harter Knochen war, abgebrüht und forsch. Das musste man auch in seiner Position. In Springers Metier mutierte man wohl irgendwann zu einem Arschloch. Vielleicht würde sie irgendwann das gleiche Schicksal ereilen. Sie wusste, Springer war aus Köln hierher versetzt worden. War dort kein unbeschriebenes Blatt gewesen. Ein Kerl, der viel gesehen, aber auch viel erreicht hatte. Unbequem, aber korrekt – auf seine besondere Art.
„So was schon mal gesehen?", fragte Springer und wies mit dem Kopf in Richtung der entmannten Leiche.
Gerberich schüttelte den Kopf. „Sie?"
„Nein."
Sonja trat vor und zwang sich, den Toten erneut anzuschauen. Sie kniete sich hin und betrachtete die Wunde zwischen seinen behaarten Schenkeln, die Wundränder waren sauber gekappt. „Die ersten beiden Toten waren furchtbar anzusehen gewesen, aber das hier ist wirklich … grauenvoll." Sie dachte nach. „Es könnte Hendricks gewesen sein. Das *Posing* der Leiche passt zu seiner *Signatur*. Hendricks hat seine Opfer stets auf eine besondere Weise dargeboten. Um eine Nachricht zu übermitteln. Warum er sie getötet hat. Löffler wurde entmannt und an sein Bett genagelt. Weil sein Geschäft der Handel mit verbotenem Sex war. Merker wurde mit Luft vollgepumpt, sodass er innerlich erstickt ist. Mit

Spritzen, die noch in ihm steckten. Weil er mit harten Drogen gehandelt hatte."

„Marquardt war korrupt", sagte Gerberich. „Deswegen hat er ihm frei nach dem Motto *Der kriegt den Hals nicht voll* den Rachen mit Geldbündeln vollgestopft. Und seinen Penis hat er abgeschnitten, weil …?"

„… Weil Marquardt angeblich nicht nur mit Geld, sondern auch mit Sex bezahlt wurde", fuhr ihm Springer ins Wort. „Er soll Mia Hendricks vergewaltigt und anschließend totgeprügelt haben. Zumindest behauptet das Lars Hendricks."

Sonja nickte.

„Ich seh' schon …", begann Springer. „Wir arbeiten prächtig zusammen. Nur wofür braucht ihr mich eigentlich."

„Deine Aufgabe ist es, Hendricks zu finden. Er ist gefährlich", erläuterte Sonja.

„Hast du auch eine Idee, wie ich das tun soll, Geheimwaffe?"

„Indem du gut auf mich aufpasst. Ich bin die Nächste."

16

Seit zehn Stunden war Jan in diesem Albtraum gefangen. Er fühlte sich wie die Marionette in einem grausamen Spiel. Zurück in der Roßstraße starrte er auf die Klingelschilder, deren Nachnamen ihm nichts sagten. Zu Becca gehörten sie nicht. Jan seufzte tief und drückte den Klingelknopf der Wohnung, in der sein Albtraum begonnen hatte.

„Ja?", ertönte es aus der Gegensprechanlage.

„Hallo." Jan versuchte locker zu klingen. „Hier ist der Kerl von heute Morgen und …"

„Ich sagte Ihnen doch schon … "

„Ich möchte Sie nur noch was fragen."

„Lassen Sie mich in Ruhe!"

„Es dauert auch nicht lange. Fünf Minuten, bitte. Es ist wirklich wichtig!"

„Verzieh dich!"

„Bitte! Ich flehe Sie an!"

„Hau ab oder ich rufe die Polizei!"

„Okay!" Jan raufte sich die Haare. „Vielleicht sollten Sie das tun. Und dann reden wir gemeinsam mit denen!"

Keine Reaktion. „Hallo?", rief Jan. „Sind Sie noch da?"

Nichts. „Hey!?"

„Drei Minuten! Nicht länger!", sagte die Frau. Kurz drauf ertönte der Summer. Jan drückte die Haustür auf. Im Flur war es angenehm kühl. Jan atmete auf. Er ging die Stufen hinauf. Die Erinnerung daran, vor ein paar Stunden bereits hier gewesen zu sein, zuletzt mit einem Toten über der Schulter, zog sein Herz zusammen, als hätte es einen Muskelkrampf.

„Zweiter Stock", rief ihm die Frauenstimme zu.

„Danke!" Ich weiß, dachte er. Seine Beine fühlten sich entsetzlich schwer an. Am Ziel angekommen, musste er tief durchatmen. Er grinste verlegen, als er die junge Frau sah, die ihn skeptisch betrachtete. Sie stand hinter der Wohnungstür verbarrikadiert, die ihr als Schutzschild diente. Sie hatte schulterlange, dunkelbraune Haare, zu einem Bob geschnitten. Große Augen in einem hübschen, natürlichen Gesicht. Sie war klein, vielleicht gerade mal 1,60 Meter und reichte Jan nur bis zur Brust.

„Ganz schöne Plackerei, wenn sie den Einkauf hier raufschleppen müssen, was?" Oder eine Leiche runter, dachte er.

Die Frau reagierte nicht auf seinen lockeren Spruch. „Mein Name ist Jan Holtmann."

Sie beäugte ihn skeptisch. „Möchten Sie mir nicht Ihren Namen nennen?"

„Nadine Hausmann."

„Freut mich."

„Wir werden sehen … Sie suchen Ihre Freundin?"

„Sie ist nicht meine Freundin …"

„Warum suchen Sie sie dann?"

„Vielleicht könnte sie es ja werden." Verlegen senkte er den Blick.

„Sie sind verknallt!?"

Was sollte er darauf erwidern? Das Gespräch nahm eine seltsame Wendung.

„Warum glauben Sie, dass Sie sie hier finden, Herr Holtmann?“

„Weil …“ Er trat einen Schritt näher und Nadine schob die Tür weiter zu. Jan trat sofort zurück, hob die Hände. „Sie hat mich letzte Nacht hergebracht. Sie hat gesagt, dass sie hier wohnt.“

„In meiner Wohnung?“

Jan nickte.

„Das ist unmöglich. Wie, sagten Sie, heißt sie?“ Nadine trat wieder etwas hinter der Tür hervor.

„Becca. Eigentlich Clara Rebecca.“

Ahnungslos schüttelte sie den Kopf.

Jan schaute sie mutlos an. „Darf ich kurz reinkommen?“

„Was versprechen Sie sich davon?“

„Vielleicht find ich einen Hinweis.“

„Worauf?“

„Wer sie ist und wo ich sie finden kann.“

Jetzt änderte sich der Blick der jungen Frau. Es schwang Mitleid darin. „Sie glauben wirklich, dass Sie letzte Nacht hier waren, was?“

„Ich war hier!“, beharrte er verzweifelt.

„Das ist unmöglich, Herr Holtmann. Dann wären wir uns begegnet. Ich war letzte Nacht auch hier.“

Jan wusste nicht weiter. Ihr wollt mich doch alle verarschen, dachte er. Mit einem Mal war er wütend. Er ballte die Fäuste und spürte, wie sich sein Gesicht in eine zornige Maske verzog. Nadines Augen weiteten sich vor Schreck. Sie war im Begriff, die Tür zuzuschlagen, doch Jan schob eilig den Fuß dazwischen. Das Türblatt schlug gegen seinen Oberschenkel. Er ächzte, rempelte die Tür auf und Nadine stolperte rückwärts. Sie stieß gegen die Wand, schlug sich den Hinterkopf an.

„Bitte!“ Sie hob die Hände in Abwehrhaltung. „Tun Sie mir nichts!“

„Was ist hier los, verdammte Scheiße!?!“

„Ich weiß nicht, was Sie meinen.“

„Ich war hier!“ Jan hob die Faust. In drohender Haltung stand er vor ihr. „In dieser Wohnung, letzte Nacht. Mit Becca.“

Jan fasste Nadine bei den Schultern, ängstlich zuckte sie zusammen. Begann zu weinen. Ihr Mund öffnete sich, Speichelfäden hingen wie ein Gitter von Lippe zu Lippe. „Ich tu Ihnen nichts, aber ich will wissen, was hier gespielt wird? Ich bin diesen Flur entlanggegangen. Am Ende geht's in die Küche, stimmt's?"

Nadine nickte hektisch.

„Die erste Tür links ist ein Schlafzimmer."

„Ja. Meins." Trotz der spürbaren Angst funkelte Zorn in ihrem Blick.

„Gestern gehörte es Becca!"

„Aber …"

„Nichts aber!" Jan war außer sich. Er musste versuchen, sich zu beherrschen. So kam er nicht weiter. „Die nächste Tür", sagte er ruhiger, „führt in ein Wohn- und Esszimmer, richtig?"

Nadine nickte.

„Woher weiß ich das wohl, wenn ich nicht hier war?"

„Keine Ahnung. Sie haben recht, was die Aufteilung der Wohnung anbelangt … aber …"

„Aber was?" Jan fasste erneut Nadines Schultern und riss sie an sich. Seine Finger bohrten sich in ihre Muskeln.

„Vielleicht waren sie ein Stockwerk tiefer. Die Aufteilung der Wohnung ist identisch."

Jan zögerte. Seine Mimik erschlaffte. Konnte es sein, dass er sich im Stock geirrt hatte? Nein! Er hatte den Toten vier Treppenabsätze heruntergetragen. Er war daher in der zweiten Etage gewesen. Kein Zweifel. Er schüttelte wie wild den Kopf. „Nein!", stieß Jan hervor, ging den Flur entlang und zog Nadine hinter sich her.

Halt!, dachte er. Die Fotos. An der Wand. Die hatte er gestern auch gesehen. Er wusste noch, wie ihm irgendetwas komisch vorgekommen war. Er blieb stehen, schaute sich die Bilder an und erkannte den Rücken einer Frau, die an einer Klippe stand und auf die offene See sah. Auf einem anderen Foto stand eine junge Frau im Arm eines Mannes vor einem malerischen Brunnen. Beide lächelten. Dieselbe Frau in einem Fallschirmspringerdress, aber ein anderer Typ. Jans Blick schreckte von Bild zu Bild, alles drehte sich vor seinen Augen. Auf einmal wusste er, was ihn gestern gestört hatte. Nadine blieb still, musterte ihn wie einen seltenen Käfer in einem Glas. Er beugte sich vor, öffnete den Mund, zeigte auf die Fotos an der Wand. „Das sind Sie."

Nadine nickte.

„Auf keinem der Fotos ist Becca zu sehen." Er sprach zu sich, seine Stimme verlor an Kraft.

„Weil es nicht ihre Wohnung *ist*!", beharrte Nadine. Sie sprach wie zu einem Kind. „Sondern meine."

„Der Lichtschalter …", fiel Jan ein. Er betrachtete den kleinen weißen Kippschalter, als wäre es eine Bombe. „Sie hat ihn nicht sofort gefunden. Wenn es ihre Wohnung gewesen wäre …" Er stockte.

„Ist es aber nicht."

„Aber … ich war hier! Mit ihr!" Er griff sich in die Haare, seine Stimme wimmerte. Tränen bildeten sich in den Augenwinkeln.

„Ich denke, Sie sollten jetzt gehen."

„Ich war hier!" Er schrie, fasste sie wieder bei den Schultern. „Letzte Nacht. Und da war er drin. Da. Im Wohnzimmer. Da hat er gelegen."

„Wer?"

„Der Tote. Der …"

Nadines Augen weiteten sich. Sie schaute ihn mit einem entsetzten Blick an, als wollte sie ihn fragen, ob sie richtig gehört hatte.

„Was …?", sagte sie schwach.

Jan sah durch sie hindurch. Sein Griff lockerte sich. Sein Herz schlug bis zum Hals. Er musste hier raus, bekam keine Luft mehr.

„Was haben Sie gesagt?"

„Nichts!" Jan eilte zur Wohnungstür. „Vergessen Sie, dass ich da war!"

„Warten Sie!" Nadine wollte ihn aufhalten. „Sie sprachen gerade von einem Toten, den Sie dort im Wohnzimmer ..."

„Sie haben sich verhört."

„Hab ich nicht!"

Jan nahm ihre Hände, umklammerte sie und führte sie von ihm weg. „Hören Sie … Nadine … Ich war nie hier. Ihre Worte! Also kann ich nicht gesehen haben, was Sie glauben, dass ich gesagt habe. Wir vergessen einander und haben fortan ein schönes Leben."

„Aber …“

„Nein!“ Er stieß sie von sich. „Ich hab von der Scheiße die Schnauze voll!“ Er schubste sie. Nadine wand sich zur Seite, sodass Jan an ihr vorbeirauschte. Er verlor das Gleichgewicht, stolperte vorwärts und fiel hin. Konnte sich gerade noch abfangen, bevor er mit dem Kopf auf den Boden schlug. Er rollte sich auf den Rücken, atmete schwer. Nadine beugte sich über ihn.

„Haben Sie sich verletzt?“

Er antwortete nicht, drehte den Kopf zur Seite. Beschämt, erschöpft, verwirrt. So viele Gefühle gleichzeitig marterten ihn.

Was war das? Dort auf dem Boden unter der Couch lag etwas. Etwas Kleines. Weißes. Mit einem blauen Strich. Jan erhob sich auf alle Viere und krabbelte ins Wohnzimmer. Gab ein seltsames Bild ab.

„Was haben Sie?“ Nadine folgte ihm.

„Ich hab etwas gesehen.“

„Was denn?“

„Eine Scherbe.“

Jan hatte das Rückenteil des Sofas erreicht, legte sich flach auf den Boden. Er tastete unterm Sofa. „Da ist sie.“

Jan erhob sich und hielt Nadine eine kleine dickwandige Scherbe hin, wie ein Taucher die Goldmünze eines verlorenen Schatzes. „Ich habe gestern eine Vase zerbrochen. Sie war milchig-weiß und hatte einen blauen Streifen rings um den Bauch. So wie bei dieser Scherbe hier.“

Nadine starrte auf den Couchtisch, als käme er aus einer anderen Welt. „Sie … stand auf dem Tisch dort. Es waren Gerbera darin.“

„Keine Ahnung. Sie waren rot und …“

„Gelb.“

17

Sonja trat mit ihrem neuen Kollegen auf die Straße, schloss die Augen, atmete tief durch, genoss die Sonnenstrahlen auf ihrem Gesicht und war froh um die frische Luft, die ihre Lungen füllte.

„Mein Wagen steht dort." Springer wies die Straße hinunter, in der sich eine hässliche, Graffiti beschmierte Hauswand an die andere reihte. Springer öffnete Sonja die Tür, ließ sich ächzend auf den Fahrersitz fallen und startete den Motor. „Eine gute halbe Stunde bis Düsseldorf zur Rechtsmedizin. Nochmal Pipi machen?" Er grinste frech.

„Fahr los!" Sonja lachte.

Die Leichenschau von Heinz Marquardt war für 14 Uhr angesetzt. Der Tote war bereits dort. Sie schwiegen die Fahrt über. Sonja war froh darüber. In der Regel hasste sie es, wenn das Schweigen zwischen zwei Menschen zu viel Raum einnahm und dadurch unangenehm wurde. Doch mit Springer an ihrer Seite war es angenehm. Das kannte sie bisher nur mit Thomas.

Thomas. Seit Stunden hatte sie nicht mehr an ihn gedacht. Wie sollte sie ihm sagen, dass sie wieder arbeitete? Eine Antwort hatte sie noch immer nicht, als Springer nach einer Dreiviertelstunde von der Moorenstraße abbog und auf das Gelände der Unikliniken Düsseldorf fuhr. An einem Wärterhäuschen hielt er an und kurbelte das Seitenfenster herunter. „Kripo Krefeld", sagte er zu dem Mann hinter der Scheibe. „Wir wollen zur Rechtsmedizin."

Der Mann ließ die Schranke hoch.

Weiter geht's, dachte Sonja und schob die Gedanken an Thomas zurück in eine Kiste, die sie gut verschloss. Wenigstens für die nächsten Stunden.

*

Professor Doktor Eugen Gernot obduzierte in der Regel ohne Beisein der Staatsanwaltschaft oder den leitenden Ermittlern, auch wenn §89 der Strafprozessordnung das nicht vorsah. Die Leichenöffnung hatte für Gernot mit Respekt gegenüber den Toten zu tun. Dass nicht mehr Menschen als nötig in ihr Innerstes starrten. Zumindest wenn die Ermittler die Abweichung der Rechtsnorm zuließen.

Sonja war dankbar. Zwar grenzte Gernots Büro an den Obduktionssaal und war mit riesigen Scheiben versehen, sodass man einen Blick auf einen Kerl mit geöffneter Brust, Bauch und abgetrennter Schädeldecke werfen musste. Aber es war allemal besser, als direkt in rotschimmernde Höhlen aus Gewebe, Fleisch und Blut zu starren. Ganz zu schweigen von dem Geruch.

Der Glaskasten, der sich Gernots Büro schimpfte, war mit weißen Möbeln bestückt. Auf einem dieser halbhohen Sideboards hinter dem Schreibtisch stand eine schwarze Kaffeemaschine, die wie ein Fliegenschiss auf einer Tischdecke wirkte. Professor Gernot war bemüht, den Kaffee durch Gedankenkraft schneller brühen zu lassen.

Springer und Sonja sahen einander an, bevor sie an die gläserne Bürotür klopften. „Herein!“, lautete Gernots Antwort, ohne dass er sich umdrehte. Sonja öffnete die Glastür und brachte ein locker angebrachtes Plissee zum Schwingen. „Nehmen Sie Platz.“

„Guten Tag, Herr Professor. Mein Name ist Sonja Krüger und das ist Werner Springer von der Mordkommission Krefeld.“

„Ich weiß, wer Sie sind.“ Gernot drehte sich um, verzog keine Miene. „Kaffee?“

„Danke.“ Springer nickte.

„Gerne“, lautete Sonjas Antwort.

Wie aufs Stichwort begann die Maschine zu röhren und läutete die letzten Tropfen Brühwasser ein. Gernot nahm die Kanne aus der Maschine und goss drei weiße Kaffeebecher voll. Er stellte sie den Ermittlern hin. „Bedienen Sie sich bitte selbst an Milch und Zucker. Erfahrungsgemäß kann man es als Gastgeber nur falsch machen. Ich hasse es, wenn jemand falschverstandene Freundlichkeit an den Tag legt, und meinen Kaffee verhunzt.“

Sonja gab in ihren Kaffee einen Schuss Milch. Springer trank seinen schwarz.

„Wir ermitteln im Todesfall Heinz Marquardt“, sagte Springer.

„Wir?“ Gernot öffnete die Augen und besah Sonja mit einem fragenden Blick. „Soweit ich informiert bin, ist Kollegin Krüger aktuell nicht im Dienst. Oder irre ich mich?“

„Das ist bis Düsseldorf durchgedrungen?“

„Die Welt ist ein Dorf.“ Gernot trank einen Schluck und war zufrieden mit seinem Gebräu.

Sonja mühte sich ein Lächeln ab. „Sie irren sich tatsächlich nicht, Herr Professor“, sagte Sonja. „Ich bin auch nicht als Ermittlerin tätig, sondern lediglich als externe Beraterin."

„Und als solche holen Sie dieselben Informationen ein wie der hauptverantwortliche Ermittler?" Sein Blick ging zu Springer.

„Sie können sich gerne rückversichern, wenn Sie an unseren Worten zweifeln", sagte Sonja.

„Mir soll alles recht sein." Er hob eine flache Hand und setzte die Tasse wieder an die Lippen.

„Nachdem wir das geklärt haben …", sagte Springer.

„Wie schmeckt Ihnen der Kaffee?", unterbrach ihn Gernot.

„Danke. Gut."

„Nicht zu bitter?"

„Nein. Ihr Kaffee schmeckt sehr gut."

„Danke." Gernot lächelte. Stolz umspielte seine Mundwinkel und fand sich im Leuchten seiner Augen wieder.

„Herr Professor Doktor Gernot", ergriff Sonja das Wort. „Was können Sie uns über den toten Heinz Marquardt sagen?"

Gernot schlürfte an seinem Kaffee und schluckte ihn geräuschvoll hinunter. „Der Mann ist den Erstickungstod gestorben, durch Verlegung der Atemwege."

„Sie meinen die Geldscheine?"

„Ganz genau. Bei der Obduktion war sehr schön zu sehen – fast schon lehrbuchhaft –, dass die Lungen überbläht waren. Beim Erstickungstod wird nicht nur das Einatmen, sondern auch das Ausatmen verhindert. Außerdem habe ich mehrere kleine Schnipsel der Scheine zwischen seinen Zähnen gefunden sowie Reste in seinem Magen. So wie es sich für mich darstellt, hat er die Scheine zunächst gegessen. Oder es wenigstens versucht."

„Sicher nicht freiwillig", sagte Sonja.

„Sicher nicht. Dann muss unser Mörder die Geduld verloren haben. Er hat ihm ganze Bündel in den Rachen gestopft. Mit brutaler Gewalt. Die Unterblutungen in den Schleimhäuten sprechen eine sehr deutliche Sprache. Die Scheine steckten bis tief hinunter im Kehlrachen, also unterhalb des Kehlkopfes." Mit dem Finger tippte Gernot gegen seinen Hals unter seinem Adamsapfel. Er schlug die Sektionsakte auf, die vor ihm auf dem Tisch lag. „Dann die Amputation des Penis. Die Klinge muss ungeheuer scharf gewesen sein. Ich persönlich denke an eine Tranchierschere, wie man sie beim Zerteilen von Geflügel benutzt. Der Penis ist ein Schwellkörper, besteht nur aus Muskeln und ist daher entsprechend zäh. Eine Gartenschere zum Beispiel hätte ihm seinen Penis nur gequetscht."

Springer verzog das Gesicht.

„Alles in Ordnung?", fragte Gernot.

„Ja, ja, schon gut."

Gernot schüttelte missfallend den Kopf. „Haben Sie das gute Stück bereits gefunden?"

Springer nickte. „Der Täter hat den Penis ins Klo geschmissen."

„Vielsagend."

Springer nickte.

„Diese Handlung", fuhr Gernot fort, „geschah *post mortem*. Das belegen zum einen die geringen Einblutungen in den Wundrändern sowie der vergleichsweise geringe Blutverlust. Hätte die Amputation zu Lebzeiten stattgefunden, wäre er massiv gewesen." Gernot trank von seinem Kaffee, als störte er sich nicht weiter an dem Thema.

Sonja sah ihn verwundert an. „Der Sessel war ordentlich mit Blut vollgesogen …"

„Zwischen ‚ordentlich viel Blut' und einer ‚massiven Blutung' besteht ein großer Unterschied, Frau Krüger. Glauben Sie mir. Das meiste Blut ist versackt. Es sammelte sich in den unteren Extremitäten, Füßen und Beinen. Deswegen schimmerten sie in diesen herrlich violetten Farben. Da das Herz nicht mehr schlug, tat die Schwerkraft das ihrige."

„Erstickt und entmannt. Was hat das zu bedeuten?" Sonja sprach mehr zu sich als zu den anderen.

„Dass ihr gesuchter Täter ein perverses Subjekt ist."

„Die *Signatur* spricht sehr für Hendricks. Marquardt war seiner Ansicht nach ein korrupter Polizist. Deshalb hat er ihm das Geld in den Rachen gestopft. Marquardt sollte an seiner Geldgier ersticken. Haben Sie ein Betäubungsmittel wie bei den anderen Leichen gefunden?"

„Das Ergebnis der toxikologischen Untersuchung steht noch aus. Aber ich denke, dass es positiv sein wird."

Springer wandte sich an Gernot. „Können Sie die Theorie

meiner Kollegin bestätigen."

„Ja", antwortete Gernot. „Außer dass es Lars Hendricks war. Das müssen Sie beweisen."

„Glauben Sie mir", sagte Sonja. „Er war es."

18

Nadine wirkte ertappt, wie ein kleines Mädchen, das man dabei erwischt hatte, den Lippenstift ihrer Mutter ausprobiert zu haben. Jan trat auf sie zu, legte ihr seinen Finger unters Kinn und zwang sie, ihn anzusehen. Sie konnte seinem Blick nur für einen kurzen Moment standhalten und wandte sich ab. Ging durchs Wohnzimmer und starrte durch die bodentiefen Fenster, die auf einen kleinen Balkon hinausführten.

Jan blieb auf Abstand. „Ich bin hier gewesen. Diese Scherbe ist der Beweis." Nadine schwieg. „Diese Wohnung gehört Ihnen. Okay. Aber warum hat Becca gesagt, es sei ihre? Jemand, den Sie nicht kennen …" Verzweiflung und Zorn kehrten wieder zurück. „Und dann dieser Mann. Stefan."

Nadine neigte den Kopf neugierig zur Seite.

„Moment!" Jan merkte auf. „Sie kennen ihn!?"

Nadine schwieg noch immer.

„Wenn Sie ihn kennen, dann kennen Sie auch Becca. Können Sie mir sagen, warum der Kerl tot war, als ich gestern aufgetaucht bin?"

Nadine drehte sich herum. In ihrem Blick lag das blanke Entsetzen. „Was … sagen Sie da …?"

„Also hatte ich recht!" Jan musterte sie kühl. Dass der Tod des Mannes Nadine bewegte, berührte ihn nicht. Er spürte, dass er sich auf einer heißen Fährte befand.

„Wer sind Sie?" Die Stimme kam von hinter ihm. Erschrocken fuhr Jan herum. Im Türrahmen stand ein großer Mann mit breiten Schultern, der seine linke Hand in die Hüfte gestemmt hatte. Seine rechte hielt ein dunkles Jackett am Revers locker über der Schulter. Das weiße, knittrige Hemd spannte über einer beeindruckenden

Brustmuskulatur. Eine Sonnenbrille saß lässig in den Haaren. Jan kannte den Mann. Auch wenn er ein paar Meter entfernt gewesen war, war er sich sicher, dass dieser Mann Becca ins Auto gezerrt hatte.

„Schatz …?" Der Mann bedachte Nadine mit einem kalten Grinsen. „Das ist doch nicht der Gasmann, oder?" Nadine schüttelte den Kopf, war außerstande etwas zu sagen. „Wer sind Sie dann?" Der Mann heftete seine kalten Augen auf Jan. Gefahr lag in der Luft. Jan betrachtete sein Gesicht, die kantigen Züge, die straffe Haut, die so faltenlos erschien, als könne der Kerl sie jeden Morgen mit einer Stellschraube spannen.

„Ich … wollte mich nur kurz vorstellen …", begann Jan zittrig. „Ich bin der neue Nachbar. Ich wohne eine Etage über ihr."

„Aha … Dann heißen Sie entweder Lisbeth Behnke. Oder Hans-Gerd oder Manuela Klotz."

Jans Mund wurde trocken, seine Gedanken kamen zum Erliegen. Dass der Typ die Bewohner des Hauses kannte, hatte er nicht erwartet. „Weder noch. Ich heiße Torben. Torben … Schlüter. Ich bin in ein paar Monaten der Nachmieter von Frau Behnke."

Der Mann trat ins Wohnzimmer und schleuderte sein Jackett über die Couch. Er öffnete die Knöpfe der Hemdsärmel, rollte sie auf. „Hat sie nun endlich vor, zu ihren Enkeln in den Schwarzwald zu ziehen?"

„Ich … sowas sagte sie …"

Der Mann lächelte, kam näher und öffnete die obersten Knöpfe seines Kragens. Auf der gebräunten Haut blitzten hellblau geschwungene Ornamente eines Tattoos hervor. „Nadine, hat Lisbeth dir davon erzählt? Mir nicht …" Mit geheucheltem Interesse bedachte er die stumm gewordene Frau hinter Jan. Nadine antwortete nicht. „Ach, nein … Das hätte sie dir ja auch gar nicht erzählen können. Und weißt du warum nicht, Torben?" Jan schüttelte den Kopf. „Es gibt keine Enkel im Schwarzwald."

Jan schloss die Augen. Sie brannten, als stünden sie in Flammen. Tränen bildeten sich in seinen Augenwinkeln. Bloß nicht heulen, dachte er. Dann ist alles aus.

„Du sagst ja gar nichts mehr." Der Mann hatte Jan erreicht. Er baute sich vor ihm auf und ein stechender Schweißgeruch stieg Jan in die Nase. „Du bist doch kein Lügner, Torben?“ Er schlang den Arm um Jans Nacken. Die dicken Pakete seines Bizepses und seines Unterarmmuskels drückten Jan die Blutzufuhr zum Hirn ab, bis sein Kopf rot anlief. „Solltest du ein beschissener Lügner sein, dann werden wir keine Freunde. Ich bin ein lieber Kerl, aber Lügner kann ich nicht leiden. Die machen mich krank.“

„N-n-n-nein …“

„Was heißt *N-n-n-nein*?“, äffte er ihn nach.

„Ich bin kein Lügner. Vielleicht habe ich nur etwas falsch verstanden.“ Jans Zunge lag schwer im Mund, vor seinen Augen begannen schwarze Punkte zu flirren.

„Ja“, sagte der Mann laut und ließ von Jan ab. Es war wie eine innere Explosion die ihn mit allen Farben, Geräuschen und Gerüchen wieder ins Hier und Jetzt zurückkatapultierte. „Dann musst du das nächste Mal besser zuhören.“

Jan nickte.

„Dann mach mal deine Lauscher auf!“ Jan zwang sich, dem Hünen in die kalten Augen zu blicken. Seine Blase brannte. Er hatte Angst, sich in die Hosen zu machen. „Du wirst dich hier nicht mehr blicken lassen, verstanden!? Ob du in dieses Haus ziehst oder nicht … aber in dieser Wohnung will ich dich nicht noch einmal sehen. Klar?“

Jan nickte.

„Dann verpiss dich jetzt!“

Jan zögerte, bevor er sich herumdrehte, um zu gehen, und suchte den Blick von Nadine. Doch die stand wie angewurzelt am Fenster und starrte auf den Boden. Jan wollte was sagen, wollte gerne ein Held sein. Aber er hatte keine Ahnung, was Helden taten.

„Verpiss. Dich.“

Jan nickte wild und brachte seine vor Angst steif gewordenen Beine in Bewegung. Er verließ das Wohnzimmer, stakste den Flur hinunter und verschwand durch die offenstehende Tür ins Treppenhaus. Bevor er die Tür hinter sich schloss, hörte er noch den Mann etwas sagen. Leise, eindringlich, drohend. „Wir müssen uns unterhalten, Schätzchen.“

19

„Scheiße!“ Sonja hatte ihr Handy hervorgeholt und einen Blick riskiert. Dreizehn Anrufe in Abwesenheit. Sechsmal hatte der Kindergarten versucht, Sonja zu erreichen. Circa eine Stunde später Thomas. Einmal hatte er ihr auf die Mailbox gesprochen. „Mein Mann“, sagte sie zu Springer und hob das Handy ans Ohr. „Ich muss das kurz abhören.“

Springer nickte. Düsseldorf lag südlich von Krefeld. Sie hatten die A52 und dann die A57 Richtung Norden genommen, um Krefeld weiträumig zu umfahren. An der Ausfahrt Gartenstadt hatte Springer die Autobahn verlassen, um über den Hansaring und die Hülser Straße wieder in Richtung Innenstadt zu gelangen. So umfuhren sie den grausigen Verkehr der Innenstadt.

„Hi. Wo bist du?“, hatte Thomas auf die Mailbox gesprochen. Sonjas Handy zitterte am Ohr. „Maya ist zuhause. Fast 40 Fieber. Ich hab sie vom Kindergarten abgeholt. Weil man dich nicht erreichen konnte.“

Dann hatte er einfach aufgelegt. Kein *Komm bitte schnell nach Hause* oder *Alles gut, hab alles im Griff.* Ganz zu schweigen von einem *Ich liebe dich.*

Wie lang war es her, dass sie das zueinander gesagt hatten? Nach der Geburt ihrer Tochter hatte es abgenommen. Schuld waren ihre zwei Leben, die immer weiter auseinanderdrifteten. Er, junger, aufstrebender Architekt, seit zwei Jahren selbständig. Sie, Ermittlerin im KK 11, die es als Mordermittlerin weit bringen wollte und sich nicht als Hausmütterchen sah. Man musste schon taub, stumm und blind sein, um nicht zu erkennen, dass beides nicht zusammenpasste.

„Ärger?“ Springer lenkte den Wagen ruhig durch Krefelds Straßen in Richtung des Nordwalls, wo das Polizeipräsidium lag.

„Meine Tochter ist krank. Mein Mann musste sie vom Kindergarten abholen.“

„Also ist sie nun in guten Händen.“

„Schon …“

Sie sagte nichts mehr. Hatte das Gefühl, zu ihrer Tochter zu müssen. Aber Gerberich hatte für heute Nachmittag eine Besprechung angesetzt. Es war wichtig, dass sie dabei war. Sie rieb sich mit zitternden Fingern über die Stirn.

„Alles gut", sagte Springer. „Sobald das eigene Kind krank ist, gehen die Gedanken einer Mutter nur noch in eine Richtung. Ich kenne das. Bei meiner Frau war das genauso. Ich bringe dich jetzt nach Hause."

„Danke."

Anstatt an der Sternstraße den Kreisverkehr mit seinem Springbrunnen in der Mitte auf neun Uhr zu verlassen, um zum Präsidium zu gelangen, fuhr Springer weiter, verließ den Kreisverkehr auf drei Uhr und wechselte vom Nordwall auf die Hubertusstraße und wenig später auf die B9, um Sonja nach Hüls zu bringen, wo sie wohnte.

„Du bist verheiratet?"

„War. Wir sind seit 12 Jahren geschieden."

„Das tut mir leid."

„Muss es nicht. Wir haben uns einvernehmlich getrennt. Haben einen guten Kontakt und unser Sohn liebt uns beide. Wir mögen uns noch immer." Springer schwieg einen Moment. „Sie hat einen neuen Partner. Ralph. Er ist okay ... Nein, eigentlich muss ich sagen: Er ist nett. Er tut Marion und Tobi gut."

„Tobi ist dein Sohn?"

„Ja, Tobias. Wir sehen uns leider nicht regelmäßig. Welcher 19-jährige will schon gerne mit seinem fast dreimal so alten Vater abhängen?" Er zwinkerte Sonja zu. „Aber wir schreiben uns fast täglich über dieses WhatsApp."

„Schön." Sonja kam nicht umhin, sich die Frage zu stellen, ob es bei Thomas und ihr auch so sein würde. Und um diesen dunklen Gedanken Futter zu geben, ergänzte Springer: „Der Job war schuld."

*

Sonja winkte zum Abschied und sah dem grauen Volvo Kombi hinterher. Springer wollte sich den Befragungen der Nachbarn von Heinz Marquardt widmen. Vielleicht war jemand zu finden, der etwas bemerkt hatte. Zwar ließ der Gedanke, sich mit Thomas auseinandersetzen zu müssen, ein unangenehmes Brennen in ihrem Magen entstehen, aber sie musste zu Maya.

Sie richtete sich innerlich auf, durchschritt den Durchgang in der kniehohen Mauer, die den Vorgarten einrahmte und ging die paar Meter Weg zu ihrer Haustür hinauf. Sie schloss auf, betrat den kühlen Flur. Erst jetzt wurde ihr bewusst, wie heiß es draußen war.

Sie ließ ihre Tasche von der Schulter und hängte sie an die Garderobe. Erst als sie die Glastür öffnete, die den Eingangsbereich vom Flur des Wohnbereichs trennte, meldete sie sich verhalten mit einem „Hallo".

Eine Antwort kam aus dem Obergeschoss. Sonja stapfte die Treppe hinauf. Ihre Beine waren schwer. Ihre Kopfhaut kribbelte, zog sich zusammen. Zwischen ihren Schulterblättern sammelte sich Schweiß. Oben wandte sie sich Mayas Zimmer zu. Es war dunkel, die Jalousien waren heruntergelassen. Auf ihrem Nachttisch funkelte das grüne Lämpchen ihrer Toniebox. Die samtweiche Stimme eines Sprechers erzählte in die Dunkelheit hinein ein neues Abenteuer der Kinderbuchheldin Conni und ihrem Kater Mau.

„Maya?" Sonja sprach leise. Falls Maya schlafen sollte, wollte sie sie nicht wecken.

„Mami?"

„Hey, Mausi …" Sonja betrat vorsichtig das Zimmer. Sie konnte nichts sehen und wollte nicht auf irgendein Spielzeug treten. „Wie geht es dir?"

„Hab gekotzt", flüsterte Maya.

„Oh, das ist aber gar nicht schön." Sonja ging neben Mayas Bett in die Knie. Sie legte den Unterarm auf die Matratze. Mayas kleine Hand suchte instinktiv die ihre. Sonja schloss die Augen, atmete auf. „Hast du Bauchweh?"

„Ein bisschen."

„Wo ist Papa?"

„Im Badezimmer. Saubermachen."

„Oh, was ist passiert?"

„Wo warst du denn?", fragte Maya.

„Unterwegs."

„Tanja vom Kindergarten hat dich angerufen. Du warst nicht

da.“ Der Vorwurf zeigte Wirkung. Sonja fühlte sich elend.

„Tut mir leid, Mausi. Ich musste arbeiten.“

„Ich dachte du arbeitest nicht?“

„Das wundert mich auch!“ Thomas‘ dunkle Silhouette erschien im Türrahmen. In der einen Hand hielt er einen Eimer, in der anderen einen Wischmopp. Sonja konnte sein Gesicht nicht erkennen.

„Hallo, Schatz.“

„Dein Chef hat mich angerufen und gefragt, wo er dich finden kann. Wo warst du denn?“

„Bei der Psychologin.“

„Und danach?“

„Können wir das gleich besprechen?“

Er schwieg einen kurzen Moment. „Klar.“

„Mami, singst du noch ein Lied?“

„Natürlich, Mausi.“ Sonja drückte ihre Hand. Dann begann sie mit der ersten Strophe von *Der Mond ist aufgegangen,* gefolgt von *Lale-lu* und *Wer hat die schönsten Schäfchen.* Bei *Weißt du wie viel Sternlein stehen* schlief Maya ein.

*

Sonja fand Thomas im Wohnzimmer. Er saß auf der Couch, hatte die Füße auf den kleinen Tisch gelegt, hielt ein Bier in der Hand und sah mit ernster Miene einen Film im Fernsehen. Allerdings bewegten seine Augen sich nicht, sodass Sonja der Meinung war, er folge nicht der Handlung, sondern war in seine eigenen Gedanken vertieft. Sonja schaute auf die Uhr. Kurz nach 17 Uhr. Dass Thomas trank, bereitete ihr Sorgen.

„Du arbeitest also wieder?“, sagte er.

Sonja zögerte. Sie hatte sich auf der Fahrt nach Hause ein paar Worte in Gedanken zurechtgelegt. Nun wollten sie nicht heraus. „Ja … irgendwie schon …“

„Und wann wolltest du mir das sagen?“ Sonja setzte sich zu Thomas, hob ihre Füße unter und saß im Schneidersitz. Sie suchte seine Hand. Doch er entzog sie ihr. „Geht‘s dir wohl wieder besser!?“ Seine Augen blieben auf dem Treiben im Fernseher haften. Eine Krimi-Serie, in der es gerade eine wilde Verfolgungsjagd gab.

„Ja …"

Er musterte sie finster. „Seit Wochen schleichst du durch die Wohnung wie ein Zombie. Maya und ich existieren kaum noch für dich. Du hast Albträume, die dich nachts schweißgebadet und schreiend aufwachen lassen. Und jetzt willst du mir weismachen, dass du soweit wieder in Ordnung bist, um wieder arbeiten zu können?"

Sonja sah sich hilfesuchend um, als könnte sich irgendwo in ihrem Wohnzimmer die Antwort verstecken. Nirgends war eine zu finden.

„Ermittelst du wieder?"

„Nein … ich … ich arbeite in der Funktion einer Beraterin."

„Beraterin?" Thomas hob die Augenbrauen. „Sei mir nicht böse. Du bist erst seit drei Jahren dabei. Ein Neuling. In welchem Bereich solltest du beratend tätig sein?"

Das tat weh. Nur weil sie jung war, würde sich niemand für ihre Beratung interessieren? Sonja schluckte ihre Enttäuschung und ihren aufgekommenen Ärger wieder hinunter. „Es geht um meinen letzten Fall. Der wurde einem anderen Kollegen übergeben. Werner Springer. Man hat mich gebeten, Springer zu den bisherigen Ermittlungen zu *briefen*. Dass er nicht wieder alles von vorne aufrollen muss."

Thomas stand ächzend auf, hielt sich die Bierflasche schräg vors Gesicht, um zu sehen, wie viel noch darin war, und entschloss sich, den letzten Rest in einem Zug zu trinken. „Dein letzter Fall … Das ist doch der, bei dem es zu dem Zwischenfall gekommen war, von dem du mir nichts erzählen willst. Der dafür gesorgt hat, dass man dich beurlaubt hat. Der dich verändert hat?" Sonja reagierte nicht. „Du hältst es also für eine gute Idee, dich dem wieder auszusetzen?" Thomas wirkte äußerlich ruhig, aber in ihm brodelte ein Vulkan. Sie musste vorsichtig sein. Aber was zu sagen war, konnte sie ihm nicht schonend beibringen. Deshalb sagte sie schlicht und ergreifend „Ja".

Er wandte sich ab und ging in die Küche. Sie hörte, wie er eine Schranktür aufriss, die leere Bierflasche wütend in einen Kasten fallen ließ und die Tür wieder zuschlug. Aus dem Kühlschrank holte er sich eine neue Flasche, öffnete sie und schmiss den Kronkorken umher. Sonja hörte das kleine Metallding durch die Küche titschen.

Er kam zurück ins Wohnzimmer, hatte Tränen in den Augen. Seine Unterlippe zitterte. „Kannst du dir vorstellen ... in deinem kleinen Polizeikosmos ..., dass ich Angst um dich habe? Weißt du, was sich seit Wochen in diesem Kopf alles abspielt?“ Er tippte mit starrem Finger hart gegen die Stirn. „Bilder, wie man dich bedroht, wie man dir weht tut.“

Sonja konnte ihn nicht ansehen. Sie konnte seine Verzweiflung nicht ertragen.

„Und dann Maya ...“ Seine Emotionen legten sich wie eine nasse Decke über seine Stimmbänder. „Sie hat ein Recht auf ihre Mutter. Doch du lässt sie links liegen. Bist da, wenn es dir passt. Und wenn nicht, dann halt nicht. Aber ich bin ja da. Der Dämlack, der immer alles grade biegt, was!?“

„Du übertreibst.“

„Ich hab Scheiße gebaut, weißt du das? Bei meiner Arbeit!“ Er schrie. Verzweiflung, Wut, Angst. All das brandete aus ihm heraus. „Wegen dir! Wegen meiner Angst um dich! Der Auftrag für den Kindergarten. Ich hab am Wickeltisch ein Handwaschbecken vergessen. Ein verficktes Handwaschbecken.“ Er fuhr sich mit der Hand durchs Gesicht. Sonja schwieg. „10.000 Euro kostet es, den Schaden zu beheben. Die Versicherung kommt dafür auf. Hoffe ich. Aber was werden jetzt alle sagen? Oh, bei Krügers wäscht man sich nach dem Pinkeln nicht die Hände. Hahaha!“ Thomas lachte, nein, er weinte. Er holte aus und schleuderte die Flasche durchs Zimmer, ungeachtet dessen, wohin sie flog. Sie landete in der Vitrine, durchschlug die Glasscheibe und zertrümmerte scheppernd Gläser und Vasen, die sich darin befanden.

Die Stille, die den Raum anschließend füllte, war buchstäblich mit Händen greifbar, schwirrte zwischen ihnen wie ein prall aufgepusteter Ballon, um den man nicht herumsehen konnte.

Thomas atmete schwer, beruhigte sich langsam. „Ich werde eine Weile weggehen.“ Sonja sah auf, sagte aber nichts. „Und Maya nehme ich mit. Ich hab schon alles geregelt. Eigentlich hatte ich gedacht, dass wir gemeinsam ein paar Tage wegfahren. Du, ich, Maya. Als Familie. Dass wir wieder zueinander finden."

Eine schöne Idee, dachte Sonja. Und doch zog sich alles in ihr zusammen bei dem Gedanken.

„Ich hab Familie Janßen in der Eifel angerufen. Wir können bei ihnen spontan auf dem Hof zwei Wochen Urlaub machen." Er atmete schwer. „Maya und ich lassen dich eine Weile allein. Dann hat jeder Zeit, ein wenig nachzudenken, wie es weitergehen soll. Und du kannst in Ruhe deinen Mörder jagen."

20

Jan trat auf die Straße, seine Beine zitterten. *Wir müssen uns unterhalten,* hatte der Typ gesagt. Das Auftreten des Mannes, die kalte Mimik, das Funkeln in den Augen ... alles sprach eine eindeutige Sprache. Verpasste er Nadine eine Abreibung? Bei dem Gedanken brannte es in Jans Eingeweiden. Gerne wäre er ein Held. Aber er machte kehrt und ging.

An der Kreuzung zur Sankt-Anton-Straße blieb er stehen, griff sich in die Haare, als wäre es ihm so möglich, einen vernünftigen Gedanken zu fassen. Doch es bereitete ihm nur Schmerzen. Tränen traten ihm in die Augen.

Jan überquerte die Straße und betrat den Stadtgarten. Mit schweren Schritten marschierte er über den Weg, zog Spuren im roten Schotter hinter sich her. Er passierte ein vier Meter hohes Sandsteinmonument. Das Veteranendenkmal. Ein Pfeiler auf quadratischem Sockel, dessen Ecken sechseckige Türmchen trugen. Es sah aus wie eine schmale Burg. Das Denkmal sollte an jene Krefelder Veteranen erinnern, die gezwungen waren unter dem selbsternannten Kaiser Napoleon 1812 gegen Russland zu kämpfen.

Jan betrachtete den bemoosten Stein. Namen waren eingraviert. Vereinzelt waren sie zu entziffern. Er fröstelte, als ihm einfiel, dass er gerade über aufgeschüttete Gräber spazierte. Der heutige Park war ein ehemaliger Friedhof, wo bis 1867 die Toten bestattet wurden. Und im selben Moment hatte er das bleiche Gesicht des Erstochenen vor Augen, dachte an die nächtliche Grabaktion und an die Beerdigung heute Morgen.

Jan wirbelte herum und rannte zurück zur Straße. Er winkte einem Taxi. Als es vor ihm hielt, sprang er auf den Rücksitz. „Zum Hauptfriedhof!"

*

„Warten Sie hier", sagte er.

Zum dritten Mal in nur 24 Stunden schritt Jan schlurfend den Weg entlang, der ihn an Karl-Heinz Wolters' Grab brachte. Seine Füße waren schwer wie Blei, ließen sich kaum anheben. Seine Beine hatten nicht mehr genügend Kraft. Aber auch seine Schultern und Arme hingen schlaff herab und seine Hände schlackerten müde an seiner Seite.

Ich will nur noch nach Hause, sagte er sich. Ins Bett. Schlafen.

Als er in den Gang bog, in dem sich das Doppelgrab befand – Kalles und Stefans –, sah Jan es bereits von Weitem. Sein Schritt verlangsamte sich, seine Mundwinkel begannen zu zucken und in seine Augen traten Tränen. Dieses Mal heulte er vor Erleichterung.

Endlich schien irgendjemand auf seiner Seite zu sein. Das Grab war zugeschüttet, die Kränze und Sträuße waren auf der Ruhestätte aufgestellt, die Trauerschleifen und Schärpen in Positur gelegt worden, sodass man die Aufschriften lesen konnte. *An jedem Ende steht ein Anfang, Aufrichtige Anteilnahme, Christ soll unser Trost sein* oder einfach nur *Danke* war zu lesen.

Jan sah sich um. Niemand. Er machte ein Kreuzzeichen. „Ruht in Frieden, ihr Scheißkerle!" Er hätte laut jubeln mögen, hielt sich aber zurück und ging Richtung Ausgang. Plötzlich stoppte er, ein Gefühl, als kitzelte ihn jemand mit der spitzen Klinge eines Messers im Nacken, machte sich breit. Er drehte sich um, suchte die Umgebung mit den Augen ab. Sein Herz hämmerte in der Brust. Er war allein. Du bist paranoid, sagte er sich und verließ den Friedhof.

*

Jan ließ sich auf den Rücksitz des wartenden Taxis fallen.

„Wohin?“

„Keine Ahnung.“ Er schloss die Augen, ließ den Kopf zurück gegen die Lehne fallen.

„Das Taxameter läuft.“

„Stört’s dich?“

Der Mann grummelte irgendwas, ließ Jan aber in Ruhe. Gut so. Er musste nachdenken. Mit ein bisschen Abstand, so hoffte er, konnte er die Dinge, die er in der Roßstraße erfahren hatte, ordnen.

Die Wohnung, von der er angenommen hatte, sie gehörte Becca, war Nadines. Die Fotos an der Wand bewiesen es. Ob das Fehlen von Becca-Fotos bewies, dass sie nicht dort wohnte, galt es noch zu klären. Vielleicht lebten die beiden in einer WG. Nadine hatte behauptet, gestern zuhause gewesen zu sein. Er hatte niemanden bemerkt. Aber vielleicht war sie *vorher* zuhause gewesen. Hatte sie den Mord gesehen und schwieg, weil sie nicht in die Sache hineingezogen werden wollte? Bei der Erwähnung des Toten war sie schockiert gewesen. Das passte nicht zusammen.

Er musste noch einmal mit Nadine reden.

Er erinnerte sich an die Situation, in der er sie verlassen hatte. Die Scham fraß an ihm. Dieser Typ … War er ihr Freund? Zumindest kannte er die Mieter aus dem Haus. Allerdings wirkte er nicht wie ein eifersüchtiger Partner, sondern wie ein einschüchternder Schläger. Außerdem: Der Typ hatte Becca ins Auto gezerrt …

Wusste der Kerl auch von Jan und seiner Rolle in dem Albtraum? So viele Fragen. Er fühlte sich hilflos, wollte schreien, heulen. Er wünschte sich, er könnte die Zeit zurückdrehen. Jan ballte die Fäuste, bohrte seine Fingernägel in die Handflächen. Es half, sich zu beruhigen.

„Okay! Es gibt zwei Anlaufstellen …“, sagte er laut.

„Würde schon reichen, wenn du mir eine Adresse nennst, Kollege.“

Jan schrak auf. Er hatte ganz vergessen, dass er auf dem Rücksitz eines Taxis saß. Er wischte sich über die schweißnasse Stirn. „Roßstraße!“, sagte er. Zurück zu Nadine.

21

Sonja wollte gerade die Türklinke des Besprechungsraums aufdrücken, als sie von innen Stimmen hörte: „Sie sollte hier sein! Bei der Fallbesprechung!“ Der Chef, Gerberich.

„Sie vergessen, dass sie lediglich eine Beraterin ist,“ antwortete Springer.

„Deren Ansicht für unser Vorankommen sehr wichtig ist!“ Gerberich klang wie ein beleidigtes Kind.

„Hören Sie, Herr Kriminaldirektor.“ Springer klang versöhnlich. „Ihre Tochter ist krank. Lassen Sie sie in Ruhe.“

„Aber wir brauchen sie!“

„Bitte entschuldigen Sie die Verspätung.“ Sonja trat ein und erhob die Stimme. Alle sahen zu ihr herüber. Gerberichs Gesicht hellte sich auf.

„Alles in Ordnung zuhause?“, fragte Springer.

Sonja nickte, ging an ihm vorbei und trat an Gerberich heran, der aus dem Fenster sah. Die Fensterfront wies hinaus auf den Ostwall, der noch friedlich zu ihren Füßen bräsig in der Sonne schwitzte. Die mit Glas bedeckte Kuppel der Straßenbahnhaltestelle an der eindrucksvollen Sparkassenfiliale funkelte in der langsam tiefergehenden Sonne.

„Entschuldigen Sie, Herr Direktor …“, begann Sonja.

„Gut, dass Sie da sind.“

Sie umrundete den Tisch, um ihren Platz einzunehmen. Springer saß vor Kopf, neben ihm Sonja, Gerberich an der Seite, um Augenkontakt mit den beiden Ermittlern halten zu können. Außerdem waren zehn weitere Kollegen anwesend, acht Herren und zwei Damen. Sie alle gehörten zur Mordkommission *Rotlicht*.

„Meine Damen, meine Herren“, begann Springer. Hinter ihm standen zwei Pinnwände mit Fotos und farbigen, scheinbar wahllos angehefteten Papierstreifen, auf denen Schlagworte mit schwarzem Filzstift geschrieben worden waren. „Lassen Sie uns das Chaos hinter mir ordnen. Wir alle arbeiten seit unterschiedlichen Zeiträumen an dem Fall und befinden uns gegebenenfalls auf verschiedenen Wissensständen.“ Einige nickten. Sonja beobachtete Gerberich, der wiederum Springer musterte. Springer machte im persönlichen Kontakt den Anschein eines eigenbrötlerischen, bärbeißigen Kerls. Dieses routinierte Auftreten hatte Sonja ihm nicht zugetraut. „Lassen Sie uns das Feld von hinten aufrollen. Beginnen wir mit dem Leichenfund unseres Kollegen Heinz Marquardt."

Zustimmendes Murmeln.

„Marquardt wurde heute Morgen um 9:20 Uhr von der Nachbarin, Frau Brigitte Neureich, entdeckt. Sie kam vom Brötchen holen und fand die Wohnungstür offen vor. Weil sie sich Sorgen um Herrn Marquardt gemacht hat, hat sie nachgesehen und ihn tot in seinem Sessel sitzend gefunden. Sie befindet sich derzeit in psychologischer Betreuung. Laut dem Befund der Rechtsmedizin ist Marquardt erstickt worden. Mit einem Bündel Geldscheinen, den man ihm tief in den Rachen gestopft hat." Springer wandte sich der Pinnwand zu, nahm drei Fotos ab und warf sie einer Kollegin mit dünner Brille zu. Die Frau mittleren Alters besah sich die Fotos und der Schrecken war ihr deutlich anzusehen. Sie wandte den Blick ab. „Der Mörder hat Marquardt den Penis amputiert und das Amputat anschließend ins Klo geworfen. Es wurde von den Kollegen des Erkennungsdienstes gefunden. Frau Krüger ist der Meinung, dass es sich bei dem Täter um Lars Hendricks handelt. Dem Mörder von Merker und Löffler." Er legte eine Kunstpause ein, damit sich alle in der Runde sammeln konnten. „Hendricks befände sich demnach auf einem Rachefeldzug, um den Mord an seiner Schwester zu sühnen. Seinem *Modus Operandi* folgend, hat Hendricks Marquardt unter Einfluss eines Betäubungsmittels, das Geld zu essen gegeben und ihn anschließend erstickt. Das Ergebnis der toxikologischen Untersuchung steht noch aus. Aber wir sind der festen Überzeugung, dass in Marquardts Blut ein Benzodiazepin nachgewiesen werden wird. Die Amputation geschah *post mortem*."

Alle sahen zum Ermittlungsleiter auf und das Entsetzen in ihren Blicken verriet, dass die meisten von ihnen nur sehr wenig Erfahrungen mit derlei Gräueltaten hatten. Die Fotos hatten Gerberich erreicht. Ohne einen Blick darauf zu werfen, gab er die Abzüge an Sonja. Die leitete sie an Springer zurück.

„Um etwaigen Fragen zuvorzukommen ... Ich unterstütze die

Meinung von Frau Krüger. Ich denke auch, dass wir es mit ein und demselben Täter zu tun haben: Lars Hendricks, der sich an einer Reihe Menschen für den Mord an seiner Schwester rächen will. Einer Prostituierten. Hier, meine Damen und Herren, liegt die Verbindung. Das Motiv. Es bleibt allerdings die Frage offen: Wo zum Teufel steckt Hendricks? Und: Ist er am Ende seiner blutigen Reise oder stehen noch mehr Menschen auf seiner Todesliste?"

Ein Raunen ging durch die Mordgruppe.

„Ruhe bitte!", sagte Springer. „Hannes, wie läuft die Fahndung?" Er wandte sich einem großen, hageren Mann mit Sturmfrisur, viel zu kleinen Augen und viel zu schmalem Mund für sein langes Gesicht, zu.

Hannes Lautmann sah auf und nickte. „Läuft."

„Geht's ein wenig präziser?"

„Wir haben Einheiten an allen Stationen öffentlicher Verkehrsmittel. Bahnhof, Taxistände, Busse, S-Bahnhöfe sowie am Flughafen Düsseldorf. Hendricks Wohnung steht unter Observation. Es hat Mitteilungen aus der Bevölkerung gegeben, ihn gesehen zu haben. Doch alle Nachgänge erwiesen sich als nicht zielführend. Selbst wenn eine Meldung zutreffend gewesen sein sollte, ist Hendricks' Spur für uns nicht auffindbar gewesen."

„Also existiert dieser Mann nicht?", sagte Gerberich ein wenig provokant.

„So wie es aussieht …"

„Aber er tötet Menschen."

„Er ist ein Phantom?", entgegnete die zweite von zwei Frauen. Maren Heinrich, Ende zwanzig, blond, mit jungem Gesicht. Sie war die Protokollantin und ihre Finger verharrten über dem Stenograph. „Verzeihung", sagte sie, als sie bemerkte, dass alle sie anstarrten.

„Nein, schon gut." Springer wanderte um den Tisch herum auf sie zu. „Sie haben recht. Hendricks ist wie ein Phantom. Er lebt im Verborgenen, in der dunkelsten Ecke und unterscheidet sich nicht von denen, hinter denen er her ist." Springer stockte, sein Blick starrte ins Leere, irgendwo auf einen Punkt in der Mitte der U-förmigen Tischordnung. Alle sahen ihn an. Sonja spürte, wie die gespannte Stille ihr Herz schneller schlagen ließ. Ohne aufzusehen, sprach Springer weiter. „Wie ist das mit Phantomen? Welche kennen Sie?“

Alle sahen einander an. Meinte er die Frage ernst, sagten ihre Blicke. Auch Sonja war sich unsicher, welcher Fährte ihr Kollege folgte. Gerberich zuckte mit den Schultern und antwortete: „Das Phantom der Oper.“

Alle sahen ihn an. Ein untersetzter Mann rechts von Sonja, dessen Name ihr nicht einfallen wollte, grunzte amüsiert.

„Richtig!“

„Und wie hilft uns das weiter?“

„Wo treibt dieses Ding sein Unwesen?“

„Im Theater, in der Oper.“

„Also?“

„Dort … wo er hergekommen ist. Er war Akteur an der Oper.“

„Richtig?“ Springer grinste zufrieden.

„Was soll das alles?“ Gerberich war aufgebracht.

„Wir haben uns zu wenig mit Lars Hendricks beschäftigt. Wir wissen zu wenig über ihn, um ihn dort zu finden, wo man jedes Phantom findet. Dort, von wo es hergekommen ist.“

Wieder brandete Unruhe auf. So absurd Springers Gedankenexperiment schien, musste Sonja feststellen, dass sie von dem alten Mann mit den viel zu dünnen Beinen, dem medizinballharten Bauch und der schimmernden Glatze einiges lernen konnte. Sie erinnerte sich an die Kriminologie-Seminare ihrer Ausbildung, die noch gar nicht so lange her waren.

„Springer hat recht.“ Sonja wurde rot, als sie die Stimme erhob. Alle Augen waren auf sie gerichtet. „Lars Hendricks ist ein Serienmörder. Und denen ist zu eigen, dass sie sich zwischen ihren Taten zurückziehen. An den sogenannten Ankerpunkt. Jeder Serienmörder hat einen. Es kann das Zuhause sein oder ein anderer Ort, der diesem Menschen Ruhe beschert.“

Springer lächelte ihr dankend zu. „Also, Marcel, was wissen wir über Lars Hendricks?“ Er setzte sich. Lehnte sich zurück, schwang das linke über das rechte Bein und verschränkte die Finger hinter seinem Nacken.

Marcel Zosch, Anfang dreißig mit Vollbart und wildem Haarwuchs, den er stets unter einer enganliegenden Beanie-Mütze versteckte, stand auf. In der Hand hielt er ein Dossier, aus dem er ab und an vorlas. „Lars Hendricks, Jahrgang 1975, Bruder von Mia Hendricks."

„Könnte das Elternhaus vielleicht sein Ankerpunkt sein?", fragte Werner Hinz, der älteste aus ihrer Ermittlergruppe.

„Ich denke, den Gedanken können wir ausschließen. Hendricks' Familie stammt aus einem kleinen Kaff nahe Leipzig. Seine Eltern sind mit den Kindern 1983 über die Grenze aus der DDR in den Westen geflohen. Über die näheren Hintergründe ist nichts bekannt."

„Pf …", machte Hannes Lautmann, „was führt einen aus einem Kaff in der DDR an den ollen Niederrhein?"

„Auf jeden Fall hat der Vater, Klaus-Dieter Hendricks, hier Arbeit gefunden. Er war Schlosser. Mutter Doris war Hausfrau und hatte eine kleine Putzstelle inne."

„Okay …" Springer murmelte vor sich hin. „Das Haus in der DDR fällt weg. Was ist mit dem Elternhaus hier?"

Zosch blätterte ein paar Seiten hin und her. „Gehörte der Familie nicht lange. Wurde 1984 verkauft. Ein halbes Jahr vorher verstarben die Eltern bei einem Autounfall. Hendricks und seine Schwester wuchsen im Heim auf. Dem … einen Moment bitte …" Zosch blätterte wieder.

„… Dem St.-Christophorus-Heim am Sandberg", ergänzte Sonja. Zosch bestätigte. Sonja fuhr fort. „Dort blieben sie bis zu ihrer Volljährigkeit. Vormund war das Jugendamt Krefeld. Bei dem Namen musst du mir helfen, Marcel."

„Gerhardt Vollmer ist der Name des damals zuständigen Jugendamtsmitarbeiters", sagte Marcel. Springer machte sich eine Notiz.

„Weiter." Gerberich war ungeduldig.

„Hendricks war nicht gerade anpassungsfähig. Aus den Heimakten geht hervor, dass er sehr auffällig und widerspenstig war. Auch seine Schulkarriere wies ein Haufen Verweise auf. Er bestand seinen Hauptschulabschluss mit Ach und Krach, ist in kleineren Delikten, meist Schlägereien, straffällig geworden, kam aber immer mit Sozialstunden davon. Beim Bund hat man ihn dann … geradegerückt."

„Beim Wehrdienst, meinen Sie?", fragte Gerberich.

„Nein“, sagte Sonja. Sie hatte sich ausgiebig mit Hendricks beschäftigt, sodass sie statt Marcel antworten konnte. „Hendricks hat sich 1988 verpflichten lassen. Hat sich sogar zum Scharfschützen ausbilden lassen und war in den 1990ern im Irak stationiert. Hier gibt es eine Lücke im Lebenslauf. Die Kollegen des Bundes schweigen sich darüber aus, welche Einsätze Hendricks für sein Vaterland bestritten hat. Wenn Sie mir die Vermutung gestatten, waren es Kampfeinsätze, von denen die Öffentlichkeit nichts erfahren darf.“

„Ich dachte so etwas gäbe es nur bei den Amis. CIA und so'n Kram?“, flüsterte Maren Heinrich.

„Sie würden sich wundern“, erwiderte Zosch.

„Egal, was er drüben gemacht hat“, unterbrach Gerberich die Diskussion, „wir dürfen davon ausgehen, dass dem Jungen das Töten nicht fremd ist.“

„Vermutung, Herr Direktor“, antwortete Zosch, „aber ich sehe das ähnlich.“

Gerberich nickte.

„Irakeinsatz“, murmelte Springer. „Wo wurde er ausgebildet?“

„In Bayern.“

„Auch ein bisschen weit von hier. Also fällt der Stützpunkt aus seiner Militärzeit ebenfalls als Unterschlupf aus.“

„Glauben Sie wirklich, dass Ihre Theorie erfolgversprechend ist“, fragte Gerberich und sah Springer herausfordernd an.

„Es ist ein Ansatz“, sagte Springer. „Der beste, den wir haben.“ Springer sah Maren Heinrichs an und zwinkerte ihr zu. Sonja schmunzelte bei dem ungelenken Flirtversuch.

„Ich mach mal weiter“, sagte Zosch. „Kommt aber nicht mehr viel. 1998 wurde er aus dem Militärdienst entlassen. Er wurde sogar mit dem *Ehrenkreuz der Bundeswehr in Silber in besonderer Ausführung* ausgezeichnet.“ Zosch blätterte. „Hier steht's. Wird für herausragende Leistungen, insbesondere für Einzeltaten soldatischer Pflichterfüllung verliehen.“

„Ein Kriegsheld?“, fragte Maren. Sonja verdrehte die Augen.

„Keine Ahnung. Da sich die Zuständigen der Bundeswehr über die Hintergründe der Auszeichnung ausschweigen, könnte Hendricks sowohl ein Kriegsheld sein, ein eifriger Gefreiter oder aber auch ein eiskalter Killer."

Für einen Moment schwiegen alle, sahen einander an.

„Was passierte nach '98?", wollte Springer wissen.

„Er hatte zunächst Schwierigkeiten sich zurecht zu finden, geriet auf die schiefe Bahn und landete für fünf Jahre im Gefängnis. Raubüberfall auf eine Tankstelle. Im Knast hat er eine Ausbildung gemacht. Gas-Wasser-Scheiße."

Maren blickte fragend auf.

„Installateur. Nach seiner Entlassung war der Start nicht einfach. Doch er gab nicht auf. Fragt man Kollegen und Bekannte, war seine Schwester ihm wohl eine große Stütze. Er hat es geschafft eine Anstellung bei der Firma Klausen zu bekommen, bei der er immer noch angestellt ist, beziehungsweise wäre... also ... wäre er nicht verschollen."

„Die Firma? Habt ihr sie auf den Kopf gestellt?"

„Natürlich." Zosch klappte das Dossier zu und warf es auf den Tisch, wo es klatschend landete. „Nichts. In seinem Spind fanden wir lediglich ein paar Wechselklamotten sowie ein Foto von ihm mit seiner Schwester. Aufgenommen während ihrer Zeit im Heim." Zosch kramte eine Klarsichtfolie aus dem Dossier hervor und reichte es rum. Das besagte Foto befand sich darin. Hendricks mit circa sechzehn, seine Schwester Mia mit dreizehn und mittig eine Erzieherin, die die beiden lachend im Arm hielt.

„Danke, Marcel." Springer erhob sich. „Also ... was haben wir?" Er trat an die Pinnwand und kritzelte das Wort Elternhaus auf eine Karte. „Das können wir direkt wieder streichen, da es in der DDR liegt. Sorry, der *ehemaligen* DDR." Er strich es durch.

„Militär." Er schrieb es auf und strich es direkt wieder durch. „Bayern. Zu weit weg." Springer schrieb weiter. „Firma ... Gecheckt. Also, Leute, was bleibt?" Springer schrieb erneut ein Stichwort auf und trat beiseite. Alle starrten auf das Ergebnis seines Ausschlussverfahrens: Kinderheim.

„Damit wollen Sie den Staatsanwalt überzeugen?" Gerberich beäugte Springer skeptisch.

„Es ist das Beste, was wir haben." Springer zuckte mit den Schultern. Gerberich erhob sich und legte dem kleinen, untersetzen Polizisten seine große Pranke auf die knöcherne Schulter.

„Sollten Sie den Staatsanwalt damit gewinnen, einen Durchsuchungsbefehl für das Kinderheim zu unterschreiben, haben Sie meinen größten Respekt."

22

Als Jan an der Ecke Dionysiusstraße aus dem Taxi stieg, erkannte er ihn sofort. Der Kerl, der ihn und Nadine bedroht hatte, kam aus dem Haus. Jan hechtete um die nächste Ecke, als das Taxi davonfuhr, und presste sich an die Hauswand.

Das Jackett des Mannes hing über seinem Arm, sein Wagen parkte am Bordstein. Gerade als der Kerl sich noch einmal umwandte und an der Fassade des Hauses emporblickte, wich Jan zurück. Er spürte den warmen Klinker des Hauses, an das er gepresst stand. Kniff die Augen zusammen, wie Kinder es machten, weil sie der Meinung waren, man könnte sie nicht sehen, wenn sie selbst nichts sahen. Jan hoffte, dass der Typ ihn nicht bemerkt hatte. Vorsichtig löste er sich von der Wand und spähte um die Ecke. Er sah, wie der Kerl in seinen Wagen stieg und die Tür zuschlug. Wenig später sprang der Motor an und der Wagen brauste davon. Jan trat vor und atmete aus. Langsam näherte er sich dem Mehrfamilienhaus. Der Wagen war in die Sankt-Anton-Straße abgebogen.

Zum wie vielten Mal stand er nun an dieser Haustür? Jan hatte aufgehört zu zählen. Sein Finger schwebte über den Klingelknöpfen. Der Anblick der Namen auf den Türschildern ließ ihn innehalten. Hausmann, Hünxe, Tetzlaff, Yücksel, Ornat, Hansen, las er. Nicht zu lesen, waren die Namen Behnke oder Klotz. Der Kerl hatte ihn reingelegt.

„Wichser", sagte Jan laut. Er drückte die Klingel und hörte sie durch den gesamten Hausflur meckern. Komm schon, dachte er. Mach auf.

Jan traute seinen Augen nicht. Die Tür war bereits offen. Eine Handbreit. Ein kühler Zugwind wehte Jan um die Nase. Der Typ hatte sie beim Gehen nicht richtig ins Schloss gezogen.

Er atmete tief durch und drückte die Tür auf, die in den Angeln quietschte. Im Innern war es kalt. Da Jan Schweiß gebadet war, fröstelte er. Und weil er eine Scheißangst hatte. Er setzte den Fuß auf die erste Stufe, das Holz knarrte. Jans Nackenhaare stellten sich auf. Am liebsten hätte er kehrtgemacht. In seinen Eingeweiden grummelte es. Auch die Tür zu Nadines Wohnung war nur einen Spaltbreit angelehnt. Jan trat näher, schob einen Fuß vorsichtig voran und spähte durch den Zwischenraum. Er konnte einen Teil des Flurs erkennen.

„Hallo?"

Keine Antwort.

„Nadine? Bist du da?"

Jan stieß die Tür auf, trat in den Flur. Das altbekannte Bild bot sich ihm sowie ein vertrauter Geruch. Jan ging am Schlafzimmer vorbei, warf einen Blick hinein. Leer. Er hielt direkt auf das Wohnzimmer zu und spähte vorsichtig um die Ecke. Er konnte niemanden sehen. Wo steckte Nadine? Auf dem Boden wie der Tote? Nein, bitte nicht noch einmal!, dachte Jan. Der Schweiß lief ihm in Strömen den Rücken hinunter. Er öffnete den Mund, leckte sich die Lippen und schwankte. Alles drehte sich. Reiß dich zusammen! Jan trat an die Couch heran. Er atmete auf. Da war niemand. Doch wo war Nadine? Er rief leise ihren Namen. Horchte. Ein Geräusch. Erschrocken drehte er sich herum. Ein vages, dumpfes Klopfen, ein Scharren. So leise, dass es auch eine Einbildung hätte sein können. Jan vermutete, dass es aus der Küche kam.

Ein Stöhnen drang an sein Ohr. Er sog erschrocken die Luft ein, hielt den Atem an und riss die Tür auf. Der Türgriff rutschte ihm aus den Fingern. Das Türblatt krachte gegen die Wand.

Jan verharrte, er sah Nadine. Sie lag auf dem Fliesenboden der Küche. Die Beine von sich gestreckt. Ihre Füße fielen schlaff zur Seite. Ihr Oberkörper lehnte gegen den Küchenschrank. Sie blutete aus dem Mund, ihre Zähne waren rot verschmiert, wie ihre Wange. Als hätte sie mit dem Handrücken versucht, sich das Blut fortzuwischen. Aus einer Platzwunde an der Stirn lief ihr ebenfalls Blut übers Gesicht. Ein Rinnsal, das seinen Ursprung im Augenwinkel der Frau hatte, gesellte sich hinzu. Die Nase war geschwollen, das linke Auge färbte sich blau. Links über ihr war eine Schublade aufgezogen. Ein Teil des Inhalts lag in der Küche verstreut. Messer, Löffel, Gabeln. Etwas steckte in ihrem Unterleib, ob Messer oder Gabel konnte Jan nicht erkennen, dafür verschwand zu viel von dem Ding in ihrem Bauch.

„Scheiße!", entfuhr es ihm.

Er stolperte auf sie zu, ging neben ihr in die Knie. Seine Hände schwebten über ihrem Körper. Er wollte ihr helfen, hatte aber Angst, sie zu bewegen. Erst jetzt bemerkte er ihren rasenden Atem, wie sich ihre Brust in Sekundenschnelle hob und senkte. Ihre Augen flirrten umher.

„Nadine!"

Doch sie nahm ihn gar nicht wahr. Ein Ruck ging durch ihren Körper. Sie ächzte. Das quatschende Geräusch, das folgte, veranlasste ihn den Blick zu senken. Um Gottes Willen, dachte er. Nadine versuchte, das Metallteil herauszuziehen.

„Nein! Lass das!" Er hielt seine Hände vor ihr Gesicht und schnipste. „Nadine, hey! Hörst du mich!? Hier bin ich!"

Ihre Augen fokussierten seine schnipsenden Finger. Er leitete ihren Blick, indem er seine Hände bewegte. Es dauerte einen Moment, bis sie ihn erkannte. Sie lächelte. Zumindest glaubte Jan, dass es ein Lächeln sein sollte. Tränen kamen ihm.

„… du …?", ächzte sie und verzog das Gesicht vor Schmerz.

„Es tut mir leid … ich … ich meine … War er das?"

Sie nickte. Hustete, spuckte einen Schwall Blut. Sie musste unerträgliche Schmerzen haben.

„Ich ruf einen Krankenwagen." Jan kramte sein Handy aus der Tasche. Seine Finger zitterten, er ließ es fallen. Es segelte durch die Luft und landete auf dem gläsernen Display.

Das nicht auch noch, dachte er.

Doch es war heil. Mit dem Daumen versucht er den Zahlencode einzugeben, um den Bildschirm zu aktivieren. Doch er konnte seine Finger nicht ruhig halten. „Verdammt, reiß dich zusammen!", brüllte er.

Nadine zuckte erschrocken zusammen. Schrie vor Schmerz.

„Entschuldige!", heulte Jan.

Er schaffte es, wählte 112 und wartete.

„Feuerwehrleitstelle. Kempf. Was kann ich für Sie tun?"
„Scheiße, hier ist ein Notfall, ich brauche einen Krankenwagen!", schrie Jan ins Telefon.
„Ganz ruhig, junger Mann. Wie heißen Sie?"
„Wieso wollen Sie wissen, wie ich heiße?"
Der Feuerwehrmann am anderen Ende der Leitung blieb die Ruhe selbst. „Weil ich gern weiß, mit wem ich mich unterhalte. Ich heiße Rüdiger Kempf. Und Sie?"
„Jan Holt …" Er zögerte. Er durfte seinen Namen doch nicht nennen. „Jan Holtermann!"
„Also, Herr Holtermann, was ist passiert?"
„Ein … Überfall."
„Wer wurde überfallen?"
„Eine … Freundin. In ihrer Wohnung."
„Wo ist die Wohnung?" Jan nannte stotternd die Adresse. „Okay. Gut. Ein Rettungswagen ist bereits unterwegs!"
Die Panik wuchs. Er musste weg. Er durfte hier nicht gefunden werden.
„Ist sie verletzt?"
„Was?" Jan war in Gedanken, plante seine Flucht.
„Hören Sie mir zu, Jan!" Der Mann sprach bestimmt. „Ist ihre Freundin verletzt?"
„Ja, sie … blutet. Gott, ihr ganzes Gesicht ist voller Blut. Ihr Bauch … sie … hat eine Wunde … von einem Messer, einer Gabel … Scheiße, keine Ahnung."
„Der Gegenstand steckt noch in der Wunde?"
„Ja."
„Gut, ziehen Sie ihn nicht heraus. Haben Sie verstanden?"
„Ja." Hältst du mich für bescheuert, dachte Jan. In seinem Kopf rechnete er, wie viel Zeit er brauchen würde, das Haus zu verlassen. Wie lange saß er schon hier und sprach mit dem Feuerwehrmann? Er musste weg!
„Eine Frage noch … Derjenige, der ihre Freundin überfallen hat. Ist der noch da?"
„Nein … er ist … weg …"
„Haben Sie ihn gesehen?"
„Verdammt! Was sollen die ganzen Fragen? Ich leg jetzt auf!"

Jan hörte noch, wie der Feuerwehrmann etwas brüllte, doch Jan reagierte nicht mehr.

„Nadine …“ Sie sah ihn an. „Ich muss los

„Becca“, stöhnte sie.

Jans Magen krampfte sich zusammen. „Was ist mit ihr?“

„… Freundin …“

„Sie ist deine Freundin?“

Nadine nickte schwach. Aus weiter Ferne hörte Jan das Heulen eines Martinshorns.

„Gefahr … Hilf … Sie … Stefan … sie … haben sich … heimlich … Ich …“ Nadines Pupillen verdrehten sich, nur das Weiße war zu sehen war. Ihre Lider schlossen sich, ihr Kopf sackte zur Seite.

„Scheiße! Scheiße! Scheiße!“ Jan legte eine Hand auf ihre Brust. Er spürte, wie sie sich sachte bewegte. „Gott sei Dank!“ Jan stemmte sich in die Höhe. „Es … es tut mir leid“, sagte er und rannte er aus der Wohnung.

*

Scheiße, scheiße, scheiße!, surrte es durch sein Hirn, im Rhythmus seiner Füße, wie sie die Treppe hinunterjagten, mehrere Stufen auf einmal. Jan sprang, flog, hielt sich an dem hölzernen Geländer fest, das knarrte und ächzte, sich gefährlich weit durchbog.

Plötzlich traf ihn ein schwerer Schlag. Er war in etwas hineingelaufen, weich, nachgiebig, aber doch standhaft. Er stöhnte. Die Luft presste sich aus den Lungen. Sein Körper flog rückwärts. Er schrie. Es folgte ein Schmerz, hart, brutal. Erst im Rücken, dann in seinem Kopf.

Es dauerte einen Moment, bis er wusste, was geschehen war. Über ihm stand ein grimmig aussehender Türke mit langem schwarzem Bart und funkelnden Augen. Sein fleischiger Oberkörper steckte in einem weißen Unterhemd. Arme, Schultern und Brust des Mannes waren behaart, sodass er aussah wie ein wütender Bär. „Hey! Immer hübsch langsam, Alter!“

Jan ächzte, richtete sich auf und versuchte, sich zu orientieren. Er war mit voller Breitseite in ihn reingerauscht.

„Sorry …“, stöhnte Jan.

Der Türke war wohl aus seiner Wohnungstür getreten, weil er das Geräusch gehört hatte, das Jan erst jetzt wieder bewusst wahrnahm: die Sirene.

„Ich muss los!“, krächzte Jan.

„Stopp, Kartoffel. Du bleibst schön hier. Die kommen doch wegen dir, Mann!“ Der Türke wies mit dem Daumen über seine Schulter.

„Was? Ich … Nein!“ Jan sprang auf die Beine und versuchte an dem Türken vorbeizuhuschen. Doch der schnappte ihn bei den Schultern, wirbelte ihn herum und schlang seine kräftigen Arme um Jans Taille.

„Du bleibst hier, Alter!“ Die Arme des Türken schlossen sich wie ein Schraubstock um seinen Bauch. Jan konnte kaum atmen.

„Ich muss weg!“

„Sicher!“ Der Türke lachte schallend. Es schien ihm Spaß zu machen. Er wirbelte Jan herum, als wäre er eine Stoffpuppe in den Fängen eines wild spielenden Hundes. „Du bleibst, Kartoffel!“

Jan wurde sauer, hatte genug davon, dass man ihn rumschubste. Mit einem Mal zog er die Beine hoch zur Brust, so weit, wie der Klammergriff es zuließ, und stieß die Füße mit aller Kraft nach vorne. Jan traf das Treppengeländer, das unter der Wucht knackte und brach. Er katapultierte sich und den Türken rückwärts. Der Mann schrie auf. Sein Griff lockerte sich, der Türke ließ von ihm ab. Er hatte sich den Hinterkopf angeschlagen. Jan fiel zu Boden, rollte sich zur Seite und verlor vollends den Halt. Er segelte den nächsten Treppenabsatz herunter. Stufen krachten gegen seinen Rücken, bohrten sich in seine Seite.

Er lag still, der Türke stand am Treppenabsatz und drohte ihm mit der Faust. „Wichser! Ich blute! Alter, ich mach dich fertig!“

Obwohl sich die Welt um ihn herum drehte, sprang Jan auf die Beine. Die höllischen Schmerzen in seinem Rücken versuchte er zu ignorieren. Schwankend flüchtete er aus dem Haus, verfolgt von den wütenden Schreien des Türken.

Gerade als Jan auf die Straße sprang, bog der Rettungswagen mit quietschenden Reifen in die Roßstraße ein. Jan rannte zur nächsten Häuserecke. Verschnaufte kurz und sah sich um. Der Rettungswagen hielt und zwei Sanitäter sprangen heraus, schulterten große gelbe Koffer und eilten ins Haus. Sie würden Nadine retten. Ganz bestimmt!

23

Gerberich hielt Sonja die Tür des Konferenzsaales auf. Sie nickte ihm dankend zu und trat an ihm vorbei in den Flur. Springer folgte ihnen. „Dann schauen wir mal, wann wir einen Termin beim Staatsanwalt bekommen, um das weitere Vorgehen zu besprechen."

„Ich kümmere mich darum", sagte Gerberich, als ein uniformierter Kollege mit hektischem Blick und umgehängtem Headset ihren Weg kreuzte.

„Oh, Herr Direktor, gut dass ich Sie treffe …" Er nickte Sonja und Springer grüßend zu.

„Was ist denn los, Herr Teufel?", fragte Gerberich.

„Es ist gerade ein Notruf reingekommen. Überfall auf eine Frau in der Roßstraße. Der Notarzt ist vor Ort. Hat einen Gegenstand im Bauch und viel Blut verloren. Der vermeintliche Täter ist flüchtig. Der Erste Angriff war erfolgreich. Hauptwachmeister Stollberg und Kollegin Groß haben alles im Griff. Allerdings sind derzeit alle Kollegen der Kriminalwache im Einsatz, Herr Direktor."

Gerberich überlegte kurz und wandte sich an Springer. „Wie wäre es mit Ihnen beiden?"

„Echt jetzt?" Springer war wenig begeistert.

„Nun ja … Sie sind hier."

„Haben wir mit der Leitung der MK nicht schon genug an der Mütze?"

„Herr Springer, ich könnte auch eine Dienstanweisung draus machen. Was wäre Ihnen lieber?"

Sonja nahm Springer am Arm. Für sie kam dieser Einsatz willkommen. „Nun komm schon!" Sie zog ihn mit sich.

„Und ich kümmer' mich um den Staatsanwalt", rief ihnen Gerberich hinterher.

*

Fünfzehn Minuten später parkte Springer seinen Volvo hinter dem Streifenwagen, der mit leuchtendem Blaulicht in der Mitte der engen Einbahnstraße stand. Zu den rechts und links abgestellten Autos war nur wenig Platz, sodass die Ermittler aufpassen mussten, als sie den Wagen verließen.

„Da muss es sein", sagte Sonja und wies auf eine offenstehende Haustür links von ihnen.

„Na, komm schon." Sonja schloss die Beifahrertür und umrundete den Wagen. Sie betraten das Wohnhaus.

„Wo müssen wir hin?"

„Zweiter Stock."

Springer war nicht in Bestform. Er ächzte hinter Sonja die Stufen hinauf. Sie glaubte, ein leises Knirschen zu hören, sobald er seine Knie durchdrückte. Was hatte Springer gesagt, wie alt er war? Sonja wusste es nicht mehr, schätzte ihn aber auf Ende fünfzig.

„Wir sind da." Sonja trat an die offenstehende Wohnungstür heran und klopfte. „Hallo? Herr Stollberg?"

Als Springer neben Sonja trat, erschien eine gutaussehende junge Frau in Uniform. Springer zog seinen Ausweis aus der Hosentasche, begrüßte seine Kollegin vom Wachdienst mit flötender Stimme und musterte sie interessiert, wie Sonja schmunzelnd feststellen musste.

„Werner Springer vom KK 11. Das ist meine Kollegin Sonja Krüger. Ist das die Wohnung von Nadine Hausmann?"

„Ja, Herr Springer. Mein Name ist Christine Groß."

Da die Beamtin keine Anstalten machte, den Weg freizugeben, fragte Springer: „Dürfen wir?"

„Natürlich."

Springer betrat die Wohnung. Er ging den Flur entlang und sah sich um. Sonja folgte ihm, betrachtete die Fotos rechts von ihr an der Wand. „Wo fand der Überfall statt?"

„Gefunden haben wir die Frau in der Küche. Geradeaus."

„Der Krankenwagen ist bereits fort?"

„Ja."

„Helios Klinikum?"

„Ich weiß es nicht. Ich nehme es aber an."

„Kann ihr Kollege uns das sagen?"

„Ich denke."

„Wo ist er?", fragte Sonja.

„Eine Etage tiefer. Bei einer Zeugenvernehmung. In der Wohnung von Herrn Hakan Yüksel."

Sonja wandte sich wieder an Springer, der im Türrahmen der Küche stehengeblieben war. Er legte die rechte Hand an den Rahmen, die linke stemmte er in seine Hüfte. „Heilige Scheiße. Ich hoffe Frau Hausmann hat einen guten Schutzengel. Den braucht sie, wenn sie das hier überleben will."

Springer machte Sonja Platz und ließ sie in die Küche sehen. Ihr wurde schwindelig, als sie das ganze Blut sah. Sie konnte genau ausmachen, wo die Frau auf dem Boden gekauert haben musste. Eine Schublade war herausgezogen, das Besteck auf dem Boden verteilt.

„Frau Hausmann war übel zugerichtet.", sagte Christine Groß. „Dem Anblick ihres Gesichtes zu urteilen, wurde sie mehrmals kräftig geschlagen. Wir schätzen, dass sie sich wehren wollte und bei der Suche nach einer Waffe, die Schublade aufgezogen hat. Sie hat nach dem erstbesten gegriffen hatte, was sie finden konnte. Der Täter hat sie entwaffnet und es ihr in den Bauch gerammt."

„Es?", fragte Springer.

„Der Form des Griffes nach zu urteilen eine Gabel."

„Meine Güte." Sonja seufzte schwer.

Springer ging in die Küche, umrundete die Blutflecke und verließ das Zimmer durch eine Tür in der linken Wand. Sonja folgte ihm. Nun standen sie in einem geschmackvoll eingerichteten Wohnzimmer. Ein umgestürzter Sessel ließ den Verdacht zu, dass der Kampf zwischen Frau Hausmann und ihrem Angreifer hier begonnen haben musste.

„Dann sprechen wir mal mit dem Zeugen." Springer machte kehrt, schlurfte an Sonja vorbei. Er verließ die Wohnung. Sonja bedankte sich bei Christine Groß und folgte ihm.

Wenig später klopfte Springer an Hakan Yüksels Wohnung. Die Tür war angelehnt. Er trat ein, ohne eine Antwort abzuwarten. Der Flur war mit Teppichen ausgelegt. Direkt hinter der Tür waren Schuhe aufgereiht. Springer kümmerte sich nicht darum, sondern ging den Flur entlang. Sonja wusste, dass es zur Tradition türkischer Familien gehörte, die Schuhe am Eingang auszuziehen. Sie wollte Springer darauf aufmerksam machen, doch der rief bereits ein unwirsches „Hallo“ in den leeren Flur.

„Kriminalpolizei. Jemand da?“

„Hier“, hörte Sonja jemanden antworten und kurz drauf trat ein uniformierter Kollege in den Flur. Auf Socken.

„Herr Springer, mein Name ist Hauptwachmeister Sören Stollberg. Ich bin gerade in einer Zeugenvernehmung. Und …“

„Danke, Herr Stollberg. Wir übernehmen.“

„Ja. Aber, Herr …“

„Springer.“

„Ich weiß. Ich meine …“

„Jaja. Vielen Dank für Ihre Mühe. Jetzt sind wir dran. Wie heißt der Mann?“

„Welcher Mann?“ Die Abfuhr hatte Stollberg offenbar nicht erwartet. Entgeistert sah er den Kollegen an. Sonja wollte ihm zur Hilfe eilen, als Springer weiter polterte. „Na, der Zeuge, Mann!“

„Hakan Yüksel. Er hat den vermeintlichen Täter genau gesehen. Er kann den Flüchtigen beschreiben und …“

„Danke.“ Springer ließ Stollberg stehen und betrat linker Hand eine einfache, aber aufgeräumte Küche. „Ach, und Stollberg …“ Springer schaute noch einmal in den Flur. „Ziehen Sie Ihre Schuhe wieder an.“

Erst entgeistert, dann wütend, blickte Stollberg Springer hinterher. Sonja konnte auf seinem Gesicht ablesen, was der Kollege der Schutzpolizei gerade dachte. Als er sie wahrnahm, räusperte er sich und seine Wangen nahmen eine peinliche Röte an.

„Nehmen Sie's ihm nicht übel. Eigentlich ist er ganz nett, wenn man ihn erstmal richtig kennt.“ Sonja zwinkerte Stollberg zu und folgte ihrem Kollegen in die Küche. Sie hörte den Schutzpolizisten durch den Flur zu seinen Schuhen stolpern. Springer hatte sich offenbar schon vorgestellt, denn er lud den beleibten Türken für den morgigen Tag aufs Polizeipräsidium ein. Doch Hakan Yüksel schüttelte nur den Kopf. „Das ist nicht nötig.“

Springer schlug ungeduldig mit der flachen Hand auf den Tisch.

In dem Moment kehrte auch Sören Stollberg zurück. Mit Schuhen an den Füßen, aber offenen Schnürsenkeln. „Herr Yüksel“, sagte Springer gereizt. „Das war eine Vorladung ins Präsidium, der Sie Folge zu leisten haben, um eine genaue Beschreibung des Mannes abzugeben, den Sie auf der Flucht beobachtet haben. Wir sorgen dafür, dass ein Kollege vom LKA aus Düsseldorf für ‚Visuelle Fahndungshilfe‘ da sein wird. Und Sie sorgen dafür, dass Sie da sind! Verstanden!?“

„Aber …“

„Nichts aber, mein Herr. Wir sind hier in Deutschland und wenn Ihnen die Polizei eine Ansage macht…“

„Springer!“, mahnte Sonja.

Stollberg unterbrach die unangenehm anmutenden Ausführungen des Kollegen. „Herr Yüksel hat seine Aussage bereits gemacht.“

„Das mag sein. Und Sie werden Ihren Job wirklich gut gemacht haben, Herr Stollberg“, sagte Springer. „Aber wir haben eine Fahndung auszurufen. Und das geht erfahrungsgemäß besser, wenn wir dem Flüchtigen ein Gesicht geben können. Frau Krüger und ich sind leitende Ermittler in einer Mordkommission und haben nicht die Zeit …“

„Aber das haben wir doch schon.“

„Was?“ Springer hob die Augenbrauen, sah Hakan Yüksel an. Der nickte lächelnd. „Sie haben …?“

„Sehen Sie hier!“ Stollberg holte sein Handy aus der Hosentasche und wischte mit dem Daumen ein paarmal übers Display. Er hielt Springer und Sonja sein Handy hin. „Herr Kempf von der Feuerwehrleitstelle, bei dem der Notruf eingegangen ist, nannte uns einen Vornamen und einen – sagen wir mal – halben Nachnamen. Und zwar des Mannes, der den Notruf abgesetzt hat.“

„Wollen Sie damit sagen, dass der vermeintliche Täter die 112 gerufen hat und dann geflohen ist?“

„Vielleicht war seine Tat eine Übersprungshandlung. Als er gesehen hat, was er getan hat, hat er den Notruf alarmiert und ist geflüchtet.“

Springer schwieg.

„Möglich“, sagte Sonja, wobei die Fakten ihrer Meinung nach zu dünn waren, um derlei Mutmaßungen anzustellen.

„Wie auch immer", fuhr Stollberg fort. „Der Mann stellte sich als Jan Holtermann vor, wobei Herr Kempf der Meinung war, dass es nicht der richtige Nachname gewesen sei. Er habe gezögert. Laut Aussage gehe ich davon aus, dass der richtige Name des Gesuchten Jan Holtmann ist."

„Ihre persönliche Annahme reicht aber nicht", sagte Springer, der das Handy des Kollegen an sich nahm und das Konterfei des jungen Mannes betrachtete, der auf dem Display zusehen war. Das Bild eines Facebook-Profils. Springers Worte klangen zwar wie ein Rüffel, doch die Mimik des Kollegen drückten Interesse und Spannung aus.

Stollberg fuhr fort: „Laut Herrn Yüksel ist der Gesuchte circa um die 20. Ein junger Mann, der sicher wie viele seines Alters in sozialen Netzwerken unterwegs sein wird. Also habe ich den Namen in die Facebook-Suchmaschine eingegeben. Jan Holtermann gab es nicht allzu viele. Keines der abgebildeten Profilfotos zeigte den Gesuchten. Jan Holtmann hingegen … Bereits der zweite Aufgerufene ist unser Tatverdächtiger. Sie sehen ihn vor sich. Das hat Herr Yüksel bestätigt. Es ist der Mann, den er im Treppenhaus festhalten wollte, der aber fliehen konnte."

Springer war sprachlos. Sonja schmunzelte. Ihn so zu sehen, amüsierte sie. Springer reichte ihr das Handy und sie betrachtete ebenfalls das Gesicht des mutmaßlichen Täters. Ein gutaussehender junger Mann, wie sie fand.

„Herr Kollege …", sagte Springer und räusperte sich. „Gute Arbeit." Er wandte sich an den Zeugen. „Und Sie, Herr Yüksel …"

„Ja?"

„Sie kommen morgen trotzdem bitte zum Präsidium und geben Ihre Aussage zu Protokoll. Und da die Kollegen aus Düsseldorf schon mal da sind, geben Sie auch eine Täterbeschreibung ab."

„Echt jetzt?"

Sonja reichte Stollberg sein Handy zurück und konnte sich ein amüsiertes Grunzen nicht verkneifen.

„Sonja, lass uns gehen", sagte Springer ohne Hakan Yüksel weiter zu beachten. „Herr Stollberg, kümmern Sie sich bitte um alles weitere. Ihren Bericht hätte ich gerne bis morgen früh auf meinem Schreibtisch. Dank Ihrer Vorarbeit sollten wir diesen Jan Holtmann schnell gefunden haben."

Stollberg nickte. Springer zwängte sich an ihm vorbei und verließ die enge Küche des Türken.

„Ach, noch etwas ...", sagte Springer. „Bitte entschuldigen Sie mein überhebliches Getue."

Stollberg grinste.

Alle Achtung, dachte Sonja und folgte ihrem Kollegen hinaus aus der Wohnung bis hinunter zum Auto.

„Und nun?", fragte sie.

„Feierabend. Ich bring dich nach Hause."

Sonja verstummte. Es hatte gutgetan, seit zwei Stunden nicht an Zuhause gedacht zu haben. Doch sie konnte sich nicht ewig verstecken.

24

Den Schlüsselbund aus der Hosentasche zu kramen, dabei das Klirren der einzelnen Schlüssel zu vernehmen, aufzuschließen und die Wohnung zu betreten, den ihr ganz eigenen Geruch einzuatmen ... Das alles war so normal, so einfach, so wunderbar, dass Jan am liebsten in Tränen ausgebrochen wäre. Hier konnte ihm nichts passieren. Er war zuhause. Hier war er sicher.

Gedämpftes Lachen drang aus Maiks Zimmer. Jan verdrehte die Augen. Er poppte mal wieder mit einer seiner Perlen.

Jan grunzte, schlurfte in Richtung seines Zimmers, streifte im Gehen seine Schuhe ab und ließ sie in einer Ecke liegen. Er schloss die Tür hinter sich, Licht schaltete er nicht ein. Wankte zum Bett und ließ sich darauf fallen. Es dämmerte bereits, die Farbe des Himmels hatte ein dunkles Blau angenommen.

Er hatte das Kissen noch nicht ganz mit seinem Kopf berührt, da fielen ihm schon die Augen zu. Sein Mund öffnete sich einen Spalt und ein leises Schnarchen drang aus seiner Kehle.

*

Ein Kitzeln, ein sanftes Streicheln. Die Berührung seiner Lippen. So sachte, dass Jans Unterbewusstsein sich unsicher war, es tatsächlich gespürt zu haben. War es ein Kuss? Es kam zu dem Schluss, dass es nur eine Einbildung war. Doch die Berührung wiederholte sich. Diesmal mit ein wenig mehr Druck. Trocken, aber weich und zärtlich.

Jan schnurrte. Langsam tauchte er aus dem Schlaf auf. Die Berührung auf seinen Lippen änderte sich, blieb zärtlich, doch eine feuchte Rundung gesellte sich zu den trocken-weichen Formen, die ihn zuvor gekitzelt hatten. Es strich seine Lippen entlang. Jan atmete stöhnend ein, was dieses feuchte Etwas nutzte, vorzustoßen und seine Zungenspitze anzustupsen.

Jans Lider flatterten. Er war aber noch weit davon entfernt, wach zu sein, und konnte nichts erkennen. Lediglich einen dunklen Schattenriss. Über ihn gebeugt. Er spürte ein Streicheln an seiner Wange. Es bewegte sich hinunter, über seinen Hals, seine Brust, bis hin zu seinem Bauch. Dort wanderte es unter sein T-Shirt. Es war eine Hand, keine Frage, die Finger trippelten zum Bund seiner Hose.

Der Kuss wurde kräftiger, die fremde Zunge bewegte sich schneller. Jans Erregung wuchs. Schweiß bildete sich in seinem Rücken. Er stieß sacht seine Hüfte vor. Ein erstes Wort von ihm, heiser, krächzend. „Was …?“

Dann explodierte die Helligkeit und flutete die Augen. Ein Blitz wie ein Stich. Jan zuckte zusammen, alle Zärtlichkeiten hörten mit einem Mal auf. Er wälzte sich zur Seite, stöhnte und ächzte.

„Scheiße! Was soll das?“

„Schtttt!“

„Verdammt nochmal“, presste er hinter zusammengebissenen Zähnen hervor. „Was ist los? Wo bin ich? Wie spät ist es?“

„Es ist 23:36 Uhr“, flüsterte eine weibliche Stimme. Nein, das kann nicht sein!, dachte Jan. Er kannte die Stimme. Es folgte ein Kichern. „Wo du bist? Zuhause. Was los ist? Das ist etwas komplizierter.“

Jan spähte hinter halbgeöffneten Lidern hervor. Sein Blick wurde allmählich klarer. Er wälzte sich herum, schirmte seine Augen mit der Hand gegen die Lichtquelle ab. Seine Nachttischlampe. Die

Konturen seines Zimmers nahmen Gestalt an. Auch die Person, die sich zu ihm aufs Bett gesetzt hatte. Sie hatte sein Leben in einen Albtraum verwandelt und gleichzeitig einen Kick verpasst: Becca.

Mit einem Mal war Jan hellwach, als hätte man ihm einen Eimer kaltes Wasser übergestülpt. Er sprang in eine sitzende Position, rutschte von ihr weg, dass er gegen die Kopfseite des Bettes stieß.

„Hi", sagte Becca und lächelte.

Ihre Augen leuchteten, wie gestern in der Kneipe. Jan konnte nichts sagen. „Du freust dich offenbar nicht, mich zu sehen." Jan öffnete den Mund. „Schade. Ich hatte mit einer anderen Reaktion gerechnet. Nach unserem kleinen Abenteuer gestern …" Jan wurde eiskalt. Entsetzen spiegelte sich auf seinem Gesicht wider. Becca fügte schnell hinzu: „Natürlich das, was wir … danach… gemacht haben."

Bilder kamen ihm in den Sinn. Von ihren geschlossenen Augen, ihren glänzenden Lippen, die wegen des leisen Stöhnens leicht geöffnet waren. Der rhythmische Druck gegen seine Hüfte, ihre wippenden Brüste, die harten Brustwarzen. Jan spürte eine beginnende Erektion. Doch lagen all diese Erinnerungen verborgen hinter den anderen Eindrücken: ein bis zum Schaft verschwundenes Messer in der Brust eines toten Mannes. Ein Grab bei Nacht. Eine Schuhspitze aus dem Boden herausragend. Drohende Blicke. Nadine mit einer Gabel im Bauch. Das ganze Blut.

„Was ist?" Becca klang besorgt.

Jan war entsetzt. „Echt jetzt?"

Sie zuckte mit den Schultern. Eine Geste, so unschuldig, dass er sich fragte, ob er sie küssen oder schlagen sollte.

„Was machst du überhaupt hier? Du … Ich … ich hab doch gesehen, wie sie dich … ich meine …"

„Ja?"

„Du wurdest entführt!"

„Was?" Becca riss die Augen auf.

„In der Nähe des Friedhofs. Du bist vor mir weggerannt. Dann kam dieser Wagen. Hinterm Lenkrad ein Kerl in einem Anzug. Ein zweiter saß hinten und hat dich ins Auto gezerrt. Ich dachte …"

„Jan?" Beccas Brauen senkten sich. Ihr Blick veränderte sich.

Sorge zeichnete sich ab. „Geht es dir gut?“

„Wer waren diese Typen?“ Jan neigte sich vor, sah sie eindringlich an.

„Wen meinst du?“

„Willst du mich verarschen?“

„Jan, ich weiß nicht, was du gesehen hast. Oder wen. Aber ich war es nicht! Ich war die letzten Stunden zuhause. Hab nachgedacht.“

Jan griff nach ihren Oberarmen, drückte kräftig zu. „Aber wohl nicht in der Roßstraße. Da bin ich nämlich heute Mittag gewesen. Und rate mal, wer nicht da war?“

Becca erwiderte nichts. Jan wusste nicht mehr, was er glauben sollte. Er hatte das Gefühl, dass sie ihn von vorne bis hinten belog. Hätte sie ihm gesagt, dass auch der Tote nicht wirklich da gewesen war, er hätte es ihr geglaubt. Doch Jan wusste, dass er sich ihn nicht ausgedacht hatte.

„Wie bist du hier überhaupt reingekommen?“, fuhr er leiser fort.

Becca sah lächelnd auf. „Durch die Tür.“ Wieder dieses Kichern, unschuldig und süß. „Maik hat mich hereingelassen.“

„Wo ist er?“

„In seinem Zimmer. Keine Sorge, der kriegt nichts mit. Darum habe ich mich gekümmert.“ Dieses Mal begleitete ein verspieltes Zwinkern ihr mädchenhaftes Kichern

„Du hast … dich … gekümmert?“

Sie nickte und lächelte breit. „Der wacht nicht auf.“

25

Sonja stand vor Thomas’ verschlossenem Arbeitszimmer und wischte sich mit dem Handrücken über die tränengetrockneten Wangen. Als sie ihren Wagen geparkt hatte, war sie noch eine Weile sitzen geblieben. Hatte geweint. Ihr Leben brach auseinander und sie konnte nichts dagegen tun. Naja, *konnte* war nicht richtig. Das, was sie tun konnte, *wollte* sie nicht. Sie klopfte leise an die Tür.

Thomas saß an seinem Schreibtisch am Fenster, mit dem Rücken zur Tür. Er regte sich nicht. Sie hörte nur das Klicken, wie er die Tasten der Maus drückte. Sie war außerstande ihn anzusprechen. Warum reagierte er nicht? Er musste doch merken, dass sie da war. Nach einer gefühlten Ewigkeit wandte sie sich ab. Sie wollte die Tür gerade wieder schließen, als Thomas das Wort ergriff. „War's das jetzt?“

Sonja hielt in der Bewegung inne. Thomas schwang herum. Seine Augen waren gerötet vom Weinen. Zwischen seinen Oberschenkeln klemmte eine Bierflasche, die so weit nach vorne geneigt war, dass Sonja Sorge hatte, sie würde jeden Moment zu Boden fallen und zerschellen. Wie viel hatte Thomas wohl in der Zwischenzeit getrunken?

„Willst du das hier nicht mehr?“ Er wartete auf Antwort. Sie zögerte einen Moment zu lange. „Okay, alles klar!“ Thomas drehte sich mutlos herum und trank einen großen Schluck.

„Nichts ist klar!“ Sonja tat einen schnellen Schritt in sein Arbeitszimmer und schloss die Tür. „Thomas. Ich … ich liebe dich.“

Er drehte sich nicht wieder herum, grunzte verächtlich. „Glaub ich dir nicht!“

Jetzt oder nie, dachte Sonja, drang mit ihrem Blick tief in seine Seele ein und mit dem, was sie nun sagen würde, würde sie dort einen schwarzen Fleck der Angst hinterlassen, der nie wieder wegzuwischen war. Aber er hatte es ja so gewollt. „Ich wurde beinahe getötet!“

26

„Maik war forscher.“ Ihre Hand streichelte seine Wange, wie eine Mutter, tröstend und liebevoll. Jan zuckte zurück. „Ich weiß nicht, wie lange du mir gegenübergesessen hast, bevor du dein kleines bisschen Mut zusammengenommen hast, um mich anzusprechen.“

Jan hörte, was sie sagte, aber der Sinn ihrer Worte wollte sich ihm nicht erschließen. Er sah ihr in die Augen, ergründete sie. Es waren dieselben Augen, in denen er sich letzte Nacht verloren hatte. Und dennoch wirkten sie jetzt anders. Kalt. Böse. Als hätte Becca ihre Kostümierung abgestreift, zeigte sie nun ihr wahres Ich. „Du hast das alles geplant?"

Sie zuckte mit den Schultern, strahlte beinahe übers ganze Gesicht. „Wenn du so willst?"

„Wieso ich?"

„Weil du da warst." Mit einem Mal lachte sie auf, als amüsierte sie sich königlich über einen Witz, der ihr wieder eingefallen war. „Weißt du, was er gesagt hat, als er mich ansprach?"

„Wer?"

„Maik …" Ihre Augen kullerten durch die Höhlen, bevor sie fortfuhr. „Er sagte … So schön und allein, das darf nicht sein." Sie lachte. Jan konnte nichts weiter tun, als sie mit Abscheu ansehen. Gänsehaut breitete sich über seinem ganzen Körper aus, als wäre er zu klein für seine Haut geworden. Sie war krank. Vor seinem Nickerchen war er davon ausgegangen, dass es unmöglich noch schlimmer hätte kommen können. Nun machte er sich schlagartig klar, dass es sehr wohl schlimmer ging. Er war dieser kranken Schlampe hilflos ausgeliefert.

„Ich geh zur Polizei …" Jan sah durch sie hindurch. Als gäbe es hinter ihr eine Tafel, von der er ablesen konnte.

„Und was willst du ihnen sagen?"

„Alles."

„Auch dass du mein Komplize bist?"

Jan schwieg.

„Eine dumme Idee zur Polizei zu gehen. Heute sogar noch dümmer als gestern. Und Maik? Meinst du, dein Kumpel wird es dir verzeihen, wozu du seine Karre gebraucht hast?"

„Maik …" Jan sprang aus dem Bett, rang mit seinem Gleichgewicht, wäre fast gestolpert. Ihr Kichern begleitete seinen Sprint zur Zimmertür. Er riss sie auf und war in ein paar Sätzen an Maiks Tür. Er klopfte nicht, riss sie auf. „Maik? Maik?"

Sein Freund lag in seinem Bett, das Gesicht der Tür zugewandt. Ein Bein und ein Arm baumelten aus dem Bett. Er sah friedlich aus. Aber das wichtigste … unbeschadet.

„Er schläft nur." Becca stand hinter ihm. „Geh hin, fühl seinen Puls!"

Jan hielt ihm einen Finger unter die Nase und spürte einen warmen Luftzug. Er schloss die Augen, atmete auf.

„Hast du geglaubt, ich hätte ihn umgebracht? Vielen Dank auch!“ Die Enttäuschung in ihren Worten war echt. Jan konnte nicht mehr an sich halten. Er ballte die Fäuste. In drei Sätzen war er bei ihr, griff ihre Schultern. So fest, dass sich ihr Gesicht schmerzhaft verzog. Presste sie gegen die Wand. Es tat gut, ihr weh zu tun. Den rechten Unterarm legte er ihr über die Brust. Die Finger der linken Hand krallten sich in ihren Kiefer. Er zwang sie, ihn anzusehen. Unglaublich, aber sie lächelte. Seine Wut kletterte weiter. „Was spielst du für ein krankes Spiel? Du bist doch völlig wahnsinnig! Wer waren diese Männer in dem Auto. Sie haben dich entführt. Ich hab es gesehen! Was machst du hier?“

„Wenn sie mich wirklich entführt hätten, wie kann ich dann hier sein?“, nuschelte sie unter seinen Fingern.

„Die haben dich verschleppt!“, beharrte er. „Ich hab es gesehen! Gesehen, verdammte Scheiße! In was hast du mich reingezogen?!?“ Er wollte sie schlagen. Ihr noch mehr weh tun. Allmählich spürte er, wie sich in ihr eine Gegenwehr aufbaute. Sie lehnte sich gegen seinen Unterarm. Er ließ locker. Sie standen sich gegenüber, Nase an Nase. Atmeten schwer. Er spürte ihre Finger in seinen Haaren. Sie zogen und zerrten an ihm und ihre Zunge, warm und feucht, schob sich in seinen Mund. Er schloss die Augen, stöhnte. Genoss es. Jan griff mit beiden Händen ihre Pobacken. Becca machte einen Satz und setzte sich auf seine Hüfte. Er trug sie in die Küche, setzte sie auf den Tisch. Becca zog ihm das T-Shirt aus, zerrte an seinem Gürtel. Kurz darauf rutsche seine Hose zu Boden. Es folgten seine Shorts. Er zog ihr das T-Shirt aus, den BH, schleuderte beides durch die Küche. Becca stützte sich auf ihre Ellbogen, betrachtete ihn lächelnd, während er ihr die Hosen vom Körper zerrte …

*

Jan schreckte hoch. Draußen vor dem Fenster war finsterste Nacht. Er schaltete das Nachtlicht ein. Der Platz neben ihm war leer.

Jan warf die Decke beiseite und stand auf. Seine Beine zitterten, fühlten sich seltsam an, als er in den Flur schlich und dann in die Küche. An Maiks Zimmer blieb er stehen und lauschte dem leisen Schnarchen. Was hatte sie ihm nur gegeben?, fragte er sich. Jan wandte sich um, starrte auf die Stelle, wo er Becca gegen die Wand gepresst hatte. Er hätte sie beinahe geschlagen. Hätte sie ihn nicht geküsst, hätte er für nichts garantieren können.

In der Küche lagen seine Sachen auf dem Boden verstreut. Er musste grinsen. Sex auf dem Küchentisch. Das hatte er noch nie gemacht. Genau wie eine Leiche mitten in der Nacht auf einem Friedhof zu vergraben, dachte er.

Jan zog sich an. Er schaute, ob er Spuren beseitigen musste. Fand aber nichts. Er eilte zurück in sein Zimmer und setzte sich aufs Bett. In seinem Kopf drehte sich alles. Auch in seiner Brust. Er wusste nicht, was er denken sollte, geschweige denn fühlen. Er wollte Becca hassen, dafür, was sie mit ihm machte. Doch er vermisste sie auch. Er wollte nicht akzeptieren, dass sie ein falsches Spiel spielte. Sie brauchte Hilfe!

Sein Blick fiel auf einen Zettel neben seiner Nachttischlampe, unter den Fuß geklemmt. Eine Nachricht. Von Becca: *Hör auf! Such nicht nach mir. Denn das, was du findest, ist gefährlich für dich!*

27

Die dunkelste Stunde der Nacht sei die vor Sonnenaufgang, hieß es. Astronomisch gesehen war das falsch. Doch zu keinem Moment fühlte man sich verlorener als kurz vorm Aufstehen. Zu dieser Zeit empfanden sich die, die sich durch die Nacht gewälzt und gequält hatten, am einsamsten. Stille im Haus, nur das Ticken eines Weckers war zu hören, das Knautschen des Bettzeugs, wenn man sich von der einen auf die andere Seite drehte, wie schon unzählige Male zuvor. Und dann dieser Gedanke, der einen nicht losließ, an den man sich festkrallte, als wäre er eine Rettungsboje in einem tosenden Meer. Dabei war er nur das Gewicht, das einen weiter hinunterzog.

4 Uhr. Und 23 Minuten.

Sonja konnte nicht schlafen. Sie war aufgestanden. Schon vor ein paar Stunden. Sie hatte sich ans Fenster ihres Schlafzimmers gesetzt. Auf den kleinen Korbsessel, der sonst immer in der Ecke stand und als Kleiderständer diente. Thomas war ins Gästezimmer geflüchtet. Sie hatte ihm alles erzählt. Von all ihrer Angst, all dem Blut. Schonungslos. Sie saß da, die Knie angezogen, mit den Armen umschlungen. Sie zitterte vor Kälte. Vor Anstrengung. Vor Angst, alles zu verlieren.

Ihr Blick glitt hinaus in die Nacht. Seit Stunden hatte sie niemanden mehr gesehen. Keinen Heimkehrer aus der Kneipe. Niemand, der bereits auf den Weg zur Arbeit war. Aber auch keine Katze oder Hund. Sie war allein. Gefangen in ihrem Albtraum.

Wie sollte es weitergehen? Mit Thomas und mit ihr ... Acht Jahre waren sie nun verheiratet, seit weiteren zwölf ein Paar. Thomas war der erste Mann in ihrem Leben gewesen. Nicht der erste, den sie geküsst hatte. Aber der erste, in den sie sich verliebt und von dem sie später als ihre große und einzige Liebe gesprochen hatte.

Doch Menschen änderten sich. Gerade über einen solch langen Zeitraum war es nicht unüblich, dass der Partner Wesensmerkmale annahm, die einem nicht gefielen. Aber war Thomas bereit, ihre Veränderung anzunehmen? Denn sie, Sonja, wollte so sein, wie sie sich gerade kennenlernte – eine harte Polizistin.

Ihr Handy brummte in ihrem Schoß. Sonja schrak auf. Wer mochte sie mitten in der Nacht anrufen? Die angezeigte Nummer sagte ihr nichts. Ihr Daumen zitterte über dem grünen Hörer. Als sie draufdrückte, war der Anruf verstummt. Verdammt!, dachte sie.

Kurz drauf ging eine Kurznachricht ein. *Warum so traurig?*

Sonjas Magen zog sich zusammen. Ihre Augen huschten umher, suchten die nächtliche Umgebung ab. Nichts zu entdecken.

Pling!

Es bedeutete Kraftanstrengung, den Blick von der Welt vor ihrem Fenster zu nehmen, aufs Display zu schauen und die Kurznachricht zu lesen. *Wer wen wohl zuerst kriegt? Ich dich oder du mich?*

Intermezzo

Seine Finger jagten über das Keyboard eines Notebooks. Er musste nicht nachdenken. Wie von selbst rasten seine Finger über die Tasten, wirbelten übers Touchpad. Er lächelte. Was er tat, gefiel ihm. Aber mehr noch die Vorstellung, was passieren würde, würde sie sein kleines Geschenk entdecken.

Es war der Gong für die nächste Runde.

Next Level begins, *dachte er, drückte auf Enter und klappte den Bildschirmteil des Notebooks zu. Auf dem Drehstuhl schwang er sich herum und betrachtete die Frau, die nackt auf der Matratze vor der Betonwand lag. Sie bemerkte, dass er sie ansah, und schob sich ein paar silbrig-graue Locken aus dem Gesicht. Sie grinste.*

„Komm her", sagte sie und spreizte die Beine.

Er gehorchte.

Teil Zwei

„Gott lasse feurige Kohlen auf die Bösen regnen, er stürze sie in die Tiefe, dass sie nicht mehr aufstehen!“

Altes Testament

28

„Warum kommst du denn nicht mit?"

Sonja beugte sich zu ihrer Tochter, legte ihr eine Hand an die Wange und streichelte sie mit dem Daumen. Eine erste Träne kullerte. „Mama muss arbeiten."

„Ich will aber, dass du mitkommst." Es folgten weitere Tränen. Auch Sonja würde ihre nicht mehr lange zurückhalten können. Aber sie musste jetzt stark sein.

„Glaub mir, Mausi, ich würde auch viel lieber mit euch zum Bauernhof fahren, als allein hierbleiben." Aus den Augenwinkeln nahm Sonja wahr, wie Thomas den Blick abwandte. Er glaubte ihr nicht. Sie konnte es ihm nicht verdenken. Dennoch war es die Wahrheit.

„Mama. Mama, bitte." Maya unterstrich ihr Flehen, indem sie mit den Knien wippte. Auch ihre Stimme gewann an Kraft.

„Mausi …" Hilfesuchend blickte sie zu Thomas. Stumm erwiderte er ihren Blick. Von ihm war keine Unterstützung zu erwarten. Er wollte sie leiden sehen, wollte beobachten, wie sie sich aus dieser Nummer rauswinden würde.

Maya klammerte sich an sie. Sonja erwiderte die Umarmung. Sie hielt ihre Tochter fest, presste die Lider aufeinander. „Ich liebe dich", flüsterte sie Maya ins Ohr. „Ich komme nach. Nur ein oder zwei Tage später. Ich verspreche es." Sonja bezweifelte, dass sie dieses Versprechen halten konnte. „Und dann reiten wir zusammen auf Polly."

„Wir zwei auf dem Mini-Pony?"

Sonja nickte. Ihre Tochter strahlte übers ganze Gesicht. Sonja gab ihr einen dicken Kuss auf die Stirn.

„Noch einen", gluckste Maya. Also folgte ein weiterer liebevoller Kuss.

„Und jetzt ab zu Papa."

Maya eilte zu Thomas und klammerte sich an seinen Oberschenkel, sah zu ihm auf. Er streichelte ihr über den Kopf.

„Mama kommt in zwei Tagen nach", sagte sie und grinste übers ganze Gesicht.

„Das ist schön. Wir freuen uns." Doch ihr Mann klang erschreckend monoton. Er wusste, dass dieses Versprechen schwer zu halten war. „Kletter schon mal ins Auto, Schatz." Thomas gab Maya einen Klaps.

Maya rauschte davon. Thomas entriegelte die Türen. Ihre Tochter kletterte ins Auto und Sonja trat an ihn heran. Er konnte ihr nicht in die Augen sehen. Sie streichelte ihm den Arm.

„Ich weiß, dass du mich grad hasst."

„Du irrst dich. Ich bin nur wahnsinnig enttäuscht. Und wütend."

„Dein gutes Recht."

„Danke", gab er bissig zurück.

„Auch wenn du es nicht glaubst … Ich … ich liebe dich."

„Ja, schwer zu glauben."

Sie schwiegen einen Moment. Seine Unterlippe zuckte. „Pass auf dich auf!"

Sonja öffnete den Mund, um etwas zu erwidern, doch Thomas wandte sich bereits ab und stieg ins Auto. Wenige Sekunden später rollten die Räder an und das ihr Liebste auf der Welt fuhr davon. Sie war noch nie von ihrer Familie getrennt gewesen. Als sie die Köpfe ihres Mannes und ihrer Tochter als Silhouetten durchs Heckfenster sah, immer kleiner und unscheinbarer werdend, konnte Sonja nicht mehr an sich halten und heulte. Es dauerte lange, bis sie sich wieder beruhigt hatte. Doch als sie all ihre Trauer herausgelassen hatte, stand sie auf und war eine andere Person. Die Ehefrau und die Mama schloss sie ein, nur eine Zeitlang, wie sie hoffte. Zurück blieb eine Jägerin.

*

Mit dem Handy in der Hand stand sie vor dem Spiegel, wischte die letzten Tränen von den Wangen und rief Hannes Lautmann an. Ihr Kollege meldete sich mit einem fröhlichen „Guten Morgen".

„Ich brauche eine Handy-Ortung", sagte sie, ohne auf seine freundliche Begrüßung zu reagieren.

Hannes räusperte sich. „Hast du gewusst, dass das Wort *Hallo* von Thomas A. Edison erfunden worden ist?"

„Komm schon."

„Welche Nummer?" Sonja nannte ihm die Nummer der gestrigen Textnachricht und des verpassten Anrufes. „Wer hat die Ortung autorisiert?“

„Wie lange brauchst du?“

„Sonja …“, begann er mahnend.

„Ich danke dir. Hast was gut!“ Sie gab dem Handy einen Kuss und legte auf. Sie betrachtete sich im Spiegel der Garderobe und erkannte sich nicht wieder.

*

Eine Dreiviertelstunde später saß sie neben Springer im Auto auf dem Beifahrersitz. Der Blick ihres Kollegen war geradeaus auf die Straße gerichtet. Er wirkte verbissen, hatte die Augen zu Schlitzen geschlossen, dass ein Fächer aus tiefen Fältchen sich von den Augenwinkeln über die Wangen ausbreitete. Seine Kiefermuskeln spannten und entspannten sich im Rhythmus eines stummen Liedes, das nur in seinem Kopf war.

„Der Staatsanwalt *konnte* einer Durchsuchung nicht zustimmen. Wir haben keinerlei Beweise, geschweige denn das kleinste Indiz. Hör auf zu brummeln!“, brach Sonja das Schweigen.

Springer sagte nichts. Seine Zähne mahlten weiter aufeinander. Sie spürte, dass ihre eigene innere Unruhe wuchs mit jedem Meter, den sie im Wagen zurücklegten.

„§103 der Strafprozessordnung. Eine Durchsuchung ist nur zulässig, wenn dies der Ergreifung des Beschuldigten, der Verfolgung von Spuren einer Straftat oder der Beschlagnahme bestimmter Gegenstände dient. Eine allgemeine Suche nach Beweismitteln oder Spuren ist unzulässig. Die aufzufindenden Gegenstände und Spuren müssen benannt werden können. Zudem müssen Tatsachen vorliegen, aus denen zu schließen ist, dass die gesuchte Person sich in den zu durchsuchenden Räumen befindet. Eine bloße Vermutung genügt nicht.“

Springer lächelte bitter. „Habt ihr den gleichen Online-Kurs belegt?“

„Ich wollte dir nur sagen, dass er nicht anders entscheiden konnte, ohne …“

„Schon gut, schon gut“, unterbrach er sie. Sonja konnte ihn

verstehen. Im Fernsehen ging das immer so einfach. Da gab es risikofreudige Staatsanwälte, die auf die Rechtslage schissen und am Ende als Helden dastanden. In der Realität mussten sie alle nach den Regeln spielen. Alle, außer den Bösen. Das ärgerte sie am meisten.

„Sie sind ein guter Ermittler, hat der Staatsanwalt gesagt", grummelte Springer. „Und ich vertraue Ihnen. Aber mit der Genehmigung der Hausdurchsuchung eines Kinderheims allein auf Ihre Vermutung basierend, riskiere ich meinen Kopf. Denn wenn Sie Scheiße bauen, reißt man mir den Arsch auf, dass ich mich zum Kacken besser nicht mehr hinsetzen sollte."

„Humor hat er ja."

Springer nickte.

„Also fragen wir freundlich nach, ob man uns etwas über Hendricks sagen kann und ob wir hinter die ein oder andere Tür blicken dürfen. Richtig?" Sonja lächelte ihren Kollegen an und gab ihm einen Klaps auf die Schulter.

„So ähnlich."

*

Das Gebäude des Kinderheims St. Christophorus war ein ehemaliges Kloster, das im 18. Jahrhundert erbaut und im Zweiten Weltkrieg zu großen Teilen zerstört worden war. Die kleine Kapelle und der angrenzende Westflügel dienten zu dieser Zeit als Lazarett. Ende der vierziger Jahre wurde es in Teilen wiederaufgebaut und war eine Mischung aus Kloster und eine Art Flüchtlingsheim. All die armen Menschen, die während der Kriegsjahre ihr Heim verloren und an den Türen des Klosters angeklopft hatten, wurden aufgenommen. Unter den Schutzsuchenden waren viele Kinder. Es war weder von der Stadt Krefeld noch von der katholischen Kirche, dem Eigner des Gebäudes, konkret geplant worden, dass das St.-Christophorus-Haus ein Kinderheim werden sollte. Es war ein schleichender Prozess gewesen.

Irgendwann schaltete sich die Bürokratie und die Politik ein und verlangte eine Nutzungsbestimmung für die Räumlichkeiten, andernfalls müsse man sehen, wohin mit den Menschen, die in den Mauern des alten Hauses Unterschlupf gefunden hatten. Da die Nonnen zu dieser Zeit niemanden vor die Tür setzen wollten – vor allem die Vielzahl an Kindern nicht –, machten sie sich dafür stark, ihr ehemaliges Kloster in ein offizielles Kinderheim umzuwandeln. Erstmalig wurde es 1954 in den Archiven der Stadt Krefeld als solches betitelt. Seit 1979 ist es nicht mehr unter der Leitung von Nonnen, sondern pädagogischer Mitarbeiter, blieb aber in katholischer Trägerschaft.

Das Heim war ein imposantes Gebäude, aus Backstein gebaut, der vor vielen, vielen Jahren freundlich, leuchtend rot gewesen war, nach all der Zeit aber düster und schmutzig anmutete. Das Haus war über drei ausladende Stufen zu betreten. Die Tür war ein Viertel eines an sich zweiflügligen Portals, ähnlich einer großen Katzenklappe. Die Eingangshalle sowie die Flure und die verschiedenen Gemeinschaftsräume konnten ihre Herkunft nicht verbergen. Dass es einmal ein Kloster gewesen war, zeigte sich an den hohen Decken und den kirchenähnlich gebogenen Fenstern. Der Boden war gefliest. Kein Marmor, wenngleich die Kinder dies voller Ehrfurcht annahmen, wenn sie über die Bodenplatten huschten. 100 Kinder fanden hier ein Zuhause und wurden von 28 pädagogischen Mitarbeitern in Früh-, Spät- und Nachschicht betreut.

Springer und Sonja betraten die große Eingangshalle. Die Kollegen betrachteten das riesige, als Mosaik gefertigte Wandbildnis eines hünenhaften Christophorus mit ausladenden Muskeln. Er war auf einem imposanten, knorrigen Stock gestützt, der ein winziges Kind auf seinen Schultern balancierte. Springer setzte an, etwas zu sagen, als sie eine Stimme von links begrüßte.

„Guten Morgen, kann ich Ihnen helfen?" Sonja war sich nicht sicher, ob die hohe Stimme zu einem Mann oder einer Frau gehörte. Ein dürres Männlein mit auf der Nase tanzender Brille, schütterem Haar, in einem grau-blauen Kittel gekleidet, kam ihnen mit ausgestreckter Hand entgegen. Sonja musste sofort an den Hausmeister der alten Pauker-Filmen denken und schmunzelte. Der Typ war so retro, dass er Charme besaß.

„Guten Morgen. Ich bin Hauptkommissar Springer und das ist

meine Kollegin Kommissarin Krüger.“ Sonja nickte ihm begrüßend zu. „Wir hätten gerne die Leitung gesprochen. Frau …“

„Frau Strothe.“

„Richtig.“

„Polizei? Hab ich das gerad richtig …“ Die Augen des Mannes weiteten sich.

„Sie sagen es. “ Springer genoss den kleinen Schrecken, den er dem Mann eingejagt hatte.

„Ich werde Sie anmelden. Haben Sie einen Termin?“

„Nein.“ Springer drückte seinen Rücken durch. „Wäre sehr freundlich, wenn Frau Strothe ein paar Minuten Zeit hätte, um uns behilflich zu sein.“

„Frau Strothe ist immer sehr beschäftigt.“

„Schon gut, Herman“, hörten sie eine Frauenstimme sagen. Rechts und links des ausladenden Pfeilers, auf dem sich das Bildnis des Christophorus befand, gab es jeweils eine Treppe. Die linke schritt eine schlanke, großgewachsene Frau mittleren Alters hinunter. Sie trug ein Kostüm bestehend aus Rock, Bluse und Blazer, was sie mehr wie eine Bankerin denn wie eine Heimleiterin aussehen ließ. Sie war attraktiv, auf eine unnahbare Art und Weise. Ihre Absatzschuhe hinterließen ein hallendes Staccato auf dem Boden. Die Frau näherte sich den Polizisten mit einem breiten Lächeln. Ihre dunkel geschminkten Augen verbargen sich hinter einer modischen Brille mit getönten Gläsern. An ihren Ohrläppchen baumelten Ohrringe, die aussahen wie Armreifen und sie ständig am Hals kitzeln mussten. Erste silbrig-graue Strähnen waren zu erkennen. Ihre Frisur war top gestylt.

„Anneliese Strothe.“ Sie reichte erst Sonja, dann Springer die Hand. „Was kann ich für Sie tun?“

„Die Herrschaften sind von der Polizei und …“, begann der Hausmeister.

„Können wir in Ihr Büro gehen?“, unterbrach ihn Springer.

Frau Strothe zögerte kurz. „Polizei?“

Springer nickte.

Frau Strothe arrangierte sich innerlich neu und räusperte sich. „Wie Herr Krauhausen Ihnen bereits sagte, bin ich sehr beschäftigt. Gleich hab ich einen Termin mit unserem Trägervertreter

Pastor Sleeven."

„Wir benötigen auch nicht lange."

Frau Strothe sah von einem zum anderen. „Also gut." Sie nickte und wandte sich der Treppe zu. Sonja und Springer folgten ihr.

Frau Strothe führte die Kommissare durch ein Gewirr aus Fluren in ihr Büro. Der Raum war groß und wurde dominiert von einem modernen Schreibtisch, dessen Arbeitsplatte man entsprechend den Körpermaßen seines Besitzers justieren konnte. Auf dem Tisch stand ein Monitor nebst Keyboard, ein Stifthalter und ein einziger kleiner Bilderrahmen. Rechter Hand gab es eine Sitzecke, vier lederne Sessel mit hoher Lehne und einen kleinen, runden Glastisch. Eine Zimmerpalme rundete das Bild ab, dessen Blätter so grün waren, dass Sonja sich fragte, ob sie echt oder eine IKEA-Nachbildung war.

„Nehmen Sie bitte Platz."

Sonja setzte sich. Springer ließ sich seufzend neben ihr nieder und Frau Strothe nahm ihnen gegenüber Platz. Sie schlug die Beine übereinander. Ihr Rock rutschte ein wenig hoch und ließ kräftige, aber gut geformte Schenkel erkennen. Sonja bemerkte Springers interessierten Blick.

„Nun?"

„Wir leiten die Mordkommission im Fall einer Serie von Tötungsdelikten, die vor gut zwei Monaten begonnen hat."

Frau Strothe hob die Augenbrauen. „Eine Mordserie? Und was haben wir damit zu tun?"

„Wir hoffen nichts", sagte Sonja.

Empörung sprach aus dem Blick der Frau, sie erwiderte aber nichts. Sie sah Sonja auffordernd ins Gesicht. Sonja schwieg. Frau Strothe veränderte ihre Sitzposition. „Gehe ich recht in der Annahme, dass es sich dabei um jene Mordserie handelt, für die dieser Hendricks verantwortlich sein soll?"

Sonja nickte. „Sie sind gut informiert."

„Die Zeitungen sind voll davon. Und in den Fernseh-Nachrichten wird auch nichts anderes mehr gebracht. Zumindest auf den lokalen Sendern. Und von den wenig spektakulären Fortschritten der Polizei." Frau Strothe lehnte sich zurück, entspannte sich. Die Kollegen erwiderten nichts darauf.

„Warum kommen Sie zu uns?", fuhr die Heimleiterin fort. „Soweit ich weiß, handelt es sich bei den Opfern um Menschen aus einem zwielichtigen Milieu."

„Und ein Polizist", ergänzte Sonja.

Despektierlich hob Frau Strothe die Augenbrauen.

Sonja straffte ihren Oberkörper. „Der Grund unseres Hierseins hat weniger mit den Opfern, als mit dem vermeintlichen Täter zu tun."

Frau Strothe schwieg.

„Lars Hendricks", schaltete Springer sich ein. „Da sollte doch eigentlich etwas bei Ihnen klingeln."

Frau Strothe war offenbar nicht gewohnt, dass man in dieser Form mit ihr sprach. Sie öffnete den Mund und sah sie sprachlos an.

„Er hat hier gewohnt."

„Wann?"

„Von 1983 bis 1989. Nach dem Tod ihrer Eltern haben er und seine Schwester Mia hier gewohnt."

Frau Strothe zögerte. „Tut mir leid. Zu dieser Zeit war ich noch nicht die Leiterin. Die Stelle hatte ein gewisser Theo Zeisig inne. Der ist vor zehn Jahren in Rente gegangen und hat inzwischen das Zeitliche gesegnet."

„Fakt ist … Lars Hendricks hat sechs Jahre hier gewohnt."

„Ich verstehe immer noch nicht, warum es Sie hierherführt. Nur weil er vor dreißig Jahren hier zuhause war."

„Vielleicht ist er ja nach Hause zurückgekehrt."

„Das ist absurd."

Springer grinste breit.

„Was ist so lustig, Herr Kommissar?"

„Der Staatsanwalt war derselben Ansicht." Springers Grinsen verschwand schlagartig. „Dennoch würden wir uns hier gerne umsehen. Um seine und Ihre Meinung … sagen wir mal … zu bestätigen."

„Haben Sie denn einen Durchsuchungsbefehl?"

„Nein."

Frau Strothes Haltung entspannte sich. „Nun, dann wäre ich rein theoretisch nicht dazu gezwungen, Ihrem Wunsch nachkommen

zu müssen?"
„Nein."
„So darf ich Ihnen versichern, meine Dame, mein Herr, dass sich kein gesuchter Mörder auf unserem Gelände aufhält."
„Heißt?"
Frau Strothe fixierte ihn herausfordernd. „Ich werde Ihrem Wunsch nicht nachkommen."
Springer atmete tief durch und setzte zu einer Tirade an, die sich gewaschen hätte, wäre Sonja ihm nicht zuvorgekommen. „Gut, dann hätten wir stattdessen gerne Hendricks' Akte gesehen."
„Bitte? Das ist dreißig Jahre her. Ich glaube kaum, dass die noch existiert."
„Ups ..." Sonja änderte theatralisch den Blick. „Nicht existiert? Nach dreißig Jahren? Und das bei einer gesetzlichen Aufbewahrungsfrist von fünfunddreißig Jahren?"
„Fünfunddreißig Jahre?"
Sonja nickte. „Herr Kollege", sagte sie an Springer gewandt, „ich fürchte, das müssen wir melden."
„Sieht ganz so aus."
„Moment, Moment", begann Frau Strothe, als Springer ansetzte, sein Handy aus dem Sakko zu holen. „Vielleicht kann man sich entgegenkommen. Ihr Wunsch ist es, sich umzusehen. Meiner, dieses andere Thema nicht zu vertiefen. Vielleicht können wir beide ..."
Springer schob das Handy zurück. „Ein kleines bisschen Weihnachten spielen und uns gegenseitig unsere Wünsche erfüllen?"
Frau Strothe schob zitternd ihre Brille hoch.
Springer sah Sonja an. „Was meinst du?"
Sonja wackelte zweifelnd mit dem Kopf. „Deine Entscheidung, Kollege. Du bist der leitende Ermittler."
Springer tat, als würde er überlegen. „Na gut."
Frau Strothe atmete kaum sichtlich auf, aber dass ihr ein Stein vom Herzen gefallen sein musste, war anzunehmen.
„Dann, meine liebe Frau Strothe, führen Sie uns doch bitte herum und informieren Sie Ihre Kollegen, sich für ein paar Fragen bereit zu halten, okay?"

Frau Strothe stand auf und schritt zu ihrem Schreibtisch. Sie achtete bemüht darauf, die Fassung zu wahren. Über eine Sprechanlage bat sie Herrn Krauhausen in ihr Büro zu kommen.

Springer neigte sich zu Sonja. „Woher wusstest du das mit dieser gesetzlichen Aufbewahrungsfrist?"

Sonja zuckte mit den Schultern. „Wusste ich nicht."

Sie grinsten sich an.

„In Ordnung", klang es vom Schreibtisch. „Ihre Suche kann beginnen."

29

Es war dunkel. Heiß. Jan spürte, wie ihm der Schweiß ausbrach, in Strömen seine Schläfen hinunterrann und sich in seinem Nacken und auf der Brust zu einem See bildete. Er hatte das Gefühl, nicht atmen zu können. Er wollte sich aufsetzen, doch er konnte sich nicht bewegen. Egal in welche Richtung seine Arme und seine Beine auch schlugen, sie stießen sofort gegen ein Hindernis. Hart, trocken. Rau.

Und dann dieses Geräusch. Ein Tocken, dumpf und fern. Immer lauter werdend. Jans Herz raste in heller Panik. Seine Augen, obwohl weit geöffnet, konnten nichts sehen. Sein Mund konnte nicht sprechen, nur krächzen. Seine Finger tasteten umher, wie die aufgeregten Beine einer in Angst versetzten Spinne. Um ihn herum fühlte er Holz. Eine Wand.

Um Gottes Willen, dachte er. Er war in einer Kiste eingesperrt. Nein! Er lag in einem Sarg. Und diese Geräusche, die er hörte, das waren Schaufeln Erde, die man auf ihn herabwarf, um ihn zu begraben.

Hilfe, schrie er, doch kein Laut kam hervor. Sein Herzschlag vibrierte bis hinauf in seinen Hals, versperrte den letzten kleinen Durchgang für einen winzigen Strom Atemluft. Schweiß lief ihm in die Augen. Es brannte.

Ich. Sterbe.

Jan wachte auf. Dieses Mal schrie er tatsächlich. Er blinzelte, riss die Arme in die Höhe, stieß die Beine von sich und katapultierte seine Bettdecke quer durchs Zimmer. Kein Sarg, kein Grab, kein lebendig begraben werden. Nur ein entsetzlicher Albtraum. Das einzig Reale war das Poltern. Jemand hämmerte gegen seine Zimmertür.

Jan stand auf und strauchelte durchs Zimmer. Im Flur stand Maik. „Hey!"

Jan war empört. „Geht's noch?"

Maik war blass, seine Augen waren klein, versanken in seinem Gesicht. Auf seiner Stirn standen glitzernde Schweißperlen. Maik machte einen Schritt zurück und stieß dabei gegen die Wand.

„Alles klar?", fragte Jan.

„Nichts ist klar."

„Was ist los?"

„Das will ich von dir wissen!" Maik tat einen unsicheren Schritt vorwärts.

„Was willst du, Mann?"

„Ich will wissen …" Er zögerte. „Warum deine kleine Schlampe mich vergiftet hat."

„Sie hat was?" Jan schrie fast. Da Maik keinen Schritt mehr zurückkonnte, wich er zur Seite aus.

„Ja …" Maik schluckte, wischte sich über die Stirn und putzte seine Handfläche an seinem Hosenbein ab. „Sie hat mir was gegeben. Keine Ahnung wie lang ich geschlafen hab. Aber als ich wach wurde, hab ich am ganzen Körper gezittert. Mir war kotzübel." Maik sah zu Boden.

Jan wollte etwas sagen, wusste aber nicht, was. Hilflos hob er die Schultern und Arme, nur um sie dann wieder fallen zu lassen, dass sie klatschend gegen seine Oberschenkel schlugen.

„Mehr weißt du nicht?"

Jan schüttelte den Kopf.

„Wer ist sie?"

„Ich … ich weiß es nicht."

„Du fickst sie, aber du weißt nicht, wer sie ist? … Sie hat mir einen Schluck aus ihrer Pulle angeboten. Das ist Absinth, hat sie gesagt. Nur dass da noch anderer Scheiß drin war. Als ich gerade dabei war, mir mühevoll die Hose auszuziehen, gingen bei mir die

Lichter aus."

Jan beobachtete eine Schweißperle, die langsam an Maiks blasser Wange hinunterkullerte.

„Also … nochmal. Wer ist sie und warum macht sie das mit mir?"

Jan wollte Maik die Wahrheit sagen. Vielleicht wusste er einen Rat. Allerdings würde er ihn dadurch vielleicht noch mehr in Gefahr bringen. „Sie heißt Becca."

„Und?"

„Und sie ist nicht ganz richtig."

„Ach was! Und jetzt?"

„Nichts. Wir hatten unseren Spaß. Over and out."

Maik rollte mit den Augen. „Bevor oder nachdem sie mich mit irgendeiner Droge ausgeknockt hat?"

„Glaub mir, es ist vorbei. Sie ist weg!"

„Woher weißt du das?"

Jan schüttelte den Kopf. Er wusste es nicht, glaubte nicht einmal, dass es stimmte. „Sie ist eine Stalkerin. Rennt mir schon seit Wochen hinterher. Ich hab gesagt, sie soll sich verpissen. Aber je abweisender ich wurde, desto schärfer wurde sie. Da dachte ich, ich besorg es ihr ordentlich. Damit sie Ruhe gibt. Einmal hat wohl nicht gereicht." Jan kniff ein Auge zu, als wäre das entsetzlich lustig. „Sie hat außerdem eine deutliche Ansage gekriegt, Alter. Die kommt nicht wieder. Das verspreche ich dir."

*

Mit einer dampfenden Tasse Kaffee in der Hand stand Jan an der Glastür zum Balkon und sah hinaus. Die Sonne stand bereits hoch am Himmel und hinter der Scheibe war es herrlich warm. Vögel zogen vorbei. Der Ostwall von Krefeld sah aus dieser Perspektive friedlich aus.

Jan öffnete die Tür. Er nahm einen Schluck von seinem Kaffee und trat hinaus. Der Balkon war schmal. Doch für sie beide und einen kleinen, altersschwachen Elektrogrill bot er genug Platz. Jan trat ans Geländer und lehnte sich vor. Autos und Kleinlaster, Fahrräder, Motorroller und die Straßenbahn fuhren die Straße rauf und runter. Alles normal, alles friedlich.

Maik erschien im Rahmen der Balkontür. In der rechten Hand hielt er zitternd sein Handy. Die Finger verkrampften sich um das Gehäuse, dass die Knöchel weiß wurden.

„Alles okay?"

Maik sah aus wie tot.

„Hey, Alter?"

Der Blick seines Freundes wirkte ungläubig und strahlte Entsetzen aus.

„Was ist?"

„Wo … wo warst du gestern?"

Jan war irritiert. „Was soll die Frage?"

„Wo bist du gestern gewesen, Mann?"

Jan suchte die Umgebung nach einer Antwort ab. „Bin um die Häuser gezogen."

Maik musterte ihn. „Und …?"

„Kannst du mir mal sagen, was los ist?"

„Das sagst gerade du!?" Maik schluckte. Sein Daumen switchte übers Handydisplay, seine Augen folgten offenbar einem dort stehenden Text. „Du bist gestern nicht zufällig in der Roßstraße gewesen?"

Jan traute seinen Ohren nicht. Wie konnte es sein, dass Maik Bescheid wusste. „Warum?"

Maik leckte sich über die Lippen, hielt ihm das Smartphone vor die Nase. „Du sollst eine junge Frau zusammengeschlagen und mit einer Gabel lebensgefährlich verletzt haben. Alter, die Polizei ist hinter dir her!"

30

Hermann Krauhausen gab sich genervt, als er zwischen den beiden Kommissaren über die Flure schlurfte. Er wollte den Eindruck erwecken, dass er sich Besseres vorstellen konnte, als der Tour-Guide zweier neugieriger Polizisten zu sein. Doch das war nur Show. Sonja glaubte, ein stolzes Funkeln in seinen Augen zu erkennen, sowie ein Zucken um die Mundwinkel, wenn sie einem Kind begegneten, das sie mit großen Augen ansah. Sonja konnte sich vorstellen, dass ein Männlein wie Krauhausen – gerade mal so groß wie sie und stets für die Drecksarbeiten im Haus verantwortlich – nicht nur übersehen, sondern von pubertierenden Jugendlichen gerne zum Ziel unangebrachten Spotts wurde.

„Wie lange arbeiten Sie schon hier?", fragte Sonja, während sie rechts und links an Räumen mit offenstehenden Türen vorbeigingen.

„Seit fast 40 Jahren."

Sonja war überrascht. Damit hatte sie nicht gerechnet.

„Ja." Sein Blick war schwer zu lesen. Er konnte sowohl Stolz ausdrücken, ein Teil dieser Institution zu sein, aber auch Wehmut, es nie woandershin geschafft zu haben. „Als man die Nonnen in diesem Bau hier abgelöst hat, wurde ich als Assistent des alten Hausmeisters eingestellt. Als der drei Jahre später in Rente ging, war ich allein. Was auch seither so geblieben ist. Irgendwie hab ich nie den Absprung geschafft."

„Schon in der Schule dachte ich, dass der Hausmeister, der wichtigste Mann ist", antwortete Sonja. „Neben dem Direktor vielleicht. Aber selbst das würde ich nicht blind unterschreiben."

Krauhausen grinste. Treffer, dachte Sonja.

Sie verließen den Flur durch eine schwere Glastür mit hydraulischer Schließung. Sich dagegenstemmend stieß Krauhausen die schwere Tür auf und ließ Sonja hindurch. Springer nahm dem Hausmeister die Tür ab und bat ihn vorzugehen. Auf der Treppe kam ihm ein Junge entgegen. Er sprang, einen Rucksack lässig über einer Schulter tragend, die Treppe herauf.

„Ey, Kraui!", sagte der Junge, der 15 oder 16 Jahre sein musste. „Mein Fahrrad streikt. Kannste dir das ma angucken?"

„Bring's mir zum Schuppen, Til."

Der Junge hob den Daumen. „Läuft bei dir! Nicenstein! Thanx."

Der Junge sprang weiter die Treppe hinauf. Krauhausen sah die Polizisten an. „Diese Sprache wird nie meins. Aber wenigstens sagen die meisten Bitte und Danke."

Er führte sie links in einen Raum, den er ihnen als Aufenthaltsraum vorstellte. An den großen Fenstern standen jeweils zwei durchgesessene, in die Jahre gekommene Sofas, deren einzelne Sessel nicht zueinander passten. Es gab einen Kicker und einen Billardtisch und an den Wänden standen Regale mit Büchern, von denen die meisten, wie ihr Einband verriet, schon mehrere Jahre alt waren und viele, viele Leser hinter sich hatten.

„Alle mal herhören!“ Krauhausen erhob die Stimme.

Sonja legte ihm eine Hand auf die Schulter. „Lassen Sie uns kein Aufsehen erregen, okay.“

Krauhausen nickte, wobei ihm ein enttäuschter Schatten übers Gesicht huschte. Der Hausmeister wandte sich ab, als erneut jemand seinen Spitznamen rief. „Kraui. Die Jalousie in unserem Zimmer klemmt. Geht nicht mehr hoch.“

„Louis kriegt keinen mehr hoch“, grölte es aus einer Ecke, was keckerndes Gelächter nach sich zog.

„Ich komm später rum, Jung'“, antwortete Krauhausen und marschierte wieder vorweg.

Der Junge rief ihm ein Danke hinterher und an den lustigen Mitbewohner gewandt: „Fick dich selber, Kanalratte!“

„Die Jungs bestätigen meinen Eindruck“, sagte Sonja.

„Nämlich?“

„Dass Sie bei ihnen gut gelitten sind. Sie scheinen die gute Seele des Heims zu sein, Herr Krauhausen.“

Er grinste. „Ich mag die Jungs. Und die Mädels. Und ich denke, dass merken die. Ich meine …“

Krauhausen blieb stehen. Erschrocken blickte er die beiden Ermittler an. Die warfen sich fragende Blicke zu. Krauhausen stotterte, als er weitersprach. „Ich meine … die Mädels … klar, mag ich sie, wie die Jungs … aber … ich meine … nicht so … wie es klingt … also … aber die Jungs auch nicht … Gott!“ Krauhausen sah zum Himmel. „Ich quatsch mich um Kopf und Kragen.“

Sonja legte ihm eine Hand auf die Schulter. Es half, dass der Mann sich wieder beruhigte. „Wir wissen, was Sie meinen.“

Krauhausen grinste verlegen. „Man muss heutzutage höllisch aufpassen, was man sagt, wenn man mit Kindern arbeitet. Und wenn man noch dazu bei der Kirche angestellt ist. Gerade in einem Kinderheim.“

Sonja erwiderte nichts. Krauhausens Augen flatterten in den Höhlen, er konnte sie nicht ansehen, sah stattdessen zu Boden und schob sich an den Ermittlern vorbei. Sonja warf Springer einen vielsagenden Blick zu.

Krauhausen stand vor einer dicken Glastür. „Hinter der Tür liegt einer der Wohnflure." Der Mann räusperte sich und öffnete die Tür.

„Mein lieber Herr", sagte Springer zwar freundlich, aber Sonja hörte die Ungeduld heraus. „Sie wissen, warum wir hier sind und was wir suchen?" Krauhausen sah sich verstohlen um und nickte. „Seien Sie mir nicht böse, Herr Krauhausen. Sie machen das gut. Aber lassen Sie uns das Sightseeing beenden, okay!?"

Der Hausmeister nickte. Doch Sonja war sich sicher, dass der kleine Mann nicht verstand, was ihr Kollege von ihm wollte.

„Herr Krauhausen, zeigen Sie uns die Ecken, die keiner kennt."

„Die keiner kennt …", echote er schwach.

„Lars Hendricks ist ein Mörder." Springer sah Krauhausen tief in die Augen. Der wand sich unter seinem Blick wie ein Käfer unter einem umgestülpten Glas in praller Mittagssonne. „Brutal, verschlagen. Gerissen. Er ist wie ein Tier, das auf Jagd geht. Das nach erfolgreichem Beutegang in seine Höhle zurückkriecht. Die suchen wir. Eine Höhle, einen Verschlag. Eine Nische. Ein geheimer Raum, in den er sich zurückzieht, seine Wunden leckt oder seinen nächsten Beutezug vorbereitet. Sie wissen, was ich meine!?"

Trotz der glasigen Augen las Sonja ein deutliches Verstehen in seiner gesamten Mimik.

„Also, wo müssen wir suchen?"

„Wenn ich einen solchen Ort kennen würde, dann wäre es doch kein geheimes Versteck mehr, oder?"

„Stimmt. Aber Sie können uns zeigen, wo wir ihn suchen sollen. Ein Ort, wo man ungestört ist. Um Dinge zu tun, die niemand wissen darf." Springer sprach immer leiser, eindringlicher, während er die letzten Sätze nur mehr flüsterte. Dabei war er dem kleinen Mann immer nähergekommen. Krauhausens Reaktion war bemerkenswert. Sein Blick verlor jeglichen Halt, als sähe er durch den Kommissar hindurch, durch die Wände, in eine Ferne, die es nicht gab. Sein Mund öffnete sich und das Nicken des Mannes war kaum zu erkennen.

„Wo könnte solch ein Ort sein, Herr Krauhausen? Sagen Sie es mir. Sie wissen es. Wo?"

„Wenn es … ihn gäbe … meinen Sie …" Krauhausen hauchte die Worte, die verwehten wie der Wind.

„Genau."

„Dann … wäre er im Keller."

31

Jan starrte auf sein Konterfei und konnte nicht glauben, was er sah. Verfluchtes Social Media. Verfluchtes Facebook. Neben einem Profilbild, das aus einem schwarzweiß abgelichteten erhobenen Mittelfinger bestand, stand fett gedruckt: *Thomas Fischer hat einen Beitrag geteilt.* Darunter, in einem dünn umrandeten Kästchen, war besagter Beitrag der Westdeutschen Allgemeinen Zeitung zu lesen: *Polizei sucht flüchtigen Gewaltverbrecher.* Daneben prangte sein Gesicht. Zweimal. Links ein computergeneriertes Phantombild, das ihm nur entfernt ähnlich sah, rechts ein Foto von ihm aus seinem eigenen Facebook-Profil.

Fuck! Sein Albtraum hatte eine neue Dimension angenommen.

Jan nahm Maik das Smartphone aus der Hand und tippte mit zitterndem Daumen aufs Display, um den Beitrag zu öffnen.

> Krefeld. Gestern um 22:00 Uhr wurde eine junge Frau von einem Mann brutal in ihrer eigenen Wohnung überfallen und lebensgefährlich verletzt. Der vermeintliche Täter wurde auf seiner Flucht von einem Nachbarn des Hauses gesehen. „Der hat versucht, mich zu überwältigen", sagt Harkan Yüksel. „Aber ich hab mich gewehrt. Hab ihn genau erkannt." Dank seiner Beschreibung und der umsichtigen Vorgehensweise von Polizeihauptwachtmeister Stollberg konnte der flüchtende Mann als Jan Holtmann identifiziert werden.

> Die Polizei sucht ihn als dringend tatverdächtig. Sollten Sie Hinweise zur Ergreifung des Mannes haben, wenden Sie sich bitte an das Polizeipräsidium Krefeld.

Jan reichte Maik das Handy zurück. Seine Hand zitterte, sein Blick ging ins Leere. Er konnte keinen klaren Gedanken fassen. Er wurde gesucht! Von der Polizei! Wegen des Angriffs auf Nadine!

„Wann … wann wurde der Post geschaltet?"

„Vor vier Stunden."

„Fuck!" Gott allein wusste, wie viele diesen Beitrag schon gesehen, gelesen und geteilt hatten.

„Was ist los, Mann?"

„Ich … weiß nicht …" Jan konnte sich nicht mehr beherrschen. Es war zu viel für ihn. Die Tränen kamen ohne Vorwarnung, überschwemmten seine Augen und strömten seine Wangen hinunter. Er leckte sich die salzige Flüssigkeit von den Lippen. „Ich … bin da in was … reingeraten … und ich … Scheiße!!!"

Maik legte das Handy auf den Tisch und trat an Jan heran. Seine Augen bohrten sich in die seines Freundes. „Hast du diesem Mädchen etwas getan, Mann?"

Jan schluchzte und japste nach Luft.

„Sag schon!"

Jan schüttelte den Kopf. „Nein, Maik. Das musst du mir glauben! Ich war da … ja. Sie heißt Nadine. Sie ist eine Freundin von Becca. Die, die dir …"

„Schon klar!"

„Sie haben Schwierigkeiten. Große Schwierigkeiten. Und ich …"

„Welche Art von Schwierigkeiten?"

„Wenn ich das wüsste. Ich weiß nur, ich stecke mit drin. Ganz tief mit drin."

„Wie schlimm ist es?"

Die Freunde blickten sich tief in die Augen, sahen einander bis tief hinein in ihre Seelen. „Was ist das Schlimmste, das du dir vorstellen kannst?"

Maik schluckte.

„Alter, ich kann nicht mehr!" Die Worte waren kaum zu

verstehen, wurden von einem plötzlichen Weinen überspült, das wie Wassermassen durch eine marode Staumauer brach und ihn mit sich rissen.

„Verdammt, rede mit mir!!!“, schrie Maik.

Jan nickte. „Da … war dieser … Tote!“

„Was?“

Jan wischte sich die Tränen fort. Ein unnützes Manöver. Sofort kamen neue. „Ja … Stefan, Beccas Ex, er war tot … in Beccas Wohnung … nein, in Nadines Wohnung … ach, scheiße!“ Er stieß die Luft zitternd aus, sah zum Himmel hinauf. Flehte, dass dieser ganze Scheiß endlich ein Ende fand. „Ich hab ihr geholfen. Ich habe Becca geholfen.“

„Wobei?“

Jan heulte nur noch.

„Alter, wobei hast du dieser kranken Tussi geholfen?“

„Die Leiche fortzuschaffen.“

Maiks Mund öffnete sich, zitternd sagte er: „Du … Du hast dich zu ihrem Komplizen gemacht? Einer Mörderin? Einer Frau, die du nicht kennst, hast du geholfen, einen Toten fortzuschaffen, den sie umgebracht hat?“

Jan nickte.

„Wie dämlich bist du eigentlich?“

Jan stand mit hängenden Schultern auf dem Balkon, sein Kopf baumelte auf der Brust, seine Hände schoben sich zwischen seine Oberschenkel, während ihm die Tränen über die Wangen liefen. Er sah aus wie ein kleiner Junge, der sich schämte, weil er in die Hosen gemacht hatte. Ein entsetzlicher Anblick.

„Ich … kann nicht mehr. Ich brauche Hilfe!“ Er konnte sich nicht mehr beruhigen. Maik nahm ihn die Arme und hielt ihn fest. Jan krallte sich an seinen Freund, als wäre er eine Boje, die ihn vor dem Ertrinken rettete.

*

Wie lang sie so dastanden und sich fest in den Armen hielten, konnte keiner sagen. Jan heulte an Maiks Schulter und durchnässte sein T-Shirt. Mit einem Mal donnerte es gegen ihre Wohnungstür.

Die Freunde lösten sich aufgeschreckt voneinander, hielten sich bei den Schultern wie zwei Verliebte in einer billigen Soap.

„Wer ist das?“, flüsterte Jan.

Das Donnern gegen ihre Wohnungstür klang genauso dumpf wie die Stimme, die sich meldete, als das Klopfen endete.

„Aufmachen, Polizei!“

„So eine Scheiße!“

Maik suchte in Jans Gesicht nach der Wahrheit. „Hör zu, Mann. Ich will, dass du mir ehrlich antwortest. Und ich verspreche dir, dass ich dich nur einmal fragen werde. Bist du unschuldig?“

„Ja! Ich hab Nadine nix getan.“

Maiks Blick drang weiter in ihn hinein, sogar sein Gesicht näherte sich seinem. „Okay! Ich glaube, es ist besser, wenn du dich stellst. Vielleicht kann die Polizei dir bei dem anderen Scheiß helfen.“

„Nein, das geht nicht. Es … ist kompliziert. Ich kenne die Lösung noch nicht, aber die find ich nicht bei der Polizei.“

Wieder ertönte das Hämmern an der Tür.

„Okay, Mann“, sagte Maik. „Ich helfe dir.“

„Wobei?“

„Ich verschaff dir einen Vorsprung.“

„Äh, … vor der Tür stehen die Bullen, wir sind im vierten Stock.“ Jan schrie fast, drohte sich in seiner Panik zu verlieren. Eine Ohrfeige ließ ihn verstummen.

„Die Balkone liegen direkt nebeneinander, getrennt von einem dünnen Flechtzaun. Ein Schritt. Mehr nicht.“

„Was?“

Maik nickte.

Fuck, dachte Jan, als Maik ihn hinüber ans Geländer stieß.

32

In einem abgelegenen Winkel in der Nähe der Eingangshalle gab es eine schwere Eisentür, eine Feuerschutztür. Um sie offenzuhalten, klemmte Krauhausen einen kleinen, hölzernen Keil zwischen Tür und Boden und tastete nach einem Lichtschalter.

„Der einzige Zugang in den Keller?“ Springer sah die Treppe hinunter. Ein Flur, einem langen Schlauch nicht unähnlich.

„Es gibt noch zwei weitere Türen, aber die führen direkt nach draußen. In den Hof.“

„Was gibt’s dort unten?“, fragte Sonja.

„Den Heizungskeller.“ Krauhausen konnte den Blick nicht von den nackten Stufen nehmen, die dort unten im Dunkeln verschwanden. „Lagerräume, Abstellräume.“

„Ihre Werkstatt?“

Krauhausen schwieg. Stille schob sich zwischen sie wie eine undurchdringliche Wand. „Herr Krauhausen, haben Sie mich gehört?“

„Ja?“

„Befindet sich Ihre Werkstatt auch im Keller.“

„Nein … nicht … mehr.“ Das Zögern klang eine Spur zu lange. „Also … Sie war mal da unten. Ich habe jetzt einen Schuppen im Hof. Mehr Licht, mehr Platz.“

Sonja nickte. Was war mit dem Mann auf einmal los? Sie konnte sich sein Verhalten nicht erklären. Aber es war seltsam und alle Alarmglocken begannen in ihrem Innern zu schrillen.

Springer schien ebenso hellhörig geworden zu sein. „Gibt’s da unten Licht?“, hakte er nach.

„Ja. Der Schalter ist unten.“

„Na, dann … hinunter mit uns.“

Krauhausen setzte sich zögerlich in Bewegung und stapfte die Stufen abwärts. Die Ermittler folgten ihm. Die Treppe war so schmal, dass Springer mit den Ellbogen die Wände streifte, wenn er die Arme spreizte. In Sonja setzte ein Gefühl der Beklemmung ein, je tiefer sie gingen und je dunkler es wurde. Sie roch etwas. Süßlich. Es stank nach Schimmel oder Moder. Sie öffnete den Mund und ihre Atmung wurde nicht nur schneller, sondern auch lauter. Sie keuchte. Wie jemand, der Angst hatte, keine Luft mehr zu bekommen. Sie schrak auf, als sich eine Hand auf ihre Schulter legte.

„Alles gut?“, fragte Springer, der hinter ihr ging.

„Klar …“

„Du atmest so schwer.“

„Echt?“

„Ja.“

„Alles in bester Ordnung.“ Sonja wischte sich mit der Hand über die Stirn. Etwas kitzelte sie dort. Winzige Schweißperlen. Ihr Herz machte einen aufgeregten Hüpfer und setzte einen Schlag aus. *Sie sind noch nicht gesund, Frau Krüger*, hörte sie die Stimme der Psychologin in ihrem Kopf.

Blödsinn, lautete jetzt ihre Antwort. Mir geht's gut! Wer hat kein komisches Gefühl, wenn er in einen dunklen Keller hinuntersteigen muss?

Reiß dich zusammen, sagte sie sich, bevor die Finsternis sie verschluckte.

*

Es war ein kratzendes Schaben gewesen, das sie gehört hatte, bevor sie im Rachen der Dunkelheit verschwand. Es folgte ein hallendes „Rumms“. Von einer auf die andere Sekunde war es um sie herum schwarz. Panisch riss sie die Hände in die Höhe.

„Licht an, Licht an!“, keuchte sie.

Ein schwerer Arm legte sich ihr über die Brust. Hielt sie fest und presste sie an den dazugehörigen Körper. Eine Hand krallte sich auf die ihre, fixierte sie auf ihrer Hüfte.

„Keine Panik.“ Eine Stimme flüsterte ihr ins Ohr.

Hendricks, dachte sie. Nun hatte er sie also doch erwischt. Sie wusste, dass sie auf der richtigen Spur waren. Doch es war wieder mal eine Falle gewesen und sie war hineingetappt. Sie war keine gute Ermittlerin. Sie war halt doch nur ein albernes Hausmütterchen, das meinte, Polizistin spielen zu müssen. Nun würde sie sterben.

Klack!

Licht flammte auf. Wie eine gleißende Welle überspülte es ihre Augen. Sie riss den Kopf zur Seite, kniff die Lider zusammen.

„Alles in Ordnung?" Krauhausens Stimme.

„Ja", lautete Springers kurze Antwort. Direkt neben ihrem Ohr. Sonja blinzelte. Alles um sie herum flackerte allmählich in die Normalität zurück. Schwer atmend stand sie am Fuß der Kellertreppe, Springer hinter ihr. Er hielt sie umarmt und presste ihre rechte Hand gegen ihre Hüfte. Krauhausen wandte sich zu ihr. Für ihn musste es so aussehen, als hätte der Kollege die Gunst der Stunde ausgenutzt.

„Der Keil muss sich gelöst haben", sagte Krauhausen.

„Ja ...", antwortete Springer. Der Druck auf Sonjas Brust ließ nach. Langsam ließ ihr Kollege sie los. Sie atmete schwer. Durch tiefes Einatmen durch die Nase und langsames Ausatmen durch den Mund versuchte sie sich zu beruhigen.

„Gehen Sie vor, Herr Krauhausen!", sagte Springer und der Hausmeister wandte sich ab. Springer nahm Sonja bei den Schultern und drehte sie zu sich herum. „Bist du okay?"

Sie nickte.

„Was war das eben?"

Sie schüttelte den Kopf.

„Ein kleiner Anflug von Panik?"

„Mir geht's gut."

„Einen Scheiß geht's dir." Sein Gesicht näherte sich ihr und flüsterte, sodass Krauhausen ihn unmöglich verstehen konnte. „Hör zu, ich weiß, was dir passiert ist. Und ich kann verstehen, dass dir das zusetzt. Ich hatte mal eine ähnliche Geschichte. Aber ich muss mich auf dich verlassen können. Klar?"

Sie nickte.

„Also spiel mir nichts vor und markier hier nicht die harte Alte. Wenn was ist, mach's Maul auf! Okay?"

„Tut mir leid ..." Sonja rang mit ihrer Fassung.

„Vergessen!" Springer ließ sie los, richtete sie auf. „Erstens ist es gut gegangen, zweitens kommt es nicht mehr vor. Drittens schütteln wir uns jetzt und machen weiter."

Sie atmete erleichtert auf.

Springer zwinkerte und ging Krauhausen hinterher. Sonja schüttelte sich tatsächlich und folgte den beiden.

Ohne ein Wort über den Zwischenfall zu verlieren, zeigte Krauhausen den Ermittlern die Räumlichkeiten des Kellergeschosses; große, dunkle Lagerräume, schmutzig und staubig. Er führte sie in den Heizungskeller, in deren Mitte sich eine gigantische Heizungsanlage befand, die jetzt – im Sommer – schlummerte wie ein Ungetüm im Winterschlaf. Im Winter, so dachte Sonja, würde der Kessel knattern und tickern, zittern und rummeln. An den Wänden und der Decke verlief ein verschlungenes Rohrleitungssystem mit allerhand Hähnen, Rädchen und Anzeigen. Eine Versteckmöglichkeit gab es hier nicht. Es folgten mehrere Abstellräume, in denen allerhand Gerümpel gelagert wurde.

„Meine alte Werkstatt …" Krauhausen öffnete eine weitere Tür. „Hab sie irgendwann Anfang der 80er aufgeben müssen."

„Müssen?" Springer betrat den staubigen Raum. Außer einigen Regalen, in denen verrostete Werkzeuge ruhten, und ein paar stockigen Decken in der Ecke, gab es hier nichts weiter.

„Ja. Es hieß, es wäre ein wenig wünschenswerter Arbeitsplatz für mich. Zu dunkel, zu stickig. Außerdem für jemanden, der mir etwas bringen wollte, schwer zu erreichen. Also hat man mir das Häuschen auf der Außenanlage gebaut. Heller, freundlicher, mitten im Geschehen."

„Klingt vernünftig."

„Schon. Aber hier hatte ich meine Ruhe."

Sonja blieb erschreckend still. Sie bemerkte Springers Zweifel, doch sie sagte nichts. Stattdessen konzentrierte sie sich wieder auf die Umgebung. „Irgendwas stimmt nicht", sagte sie.

„Was meinst du?"

„Der Raum …" Sonja schritt die Wände ab, ließ die Finger über die raue Oberfläche streifen. Putz und Staub rieselten zu Boden. Ihre Augen suchten etwas, fanden aber nichts. Springer untersuchte den Raum ebenfalls, konnte aber nichts Verdächtiges entdecken. Er zuckte mit den Schultern.

„Wenn du mir sagst, was du suchst, kann ich dir vielleicht helfen." Sonja reagierte nicht, näherte sich der Wand bis auf Haaresbreite, nur um dann wieder zwei, drei große Schritte zurückzumachen. „Wissen Sie, was sie meint?"

Krauhausen gab sich wortkarg.

Springer hob die Augenbrauen. „Sie wissen es!“

Krauhausen machte einen Schritt zur Seite, dann zurück.

„Nun sagen Sie schon, was hier los ist?“

Der Hausmeister schüttelte den Kopf.

„Krauhausen!“ Springer machte einen energischen Schritt auf den Mann zu. Der wich erschrocken zurück. Er war der Tür nun verdächtig nahe. Bevor er sich dem wütenden Polizisten vollends entziehen konnte, fasste Springer ihn hart am Oberarm, der so dünn war, dass er ihn komplett umfassen konnte. „Nun reden Sie schon!“

„Braucht er nicht“, sagte Sonja.

„Was?“

„Der Raum ist zu klein.“

„Sprich nicht in Rätseln, sondern erklär mir, was hier los ist, scheiße noch eins!“

„Pass auf!“ Sonja ging in den Flur. Springer folgte ihr und zerrte den verängstigten Hausmeister hinter sich her. „Die Türen der beiden nebeneinander liegenden Kellerräume sind zehn Schritte voneinander entfernt. Geht man die Wand im Innern dieses Raumes ab …“ Sonja zeigte auf die Tür des Raumes neben Krauhausens ehemaliger Werkstatt. „… zählt man fünf. Dann stößt man gegen die Wand, die diesen Raum von der alten Werkstatt trennt. Geht man aber die Innenwand der Werkstatt ab, geht man nur zwei Schritte, bevor man gegen die Wand stößt.“

„Heißt?“, fragte Springer. Sonja verdrehte die Augen. „Verdammt! Sag es mir doch einfach!“ Er sah Krauhausen an. „Oder noch besser … Sie sagen es mir! Sie wissen genau, worauf sie hinauswill.“

„Ganz einfach, Springer. Entweder die Wand zwischen den beiden Räumen ist drei Schritte, also etwas über drei Meter dick … oder …“

Springers Gesicht hellte auf. „… Oder es gibt einen Zwischenraum.“

Sonja nickte und rauschte an den beiden vorbei, zurück in die alte Werkstatt. Krauhausen vor sich her schubsend folgte Springer ihr. Sonja stand an dem Regal, von dem man zunächst annehmen musste, dass es an der Zwischenwand zum Nachbarraum stand. Jetzt, wo sie wusste, dass es nicht die Zwischenwand sein konnte, fiel ihr das falsche Maß sofort auf.

„Hier!" Sonja triumphierte. „An dem Regal, am hinteren, linken Bein gibt's ein Scharnier. Nein, vier, in regelmäßigen Abständen."

„Scharniere?"

Sonja suchte weiter, fuhr mit der Hand alle Holzlatten, -balken und Böden entlang.

„Wie bei einer Tür?"

„Richtig … Hier, ich spüre einen Luftzug."

Neugierig trat Springer heran, stieß Krauhausen gegen die Wand neben das Regal. „Helfen Sie ihr!" Krauhausen schluckte und fasste das hintere Regalbein mit beiden Händen. Er ruckte und zuckte, und mit einem kratzenden Geräusch zog er das Regal nach vorne. Aber nur die rechte Seite. Die linke blieb wie von Zauberhand an der Wand.

„Eine Tür." Springer war sprachlos. Die Rückwand des Regals bestand aus einer Art Sperrholz, das grau gestrichen war, sodass es dem Anschein nach wie die Wand des Kellerraumes aussah. Die Rückseite war mit Styropor beklebt. Hinter der Tür tat sich ein dunkler Raum auf. Ein muffiger Geruch nach abgestandener Luft und saurem Schweiß drang heraus. Springer und Sonja rümpften die Nase. „Was ist das?"

Krauhausen war kreidebleich geworden und konnte die Ermittler nicht ansehen. Er kaute auf seiner Unterlippe, knetete seine Finger hinter seinem Rücken. „Nun reden Sie schon!"

„Ich … ich kann … nicht. Ich hab nichts damit zu tun!"

„Wer dann?"

Krauhausen schwieg erneut.

„Verdammt noch eins! Wenn Sie nicht sofort auspacken, lade ich Sie vor ins Präsidium!" Springer drohte Krauhausen mit der Faust. Wie die Zinken eines Totschlägers ragten seine spitzen Fingerknöchel hervor.

„Reden Sie mit Bernhardt!"

„Wer ist das?"

„Rüdiger Bernhardt, unser alter Pfarrer!"

33

Der hölzerne Lamellenzaun war aus dem Baumarkt. Mindere Qualität. Das 180 mal 180 cm große Element war in eine Metallschiene geschraubt, die ihrerseits sowohl an der Hauswand als auch auf dem Balkonboden fixiert worden war. Sie diente dem Sichtschutz. Umso wackeliger war die ganze Geschichte, als Jan mit der linken Hand die Außenkante des Elements umfasste, sein rechtes Bein hob und gegen die Balustrade des Balkons setzte.

„Das ist doch Schwachsinn!", schimpfte er.

Das Hämmern gegen die Wohnungstür nahm zu. „Aufmachen. Polizei!"

„Verdammte Scheiße." Jan fasste das Lattenelement und zog sich hoch. Das Zaunteil schwang hin und her. Jan fiel es schwer, die Balance zu halten. Er stand mit beiden Füßen auf dem Geländer des Balkons, unter ihm lag die Straße. Er versuchte sich mit dem Oberkörper auszupendeln. Maik sprang zu ihm, reichte ihm eine Hand. Jan mühte sich ab, sich herumzudrehen.

„Wenn Sie nicht sofort aufmachen, treten wir die Tür ein!"

„Los! Mach auf!" Jan stieß ihn von sich. „Ich komm schon klar!"

Maik zögerte, verließ dann aber den Balkon. Zwei Minuten, dachte Jan. Mehr hab ich nicht. Seine Finger verkrampften sich. Er konnte den Zaun nicht richtig fassen. Seine Füße zuckten vor und zurück. Die Muskeln seiner Oberschenkel zitterten.

„Nur ein Schritt", sagte er leise, um sich zu motivieren. Doch Jan war wie festgewachsen. Unter ihm brausten die Autos. Viel zu viele, viel zu schnell, dachte er.

„Ich komm ja schon", hörte er Maik von drinnen rufen. Es folgte ein Aufschrei, und ein lautes Fluchen. Laut genug, dass es alle hören konnten, auch die Bullen im Hausflur. „Kacke. Ich hab mir den Fuß gestoßen in der Hetze!"

Jan grinste.

„Mach schon!", sagte er sich. „Sonst ist alles umsonst!"

Er schaffte es, den rechten Fuß anzuheben, dass er nur mehr auf einem Fuß auf dem Geländer tänzelte. Langsam, wie in Zeitlupe, schwang er das Bein um den Lattenzaun, während seine Hände und Arme bemüht waren, das Element ruhig zu halten.

Unter ihm kreischte eine Autohupe auf der Straße. Jan erschrak, verlor das Gleichgewicht. Er versuchte, durch rudernde Bewegungen mit dem Arm Halt zu finden, während sein Fuß ins Leere trat. Sein Körper wurde mit allen 80 Kilo in die Tiefe gezerrt. Die Finger seiner rechten Hand schlitterten über das raue Holz. Er wollte sich festhalten, doch er zog sich nur etliche Splitter zu, die sich tief in die Haut bohrten.

Ich falle!, dachte Jan, doch sein Sturz nahm ein jähes, schmerzvolles Ende. Das Geländer des Nachbarbalkons traf ihn hart unter der Achsel. Sofort verkrampften sich alle Muskeln in Jans Körper und hielten ihn von außen am Balkon der Nachbarn.

„Was für eine Kacke!“ Gestern war er noch ein einfacher, unscheinbarer, harmloser Student gewesen. Nun war er ein Komplize bei der Beseitigung einer Leiche, ein von der Polizei gesuchter Gewaltverbrecher, der unter dem Verdacht stand, eine Frau brutal misshandelt zu haben, der auf der Flucht war und nun an einem Balkon drei Stockwerke über einer Straße in Krefeld baumelte. Schlimmer konnte es nicht mehr kommen.

Jans rechter Arm, der das Geländer des Nachbarbalkons unter sich eingeklemmt hielt, begann zu zittern. Er biss die Zähne zusammen. Ein pulsierender Schmerz breitete sich in ihm aus, von dort, wo er gegen das Geländer geknallt war. Er schwang das linke Bein in die Höhe, versuchte mit dem Fuß Halt zu finden. Doch die Sohle rutschte ab. 80 Kilo zerrten an Jans rechtem Arm und eine erneute Schmerzwelle erschütterte seinen müden Körper. Tränen der Verzweiflung liefen seine Wangen hinunter.

„Hey! Hey! Was soll das!“, schrie Maik empört. „Sie haben kein Recht, hier …“ Er brach ab. Jan hörte eine dumpfe Stimme irgendetwas murmeln. Doch er verstand nicht, was sie sagte. Offenbar hatten die Polizisten die Wohnung betreten. Sie würden nicht lange fackeln, die Wohnung durchsuchen und einen Blick auf den Balkon werfen.

Jan biss die Zähne zusammen. Aus der Schulter heraus wuchtete er seinen Körper hinauf. Er schaffte es, sich bis zur Brust in die Höhe zu bringen und versuchte abwechselnd mit dem rechten und linken Fuß Halt zu finden. Es gelang ihm. Wenngleich es nur die Schuhspitze war. Er schob sich bis zum Bauch übers Geländer.

Er hörte Maik brüllen: „Verdammt, was soll der Scheiß? Glauben Sie wirklich, der ist so dämlich, nach Hause zu kommen, wenn er von der Bullerei gesucht wird?"

Jan warf sich nach vorne und kullerte übers Geländer. Er schlug hart auf dem Boden auf, stieß mit dem Fuß gegen einen dort abgestellten Plastikstuhl. Die Beine schrappten über den rauen Boden. Das Geräusch klang in Jans Ohren furchtbar laut. Er hielt den Atem an, rührte sich keinen Millimeter. Hatten sie es gehört?

Rupp-Rupp!

Das dumpfe Klacken, mit dem der Griff einer Balkontür herumgerissen und geöffnet wurde, ließ Jans Herzschlag aussetzen. Ihm war schlecht. Er glaubte, sich augenblicklich übergeben zu müssen. Sie hatten ihn gehört. Jetzt würden sie ihn entdecken. Sie würden …

„Was machst du denn hier?"

Jan riss die Augen auf, sah ein hübsches Ding mit wirren Haaren und verschlafenen Augen über sich stehen, gekleidet in einem lose um ihren schmalen Körper geschlungenen hell-rosa Bademantel. Sie rieb sich die Augen. Nina, die Nachbarin. Nicht die Bullen, sie hatte die Balkontür geöffnet. Jan sprang auf die Füße, griff Ninas Schultern, zerrte sie an sich, wirbelte sie herum und presste sich gegen ihren Rücken. Er hielt ihr den Mund zu. Gerade noch rechtzeitig ließ er ein „Bist du wahnsinnig?" damit verstummen. Nebenan öffnete sich die Tür zum Balkon. „Scht", flüsterte er in Ninas Ohr.

Für einen Moment, der eine Ewigkeit zu dauern schien, war nur Jans Herzschlag zu hören. Nina versteifte sich unter seinem Griff.

Jan spürte, wie seine Muskeln zitterten, als hätten sich zwei Ratten in die Enden eines bis zum Zerreißen gespannten Nervenstranges verbissen. Qualvoll, schmerzhaft.

„Niemand", hörte er eine Stimme sagen.

„Bist du sicher?", lautete die Antwort.

„Ja. Komm doch raus!"

Ninas Kopf bewegte sich, als wollte sie ihn ansehen, doch Jan hielt ihren Kopf wie in einem Schraubstock. Er wollte sie nicht verletzten, war aber so angespannt, dass er nicht in der Lage war, den Griff zu lockern. Erst als er hörte, wie die Balkontür ins

Schloss gezogen wurde, entspannte er sich. Allmählich schlich die Kraft aus seinen Muskeln. Der Griff, mit dem er Nina hielt, lockerte sich. Die junge Frau wand sich unter seinen Armen hervor, wirbelte um die eigene Achse und stieß Jan mit den Fäusten gegen die Brust. Jan stolperte rückwärts, hielt sich aber aufrecht. „Was zum Teufel sollte das?"

„Ich kann's dir erklären."

„Na, auf die Erklärung bin ich gespannt. Warum führst du dich auf wie ein irres Arschloch? Kommst hier über den Balkon geklettert, erschreckst mich zu Tode, und dann …"

Jan hob die Hände. „Nina, bitte. Nicht so laut."

Nina verstummte, ihre Augen weiteten sich. Die Situation war zu absurd und sie zu perplex, um länger so aufgebracht zu sein. „Eine Erklärung, Jan. Los!" Die Aufforderung kam mit Nachdruck.

„Diese Typen … Sie haben mich gesucht."

„Ja, hab ich gehört. Warum? Wer waren die?"

„Ein paar echt … üble Typen. Ich hatte was mit der Perle des einen." Er fuhr sich mit der Hand durchs Haar und versuchte mit Blick zum Boden verzweifelt auszusehen. „Er hat geschworen, mich alle zu machen. Da ich keinen Bock auf ein paar gebrochene Rippen hatte, bin ich über den Balkon geflohen."

Nina warf einen Blick über die Brüstung. „Was glaubst du, wäre dir passiert, wärst du abgestürzt?"

Jan schwieg.

„Komm rein", seufzte Nina, öffnete die Tür und ließ ihn eintreten. Im Innern roch es nach frisch gewaschener Wäsche, Vanille und dem warmen Aroma, wenn man gerade eine heiße Dusche genommen hatte. Nina drehte sich ihm wieder zu und Jan dachte, nicht zum ersten Mal, dass sie ein sehr hübsches Mädchen war.

„Was?"

„Ich muss gehen."

„Soll ich nachsehen, ob die Luft rein ist?"

„Nein!", stieß Jan aufgeregt hervor. Doch es war bereits zu spät. Nina war in den Flur gesprungen und eilte zur Wohnungstür. Jan stürmte hinterher. Wenn Nina hinaussah und die Polizisten erblickte, war alles aus. Sie hatte die Tür bereits geöffnet. Er stieß gegen sie, dass sie in den Flur stolperte. Jan stürzte hinterher. Er sah sich erschrocken um, atmete auf. Keine Polizei. Das war gerade nochmal gut gegangen.

Nina berappelte sich. Sie zog ihren Morgenmantel zurecht, der ein wenig verrutscht war und den Blick auf ein zerknautschtes Shirt mit Micky Maus-Aufdruck freigab, die ihm zuzwinkerte. Nina lachte auf. „Luft ist rein."

Wann hörte dieser Albtraum auf, dachte Jan, damit er wieder ein normales Leben führen konnte? Je häufiger er sich diese Frage stellte, desto deutlicher zeichnete sich eine Antwort ab: Nie wieder!

„Danke für deine Hilfe", sagte Jan.

„Das nächste Mal, wenn du meinst, jemanden anbaggern zu müssen …" Nina grinste zweideutig. „Dann klingel einfach nebenan, okay?"

Jan verzog das Gesicht zu einem spitzbübischen Grinsen. „Bei Frau Giese, meinst du?"

„Doofkopf!" Nina knuffte ihn gegen die Schulter. Sie lachten. Verdammt, tat das gut. Doch sofort legte sich eine dunkle Wolke über sein Gemüt. Diese normalen, ungezwungenen Momente würden in seinem Leben immer seltener werden.

„Alles gut?", fragte sie.

„Ja … Ich muss weiter."

Nina richtete sich auf Zehenspitzen zu ihm auf und gab ihm einen Kuss auf den Mundwinkel. „Pass auf dich auf."

Jan ging den Flur entlang zur Treppe. Den Weg die Stufen hinunter versuchte er aufzuatmen, sich zu entspannen. Doch am Fuß der Treppe traf er auf einen Mann in dunkelblauer Fliegerjacke, der ihm den Rücken zuwandte. Die fünf weißen Buchstaben auf seinem Rücken leuchteten wie eine Neonreklame in finsterster Nacht: P-O-L-I-Z-E-I.

Der Mann machte ein paar Schritte vorwärts, öffnete die Tür und trat hinaus auf den Gehsteig. An seiner Hüfte hing das kompakte Holster, das eine Pistole verborgen hielt.

Jan gefror zu Eis. Sein Fuß verharrte in der Luft, seine Finger krallten sich um den Handlauf. Quälend langsam surrte die Haustür durch den hydraulischen Schließmechanismus ins Schloss. Zur selben Zeit drehte der Polizist sich herum. Jan sah ihn im immer kleiner werdenden Türspalt zu Stein erstarren. Der Mann hatte ihn entdeckt.

„Hey!“, stieß der Beamte aus.

Jan sprang von der letzten Stufe, ungebremst in Richtung Tür. Die Arme angewinkelt, um sein Gesicht zu schützen. Die Hände zu Fäusten geballt, flog Jan auf die Tür zu. Knallte mit voller Wucht dagegen. Es rummste. Jan spürte den Aufprall, hörte einen Schrei.

„Scheiße!“, klang es gedämpft von der anderen Seite.

„Gregor?!“

„Er war's!“

Jan machte kehrt, eilte den kurzen Erdgeschossflur hinunter und riss eine Tür auf, die der Eingangstür parallel gegenüberlag. Er floh ins Freie und gelangte in einen kleinen verdreckten Innenhof. Unkraut wucherte zwischen den unebenen Pflastersteinen. An den Häuserfassaden standen Mülltonnen achtlos herum und eine schlappe Wäscheleine baumelte im Wind. Jan rannte über den Hof auf ein in die Jahre gekommenes Tor zu, riss die integrierte Tür auf. Sie quietschte in den Angeln. Er stolperte auf die Peterstraße hinaus, die parallel zum Ostwall verlief. Er sah sich um. Niemand da. Doch schon eilte ein Uniformierter um die Ecke. „Stehen bleiben!“, rief ihm der Polizeibeamte zu.

Jan rannte in die entgegengesetzte Richtung. Obwohl seine Beine ihn anflehten, aufzugeben, jagten seine Füße über den Asphalt. Jan wagte kaum, über die Schulter zu schauen, der Polizist hatte die Verfolgung aufgenommen und war verdammt schnell.

Jan sprang über eine umgestürzte Mülltonne hinweg, kam ins Straucheln, konnte sich aber aufrecht halten. Ein Kreischen hinter ihm ließ ihn stoppen. Er sah sich um. Mit schliddernden Reifen brach ein Polizeiwagen um die Ecke der Marktstraße. Schlingernd raste das Auto auf ihn zu.

„Fuck!“

Jan rannte, was das Zeug hielt. Der Motor des Polizeiautos in seinem Rücken heulte auf. An der Kreuzung Dreikönigsstraße sah er nach rechts. Ein Wagen näherte sich. Egal, er rannte schnurstracks über die Fahrbahn und hechtete links in die Dreikönigsstraße. Weg von seinen Verfolgern. Der Fahrer des anderen Autos drückte auf die Hupe, trat auf die Bremse. Der Wagen ruderte hin und her, kam quer auf der Dreikönigsstraße zum Stehen. Der Polizeiwagen schoss mit quietschenden Reifen um die Kurve. Die Bremsen blockierten. Rechtzeitig, sonst hätte es einen bösen Unfall gegeben, denn der fremde Wagen versperrte den Bullen den Weg.

Glück gehabt. Jan rannte um die nächste Ecke, rechtsherum auf den Ostwall. Dann die Straße rauf Richtung Hauptbahnhof. Gefolgt vom lauten Rufen des Polizisten, der ihn weiterhin zu Fuß verfolgte. Gleich würde er die Warnung ausstoßen, zu schießen.

Plötzlich quietschten neben ihm ein paar Reifen. Ich kann nicht mehr, dachte Jan und stoppte abrupt. Jetzt haben sie mich. Er konnte und wollte nicht mehr weiter. Hatte keine Lust mehr zu fliehen. Sein Atem hetzte, er glaubte, keine Luft mehr zu bekommen. Er beugte sich vor, stützte sich auf die Knie und sah dem rennenden Polizisten entgegen, der ihn verfolgte. „Halt", schrie er.

Entspann dich, Alter!, dachte Jan.

„Einsteigen", brummte eine Stimme. Hinter dem Steuer eines schwarzen Wagens grinste ihn ein glatzköpfiger Mann durch das heruntergelassene Seitenfenster an. Jan war perplex. „Oder willst du lieber die Einladung der Bullen annehmen?"

Jan sah den Fremden entgeistert an. Er kannte den Mann, hatte ihn schon einmal gesehen. Nur wo?

Das laute Dröhnen einer vorbeiratternden Straßenbahn riss ihn aus seiner Verwirrung. Jan riss die Beifahrertür auf und ließ sich in den Sitz fallen. Noch bevor die Tür geschlossen war, quietschten die Reifen auf dem Asphalt und der Wagen des Fremden jagte davon. Jan konnte durch die Heckscheibe den Polizisten nicht mehr erkennen. Vielleicht hatte er die Verfolgung aufgegeben.

Der Mann am Steuer war wie ein Retter aus dem Nichts aufgetaucht. Jan wollte sich bedanken, doch als der Glatzköpfige ihn mit einem Grinsen ansah, das Jan nicht deuten konnte, hatte er mit einem Mal das Gefühl, vom Regen in die Traufe geraten zu sein.

34

Angewidert sah Springer den Mann an. Springers Fäuste wurden weiß, so sehr verkrampften sich die Finger um das Revers des ängstlichen Hausmeisters. „Holen Sie ihn her, Ihren alten Pfarrer!"

Sonja legte Springer die Hände auf die Fäuste. „Erstmal sehen wir uns um. Okay!? Und dann reden wir mit Pfarrer Bernhardt."

Springer entspannte sich.

„Der ist in Rente. Er wohnt in einem Stift." Wie ein Häufchen Elend stand Krauhausen da, die Arme schlaff neben dem Körper hängend, sein Kopf wie ein lose an einem Faden baumelnder Knopf auf seinem dürren Hals. Sonja rechnete damit, dass Springer ihm seine Faust in den Bauch rammen würde. Doch er ließ ihn los. Sie atmete auf, trat einen Schritt zur Seite und machte den Weg zur geheimen Kammer hinter dem Werkzeugregal frei.

„Sollen wir?"

Springer griff an seine Hüfte und zog seine Pistole aus dem Holster. „Okay", sagte er. „Aber der geht voraus." Krauhausen wollte etwas einwenden, doch Springer ließ ihn nicht zu Wort kommen. „Ich hab keinen Bock, dass der hinter uns diese geheime Tür zuschmeißt, von der niemand etwas weiß."

„Das würde ich nie …"

„Fresse!", schmiss Springer dem kleinen Mann an den Kopf. Der hielt schlagartig den Mund. Springer fasste Krauhausen an der Schulter und stieß ihn vor sich her. Der Hausmeister sackte noch mehr in sich zusammen, schob sich durch den Spalt zwischen Wand und Regal und verschwand in der dunklen Kammer. Sonja hörte, wie seine Hand über die Wand strich, einen Lichtschalter suchte und fand. Mit einem Klacken ging das Licht an.

„Sieh mal einer an", sagte Springer und seine Stimme klang bitter. „Er weiß sogar, wo sich der Lichtschalter befindet."

Krauhausen entgegnete nichts. Besser für dich, dachte Sonja, die ihren neuen Kollegen nicht einschätzen konnte.

„Ich geh vor", sagte Springer und hob die Waffe. Langsam schob er sich in den Raum, bereit sofort zu reagieren, sollte es nötig sein.

Sonja stand noch in der alten Werkstatt. Das Herz schlug ihr bis zum Hals. Ihre Nackenhaare stellten sich auf und ihre Haut überzog eine kribbelnde Gänsehaut. Sie musste an den Keller denken, in dem sie vor vier Wochen vor Hendricks gekniet hatte. Die Pistole spürte sie noch immer an ihrem Hinterkopf. Dieses Gefühl … es würde wohl nie weggehen.

„Sieh dir das an!“, hörte sie Springers Stimme. Fassungslos. Sonja ballte die Fäuste und atmete tief durch. Sie trat sie in die Kammer und glaubte ihren Augen nicht zu trauen.

Der Raum war nicht groß. Vielleicht drei Meter tief und fünf breit. Dem geheimen Eingang gegenüber lag eine Matratze auf dem Boden, die schon bessere Zeiten gesehen hatte. Der Bezug war fleckig, der Gummizug ausgeleiert und wies ein paar Löcher auf. Daneben auf dem Boden zerknitterte Brötchentüten. Auf der Matratze lagen ein speckiges Kissen sowie eine achtlos zusammengeknuddelte Decke. Rechts in der Ecke standen zwei Kisten mit Mineralwasser. Rechts von ihnen an der Wand erblickte Sonja ein kleines Rolltischchen, auf dem ein Laptop stand. Der Bildschirmteil des Laptops war aufgeklappt. Links von ihnen standen zwei umgedrehte Bananenkartons, auf denen Kleidungsstücke grob zusammengefaltet lagen. Hosen, Hemden, Pullover, Unterwäsche. Ansonsten war der Raum leer. Es gab keinen Hinweis, dass es sich hierbei wirklich um Hendricks Unterschlupf handelte, doch Sonja hatte keinen Zweifel. Sie spürte es mit jeder Faser ihres Körpers. Springer drehte sich zu ihr herum. Er war offenbar derselben Meinung.

Krauhausen stand da mit offenem Mund und verstand nicht, was er da sah.

„Herr Krauhausen …“

„Ja?“ Der Mann zuckte zusammen.

„Was können Sie uns hierzu sagen?“

Krauhausen machte einen Schritt rückwärts, hob die Arme. „Ich hab keine Ahnung … Ich wusste von dem … Raum … aber nicht, dass er immer noch …“

„Immer noch?“ Springer trat näher. Vielleicht bildete Sonja es sich ein, aber einen kurzen Moment sah es so aus, als wollte Springer die Waffe wieder anheben. Doch er sicherte sie und schob sie zurück ins Holster.

„Bitte!“ Flehentlich sah Krauhausen Springer an. „Ich habe nichts getan!“, verteidigte sich der Hausmeister verzweifelt. Seine Stimme war ein Winseln. Er machte dadurch einen noch widerwärtigeren Eindruck.

„Das glaub ich Ihnen“, entgegnete Springer ätzend. „Sie haben sicher niemanden von dieser Kammer berichtet. Und für was sie gedacht war, was?“ Es war, als wollte er vor ihm auf den Boden spucken. Krauhausens Augen füllten sich mit Tränen. Es dauerte auch nicht lang, bis sie ihm übers Gesicht liefen. „Dacht‘ ich's mir.“

„Aber … ich …“

„Noch ein Wort und ich vergesse mich. Vor allem vergesse ich, dass ich Polizist bin!“

„Sieh dir das mal an“, lenkte Sonja ihn ab. Sie stand vor dem kleinen Rollwägelchen und sah auf den aufgeschlagenen Laptop hinunter. „Sieht so aus, als hätte hier vor Kurzem noch jemand gearbeitet.“ Mit dem Finger berührte sie das Touchpad und strich darüber. Augenblicklich verschwand das Schwarzbild. Ein blauer Himmel war sichtbar. Schleierwolken zogen über den Horizont. Wie an einem schönen Sommertag. Sonja suchte Springers Blick. Argwöhnisch sah er auf das schwarze Ding herab. Seine Lippen rieben übereinander. Sonja wollte einen Schritt auf den Laptop zumachen und war im Begriff die Bildschirmklappe weiter zu öffnen, damit sie besser sehen konnten. Springer hielt ihren Arm. Er legte den Kopf schief, Sonja verharrte.

Das Bild bewegte sich. Als würde eine Kamera langsam hinabschwenken. Zunächst kam eine Horizontlinie in Sicht. Mit Bäumen, einer Stadt im Hintergrund und einem Fluss vorne im Bild. Doch es war keine Videoaufnahme, es war ein computeranimierter Ablauf. Die Baumkronen bestanden aus mehrere sich überlagernde, winzige grüne Quadrate. Die Kamerafahrt machte auf einer Art Firmenhof halt. Einem großen rechteckigen Platz, der links von einer Halle, rechts von einem anderen Gebäude mit vielen Fenstern, oben und unten von Mauern begrenzt war. In allen Ecken des Parkplatzes stand jeweils ein LKW. Mittig erkannten die Ermittler einen Punkt, ein verpixeltes Gebilde, das im Auge des Betrachters ein kleiner Kreis sein mochte. Die Kamera näherte sich, bis sich aus dem Einerlei aus Quadratformen und unterschiedlichen Farbmustern die Gestalt eines dort stehenden Mannes abzeichnete. In einem dunklen Anzug. Blonde Haare. Die Kamera kam dem Mann immer näher. Zu identifizieren war er nicht, dafür war die Animation zu simpel gestaltet.

Die Figur grinste. Sie legte den Kopf in den Nacken und die Kamera folgte dieser Bewegung. Als sie sich von dem Mann wieder entfernte, erkannte Sonja, dass die Figur nun nicht mehr stand, sondern sich auf den Rücken gelegt hatte. Sonja runzelte die Stirn.

Je weiter die Kamera sich zurückbewegte, desto deutlicher war zu erkennen, dass der Mann tatsächlich auf dem Rücken lag, Arme und Beine in Richtung der vier LKW ausgestreckt. Sie warf einen Blick zu Springer, der genau wie sie gebannt auf den kleinen Bildschirm starrte. Er fuhr sich geistesabwesend mit der Hand über die Stirn, wischte ein paar Schweißperlen fort. Krauhausen stand wie angewurzelt an der Wand und wagte nicht, den Kopf zu heben.

Ein blechernes Kreischen, ein Dröhnen wie ein tiefes, statisches Rauschen, das in den Ohren schmerzte, ließ Sonja sich wieder auf das Video konzentrieren. Aus den Auspuffrohren der LKW, die neben den Fahrerkabinen in die Höhe ragten, drang Rauch hervor. Die Motoren waren eingeschaltet worden und die eckigen Gebilde ruckelten und zuckelten. Setzten sich langsam in Bewegung, gleichzeitig. Alle vier entfernten sich in genau demselben Abstand von dem Computer-Mann, der noch immer grinste. In regelmäßigen Intervallen zwinkerte er mit dem rechten Auge, als hätte er einen nervösen Tick.

In Sonjas Eingeweiden bildete sich ein Knoten, der sich immer enger zusammenzog. Sie wusste, was dort auf dem Bildschirm geschah, beziehungsweise, was es bedeuten sollte. Sie öffnete den Mund, um Springer ihre Erkenntnis mitzuteilen, doch sie konnte nicht sprechen.

Der Computermann erhob sich vom Boden. Wurde von den LKW angehoben. Offenbar war er mit Stricken an sie gebunden. Nun hing der Mann in der Luft, Arme und Beine aufs Äußerste gestreckt. Er grinste und zwinkerte immer noch. Seine Augenbrauen hoben sich comichaft und die Mundwinkel zogen sich nach unten, eine Art umgekehrtes Grinsen, das den Anblick größtmöglicher Verzweiflung bot. Arme und Beine wuchsen in die Länge. Weiter und weiter. Der Mund öffnete sich. Aus den Laptopboxen drang ein Schrei, gleich einer schrillen elektronischen Möwe. Die Arme und Beine sahen nun aus wie Gummibänder, die kurz vor dem Zerreißen standen. Der Kopf der Figur bewegte sich wild hin und her, immer schneller und schneller, bis man bald nichts mehr erkennen konnte.

Sonja spürte ihren Herzschlag bis hinauf zum Hals. Ihre Finger griffen an den Kragen ihrer Bluse und öffneten den obersten Knopf. Schweiß bildete sich zwischen ihren Schulterblättern.

Ohne Vorwarnung wurden die Arme und Beine vom Rumpf des Computermannes getrennt, begleitet von einer Kakophonie aus schrill, kreischenden Elektrolauten. Springer und Sonja hielten sich die Ohren zu, Krauhausen blickte zum ersten Mal auf. Von dort, wo sich eben noch Arme und Beine befunden hatten, sprudelten nun rote Pixelquadrate dem Betrachter entgegen, wie Luftblasen aus einem defekten Taucherschlauch. Der Bildschirm färbte sich rot.

Plötzlich trat Stille ein.

Die Ermittler nahmen die Hände von den Ohren. Betrachteten das tiefe Rot des Bildschirms. Der Film war noch nicht zu Ende. Eine große weiße 5 ploppte auf, füllte den kompletten Bildschirm aus. Verdutzt machten die Ermittler einen Schritt zurück.

Aus der 5 wurde eine 4.

Ein Countdown, dachte Sonja, sah Springer an. Sie hatte Angst. Aber ihre Beine waren wie festbetoniert.

3.

Springer reagierte als erster. Stieß Sonja fort. Mit rudernden Armen flog sie durch die Luft, landete auf der Matratze.

2.

Springer packte Krauhausen am Kragen, zerrte ihn mit sich, rammte ihn von sich, dass er stolpernd durch die geheime Tür in die alte Werkstatt flog.

1.

Springer wirbelte herum, riss die Matratze in die Höhe. Sonja fiel zu Boden. Über ihr nun die Matratze, sie umhüllt vom Gestank alter, menschlicher Ausdünstungen.

0.

Mit einem lauten Getöse – ein Donnern und Krachen als würde die Welt über ihr zusammenbrechen – wurde es um sie herum zunächst gleißend hell und dann tiefschwarz. Ein Piepen, schrill und schmerzhaft, wie eine sich durch ihren Gehörgang bohrende Nadel, begleitete sie in ihre Ohnmacht.

35

„Stress?" Der Mann mit dem kahlen Schädel bedachte Jan mit einem kurzen Seitenblick, ehe er seine Aufmerksamkeit wieder der Straße widmete.

„Etwas." Jan klammerte sich an den Handgriff der Beifahrertür.

„Mit der Polizei?"

„Ist das wichtig?" Jan beäugte den Mann. Wie konnte er nur so unvorsichtig gewesen sein, in das Auto eines Fremden zu steigen? Wobei der Kerl ihm gar nicht so fremd vorkam. Er konnte nur nicht sagen, wo er ihm schon einmal begegnet war. Die Glatze des Mannes schimmerte, als hätte er sie sich poliert. Und dann diese stechenden blauen Augen. Sie rührten etwas in Jans Innerem. Aber das Gefühl, das dieser vagen Erinnerung folgte, was kein Gutes. Auch wenn der Mann ihn vor der Polizei gerettet hatte, hatte seine Lage sich nicht verbessert. *Out of the frying pan and into the fire,* fiel ihm ein Songtitel ein.

Jan drehte sich in seinem Sitz herum und blickte durch die Heckscheibe. Er suchte die Straße ab, konnte aber nirgends ein Fahrzeug ausmachen, das ihnen zu folgen schien. Schon gar keinen Streifenwagen.

„Folgen Sie uns?"

„Wer?", fragte Jan in ängstlichem Ton.

„Glaubst du, ich hätte nicht gesehen, wie du vor den Bullen eine kinoreife Flucht hingelegt hast!?" Der Glatzköpfige grinste. Ein heiseres Grunzen drang aus seinem Mund. Er lachte ein bellendes

Lachen, das Jan anwiderte. „Mann, ey, ich hab schon so einiges gesehen. Aber noch nie, wie ein Auto mit quietschenden Reifen um eine Kurve geschliddert ist. Krasse Scheiße."

Wieder folgte dieses abartige, bellende Lachen. Jan hätte den Kerl am liebsten angeschrien, er solle aufhören zu lachen. Was war nur so verdammt lustig? Gleichzeitig dachte er, dass es besser war, den Mann nicht zu verärgern. Der Glatzkopf war nicht viel größer oder breiter als Jan, wirkte aber kompakter, durchtrainierter. Und aus jeder Pore verströmte er ein Gefühl von Gefahr. Leider nahm es Jan erst jetzt wahr.

„Danke, dass Sie mir geholfen haben. Sie können mich hier rauslassen."

„Jörg." Der Mann reichte ihm seine Hand. „Jörg Koller. Wie heißt du?"

Jan zögerte. Als er aber die Hand entgegennahm, schlossen sich sofort die schmalen, aber kräftigen Finger des Fremden um seine und quetschten sie. Jans Angst wuchs.

„Und wie heißt du?"

Jan zog die Nase hoch. „Michael. Kannst Micha sagen."

„Freut mich, dich kennenzulernen."

Er glaubt mir nicht, dachte Jan, versuchte sich aber an einem Lächeln. Er betrachtete die Umgebung. Wo waren sie? Jan hatte nicht darauf geachtet, wohin der Fremde – Jörg Koller – gefahren war. Er war ein paarmal abgebogen, aber Jan war zu sehr damit beschäftigt gewesen, den Kerl einzuschätzen.

„Ich glaube, die Luft ist rein … Kannst du mich hier rauslassen?" Das Röhren des Motors beantwortete seine Frage. „Jörg?"

Keine Reaktion. Die Angst krallte sich in Jans Nacken, er war außerstande, sich zu bewegen, und versuchte, ruhig zu bleiben, doch seine Atmung beschleunigte sich. Er glaubte, nicht genug Luft zu bekommen.

„Warum suchen sie dich?", fragte der Fremde unvermittelt und Jan vergaß für ein paar Sekunden tatsächlich zu atmen. Wie versteinert saß er da, nahm die Gegend durch die Frontscheibe nur verschwommen wahr und klammerte sich noch fester an den Haltegriff. „Tja, vielleicht geht es mich auch nichts an." Jörg versuchte unbekümmert zu klingen, doch Jan hörte genau heraus, dass es nur Show war.

Sie hatten die Stadt verlassen und waren nun in einer ländlichen Gegend unterwegs. Sie fuhren an Feldern vorbei, Baumansammlungen, Bauernhöfe, vereinzelte freistehende Häuser. Jan hatte kein Zeitgefühl, wusste nicht, wie lang sie unterwegs und wie weit sie gefahren waren.

„Alles nimmt ein gutes Ende für den, der warten kann …“ Jörg starrte geradeaus. Ein abwesendes Grinsen legte sich auf sein Gesicht. Jan brach der Schweiß aus. Er musterte ihn aus den Augenwinkeln. „Wo hab ich den Spruch schon mal gehört?“ Jörg grinste Jan an. „Ich les nicht viel. Verena, meine Frau, schon.“ Er schaute wieder geradeaus. „Sie sammelt diese Zitate- und Aphorismen-Bücher. Wenn wir einen Bummel durch die Innenstadt machen, kann sie nicht an den Auslagen von Thalia auf der Hohestraße vorbeigehen, ohne nicht kurz zu schauen, ob nicht vielleicht doch ein Exemplar zu finden ist, das sie noch nicht hat. Wahrscheinlich hat sie mir diesen Spruch vorgelesen.“ Jörg neigte sich zur Seite, als wollte er Jan ein Geheimnis verraten. „Von wem, glaubst du, ist der Spruch? Shakespeare, Helmut Kohl oder Dieter Bohlen?“ Erwartete er tatsächlich eine Antwort? „Scheißegal, Mann. Wichtig ist nur, dass mir dieser Satz gerade in den Sinn gekommen ist. Und weißt du was, Mann? Der Satz ist so verdammt passend.“

Jörg lachte bellend. Zeitgleich passierten sie ein Ortseingangsschild. Forstwald. Okay, dachte Jan, sie waren wenigstens noch im Umland von Krefeld. Das einzig Positive, das er seiner Situation abgewinnen konnte.

Wenige Meter hinter dem Ortseingangsschild tauchte linker Hand eine alte Kneipe auf, baufällig und verlassen. Die Fenster waren verbarrikadiert. Das Schild über der Tür, das den malerischen Namen *Zum blauen Hirsch* trug, hing schief und drohte, beim nächstgrößeren Sturm vollends den Halt zu verlieren. Jörg betätigte den Blinker und fuhr auf den mit Kies ausgelegten Parkplatz, der von Unkraut und Wildwuchs überwuchert war.

„Wir sind da.“ Jörg starrte Jan fast fröhlich an. „Du weißt doch. Jeder, der auf der Flucht ist, braucht einen Unterschlupf. Und das ist deiner.“

„Aber …“

„Schon gut. Du brauchst mir nicht danken.“

Jan erkannte dunkelroten Klinker an der Fassade, die Betonfugen waren fast schwarz, das Dach alt, etliche Ziegel fehlten. Das Haus wirkte nicht nur heruntergekommen, verlassen oder einsam. Es war tot.

„Aussteigen!“ Der Blick, der sich auf Jan heftete, und die Art, wie Jörg es sagte, ließen keinen Widerspruch zu.

Jan öffnete die Tür einen Spalt, aber aussteigen konnte er nicht. Die Angst versteinerte ihn. Jörg half nach, stieß ihm gegen die Schulter, sodass Jan vom Sitz und aus dem Auto stürzte. Er konnte sich gerade noch abfangen, bevor er mit dem Gesicht in einer Distel landete.

Ich bin am Arsch, dachte er, als sich zwei Hände unter seine Achseln krallten und ihn in die Höhe rissen.

*

Es stank nach Moder, Schimmel und Fäkalien. Nässe und Kälte umhüllten Jan. Er wand sich innerlich, musste würgen. Jörg schubste ihn vor sich her in eine alte, heruntergekommene Schankstube. Jan stolperte vorwärts, ruderte mit den Armen und konnte sich gerade noch an einem Stuhl festhalten, um nicht zu stürzen. Nachdem die Angst zuerst dafür gesorgt hatte, dass seine Glieder steif waren und sich kaum bewegen ließen, war nun das Gegenteil eingetreten. Er fühlte sich kraftlos. Als hätte man ihm die Muskeln und Knochen entfernt. Er war eine leere, schlaffe Hülle.

„Mach’s dir bequem, Micha“, sagte Jörg, war aber weit davon entfernt, freundlich zu klingen.

Jan setzte sich. Beäugte den Fremden, der vor ihm auf und ab ging wie ein Tiger, der auf den richtigen Moment wartete, sich auf seine hilflose Beute zu stürzen. „Was wollen Sie?“

Jörg hielt inne. Bedachte ihn mit einem Blick, den Jan nicht zu deuten vermochte. Für einen kurzen Moment schien es, als liefe vor Jörgs innerem Auge ein Film ab. Als wäre er nicht hier, sondern weit weg, in einem anderen, besseren Leben.

Um Jörgs Mundwinkel entstand ein sanftes Lächeln, das ihn fast schon sympathisch aussehen ließ. „Willst du ein Bier?“ Jörg wartete die Antwort nicht ab, sondern eilte hinter den modernden Tresen. Er erinnerte dabei an einen kleinen Jungen, der seinem Vater unbedingt zeigen musste, wie gut er schon klettern konnte. Fassungslos starrte Jan dem Mann nach.

Jörg stellte sich hinter den Zapfhahn, blickte sich suchend um und kramte hinterm Tresen ein blindes Glas hervor, blies hinein und hielt es schräg unter den Zapfhahn. Jörg zog den Kolben herunter. Nichts. Das fast schon stolze Grinsen verschwand von Jörgs Gesicht, das zu einer Maske gefror.

Mit einem Mal schmiss er das Glas durch den Raum. Es verfehlte Jan um Haaresbreite. Der schrie erschrocken auf. Das Glas zerschellte hinter ihm an der Wand. Panik ergriff ihn, als Jörg schrie, die Arme in die Luft riss und wild herum wirbelte wie ein Derwisch. Er griff nach etwas, einem abgebrochenen Besenstil. Wie mit einen Baseballschläger holte er aus und drosch auf die verrostete Zapfanlage ein. Bereits beim ersten Schlag splitterte ein Stück des Besenstils ab und flatterte durch den Schankraum. Noch ein Schlag, noch ein Bruchstück. Als nichts zum Schlagen mehr übrig war, schmiss Jörg den Rest quer durch den Raum.

Erst dann beruhigte er sich. Schwer atmend beugte er sich vor, stützte die Arme auf den Tresen und ließ den Kopf hängen. Jan krampfte den Beckenboden zusammen. Für einen kurzen Moment hatte er befürchtet, sich in die Hose zu machen.

„Kannst du dir vorstellen, dass das mal meine Kneipe war?“, flüsterte Jörg plötzlich. Eine Träne lief ihm übers Gesicht. „Dann kam dieser Unfall. Mit meinem Bein.“ Jörg kam um den Tresen herum. Erst jetzt bemerkte Jan, dass er humpelte. „Dann ein Glas. Nur eins jeden Abend. Dann die erste Fehlgeburt meiner Frau. Und noch ein Glas. Die zweite Fehlgeburt meiner Frau. Und noch mehr Gläser. Vorwürfe, Streitereien. Und immer noch mehr Gläser.“ Jörg wandte sich ab. Jan schwieg, konnte nichts sagen. „150.000 Euro“, warf Jörg in den Raum. „Das wär’s. Vielleicht auch 200.000. Aber mehr nicht. Und dann hol ich mir mein altes Leben zurück.“ Jörg war wieder am Tresen angelangt, klatschte mit der flachen Hand auf die Theke und streichelte das Holz. „Und dann … ist alles wieder gut. Und du … du wirst mir helfen, Kleiner!“

Jans Augen weiteten sich, sein Mund stand offen. Sein Rachen fühlte sich trocken, rissig an.

„Ach, ich dachte das wäre klar.“ Jörg zog sein Handy aus der Tasche, betätigte das Display und hielt es Jan hin. Jan konnte nicht glauben, was er da sah. Seine Augen füllten sich mit Tränen, ein Wimmern drang aus seiner ausgedörrten Kehle. Wann hatte dieser Albtraum nur ein Ende? Immer, wenn Jan dachte, es könne unmöglich noch schlimmer kommen, wurde es schlimmer. Viel schlimmer.

„Wie ich sehe, kennst du den Mann!“

Jan konnte nicht reagieren. Es war das schmutzig-staubige Konterfei des Mannes, den er begraben hatte. Stefan. Es gluckste in Jans Kehle. Einmal. Zweimal. Mehr und mehr dieser Laute kamen, bis Jan auf einmal lachte. Nein, weinte. Oder war es doch ein Lachen? Es war nicht mehr voneinander zu unterscheiden. Jan erhob sich, beugte sich nach hinten durch, stützte sich auf die Knie, ließ den Kopf hängen und heulte. Er konnte nicht aufhören zu lachen, zu heulen. So musste es sich anfühlen, wenn man den Verstand verlor.

Irgendwann verstummte er. Völlig erschöpft brach er zusammen, sackte in den Knien ein und ließ sich einfach auf den Boden fallen.

„Fertig?“, fragte Jörg ungerührt.

Jan wischte sich mit dem Saum seines T-Shirts die letzten Tränen aus dem Gesicht. Nickte, hatte genug gelacht. Für eine sehr lange Zeit …

„Woher …?“

„Woher ich das Bild hab?“

Jan wischte sich mit dem Ärmel übers Gesicht.

„Ich hab es gemacht.“ Jörg legte den Kopf in den Nacken, sah zur Decke, wie jemand, der sich an eine längst vergangene Zeit erinnerte. „Ich hab deine Show beobachtet. Diese hübsche kleine Jonglage bei der Beerdigung von Karl-Heinz. Mann, das war was. Der kleine Pastor hätte beinahe einen Herzinfarkt gekriegt.“ Jörg neigte sich vor, beugte sich über den Tresen. „Du erinnerst dich nicht an mich, was? Dabei haben wir nebeneinandergestanden. Nachdem du die Puppe von der kleinen Knatsche aus dem Grab gefischt hast. Ich hab dich beobachtet, Mann. Du warst so … nervös. Nein. Ängstlich trifft es besser. Dir standen die Schweißperlen im Gesicht. Ich hab gedacht, im Grab was gesehen zu haben. Und wegen dir bin ich erst richtig neugierig geworden. Und während alle im *Schwarzen Pferd* auf Karl-Heinz einen gehoben haben, bin ich geblieben und hab einen genaueren Blick ins Grab riskiert. Die Friedhofsgärtner abzulenken war schon etwas schwieriger. Aber einem kalten Bier gegenüber waren die nicht abgeneigt. Erinnerst du dich, wie heiß es an dem Tag war?" Unter Jans rechtem Auge zitterte ein Nerv. Es fühlte sich an, als würde er wie ein Schnellfeuergewehr zwinkern. „Ich weiß nicht, womit ich gerechnet hab … Mit einem Toten allerdings nicht! Und ganz ehrlich … beinahe hätte ich mir in die Hosen gepinkelt, so sehr hab ich mich erschrocken."

„Du bist mir gefolgt?"

„Später, ja. Ich wusste ja nicht, wer du warst. Ich dachte, du kommst wieder. Jemand, der so einen Aufriss gestaltet, der muss auf Nummer sicher gehen. Ich wusste, du kommst wieder, um zu sehen, ob das Grab auch wirklich zugeschüttet worden war. Ich stand ein paar Meter entfernt von dir, hinter einem Baum. Als du gehen wolltest, hast du dich nochmal umgedreht. Ich hätte schwören können, dass du mich gesehen hast. Aber dann bist du gegangen. Und ich bin dir gefolgt."

Jan erinnerte sich daran, wie er zuletzt auf dem Friedhof gewesen war und er dieses Gefühl gehabt hatte, beobachtet zu werden. Er hatte sich nicht getäuscht. „Und was jetzt?" Jan erkannte seine Stimme nicht wieder. Sie klang heiser.

„Du wirst es mir besorgen."

„Was?"

„Das Geld. Die 100 … nee, sagen wir lieber die 200.000 Euro. Für mein neues Leben. Für meine Kneipe. Du besorgst es mir." Zärtlich strich er mit der Hand über den Tresen.

„Wenn nicht?"

Jörgs Augen verengten sich. „Dann zeig ich dieses Foto …" Er hob das Handy. „… der Polizei. Und ich verklickere denen, wo sie den Mann finden können, dem das Gesicht gehört. Auf dem Hauptfriedhof, drei Meter unter der Erde. Und dass du das arme Schwein dorthin gebracht hast." Jan schluckte. „Ich sehe, dass du das nicht willst. Also besorg mir die Kohle."

„Aber wie soll ich das machen? Ich hab nicht so viel."

„Dein Problem."

„Es geht nicht!"

„Streng dich an!"

„Verdammte Scheiße!" Jan schrie. Vor Wut. „Selbst wenn ich wollte, ich könnte gar nicht so viel Kohle auftreiben. Ich bin Student, ich hab nix. Meine Eltern sind tot. Niemand da, von dem was zu holen ist. Ich hab nur noch einen alten Onkel. Aber der ist Rentner. Such dir einen anderen, du dämliches Arschloch, bei mir ist nichts zu holen!!!"

Jörgs Blick durchbohrte ihn, seine Fäuste ballten sich zu zwei kräftigen Kugeln. Er schrie, stieß einen harten, kehligen Laut aus und donnerte Jan die rechte Faust aufs linke Auge. Schmerzen explodierten hinter seiner Stirn, ein gellender Blitz durchstieß seinen Schädel. Jan ging in die Knie. Auf allen Vieren kauerte er auf dem Boden der versifften Kneipe. „Ich will mein Geld. Ich will mein Leben zurück, du Penner. Entweder du besorgst es mir oder du fährst ein, du kleine Ratte!"

36

„Wie geht es Ihnen?" Gerberichs Stimme überschlug sich beinahe. Sonja säuberte sich mit einem Taschentuch das Gesicht.

„Ich lebe."

„Gut." Er lächelte sie an, stöhnte, atmete tief ein und geräuschvoll wieder aus. „Ja, das ist gut."

Sonja saß am Fußende der Bahre in einem der beiden Krankenwagen, die Frau Strothe gerufen hatte, nachdem man sie und Springer aus der verrauchten Kammer gezerrt hatte. Sonja schmerzte der Kopf. Den hatte sie sich an der Mauer gestoßen, als Springer sie von der Matratze geworfen hatte. Doch mehr war ihr nicht passiert, außer dass ihr Gesicht verrußt und verdreckt war. Springer hatte es ärger erwischt. Er war nicht bei Bewusstsein gewesen, als man sie beide gerettet hatte. Er hatte aus den Ohren geblutet und sämtliche Versuche, ihn aufzuwecken, waren gescheitert.

Sonja zitterte vor Angst, als läge sie noch immer in dem verrauchten Kellerraum neben ihrem leblosen Kollegen. Sie hatte seinen Puls gefühlt. Daher wusste sie, dass er nicht tot war. Aber das hatte sie in dem Moment nur wenig getröstet. Als der Krankenwagen gekommen war und die Sanitäter ihn auf einer Bahre geborgen hatten, hatte sie eine stark blutende Wunde am Hinterkopf entdeckt. Als sie ihn aufgehoben hatten, hinterließ Springer eine kleine Lache auf dem staubigen Betonboden. Während der Explosion hatte ihn offenbar ein Teil des Notebooks, das in tausend Stücke zerfetzt war, am Hinterkopf erwischt. Ihr war übel geworden.

Nun saß sie in dem Krankenwagen, atmete tief durch und schob sich langsam von der Bahre hinunter. Als ihre Füße den Boden berührten, schwankte sie.

Gerberich hielt sie aufrecht. „Langsam, langsam. Was haben Sie vor?"

„Ich möchte nach Springer sehen."

„Dem geht's gut." Gerberich hielt sie weiter bei den Schultern. „Er wird gerade behandelt und dann fahren sie ihn ins Krankenhaus."

„Ist er bei Bewusstsein?"

Ein kurzes Zögern. „Nein … Aber er ist stabil, sagt der Notarzt. Seine Werte sind gut. Kein Grund zur Sorge."

„Haben Sie seine Ex-Frau informiert? Seinen Sohn?"

„Frau Krüger." Er drückte ihre Schultern und hielt sie auf Armeslänge Abstand, sodass er ihr in die Augen sehen konnte. „Kümmern Sie sich nicht darum. Ich werde alles, was zu tun ist, erledigen. Verstanden?"

„Verzeihen Sie."

Sonja entspannte sich. Grund für Gerberich sie loszulassen. Sonja wankte die zwei Stufen hinunter, verließ den Krankenwagen und trat ins Freie. Die Sonne war im Begriff, allmählich dem Tag auf Wiedersehen zu sagen. Gerberich folgte ihr.

Die Krankenwagen standen im Wendehammer vor dem Eingang des Kinderheims. Sonja wollte in den zweiten Rettungswagen hineinblicken, doch ein Sanitäter sprang heraus und schmiss die Türen zu. Er eilte um das Fahrzeug herum und kletterte ins Führerhaus. Der Motor wurde angelassen und wenig später fuhr der Krankenwagen davon. Sonja versuchte, sich keine Sorgen zu machen. Sie sah dem Rettungswagen hinterher, die Ziffern 112 auf dem orange-roten Heck flackerten in der Sonne.

Frau Strothe stand vor den Stufen, die Hände vor dem Schoß gefaltet und betrachtete das Treiben mit sorgenvollem Blick. Ihre Mitarbeiter hatten im Innern alle Hände voll zu tun, die Kinder von den Fenstern fernzuhalten. Sonja nickte ihr zu. Gerberich hielt sie wieder an der Schulter. „Stopp! Was haben Sie denn jetzt bitte schön vor?"

„Ich habe eine Ermittlung zu führen." Gerberich bedachte sie mit großen Augen. „Diese Kammer. Wer wusste davon? Warum gibt es sie? Ist es Hendricks Unterschlupf? Vor allem dem Hausmeister muss gehörig auf den Zahn gefühlt werden."

„Sie haben recht. Das sind Fragen, die geklärt werden müssen. Aber nicht jetzt. Vor allem nicht von Ihnen."

„Aber …"

„Keine Widerrede. Sie gehen jetzt nach Hause, legen die Füße hoch. Lassen Sie sich von ihrem Mann verwöhnen und schmusen Sie mit ihrer Tochter. Oder was man sonst so macht." Eine heiße Welle verbrannte Sonjas Magen. Ein Schatten legte sich über ihr Antlitz und der Enthusiasmus verschwand aus ihrer Mimik. Sie hatte nach dem Aufwachen in dem verrauchten Kellerraum nicht einen Moment an Thomas und Maya gedacht. Es war, als hätte die Explosion alle Erinnerung aus ihr herausgepustet.

„Haben Sie verstanden?" Sonja spürte einen Kloß schwer und lastend in ihrer Kehle.

„Und damit wir uns richtig verstehen … Das ist keine Bitte, sondern eine dienstliche Anweisung."

Sonja nickte erschöpft, da sie sich aber immer noch nicht bewegte, winkte Gerberich eine Kollegin heran, die die Zufahrt absicherte. „Frau Scholl", sagte er, als sie sie erreichte. „Seien Sie so gut und sorgen Sie dafür, dass Frau Krüger nach Hause kommt." Und an Sonja gerichtet: „Für heute beurlaube ich Sie. Sollten Sie sich morgen nicht gut fühlen, scheuen Sie sich nicht, sich krank zu melden. Verstanden?" Sonja nickte. Doch Gerberich musste wissen, dass seine junge Kommissarin den Teufel tun würde.

*

Sonja bedankte sich mit schwacher Stimme und schlich der Beamtin hinterher. Es war weder die Explosion noch der Zustand ihres Kollegen, was sie auf einmal so verletzlich und schweigsam machte. Es war die Erwähnung ihrer Familie. Mit hängendem Kopf und schweren Gliedern ließ sich Sonja von der Kollegin zum Wagen führen. Die Polizeibeamtin, die Gerberich mit Frau Scholl angeredet hatte, brachte Sonja auf direkten Weg nach Hause. Sonja bedankte sich und stieg aus. Sie achtete nicht auf das Drumherum. Weder auf die Kinder, von denen zwei Mädchen ihr zuwinkten, noch auf den fremden Wagen ihrem Haus gegenüber. Auch nicht auf den Mann im Fond, der sich aufrecht hinsetzte, als sie um die Ecke bog. Sie hörte hinter sich den Streifenwagen losfahren, als sie die Haustür öffnete. Sie hob den Arm, war zu schwach, sich herumzudrehen

Sie streifte die Schuhe im Flur ab, stakste die Treppe hinauf, ging ins Badezimmer, zog sich aus und stellte sich unter die Dusche. Obwohl draußen fast 30 Grad waren und schon seit Tagen eine schwüle Luftfeuchtigkeit herrschte, fror Sonja. Das heiße Wasser floss an ihrem schlanken Körper herab. Mit hängenden Schultern stand sie da, ließ den Kopf nach vorne auf die Brust sinken und lauschte dem Prasseln des Wassers, das gegen die Glastüren der Dusche und auf die Emaille der Wanne trommelte. Im Rhythmus ihrer Atmung wankte sie mit dem Oberkörper vor und zurück.

Dann war es, als würde sie innerlich explodieren. Die Erinnerung an den Kellerraum, die Detonation, der Rauch, die Enge, das Nicht-Atmen-können. Alles ergriff sie mit einem Mal, dass sie glaubte, nicht in ihrer Dusche zu stehen, sondern noch immer in dem Keller zu liegen, unter der versifften Matratze, die sie zwar geschützt, ihr aber trotzdem die Luft zum Atmen genommen hatte. Ihr Körper zuckte. Ihre Arme fuhren in die Höhe und stützten sich gegen die Wand der Duschkabine ab. Ihre Beine knickten in den Knien ein, ihre Hände griffen instinktiv nach der Halterung der Duschbrause. Ein Schrei bildete sich in ihrer Kehle, der dringend hinausmusste, sonst würde er sie ersticken. Er krabbelte hinauf wie ein waidwundes Tier, das sich aus einer dunklen Höhle ins Licht schob, seinen verletzten Hinterlauf hinter sich herziehend. Während der erste Ton ihren Mund verließ – ein röchelnder, erstickter Laut – konnten ihre Beine sie nicht mehr halten. Sie fiel wie ein Kartenhaus in sich zusammen, kniete in der Dusche und begann hemmungslos zu weinen, während alles – wirklich alles der letzten Tage – wie ein erbarmungsloser Hagel auf sie einprasselte und sie schmerzte, als würden tausend Fäuste sie schlagen und ebenso viele Füße treten.

Die Pistole. Die heiße Mündung, die sie verbrannt hatte. Blut. Viel Blut. Ihre Tochter, schreiend. Ihr Mann, hilflos und wütend. Tote, in den abstraktesten Posen. Tränen. Angst, Verzweiflung. Feuer, Flammen, Rauch. Und immer wieder Blut, dunkelrot, hellrot, fast schwarzes Blut. Auf Böden, an Wänden, auf ihr.

Sonja zitterte. Schrie. Als Ausdruck absoluter Hilflosigkeit. Sie ließ sich treiben, ließ alles hinaus. Entweder würde es ihr helfen. Oder es würde sie ihren Verstand kosten. Sie versuchte, irgendwo Halt zu finden. Doch ihre glitschigen Finger rutschten über das Glas, über Fliesen, bis Sonja irgendwann wie ein Baby in der Duschtasse lag, die Knie bis zur Brust angezogen, eng umschlungen von ihren eigenen Armen und die Tränen nicht mehr aufzuhalten waren.

*

Ich kenne diese Augen. Sie gehören mir. Auch die Nase. Meine. Mein Mund. Den erkenne ich genau. Doch es passt alles nicht zusammen. Ist mein Kinn nicht zu lang? Nein, das ist mein Kinn. Meine Stirn, meine Haare. Und doch … alles verzerrt … anders …

Bin ich das?

Sonja betrachtete sich im Spiegel über dem Waschbecken des Badezimmers. Dunst hing in der Luft. Mit dem Handtuch hatte sie über die Scheibe des Spiegels gewischt. Nun sah sie ihr Antlitz umringt von einem milchigen Rahmen aus winzigen Wassertröpfchen. Die Frau dort im Spiegel … Das musste sie sein. Sie wusste es. Ganz genau. Und doch hatte sie das Gefühl, in das Gesicht einer Fremden zu sehen. Das Licht oberhalb des Spiegels beleuchtete den Bereich ums Waschbecken herum und zeichnete harte Schatten in ihre Züge.

Wer bin ich?, fragte sie sich.

Als ihr Handy klingelte, schreckte sie zusammen. Sonja sah sich um. In eine Ecke des Badezimmers hatte sie ihre dreckigen Sachen geschmissen. In einer der Hosentaschen musste sich noch ihr Handy befinden. Sonjas Beine fühlten sich schwer an, eher wie Klötze. Aus Beton. Sie ging in die Hocke und kramte in dem nach Rauch stinkenden Haufen Kleidung, bis sie ihr Handy fand.

„Hallo?" Sonjas Stimme klang schwach, müde und verschlafen. Als wäre sie gerade erst aufgewacht.

„Sonja! Wie geht's dir?"

„Wer …?"

„Hannes." Ihr Kollege. Sonja entspannte sich. „Ich hab gehört, was passiert ist. Wie geht's dir?"

„Gut. Danke." Da er nicht weitersprach, fragte sie, was er von ihr wollte.

„Ich hab das Ergebnis deiner Handyortung." Da sie nichts erwiderte, fuhr er fort: „Von heute Morgen." Sie erinnerte sich. Die Nachricht von Hendricks. „Ein Prepaid-Handy. Zum Zeitpunkt des Anrufes war es in einem Sendemast nahe dem Linner Mühlbach eingelockt. Soll ich Kollegen rausschicken, sich dort umzusehen?"

„Nicht nötig." Sonja legte auf.

Es war nur ein Scherz von Hendricks gewesen, als er sie letzte Nacht angerufen hatte. Die Kollegen würden nichts finden. Dort, wo man die Leiche seiner Schwester gefunden hatte. Der Anruf sowie der Ort, von wo er ihn getätigt hatte, hatten nur eine symbolische Bedeutung.

Es klingelte erneut.

„Entschuldige, Hannes. Ich wollte nicht …"

„Sonja", hörte sie die Stimme eines Mannes. „Freut mich sehr, dass du noch wach bist."

„Wer ist da?" Alles in ihr zog sich schmerzhaft zusammen. Sie wusste sofort, wer am anderen Ende der Leitung war. Diese Stimme würde sie nie vergessen. Es war der Mann, der sie vor vier Wochen hatte töten wollen.

„Ich wollte mal hören, wie es dir geht. Nachdem du meine Überraschung im Keller gefunden hast …"

37

Jan wagte nicht, sich zu bewegen, nicht mal den kleinen Finger. Er saß wieder auf dem harten Holzstuhl, so regungslos und angespannt, dass ihm der Arsch eingeschlafen war. Hätte er nicht so eine panische Angst, würde er sich wahrscheinlich totlachen.

Er hatte angenommen, dass der fremde Glatzkopf ihn fesseln würde. Er war ja so etwas wie eine Geisel. Doch Jörg, wie sich der andere vorgestellt hatte, dachte gar nicht daran.

„Sei nicht so 'ne Mimi. So hart war das nicht."

Jan erwiderte nichts. Mit der Zunge tastete er seinen Mundraum ab. Er blutete, aber Zähne hatte er keine verloren. Sein Schädel brummte, hämmerte und klopfte im Rhythmus seines jagenden Herzens. Es wollte nicht zur Ruhe kommen.

Jörg stand am Tresen, hatte Jan den Rücken zugewandt, und drehte ein blindes Glas zwischen seinen Händen. Gedankenverloren starrte er darauf. Er atmete tief ein und ließ die Luft wie bei einem Seufzer wieder aus.

Jetzt!, dachte Jan. Dies war die beste Gelegenheit, die Flucht zu ergreifen. Sein Entführer war nicht mal richtig anwesend.

Wie weit glaubst du zu kommen mit eingeschlafenem Hintern, schmerzendem Kiefer und pulsierenden Kopfschmerzen?

Darauf hatte Jan keine Antwort.

„Hör mal …" Jans Stimme zitterte. „Lass mich gehen!"

Jörg legte den Kopf schief.

„Jetzt … wo du weißt, dass ich nichts wert bin, macht es doch keinen Sinn, mich weiter festzuhalten. Es gibt niemanden, der für mich so viel Geld opfern würde. Ehrlich, Mann."

Jörg drehte sich herum, lehnte sich mit dem Rücken an die Theke und legte die Ellbogen darauf ab. „Ich könnte dich trotzdem der Polizei übergeben."

„Und dann?"

„Kommst du in den Knast."

„Möglich. Und du? Bekommst einen feuchten Händedruck. Vielleicht noch eine Uhr mit der Inschrift ‚Held des Tages'."

Jörg stieß sich von der Theke ab und trat an Jan heran. Der zuckte zurück. „Reiz mich nicht. Du blöder Wichser!"

Ping!

Jörg reagierte nicht auf den Handyton, durchbohrte Jan mit seinem Blick. Jan drehte sich weg, hatte Angst. Langsam entspannte sich Jörg und griff in seine rechte Hosentasche. Er holte sein Smartphone hervor. Mit einem Daumenstrich aktivierte er sein Telefon und las die eingegangene Nachricht. Seine Augen weiteten sich. Jan schluckte. Sein Mund wurde trocken, als das glatzköpfige Gesicht sich ihm langsam wieder zuwandte. Seine Augen musterten ihn, blickten abwechselnd auf das Handy und auf ihn. Der Hauch eines Lächelns überzog seine Lippen. Ob er die Suchmeldung auf Facebook entdeckt hatte?, fragte sich Jan.

Der Kerl stieß mit einem Mal ein heiseres Lachen aus, legte den Kopf in den Nacken und lachte nur noch lauter.

„Was?" Jörg machte ihn wütend.

„Hast du dämlicher Idiot eigentlich eine Idee, wen du da unter die Erde gebracht hast?"

Zaghaft schüttelte Jan den Kopf. Sein Name war Stefan und er war ein brutaler Frauenverprügler. Mehr wusste er nicht von ihm.

Jörg wirbelte herum, schlug mit der Handfläche hart auf den Tresen. Lachte auf. „Von dir gibt's kein Geld, von den Bullen gibt's für dich auch nichts. Aber Thorsten Seidler wird sicher einiges für dich springen lassen!"

„Thorsten Seidler? Wer ist das?"

„Spediteur, Import-Export, millionenschwer."

„Na und?"

„Haha, du Wichser hast seinen kleinen Bruder auf dem Gewissen." Mit diesen Worten schmiss er Jan das Handy entgegen, das er jonglierend auffing und das Display betrachtete. Ihm wurde schlecht. Jörg hatte tatsächlich eine Facebook-Seite geöffnet, doch anstatt auf sein eigenes Konterfei zu sehen, wie er befürchtet hatte, blickte er auf das Antlitz des Mannes, den er vor zwei Tagen auf dem Friedhof vergraben hatte. Stefan. Nur war er auf dem Foto noch lebendig. Oberhalb der Mitteilung las Jan: *Nikki hat einen Link geteilt.* Mittlerweile nutzten viele Menschen die sozialen Netzwerke, um ihre verschwundenen Lieben zu finden. Jan selbst stolperte mehrmals am Tag über entsprechende Posts, in denen Menschen um Mithilfe baten, und wenn es nur ums Teilen des Beitrags ging. Mal tat er es, mal nicht. Jedes Mal fragte er sich aber, ob es was brachte. War diese öffentliche Suche zielführend? Langsam musste er sich eingestehen, dass Facebook zwar unterstützend sein mochte, ihn selbst aber schon zum zweiten Mal in die Scheiße ritt.

> Bitte helfen Sie uns, unseren großartigen Bruder und geliebten Ehemann zu finden. Stefan Seidler ist sein Name. Wir vermissen ihn seit zwei Wochen. Sollten Sie den Mann auf dem Foto gesehen haben, melden Sie sich bitte.
>
> Bei sachdienlichen Hinweisen werden wir uns sehr erkenntlich zeigen.

Darunter war die Handynummer des Mannes zu lesen, dessen Namen Jörg gerade genannt hatte. Thorsten Seidler. Keine Ahnung, wer das war. Ob Jörg es wirklich wusste? Auf jeden Fall las es sich so, als wäre bei ihm was zu holen.

Jörg musterte ihn mit funkelnden Augen. Wenn es Jan nicht besser gewusst hätte, dass aus dem toten Hahn kein Tropfen Bier kommen konnte, hätte er beim Anblick des glasigen Ausdrucks in den Augen des Glatzköpfigen gesagt, dass er betrunken war. Jan schluckte. Was dieser letzte Satz in dem Post für Jan bedeutete, war sonnenklar. Jörg würde ihn verschachern. An einen einflussreichen Großunternehmer, der sicher eine Menge Leute kannte. Darunter sicher auch Leute, die sich um Typen wie ihn kümmern würden.

Was sollte er nur tun? Weiterkämpfen? Oder aufgeben? Kurzentschlossen warf Jan das Handy in die Höhe. Jörg reagierte sofort. Mit ausgestreckten Armen presste er sich von der Theke ab und versuchte, sein Telefon zu fangen. „Arschloch!", grunzte er. Jörgs Augen verfolgten den wirbelnden Flug des Handys, während er wie ein Zombie durch die tote Kneipe stakste.

Jan wuchtete sich in die Höhe. Das Kribbeln in seinem Hintern breitete sich jäh aus, schoss wie ein Blitzstrahl durch sein rechtes Bein. Er konnte sich nicht aufrecht halten, sackte in den Knien ein und stürzte zu Boden. Flucht schon wieder zu Ende, dachte Jan verzweifelt. Seine Augen suchten den Boden ab. Er brauchte eine Waffe.

„Ich mach dich alle, du Penner." Jörg war stinksauer. Aus den Augenwinkeln nahm Jan wahr, wie Jörg mit dem Bein ausholte. Er trat ihm in die Seite. Jan schrie.

„Seidler wird es egal sein, ob du quietschfidel oder halb tot bist. Aber deine Aktion, wird dich ein paar Zähne kosten!"

Das war kein dummer Spruch. Jan rollte sich ächzend herum, kam auf alle viere. Sein Brustkorb schmerzte. Er befürchtete, dass der Kerl ihm mindestens eine Rippe gebrochen hatte. Jörg trat wieder zu. Jan heulte auf und legte sich der Länge nach hin. Sein Gesicht knallte auf den Boden. Schmutz und Steinchen scheuerten über seine Wange.

Finito, Sense, Schluss, dachte er. Ich mag nicht mehr. Wenn das das Ende seiner Tour de Force sein sollte, dann war es halt so. Jan hatte genug erlebt und war völlig fertig. Er gab auf. Alle Kraft floss aus seinen Muskeln. Schwer atmend, mit rasendem Herzen. Jede einzelne Faser seines Körpers sang das Lied des Schmerzes.

Hände griffen ihn, drehten ihn herum. Jörg sah auf ihn herab, setzte einen Fuß auf seine Brust, wie ein Großwildjäger auf den Leib eines erlegten Wildes und grinste auf ihn herab. Er zog sein Handy wieder hervor und wählte eine Nummer. Wartete. Leckte sich über die Lippen. Durch den Lautsprecher des Mikros hörte Jan ein entferntes „Ja?"

„Herr Seidler?"

„Wer spricht da?"

„Jemand, der weiß, wo ihr Bruder ist." Jörg war nervös. Das

spürte Jan. Mehr noch, er hatte Angst. Doch er schaffte es, dies nicht in seiner Stimme mitschwingen zu lassen.

„Wo ist er?"

Jörg schloss die Augen. „Was ist Ihnen die Antwort wert?"

38

Sonja eilte aus dem Badezimmer, presste das Handy ans Ohr. Im Rennen riss sie ihren Bademantel vom Haken, der über die Tür geklemmt war und nun scheppernd zu Boden fiel. Sie sprang die Treppen hinunter in den Hausflur. Neben der Tür hielt sie an, prüfte das Schloss und schaute aus dem Fenster. Es war bereits dunkel. Keine Menschenseele zu sehen. Es parkten ein paar Autos am Straßenrand. Sie konnte aber nicht ausmachen, ob in einem jemand saß.

„Deinem Beschützer geht es gut", sagte Hendricks. „Mach dir keine Sorgen. Er wird mit Kopfschmerzen und einer Beule aufwachen. Aber er lebt." Sonja erwiderte nichts. In ihrem Kopf rasteten ein paar Rädchen ineinander. „Du hast nicht gewusst, dass du einen Beschützer hast, was?" Sonjas Augen checkten die Dunkelheit vor dem Fenster. „Auf jeden Fall steht vor deinem Haus ein grauer Nissan Micra. Der arme Kerl, der mit dem Kopf auf dem Lenkrad daliegt, hat kurz vorher noch mit einem Fernglas in Richtung deines Hauses gesehen. Was meinst du …? Ob er dich gesehen hat, wie du nackt aus der Dusche gekommen bist?" Sonja versuchte, einen klaren Gedanken zu fassen, doch es gelang ihr nicht. Wenn Hendricks beabsichtigte, sie zu verwirren, dann bekam er das glänzend hin. „Aber vielleicht hat er auch gesehen, wie du unter der Dusche zusammengeklappt bist und geweint hast."

Sonja schwieg noch immer. Kalter Schweiß brach ihr aus. Ob ihr Beschützer, wie Hendricks ihn genannt hatte, sie gesehen haben sollte, war irrelevant. Nicht allerdings, dass Hendricks sie gesehen hatte. In einem Moment, der an Schwäche nicht zu überbieten gewesen war.

„Mir tut es leid, dass dich das alles so mitnimmt", sagte

Hendricks.

Sonja schluckte, denn seine Worte klangen aufrichtig. Sie atmete durch. „Warum rufen Sie an?"

„Ich wollte hören, wie es dir geht."

Sonja raunte abfällig ins Telefon.

„Nein, wirklich." Es folgte ein kurzer Moment der Stille. „Du glaubst doch nicht, dass ich dich mit dieser Bombe töten wollte, oder?"

„Nicht?"

„Nein!"

„Sondern?"

Sonja schob ihre nackten Füße über die kalten Bodenfliesen. Sie erreichte die Garderobe und ihr Bild erschien in dem mannshohen Spiegel. Erst jetzt wurde ihr bewusst, dass sie nackt war. Sie nahm das Handy vom Ohr, betätigte den Lautsprechermodus, legte es beiseite und zog sich den Bademantel über. Sie fühlte sich noch immer nackt und hilflos. Doch der Bademantel – der weiche, aber schwere Stoff auf ihrer Haut – half ihr, sich zu beruhigen.

„Ich wollte den Druck etwas erhöhen", sagte Hendricks nach einer Weile. „Außerdem wollte ich dir einen kleinen Hinweis geben. Und damit meine ich wirklich nur einen klitzekleinen. Du hast mein Video doch gesehen, richtig? Klar hast du, sonst hättest du ja die Bombe nicht aktiviert. Oder hat etwa nur der Opa den Film gesehen? Das wäre dumm. Denn … naja … jetzt ist der Film futsch. Der Opa im Krankenhaus. Wie geht's dem eigentlich?"

„Ich hab den Film gesehen."

„Wie hat er dir gefallen?"

„Einen Preis werden Sie dafür nicht bekommen."

Hendricks lachte auf. „Nein, wirklich nicht." Das Lachen klang befreiend. Vor ihrem inneren Auge sah sie den Mann den Kopf in den Nacken legen und lachen. „Ich wollte dir einen Tipp geben."

„Auf Ihr nächstes Opfer? Und wie er sterben soll?"

„Genau."

„Sie wollen also wirklich einen Mann zwischen vier LKWs binden und ihn in Stücke reißen? Wie im alten Rom?"

„Ja."

„Warum?"

„Sonja …“ Es klang tadelnd. „Ein bisschen musst du schon selbst herausfinden.“

„Wer ist der Mann?“

„Was glaubst du, wie viele blonde Männer gibt es in Krefeld?“ Wieder lachte er.

„Wenn Sie wollen, dass ich Sie schnappe … denn darauf läuft es doch letztendlich hinaus … dann sagen Sie mir doch einfach, wo ich Sie finden kann. Dann komm ich und hol Sie.“

„Das wäre doch viel zu langweilig. Ich will, dass du mich jagst. Und glaub mir, Sonja, wenn du mich wirklich schnappen solltest ... Dieses Gefühl wird für dich so wunderbar, so besonders sein, dass du dich erst einmal fragen wirst, ob du mich verhaften oder lieber andere Dinge mit mir tun willst.“

Stille.

Sonja wusste nicht, was sie darauf erwidern sollte. Was wollte er von ihr? Dass er ein Spiel spielte, war ihr klar, nicht aber die Regeln. Die Stille wog schwer. Drückte sie nieder wie ein schwerer Sack, der ihr über den Schultern lag. Sie hörte Hendricks am anderen Ende der Leitung schnaufen.

„Was ist damals im Keller des Kinderheims passiert?“

Das Schnaufen erstarb. Was auch immer Hendricks gerade tat, er hielt inne. Mit dieser Frage hatte er nicht gerechnet. Sie hörte ihn schlucken, ein feuchtes Knistern in der Leitung.

„Was glaubst du?“

Sonja hatte Bilder vor Augen. Doch die wollte sie nicht Wahrheit werden lassen, indem sie es aussprach.

Sie hörte ein Klacken. Sonja nahm das Handy vom Ohr, sah sich um. Sie konnte nicht sagen, ob sie das Geräusch im Haus oder durchs Telefon gehört hatte. Oder was es gewesen war. „Du hast doch sicher eine Idee, oder?“, fuhr Hendricks fort und hatte damit wieder ihre Aufmerksamkeit.

„Sie waren in diesem Raum im Keller, richtig?“

„Ja.“

„Mehrmals.“

„Ja.“

„Sie wurden …“

„Er hat mich angefasst.“ Sonja wirbelte herum. Auf einmal erklang Hendricks Stimme in Stereo. Sie drang aus dem Hörer und war hinter ihrem Rücken zu hören. Hendricks war in ihr Haus eingedrungen.

„Mit seinen kleinen, fetten Fingern hat er mich begrapscht." Sonja ließ den Hörer sinken. Sie war so sehr damit beschäftigt gewesen, zu überlegen, was Hendricks von ihr wollte, dass sie nicht bemerkt hatte, wie er dabei gewesen war, in ihr Haus einzudringen. Sie war so eine erbärmliche Anfängerin.

„Anfangs hat es ihm gereicht, wenn er nur zugesehen hat. Er wollte sehen, wie es ist, wenn ich mich anfasse … Und dann irgendwann … wollte er auch mal …" Hendricks zuckte mit den Schultern und seine Stimme klang so leichthin, als sprach er von dem Genuss auf ein Eis und nicht von dem widerlichsten Verbrechen, dass man einem Kind antun konnte. „Ich war dreizehn, als es begann. Und aufgehört hat er, da war ich fünfzehn. Ich wurde ihm wohl zu groß, zu männlich. Er stand wohl nur auf Kinder. Soweit ich weiß, war ich nicht der Einzige. Alle, die nach mir kamen, waren jünger als ich es zu Anfang war. Acht, vielleicht neun."

„Reden wir über Pfarrer Bernhardt?"

Hendricks nickte.

Sonja sah Hendricks an, der als schwarze Silhouette vor ihr stand. Das Licht der Küche ließ ihn wie einen bedrohlichen Schattenriss im Türrahmen stehen. „Warum steht er nicht auf Ihrer Racheliste?"

„Weil es nicht um mich geht." Sonja verstand. „Außerdem fristet er ein menschenunwürdiges Dasein in seiner eigenen sterblichen Hülle im St. Laurentius-Altenheim. Und damit meine ich nicht, dass das Altenheim ein schlechter Ort ist. Nein. Aber es muss für diesen Mann eine Qual sein, mitzuerleben, wie der eigene Körper aufgrund von Alter und Krankheit zu einem Gefängnis wird."

Es folgte ein Schweigen, das sie wie eine schwere Decke umhüllte. Sonja hob einen Fuß, der zitternd in der Luft verharrte und machte einen Schritt auf Hendricks zu. „Wer ist der Mann in dem Video?"

„Das hatten wir schon."

„Stimmt. Ich werde es auch so herausfinden. Aber wenn Sie es mir sagen, wird das Spiel für Sie doch viel interessanter. Oder?" Hendricks legte den Kopf schief. „Wer wird ihn als erster bekommen, Sie oder ich? Ab jetzt. Der Countdown läuft." Sonja trällerte die Titelmusik von *Jeopardy*.

„Frau Kommissarin, Sie haben Sinn für Humor."

„Ja, wer hätte das gedacht?"

„Dieser Mann …" Hendricks machte einen Schritt auf Sonja zu. „Er hat Einfluss. Er hat sich ein kleines Imperium aufgebaut. Und wenn Sie herausfinden würden, was er wirklich tut, würden Sie ihn nicht länger vor mir schützen wollen."

„Dann sagen Sie mir, was er getan hat."

„Er ist ein Händler." Hendricks machte einen weiteren Schritt.

„Womit handelt er?"

„Drogen, Waffen. Menschen. Er schafft Frauen von einem Ende der Welt ans andere. Und die Besten … die Schönsten, die Jüngsten, oder nach welchen Gesichtspunkten er auch immer entscheidet, behält er. Zunächst für sich, dann für seine Kunden in Deutschland."

„Woher wissen Sie das?"

„Von meiner Schwester. Sie gehörte ihm."

Hendricks stand dicht bei Sonja. Er war zwei Köpfe größer als sie. Sonja konnte seinen Atem riechen. Er roch angenehm nach Minze, als hätte er sich gerade die Zähne geputzt. Sein Atem hüllte sie ein. Sie schloss die Augen, ihre Haut begann zu kribbeln. „Erst war sie nur für ihn da. Sie musste alles tun, was er wollte. Und das waren keine schönen Dinge. Als er keinen Gefallen mehr an ihr hatte, gab er sie weiter. Sie wurde eine von Löfflers Mädchen. Eine Offizielle. Doch für *inoffizielle* Dinge. In Löfflers Puff traf man eher selten auf Mia. Wo man sie hinschickte, tat man Sachen mit ihr, die kein normales Mädchen je mit sich machen lassen würde." Hendricks schluckte.

„Woher wissen Sie das?"

„Weil ich es gesehen hab. Ich hab sie beschattet. Als ich aus dem Irak kam, hat sie mir geholfen, Fuß zu fassen. Hat mir Geld gegeben. Ich wollte wissen, woher sie es hatte. Gespart, hatte sie gesagt. Ich glaubte ihr nicht. So viel Geld konnte sie beim Waren einräumen in einem Discounter nicht verdienen. Ich bin ihr und den Männern, die sie abgeholt und irgendwo hingebracht haben, gefolgt. Mal war es ein luxuriöses Hotel, mal eine heruntergekommene Lagerhalle. Je nach Vorlieben. Ich habe sie zur Rede gestellt. Wir haben gestritten. Was ich mir denn vorstellte? Ich sei abgehauen, um am anderen Ende der Welt Krieg zu spielen. Ich hätte mich dazu entschlossen, für Menschen zu kämpfen, die ich nicht mal kannte." Hendricks schluckte. Sonja wollte ihm eine Hand auf den Arm oder die Schulter legen, irgendwas, eine Geste des Trostes. Sie zwang sich, nichts zu tun. Sie war Polizistin, er ein Serienmörder. „Kurz nach diesem Streit wurde sie abgeholt. Aber nicht wieder zurückgebracht. Zwei Tage lang bin ich beinahe gestorben vor Sorge. Bis ich aus der Zeitung erfuhr, wo sie war."

„Das können Sie sicher alles beweisen …"

„Ich? Nein. Aber du. Deswegen bist du doch hier. Du wirst die Beweise finden. Du wirst die Wahrheit aufdecken, warum ich das alles tue. Du bist die Einzige, die das kann. Das weiß ich."

Sonja sagte nichts.

Hendricks atmete tief ein. Sonja schloss die Augen. Sie hob die Arme, schwer wie zwei Betonklötze, und ihre Hände berührten seine Oberarme, harte Muskeln unter dünnem Hemdstoff. „Lassen Sie mich Ihnen helfen. Auf meine Weise. Gemeinsam bringen wir dieses Schwein ins Gefängnis."

Hendricks grunzte abfällig. „Ein Mann wie …" Er unterbrach sich noch rechtzeitig. „Ein Mann wie *der* kommt nicht einfach ins Gefängnis. Glauben Sie mir. Der kennt alle Tricks und Kniffe. Nein. Die einzige Strafe für ihn ist der Tod. Ein qualvoller Tod."

Sonja konnte nichts erwidern. Sie hielt den Mann, der ihr vor ein paar Tagen noch eine Pistole an den Kopf gehalten hatte, jetzt fest an den Oberarmen und drückte weiter zu. Ihre Finger ließen nicht von ihm ab, wollten nicht loslassen. Was tat sie nur? Als sie die Augen wieder öffnete, waren seine direkt vor ihr. Ihre Lippen kribbelten, weil die seinen ihr so nahe waren. Sein Atem drang in ihren Mund. Sie roch ihn nicht nur, sie schmeckte ihn.

„Vielleicht haben Sie recht …", sagte Sonja.

„Vielleicht?" Hendricks flüsterte. Sonja zitterte innerlich und hoffte, dass sie es nicht auch äußerlich tat.

„Ja. Vielleicht. Aber zulassen kann ich es trotzdem nicht. Ich darf es nicht."

„Schade ... Dann stehen wir weiter auf gegensätzlichen Seiten."

„Ja." Ihr Wort war kaum zu verstehen, ging im Atmen unter, das sie schüttelte. Für einen winzigen Moment, glaubte sie, seine Lippen auf den ihren gespürt zu haben. Ganz sanft nur, wie der Flügelschlag eines Schmetterlings.

„Sieh dich vor!", sagte er.

„Wovor?"

„Vor mir. Denn wenn du dich mir in den Weg stellst ..." Seine Hand streichelte ihr Gesicht. „Muss ich dich töten."

„Ich weiß", sagte sie.

Stille.

Warten.

Und ihr hauchender Atem.

„Keine Bewegung!" Der Ausruf eines Mannes durchbrach die Stille wie ein Pistolenschuss. „Lars Hendricks. Nehmen Sie langsam die Hände in die Höhe. Ganz langsam."

„Wer sind Sie?" Es klang empört, als Sonja die Frage ausstieß.

„Mein Name ist Hauptwachtmeister Stollberg, Frau Kommissarin." Stollberg stand hinter Hendricks, dort, wo dieser vor wenigen Minuten noch gestanden hatte, als schwarze Silhouette im Türrahmen zum Esszimmer. Die Pistole im Anschlag, auf den Rücken des Mörders gerichtet. „Kriminaldirektor Gerberich hat mich zu Ihrem Schutz geschickt."

„Ein richtiger Held", unterbrach ihn Hendricks.

„Seien Sie still!" Stollbergs Stimme kickste. Ein deutliches Zeichen, dass er angespannt war. Und ein nervöser Kerl mit einer geladenen Waffe in der Hand war gefährlich. Ob Polizist oder nicht.

Sonja sah an Hendricks vorbei. Auch wenn der Mann im Schatten stand, konnte sie ihn dennoch erkennen. Sie war ihm bereits einmal begegnet. In der Wohnung des Überfallopfers. Nadine Hausmann. Ihr Kollege mit der Waffe in der Hand hatte den *ersten Angriff* durchgeführt und durch seine Arbeit den mutmaßlichen Täter identifizieren können. Welch ironisches Spiel das Schicksal manchmal spielte. „Wie sind Sie hereingekommen?", fragte Sonja.

„Hendricks hat die Küchentür zum Garten offenstehen lassen", sagte Stollberg mit einem Unterton in der Stimme, als wollte er den Mörder verhöhnen. „Wer hätte gedacht, dass Sie es einem so leicht machen, Hendricks! Und jetzt, hoch die Hände!"

Hendricks rührte sich nicht, zumindest musste es für Stollberg so aussehen. Doch Sonja spürte, wie seine Oberarmmuskeln sich unter ihren Händen strafften. Ganz sachte bewegten sich seine Unterarme. Sonjas und Hendricks Blicke trafen sich.

Nein, flehte ihrer. Ich kann nicht anders, sagte seiner.

Sonjas Finger griffen kraftvoll zu, ihre Nägel bohrten sich in sein Fleisch. Hendricks zischte, doch er ignorierte den Schmerz. Er riss die Schultern in die Höhe, ging zeitgleich in die Knie. Seine Hände suchten nach etwas im Bund seiner Hose. Hendricks rutschte ihr im wahrsten Sinne des Wortes durch die Finger. Dann traf sie ein kräftiger Stoß in die Seite. Sie schrie, ächzte und stürzte. Sah ihr erschrockenes Gesicht im Spiegel auf sich zurasen. Dann schlug sie sich die Stirn an. Schmerz explodierte hinter ihren Augen, das Spiegelglas zersprang.

Hendricks wirbelte um die eigene Achse, die Arme erhoben. Er ging zeitglich in die Hocke. Ein Schuss krachte, Funken flammten auf. Stollberg hatte das Feuer eröffnet. Irgendwo zersprang Glas oder Porzellan. Wenn er Hendricks hatte treffen wollen, war es ein miserabler Schuss gewesen. Wenn er ihn hatte warnen wollen, war es ein Fehler gewesen. Es folgte ein zweiter Schuss. Aus Hendricks Pistole. Der traf sein Ziel. Aus den Augenwinkeln sah Sonja, dass der Schattenriss, der Stollberg war, aus ihrem Blickfeld katapultiert wurde. Er krachte rücklings auf den Esszimmerboden.

Langsam richtete sich Hendricks auf, blickte auf Sonja hinab, die benommen auf dem Boden hockte. Sie versuchte ihn anzusehen, doch nahm ihn doppelt wahr, was ihren Kopf nur noch mehr schmerzte.

„Du weißt, dass ich das nicht wollte. Ich hatte keine andere Wahl."

„Die hat man immer", stöhnte Sonja.

„Ich nicht!"

Hendricks hob die Waffe. Für einen Moment befürchtete Sonja, er würde abermals auf sie anlegen, um es zu Ende zu bringen. Doch er legte nur mit dem Daumen den Sicherungshebel um und schob die Pistole zurück in den Hosenbund. Er nickte ihr zu und

wandte sich ab.
„Hendricks“, rief Sonja ihm hinterher.
Er blieb stehen.
„Nichts hat sich geändert. Gar nichts. Ich werde weiter hinter dir her sein. Und ich werde dich aufhalten.“

39

Sonja saß am Küchentisch. Vor ihr stand eine große Tasse mit heißem Tee, die sie mit beiden Händen umfasst hielt. Sie hatte sich einen Jogginganzug angezogen und fixierte den Teebeutel, der sich langsam aufzulösen schien. Den großen Mann, der an der Tür zum Flur stand, beachtete sie nicht. Leon Gerberich. Enttäuschung, Wut und Trauer um den ermordeten Kollegen vereinten sich in ihr.
„Wie war sein Name nochmal?“, krächzte Sonja, sie räusperte sich und trank einen Schluck Tee.
„Sören Stollberg.“
Ein aufgeweckter, junger Mann, erinnerte sie sich. Gewesen. Wie er auf die Idee gekommen war, das soziale Netzwerk bei der Suche des vermeintlichen Gewaltverbrechers Jan Holtmann einzuschalten, war famos. „Hatte er Familie?“
Gerberich antwortete nicht. Schien abwesend. Mit Schwung stand Sonja auf, dass der Stuhl, auf dem sie saß, mit einem Quietschen über die Fliesen kratzte. Gerberichs Kopf schnellte erschrocken in die Höhe. Seine Wangen wirkten eingefallen. Er war blass. Schweißperlen standen auf seiner Stirn. Er sah elend aus. Er tat ihr leid. Und dennoch war sie wütend. Dass Stollberg tot und Hendricks wieder einmal entkommen war, war seine Schuld.
„Hatte er Familie?“, wiederholte sie mit Nachdruck.
„Ich …“ Gerberich hob den Kopf. „Ich weiß es nicht.“
Ihr Schweigen war Antwort genug.
„Was glauben Sie eigentlich, wie sehr mir mein Handeln leidtut.“ Gerberich hatte die Stimme wieder gesenkt. „Ich wollte doch

nicht, dass diesem Jungen etwas passiert. Dass er …"
„Warum haben Sie ihn überhaupt zu meinem Schutz auf mich angesetzt?"
Gerberich Kiefer mahlten aufeinander, sodass seine Muskeln in den Wangen hektisch tanzten.
„Hendricks."
„Was ist mit ihm?"
„Er hat mich erpresst."
„Womit?" Sonja näherte sich ihrem Chef.
„Er hat gesagt, wenn ich Sie für den Fall nicht wieder zurück in die Mordkommission hole …"
„Ja?"
„Wird er Sie töten."
Gerade wollte sie einen weiteren Schritt auf Gerberich zugehen, hielt nun aber inne. Sonja musterte ihn. Gerberich bemerkte ihren Blick, straffte die Schultern, reckte den Kopf, konnte sie aber nicht ansehen. Seine Augen irrlichterten zur Decke.
„Das heißt …" Sonja vollzog den angefangenen Schritt. Gerberich wippte auf den Fußsohlen. „Sie wollten mich gar nicht zurück in der MK. Sie hätten mich gar nicht vorzeitig zurück ins Team geholt?" Gerberich schwieg. „Was ist mit dem Brief des Polizeipräsidenten? Den Sie Frau Seibold gegeben haben?"
„Den gab es nicht?"
„Was?" Mit einem einzigen energischen Schritt war sie bei Gerberich angelangt und nahm ihn streng ins Visier.
„Es hat keinen Brief gegeben. Zumindest keinen von Polizeipräsident Gärtner. Den Brief, den ich Frau Seibold zu lesen gegeben habe, habe ich geschrieben. Ich habe ihr darin die Hintergründe erklärt. Dass meine Vorgehensweise eine Schutzmaßnahme sei. Für Sie. Dass Ihr Leben in Gefahr sei, wenn …"
„Sie Mistkerl", flüsterte Sonja. Gerberich sah sie fragend an, als wäre er sich nicht sicher, ob er das gehört hatte, was er glaubte, gehört zu haben. Er räusperte sich. „Deswegen waren Sie immer so nervös. Deswegen haben Sie sich bei den Autofahrten immer rumgedreht. Sie dachten, Hendricks würde uns folgen. Würde *mir* folgen! Und in Frau Seibolds Sprechzimmer … Ich weiß noch, wie irritiert ich war, weil Sie sich vor dem Fenster aufgebaut haben und

nicht beiseitegetreten sind. Haben Sie gedacht, Hendricks hätte sich gegenüber mit einem Scharfschützengewehr postiert?"

Gerberich schien nicht in der Lage, etwas zu erwidern.

„Sie elender Mistkerl!"

„Frau Krüger, ich ..."

Die erste Ohrfeige knallte wie ein Pistolenschuss. Gerberichs Kopf schoss zur Seite. Als er sie wieder ansah, war seine Wange feuerrot. In seinen Augen schimmerten Tränen.

„Was sind Sie nur für ein elender Mistkerl!?" Nun traf sie die andere Wange, mit dem Handrücken derselben Hand. Gerberichs Kopf flog zurück.

„Ich weiß, dass Sie ..."

Der dritte Schlag landete genau auf seinem Mund, seine Unterlippe platzte auf. Blut sickerte hervor. Gerberich wischte es nicht weg. Er sah seiner Kommissarin in die Augen. Sonja hielt dem Blick stand. Gerberich ebenso, aber es fiel ihm schwer. Er zitterte. Tränen liefen ihm übers Gesicht. Ob vor Scham, Wut, Schmerz, oder allem gleichzeitig?

„Warum?" Sonja schrie. „Warum haben Sie mir nichts gesagt?"

„Ich ..." Er schüttelte den Kopf. „Ich weiß es nicht ..."

„Weil Sie feige sind!"

Gerberich schwieg, atmete zitternd ein.

„Weil Sie ein feiger Drecksack sind!" Sonja schrie so laut, dass man es entlang der ganzen Straße hören musste. Sie holte aus, um ein weiteres Mal zuzuschlagen. Doch dieses Mal fing Gerberich ihre Hand auf, hielt ihr Handgelenk umschlossen. Sonjas Hand ballte sich zur Faust, stieß vor, als wollte sie ihr Ziel trotz Gegenwehr dennoch erreichen. Gerberich hielt sie fest.

„Er ist tot! Verdammt! Er ist tot! Wegen mir!", schrie Sonja. Die freie Linke ballte sie zur Faust und schlug sie Gerberich auf die Brust. „Sie sind schuld!" Ein erneuter Faustschlag traf seine Brust. „Es ist Ihre Schuld! Ihre Schuld! Und meine!" Immer und immer wieder hämmerte ihre Faust auf seine Brust. Gerberich ächzte unter jedem Schlag. Doch ihr Trommelfeuer wurde zunehmend schwächer. Kraftloser. Irgendwann sackte sie zusammen. Ihr Gesicht landete an seiner Brust. Gerberich nahm sie in den Arm, bevor sie zu Boden ging. Er hielt sie fest, nahm alles auf, ihre

Tränen, ihre Wut, ihre Angst. Er wiegte sie und ließ sie weinen.

Als sie still war und wie leblos an seiner Brust hing, führte Gerberich sie hinüber zum Tisch und setzte sie zurück auf den Stuhl. Er schob ihr die Tasse Tee herüber.

„Danke“, sagte sie und grinste grimmig. „Aber ich hätte gern ein Bier … aus dem Kühlschrank.“ Gerberich wandte sich um, öffnete den Kühlschrank und entnahm ihm eine Flasche. „Nehmen Sie sich auch eines.“

Gerberich tat es. Sonja erklärte ihm, wo er einen Flaschenöffner fand. Er setzte sich ihr gegenüber und hielt ihr die Flasche hin. Sonja nahm sie und trank einen großen Schluck. Er tat es ihr gleich, verzog aber das Gesicht. Seine verletzte Lippe musste weh tun. Er tupfte das Blut mit einem Taschentuch ab.

„Verzeihen Sie“, sagte Sonja.

Gerberich schüttelte den Kopf. „Ich hatte es verdient.“

Sonja nickte.

„Dass mir das aber nicht zur Gewohnheit wird.“

Sie lachte kurz auf. „Das kann ich Ihnen nicht versprechen.“

Gerberich legte den Kopf schief. Sie stießen wieder an und tranken zusammen den nächsten Schluck.

„Wie geht es Springer?“, fragte Sonja.

„Er ist im Krankenhaus. Sein Zustand ist stabil.“

„Das ist gut.“

„Wie ich gehört hab, hat er auch schon Besuch empfangen. Seine Frau und sein Sohn.“ Ob er ihr mit dieser Äußerung etwas sagen wollte? Sonja sagte nichts dazu. Es klopfte und sie sahen zur Tür. Ein Kopf, umrahmt von einer weißen Kapuze, schaute herein.

„Herr Direktor. Wir sind fertig.“

„Sehr gut. Danke.“

„Wir sind dann weg.“

„Schönen Feierabend.“

„Ihnen auch … Frau Krüger, alles Gute.“

„Danke.“ Sonja nickte lächelnd.

Sie waren allein und tranken wortlos, Schluck für Schluck ihre Flaschen leer.

„Und nun? Schicken Sie mich wieder in den Zwangsurlaub?“

„Nein.“ Sonja wartete, dass er weitersprach. Doch mehr hatte er nicht zu sagen.

„Wie geht es jetzt weiter?“

Gerberich zuckte mit den Schultern und erhob sich ächzend. „Ich gehe nach Hause. Versuche zu schlafen. Das gleiche sollten Sie auch tun. Vergessen Sie, was passiert ist. Wenigstens für heute Nacht.“

„Ich werde es versuchen.“

Gerberich stellte die leere Flasche auf den Ablauf der Spüle. Es schien, als wollte er noch etwas sagen, nickte aber nur. An der Küchentür drehte er sich nochmal um. „Soll ich Sie nicht vielleicht in ein Hotel bringen?“

Sonja schüttelte den Kopf. „Ich bleibe hier!“

„Es ist ein Tatort!“

„Es ist mein Zuhause!“

„Glauben Sie wirklich, dass das eine gute Idee ist?“

„Auf jeden Fall besser als Ihre, mich seit Tagen im Unklaren lassen.“

Nach kurzem Zögern sagte er: „Wir schnappen dieses Schwein.“

Gerberich ließ sie allein. Sie holte sich ein zweites Bier aus dem Kühlschrank, setzte sich zurück an den Tisch, holte ihr Handy hervor und öffnete ihre Kontakte. Ihr Daumen schwebte über dem grünen Hörersymbol unter dem Profilbild ihres Mannes. Ob Thomas noch wach war? Doch was sollte sie ihm sagen? Nichts. Was sie auch sagen würde, nichts wäre dadurch besser für sie oder ihn. Also legte sie das Handy wieder beiseite.

Intermezzo

Er warf die mitgebrachte Tasche mit Schwung aufs Bett, öffnete sie und sah auf das Gewehr herab. Ein G22. Präzisionsgewehr, das 1997 eigens für die Bundeswehr entwickelt worden war. Er holte es hervor, zog anschließend ein Zielfernrohr heraus, das er mit schnellen, geübten Handgriffen auf dem Gewehr befestigte. Er wusste, was er tat. Er hatte es schon etliche Male getan. Es folgte das Magazin mit den Patronen Kaliber .300 Winchester Magnum. Mit kraftvollem Stoß versenkte er es in den Schaft vor dem Abzug. Fünf Patronen enthielt diese kleine Kassette. Mehr hatte er noch nie gebraucht. Er war im Töten geübt.

Er sog die Luft tief ein und blies sie wieder aus. Er schloss die Augen und atmete in der Art weiter. Er beruhigte sich, verlangsamte seinen Herzschlag. Entspannte sich. Als er die Augen wieder auftat, saß sie neben ihm auf dem Bett. Mit Tränen in den Augen sah sie zum ihm auf. „Willst du das wirklich tun?“

„Ich muss.“

„Nein … musst du nicht … du …“

Seine Hand schnellte vor, fasste ihr Gesicht. Seine Finger bohrten sich in ihre Wangen, hebelten ihren Kiefer auf. Eine Träne lief ihre Wange herunter. „Bitte …“, versuchte sie zu sagen. „Du tust mir weh …“

„Und?“

Für einen kurzen Moment erstarrte sie in Panik. Entspannte sich und schloss die Augen.

Teil Drei

„Ach nun hab ich überwunden
manche schweren, harten Stunden,
manchen Tag und manche Nacht
hab ich in Schmerzen zugebracht."

Theodor Fontane

40

Jan war am Ende mit den Nerven. Er suchte verzweifelt nach einem Ausweg. Er hatte schon aus genügend aussichtslosen Situationen in den letzten zwei Tagen eine Fluchtmöglichkeit gefunden, aber nun schien er endgültig verloren zu haben. Er lag auf dem dreckigen Boden einer heruntergekommenen Kneipe, bedroht von einem unberechenbaren Schläger, darauf wartend, dass er einem Mann gegenübertreten sollte, der nicht nur einflussreich und mit allen Wassern gewaschen zu sein schien, sondern dessen toten Bruder er unter die Erde gebracht hatte.

Jörg trat an ihn heran. „Angst?"

Jan verdrehte die Augen. Der Typ ging ihm sowas von auf den Sack.

„Hätte ich auch an deiner Stelle. Hast du eine Ahnung, wer Seidler ist?"

Er hatte nicht den Hauch einer Idee.

„Er ist skrupellos. Soll vor keinem Verbrechen zurückschrecken. Erpressung. Einschüchterung. Manche behaupten sogar, auch nicht vor Schlimmerem … Ich hatte hier mal einen Kerl vorm Tresen sitzen, der sich volllaufen ließ. Er erzählte, Seidler hätte seine Frau zum Sex mit einem anderen gezwungen, damit er seinen Job behalten konnte. Sie ist auf den Deal eingegangen, um ihrem Mann zu helfen. Und dann zeigte Seidler genau ihm die Fotos, die von dem gemütlichen tête-à-tête gemacht worden waren. Da drehte der Kerl durch, hat seine Frau erschlagen. Einfach so. Kam von der Arbeit nach Hause, die kompromittierenden Fotos in der Aktentasche und hat sie damit kurzerhand erschlagen. Kurz drauf kam er zu mir in die Kneipe und brach zusammen. Ich hab die Polizei gerufen. Die Geschichte des Mannes war nicht belegbar. Seidler konnte nichts nachgewiesen werden. Aber ich weiß, dass das arme Schwein recht gehabt hatte. Seidler wollte ihn loswerden und das war seine Art, es zu tun!"

Jan zitterte vor Angst.

„Was glaubst du, macht er mit dir, wenn er hört, was du getan hast?"

Jörg stützte sich mit beiden Händen am Tresen ab und senkte

den Kopf auf die Brust. Sein rechtes Bein zitterte. Auch er war bei Weitem nicht so entspannt, wie er wirken wollte. Er hatte mindestens so viel Angst wie Jan. Und das war möglicherweise sein Joker.

„Hey …“ Jans Stimme brach in ein heiseres Krächzen ab. Jörg reagierte nicht. Jan rappelte sich auf, seine linke Seite schmerzte. „Was glaubst du eigentlich, wie es mit dir weitergeht? Hast du darüber mal nachgedacht, Mann?“ Jörg hob den Kopf. „Hast du nicht, oder?“

„Seidler kommt, gibt mir die Kohle, ich verschwinde.“ Jörg sah ihn über die Schulter hinweg an. „Und dann verschwindest *du*.“ Das Grinsen in Jörgs Gesicht jagte Jan einen Schauder über den Rücken. Doch er durfte sich seiner Angst jetzt nicht ergeben. Er musste bei klarem Verstand bleiben.

Jan atmete durch. „Du bist der Meinung, ich hätte den Bruder dieses Mannes auf dem Gewissen. Du willst es Seidler stecken und erwartest von ihm diese gigantische Summe. Die er dir selbstverständlich bereitwillig geben wird, weil er dir so unendlich dankbar ist. Richtig?“ Jörg drehte sich zu seinem Gefangenen herum, sagte aber nichts. „Außerdem bist du der Meinung, dass er mich weder auf einen Kaffee einladen noch mich der Polizei übergeben wird, oder?“

„Wohl nicht.“

„Du glaubst, dass er mich aus dem Weg schaffen wird. Mich … vielleicht sogar töten wird?“

Jörg öffnete den Mund, zögerte. Es auszusprechen fiel ihm schwer.

„Das heißt, Alter …“ Jan kam mit verkniffenem Gesicht in die Höhe und baute sich vor ihm auf. „… dass du ein verschissener Zeuge bist, du dämliches Stück Scheiße.“ Die Luft zwischen ihnen knisterte. Jörg machte den Anschein, als bekäme er keine Luft. „Jetzt, wo dir das klar ist, Mann, sag mir nochmal … Was glaubst du passiert mit dir, wenn dieser Kerl hier aufkreuzt!?“

Er schrie Jan urplötzlich an. „Halt die Fresse, du Wichser! Du willst mich nur verunsichern.“

„Ich will mein Leben retten. Und wenn mir das gelingt, rette ich deines vielleicht auch.“

Jörg stürmte vor, griff Jan am Kragen und zerrte ihn zu sich heran. „Du hast seinen Bruder kaltgemacht. An dir wird er sich rächen. Nicht an mir. Er wird mir dankbar sein. Verstehst du? Dankbar. Mehr nicht, also halt deine Fresse!"

Jörg stieß Jan von sich. Mühsam hielt er sich aufrecht, stieß gegen einen Tisch mit Stühlen. „Okay, Mann. Wenn du dir so sicher bist, lass uns hier warten. Ich hab nix zu verlieren. Aber du schon. Du hast doch eine Frau. Auch wenn es gerade nicht so gut läuft, meinst du, sie wäre besser dran, wenn du mit einer Kugel im Kopf unter einer dieser alten Bodendielen vermoderst?"

Jörg schaute hinab und sah so aus, als sähe er sich wirklich dort liegen, mit einem Loch in der Stirn, in einer Blutlache badend.

„Du bist doch nicht doof, Mann!" Jan schrie ihn an. Seine Panik hatte für einen kurzen Moment die Oberhand gewonnen. „Denk nach! Eine Minute nur. Was passiert, wenn Seidler hier auftaucht?"

Jörg sah auf und in seinem Blick trat eine Klarheit, die Jan erschreckte. Als wäre irgendein Puzzleteilchen an die richtige Stelle gerückt. „Du … hast … recht …", stöhnte Jörg. Doch das letzte Wort ging in dem Quietschen von Bremsen und dem Rauschen umherspritzenden Schotters unter. Jörg hechtete durch den alten Schankraum und sah aus einem der milchigen Fenster. Entsetzt drehte er sich wieder herum. „Er ist da. Und er ist nicht allein."

*

Jörg stand hinter der Bar, riss eilig einige Schubladen heraus, auf der Suche nach etwas, mit dem sie sich verteidigen konnten. Womit *er* sich verteidigen konnte. Denn, da war sich Jan sicher, auch wenn er es geschafft hatte, dass sein Entführer und er nun in einem Boot saßen, würde sich Jörg dennoch nur um seine eigene Haut kümmern.

Jan sah sich im Schankraum um. Über einem Durchgang, der in einen kleinen Saal führte, an dessen Ende sich eine baufällige Bühne befand, hingen zwei alte Gewehre überkreuz. Doch sie waren verrostet und sicher nicht mehr als Verteidigungswaffen geeignet. Bretter, die er als Schlagwaffe benutzen konnte. Scherben, um seinen Gegner möglicherweise kurzzeitig auf Distanz zu halten. Sonst gab es hier nichts.

„Hier!", stieß Jörg hervor.

Für einen kurzen Moment hatte Jan gehofft, Jörg hätte eine Pistole gefunden. Doch dass Wirte eine geladene Waffe hinterm Tresen versteckt hielten, gab es – wenn überhaupt – nur in Amerika. Aber wahrscheinlich auch dort nur im Film. Jörg hielt eine Spraydose in die Höhe.

„Was ist das?"

„Keine Ahnung. Auf jeden Fall leicht entflammbar." Jörg kramte mit der anderen Hand ein Feuerzeug aus seiner Hosentasche, entzündete es, betätigte gleichzeitig den Sprühknopf und hielt die Flamme unter den zischenden Ausstrom. Eine rauschende Flamme stieß durch den diffusen Raum.

Besser als nichts, dachte Jan.

Im selben Moment klopfte es an der Tür. Kurz darauf rief eine Stimme: „Jemand da?"

Die beiden Männer schauten sich ängstlich an. Jörg, der bis vor ein paar Minuten noch dachte, sein Leben würde sich schlagartig ins Positive wandeln, sah nun aus wie eine Leiche auf Urlaub. Bleiche Hautfarbe, deutliche Falten, Schweißperlen auf der Stirn und den Wangen. Er schob die Sprühflasche in die hintere Tasche seiner Jeans und das Feuerzeug hielt er festumklammert in der Faust.

Jan dachte, dass er genauso elend aussehen musste wie sein Gegenüber. Seine Wangen kribbelten und seine Beine fühlten sich an, als würden sie jeden Moment ihren Dienst versagen. Immer, wenn er Angst hatte, grummelte und blubberte es in seinem Bauch wie bei einer akuten Durchfallerkrankung.

Die Männer nickten einander zu. Wirkten wie Verbündete. Was sie vielleicht auch waren. Dennoch dachte Jan, dass Jörg tot umfallen sollte, wenn dieser Albtraum vorbei war.

„Ist offen!" Jan war erstaunt, wie fest Jörgs Stimme klang.

Sie hörten das Quietschen einer Tür, raues Schaben – das Türblatt, das über den dreckigen Fußboden schrubbte.

Es folgten Schritte, nicht eilig, sondern gemächlich. Sie hallten durch den Flur bis zu ihnen herüber und waren Ausdruck absoluter Überlegenheit. Der Mann, der wenig später durch den leeren Türrahmen in den Schankraum trat, war mittelgroß, gut gebaut, mit breiten Schultern und schmaler Hüfte. Er wirkte durch seine Erscheinung mindestens doppelt so groß wie der Hüne von einem Mann, der sich in seinem Schatten befand. Der erste musste Seidler sein, dachte Jan. Er war blond, besaß harte Züge. Seine Mimik war in sein Gesicht gemeißelt. Er hielt seinen Kopf ein wenig angehoben, sodass er mit arrogantem Blick auf sie herabsah. Mit den Händen in den Taschen betrat er den Raum und musterte die Männer, die auf ihn warteten. Schulterbreit stellte er sich ihnen entgegen.

Keiner sprach ein Wort.

Der zweite Mann maß gut zwei Meter, war hoch wie breit, in einem schwarzen, maßgeschneiderten Anzug gehüllt und stellte sich eine Schrittlänge hinter dem ersten auf. Mit den Armen vor der breiten Brust verschränkt, drückte auch er eine absolute Bedrohung aus. Der zweite musterte ebenfalls die Männer. Erst Jörg, dann Jan. Bei ihm hoben sich die Augenbrauen. „Du?“, kam es aus dem Mund des Hünen, als er ihn erkannte.

Seidler wandte den Kopf, dass er über seine Schulter blickte. „Du kennst ihn?“

„Der war bei Nadine. Hab ich dir doch erzählt. Der Penner, von dem ich dachte, er wollte ihr an die Wäsche.“

Auch Jan erkannte den großen Mann. Er war es, der Nadine verletzt haben musste. Hass flammte in seinem Bauch auf. Am liebsten wäre er vorgestürmt, um dem Riesen an den Kragen zu gehen. Doch ein solches Manöver wäre nicht nur aussichtslos, sondern völlig hirnverbrannt gewesen. Abgesehen davon beschäftigte Jan die Frage, wie der ganze Wahnsinn in einen logischen Zusammenhang zu bringen war. Was hatten diese Männer von Nadine gewollt? Und von Becca?

„Wie heißt du, Kleiner?“, fragte Seidler.

Jan räusperte sich und nannte seinen Namen.

„Hallo, Jan.“ Das Lächeln, das Seidlers Lippen umspielte, erreichte nicht seine Augen. Sie blieben kalt. Und an Jörg gewandt: „Und dein Name?“

„Jörg.“

„Ha!“ Seidler lachte auf. „Jan und Jörg. Ernsthaft? Ihr macht mir

Spaß. Mein Name ist Thorsten Seidler. Mit wem hab ich telefoniert?"

Jörg hob die Hand.

„Na, dann los … Du sagtest, du weißt, wo mein Bruder ist."

Jörg sah Jan unsicher an. Offenbar hatte er nicht den Hauch einer Idee, was er tun sollte. Jan konnte ihm nicht helfen. Von jetzt an konnte alles passieren. Und egal was … es würde böse enden.

„Nun?"

„Ich …" Jörgs Augen huschten durch den Raum. Er war nicht in der Lage, jemanden anzusehen. „Ich habe Sie angerufen."

„Hatten wir schon."

„Ja. Ich … ich … hab Ihre Nummer von dem Facebook-Post."

„Hab ich mir gedacht."

„Da hab ich auch Ihren Bruder erkannt."

„Gut."

„Vorher wusste ich gar nicht, wer er war."

Seidler machte einen Schritt auf Jörg zu und es schien, als würde er mit diesem einen Schritt um zehn Zentimeter wachsen. „War?"

„Was?"

„Du sagtest, du wusstest nicht, wer er *war*. Warum sagst du ‚war' und nicht ‚ist'?"

„Hab ich das … ich … ich meine …", stotterte Jörg mit einem Mal. Obwohl er selbst nicht klein war, wirkte er in Konfrontation mit Seidler wie ein Mäuschen.

Seidler trat nah an Jörg heran, holte die Hände aus den Taschen und fasste nach seinem Gesicht, legte ihm die Hände auf die Wangen, als wollte er ihm einen Kuss aufdrücken. „Jetzt pass mal gut auf. Du holst mich her, mitten in der Nacht, weil du behauptest zu wissen, wo mein Bruder steckt. Jetzt bin ich hier und du eierst hier rum … Das geht mir gegen den Strich. Ich hab keine Ahnung, ob du weißt, wer ich bin. Aber wenn mir etwas gegen den Strich geht, dann kann ich ungemütlich werden. Also … Wo ist mein Bruder?"

„Er …", begann Jörg.

„Er ist tot!", beendete Jan den Satz.

Seidlers Kopf warf sich herum. Der Hüne ließ die Arme sinken und die beiden anzugtragenden Männer wechselten irritierte Blicke.

„Was?“, brüllte Seidler.

„Er ist tot.“

„Woher weißt du das?“

„Weil ich ihn begraben hab.“

Für einen Moment herrschte Stille. Nichts war zu hören. Als hätte man den „Mute“-Knopf auf einer Fernbedienung gedrückt.

„Warum solltest du das getan haben?“

Jan zitterte innerlich wie Espenlaub in einem Sturmwind. Äußerlich war es nicht zu erkennen. „Ich hielt es für eine gute Idee.“

Seidlers Mund verzog sich zu einem gemeinen Grinsen. Jan hatte noch nie zuvor einen böseren Ausdruck in dem Gesicht eines Menschen gesehen. „Wo hast du ihn begraben, Kleiner?“

„Ich kann Sie hinführen.“ Jan war irritiert darüber, dass diese Frage für Seidler die interessantere war. Und nicht, *warum* sein Bruder tot war und ob Jan etwas damit zu tun hatte.

Seidler hob lächelnd die Augenbrauen. „So kommen wir doch mal ein Stück weiter, die Herren.“

Seidler wandte sich von Jörg ab und trat auf Jan zu.

Jetzt!, dachte der und machte einen schnellen Schritt zur Seite, griff einen nahestehenden Tisch mit beiden Händen an der Tischplatte und riss das Möbelstück in die Höhe, dass es in Richtung des Hünen aufragte und auf diesen zuflog.

„Los!“, schrie er Jörg an. Dessen Zögern dauerte Gott sei Dank nur den Bruchteil einer Sekunde. Jörg zerrte die verbeulte Sprühflasche aus der hinteren Hosentasche und schob das Feuerzeug aus seiner Faust in die Höhe. Der Hüne machte einen Satz zurück. Seidler sah erschrocken von einem zum anderen. Der Tisch landete krachend auf seiner Platte. Jan griff nach einem Stuhl, hielt ihn an der Lehne und riss ihn hoch. Mit der linken ließ Jörg eine winzige Flamme aufzucken. Gleichzeitig drückte er mit dem Zeigefinger der rechten den Sprühknopf. Ein rauschender Feuerstrom zuckte heraus. Seidler ging erschrocken in die Knie, der Feuerstoß schoss über ihn hinweg. Seidlers Begleiter sprang zwischen die aufragenden Tischbeine hindurch auf Jan zu. Der holte aus und schlug mit dem Stuhl nach ihm. Der Hüne duckte sich unter dem Schlag hinweg. Jan traf seinen Oberarm. Durch die Erschütterung musste er den Stuhl loslassen. Wie ein Würfel polterte er durch den Raum.

Seidler hockte vor Jörg auf dem Boden. Er richtete die Öffnung der Sprühdose auf Seidler, der erschrocken zu ihm aufsah.

Der Muskelmann kam hoch, stieß Jan mit den Händen gegen die Brust. Mit einem nachsetzenden Tritt riss der große Kerl Jan von den Füßen. Er knallte hart mit dem Rücken auf den Boden.

Klick, klick! Jörg schaffte es nicht, das Feuerzeug erneut zu entzünden. Verzweifelt warf er es fort.

Seidlers Begleiter wirbelte herum, zog eine Pistole unter seinem Jackett hervor und richtete sie auf Jörg. Jan riss die Augen auf, er wollte was rufen. Doch er war nicht dazu in der Lage. Er konnte nur zusehen, wie der Mann wie in Zeitlupe den Abzug drückte. Eine kleine Flamme zuckte vorne aus der Mündung, begleitet von einem ohrenbetäubenden Krachen. Fast gleichzeitig explodierte es blutrot in Jörgs Brust und riss ihn von den Füßen. Arme und Beine von sich gestreckt landete er auf dem schmutzigen Boden. Seine Finger ließen von der Sprühdose ab, sodass sie holpernd über die Planken kullerte.

Seidler erhob sich schwer atmend, starrte seinen Begleiter an. Der nickte nur. Er sprang auf den Mann zu, riss ihm die Pistole aus der Hand und legte auf Jörg an. Die Waffe zitterte in der Hand des Geschäftsmannes, der sie mit ausgestrecktem Arm hielt.

„Nein … bitte …“, wimmerte Jan und wollte dazwischengehen, doch es war zu spät.

„Halt die Fresse!“ Seidler drückte ab. Zweimal, dreimal. Jörgs Brust platzte auf. Arme und Beine zuckten bei jedem Treffer hilflos auf dem Boden. Jan wandte sich ab, hielt sich den Mund zu.

„Jetzt zu dir!“, schrie Seidler.

Jan drehte sich herum. Der Geschäftsmann warf seinem Begleiter die Waffe zu. Der fing sie gekonnt auf und legte auf Jan an. Erschrocken zuckte er zurück. Seidler stieß ihn gegen die Schultern. Jan stolperte rückwärts. Bevor er stürzte, fasste Seidler ihn am Kragen, hielt ihn aufrecht. „Du glaubst, mich verarschen zu können, was? Da müssen schon andere kommen!“ Mit diesen Worten grub Seidler kraftvoll seine Faust in Jans Bauch. Der sackte nach vorne. Der Schmerz war furchtbar, aber nichts gegen das Gefühl der Übelkeit, das ihn schlagartig überfiel.

Seidler zog ihn hoch. „Du bringst mich jetzt zu meinem Bruder. Keine Spielchen mehr, du Wichser!"

41

Es war früher Morgen, als Sonja die Augen auftat. Sie war auf der Couch eingeschlafen, richtete sich mühsam auf und verzog das Gesicht, als etwas in ihrem Rücken gemein zustach. Für Nächte auf der Couch war sie eindeutig zu alt, dachte sie.

Sie fuhr sich mit den Händen durch Gesicht und Haare und reckte sich, erinnerte sich an die gestrige Nacht. Erst an den Besuch des gesuchten Mörders, dem sie auf einmal so nah gewesen war … Und dann an das Auftauchen ihres jungen Kollegen. Und dessen Tod. Sie schüttelte den Kopf. Wollte nicht mehr daran denken.

Sie erhob sich und schlurfte mit müden, schmerzenden Beinen durchs Esszimmer in die Küche. Sie wollte sich einen Kaffee machen. Im Esszimmer blieb sie stehen. Kreidelinien am Boden, dort, wo Stollberg gelegen hatte. Das Blut, das wie ein grotesker Heiligenschein um den Kopf des Strichmännchens ausgebreitet war. Sie war erschrocken, dass sie nichts bei diesem Anblick empfand. War sie schon so abgestumpft? Nach wenigen Jahren als Mordermittlerin? Vielleicht war es aber auch nur ein innerer Schutzmechanismus, der die Eindrücke der letzten Wochen gesammelt und beschlossen hatte, ab jetzt weniger Emotionen zu produzieren.

Sonja atmete tief durch und ging in die Küche. Eine Viertelstunde später saß sie wieder auf der Couch, die Beine angewinkelt, eine heiße Tasse in den Händen haltend. Ein leises *Ping* verriet ihr den Eingang einer WhatsApp. Sonja starrte auf ihr Smartphone, rührte sich aber nicht. Sie nahm einen Schluck von ihrem Kaffee.

Lasst mich doch einfach alle in Ruhe, dachte sie.

Es klingelte erneut. Sonja schloss die Augen, seufzte, stellte die Tasse beiseite und nahm ihr Handy. Als sie die eingegangene

Nachricht betrachtete, durchbohrte etwas ihr Herz.

Was bist du nur für eine Mutter?

Die Nachricht war eine Videobotschaft ihrer Tochter Maya. Das Konterfei des kleinen Mädchens füllte das Vorschaubild komplett aus, und dort, wo sich ihre Nase befinden musste, war der Kreis mit dem *Play*-Pfeil. Sonjas Daumen schwebte zitternd über dem Videobild. Sollte sie es sich ansehen? Es würde sie innerlich umbringen. Aber es nicht zu tun, wäre herzlos.

Gut, dann bin ich eben herzlos, dachte sie und warf das Handy zurück auf den Couchtisch. Sie trank von ihrem Kaffee.

„Was ist nur los mit dir?“ Sie griff in hastiger Bewegung erneut das Handy und startete das Video.

Thomas musste Maya das Handy in die Hand gegeben und den Bildschirm gedreht haben. Maya hatte sich selbst gesehen, während sie das Video aufgezeichnet hatte. Sonja sah selten ihr komplettes Antlitz, meist nur ein Auge, ein Teil ihres Kinns mit einer Partie ihres Mundes oder überdimensional groß ihre Nase. Maya fand das lustig. Sie kicherte die ganze Zeit, während sie sprach. „Hallo, Mama. Wie geht es dir? Uns geht es gut. Ich bin gestern mit Onkel Karl Trecker gefahren. Er hat mich sogar selbst lenken lassen. Aber keine Sorge, Papi war dabei. Und gestern Abend, da haben wir gegrillt. Aber nicht wie zuhause, sondern richtig über Feuer. Das war lecker. Ich möchte jetzt nur noch über Feuer grillen.“ Sonja lachte auf. Aus dem Hintergrund des Videos hörte sie Thomas lachen. Es löste in Sonja Erinnerungen an schöne Stunden aus. „Was machst du? Hast du die Bösen schon erwischt? Kannst du herkommen? Ich vermisse dich!“

Das Video war zu Ende. Sonja legte das Handy beiseite. Sie war völlig erschöpft, ging ins Badezimmer, wusch sich und machte sich zurecht. Zurück im Wohnzimmer nahm sie das Handy wieder zur Hand und aktivierte den Videomodus. Sonja besah sich ihr Gesicht und dachte, dass sie zwar etwas müde, aber nicht so aussah, als hätte sie die halbe Nacht nicht geschlafen. Sie startete die Aufnahme und lächelte für ihre Tochter. „Hallo, Mausi. Guten Morgen. Das klingt wirklich aufregend, was du erzählt hast. Mir geht es gut. Leider … den Bösen hab ich noch nicht erwischt. Vielleicht noch zwei, drei Tage. Aber ich bin ihm …“ Sie zögerte kurz. „… schon ganz nah. Ich freu mich auf euch. Und ich vermisse dich auch. Liebe Grüße an Papi. Gib ihm einen Kuss von mir. Und hier kommt einer von mir für dich." Sonja führte das Handy näher an ihren Mund und spitzte die Lippen zu einem Kussmund. „Ich hab dich lieb." Sie stoppte die Aufnahme, drückte auf *Senden* und das Video ging auf die digitale Reise ins Sauerland.

Zwei weitere Nachrichten von Thomas erreichten sie. *Egal, was war, ich liebe dich,* las sie. Und dann: *Ich vermisse dich.*

Die Zeilen schwirrten vor ihrem Gesicht. Wieder schwebte ihr Daumen über dem Display. Was sollte sie antworten? *Ich dich auch,* kam ihr in den Sinn. Doch das war nicht dasselbe. Sonja tippte *Ich liebe dich auch*, zögerte und schickte es ab. Leider fühlte sie nicht das, was man fühlen sollte, wenn man solche Texte verfasste.

Sonja nahm ihren Kaffee, der in der Zwischenzeit kalt geworden war und trat ans Fenster. Der Garten lag vor ihr. Der Rasen hatte einen Schnitt nötig und viele Blumen mussten von ihren welken Blüten befreit werden, um vielleicht zum Ende des Sommers noch mal austreiben zu können.

Ihr Handy klingelte erneut. Was wollt ihr denn alle von mir?, dachte sie. Es war Gerberich. Sonja zögerte nicht und nahm den Anruf entgegen. Sie spürte ein wenig von der gestrigen Wut in sich aufsteigen, doch sie bemühte sich, ganz normal zu klingen. „Herr Gerberich."

„Wie geht es Ihnen?"

„Gut."

„Das freut mich."

Stille.

„Wir fahren jetzt ins Altenheim St. Laurentius, um den emeritierten Pastor zu verhören."

„Wunderbar. Holen Sie mich ab."

„Oh, nein … Nach gestern Nacht wäre es besser, wenn Sie sich einen Tag frei nähmen."

„Danke. Nicht nötig."

„Sie verstehen nicht. Es ist kein Wunsch. Sondern eine Anordnung."

Kurze Zeit Stille, in der Sonja sich sammelte. „*Sie* verstehen nicht, Herr Gerberich. Wenn ich hier allein rumsitze, könnte ich auf komische Gedanken kommen. Zum Beispiel, mich bei der Dienstaufsicht zu melden."

Wieder Stille.

„Bin in einer halben Stunde bei Ihnen", sagte Gerberich.

„Bis gleich." Sonja legte auf und konnte sich ein Lächeln nicht verkneifen.

Zehn Minuten später läutete der Festnetzanschluss im Flur. Sonja war gerade im Begriff, sich ihre Schuhe anzuziehen, als das Telefon klingelte. Sie bemühte sich, den Anruf zu ignorieren, starrte gebannt auf ihre Schuhe und schnürte sich die Riemen zu, als könnte ein meidender Blick ausreichend sein, es zum Verstummen zu bringen. Doch der Anrufer war hartnäckig. Sonja wurde es zu bunt. Ohne ihren Namen zu nennen, raunte sie ein genervtes „Ja?" in den Hörer.

„Spreche ich mit Frau Krüger?", fragte eine Frau.

„Ja."

„Hier spricht Melina Seibold. Sie erinnern sich an mich?"

Sonja schloss die Augen. „Ja … natürlich …", sagte sie langsam.

„Wir hatten die Absprache, dass wir uns ab und an mal sehen, um darüber zu reden, wie es Ihnen geht."

„Mir geht es glänzend. Danke der Nachfrage."

„Sie wollten sich melden, um sich einen neuen Termin geben zu lassen", fuhr die Psychologin fort.

„Stimmt. Jetzt wo Sie es sagen …" Sonja warf einen Blick auf ihre Armbanduhr und verdrehte die Augen.

„Wie wäre es in einer halben Stunde. Mir ist jemand abgesprungen. Vielleicht haben Sie spontan …"

„Oh, tut mir leid, das passt leider nicht."

Für einen kurzen Moment herrschte Stille in der Leitung, gefolgt von einem unterkühlten „Schade". Nach einer kurzen Pause: „Frau Krüger, Sie wissen schon, dass ich meine Einschätzung zu Ihrer … Beratertätigkeit, wie wir es genannt haben … jederzeit widerrufen kann, wenn ich der Meinung bin, Sie seien noch nicht so weit. Sie sollten sich schon ein wenig kooperativer zeigen."

„Wem wollen Sie diesen Widerruf schicken? Dem Polizeipräsidenten? Machen Sie bitte auch eine Kopie für die Ärztekammer."

Melina Seibold schwieg.

„Freitag, 10:30 Uhr", sagte Sonja, sie wollte nicht diskutieren. Sie wusste, dass sie Hilfe brauchte und sie mochte die Psychologin. Sonja hörte, wie sie in ihrem Kalender blätterte.

„Das passt."

„Wunderbar!", sagte Sonja und legte auf. Sie zog ihre Schuhe an und warf einen letzten Blick in den Flurspiegel. Sie musste an gestern Nacht denken, als sie nackt, nur mit einem Handtuch bekleidet hier stand und mit Hendricks telefoniert hatte. Kurz darauf war ein Mann gestorben.

Sie schob die Gedanken beiseite und trat hinaus in den Morgen. Die Sonne stand hoch am Himmel. Er war strahlend blau, keine einzige Wolke war zu sehen. Die Luft tat gut. Sonja schloss die Augen und wandte ihr Gesicht den Strahlen zu. Die Müdigkeit krallte sich in ihre Schultern und in ihren Nacken. Ihr Kopf, so schien es, war angefüllt mit einem Nebel, der sich nur langsam verflüchtigte.

Wieder klingelte ihr Handy.

Sonja seufzte. „Krüger?"

„Bergmann, vom Präsidium."

„Guten Morgen, Herr Bergmann", begrüßte sie ihren Kollegen. Sie versuchte, sich ein Bild von dem Mann zu machen. Doch es gelang ihr nicht. Wie Gerberich es schaffte, alle seine Mitarbeiter mit Namen zu kennen, war ihr ein Rätsel. „Was kann ich für Sie tun?"

„Ich wollte Ihnen nur mitteilen, dass Nadine Hausmann die Nacht überstanden hat. Sie ist aufgewacht. Und stabil."

„Wer?" Sonja konnte mit dem Namen nichts anfangen.

„Nadine Hausmann. Der Überfall in der Roßstraße. Mit der Gabel im Bauch. Sie und Kollege Springer waren gestern vor Ort und …"

„Ach ja, genau." Es war Sonja peinlich. Doch sicherlich verständlich, wenn man ihre Umstände betrachtete.

„Nichts für ungut", sagte Bergmann, als hätte er ihre Gedanken gelesen. „Sie hatten ja gestern einiges um die Ohren. Ich hoffe es geht Ihnen gut?"

Hat sich ja schnell rumgesprochen, dachte Sonja, freute sich aber dennoch über die Anteilnahme.

„Ja, danke."
„Was machen wir nun mit Frau Hausmann?"
„Schicken Sie doch bitte einen Kollegen oder eine Kollegin zu ihr, sie sollen ihre Aussage aufnehmen. Vielleicht kann sie uns eine Täterbeschreibung geben. Wenn die sich dann mit unserem Gesuchten deckt, sind wir einen guten Schritt weiter."
„Wird gemacht. Danke."
„Gut."
Sie verabschiedeten sich. Sonja legte auf. Zehn Minuten später fuhr Gerberich mit seinem BMW vor. Sonja stieg ein. Über gestern Nacht verloren sie kein Wort.

42

Jan krachte gegen die schwere Holztür der alten Kneipe. Seine Hände umklammerten den schwarzen, geschwungenen Eisengriff, um sich aufrecht zu halten. Seidler hatte ihn vor sich her gestoßen. Jan drückte mit zitternden Fingern den Türgriff herunter und zog die Tür auf. Bevor er einen Schritt ins Freie tun konnte, traf ihn ein weiterer Stoß. Jan fiel mit rudernden Armen nach vorne. Er konnte das Gleichgewicht nicht halten. War einfach zu schlapp und ausgelaugt. Er stürzte auf den Boden.
„Los mach schon, du Penner!"
Jan stemmte sich hoch. Seine Arme zitterten, wollten nicht mehr. So wie seine Beine. Es würde nicht mehr lange dauern und sie würden ihren Dienst versagen. Nichts mehr tun, streiken. Und ihn das Leben kosten.
„Komm hoch, du Sack!"
Jan kam in die Hocke, atmete schwer. Ein kurzer Blick über die Schulter verriet ihm, dass die beiden Männer hinter ihm standen und verächtlich auf ihn herabsahen. Die Pistole war wieder gesichert und für niemanden sichtbar unter dem schwarzen Sakko versteckt.
„Bitte …", begann Jan, doch im selben Moment platzte der Oberschenkel des Bodyguards auf. Grellrotes Blut spritzte und es

folgte ein gellender Schmerzensschrei. Erst dann kam der Knall.

Jan zuckte zusammen. Auch Seidler ging erschrocken in die Hocke und sah sich mit vor Schreck geweiteten Augen um. Dessen Begleiter lag auf der Seite, das verletzte Bein abgespreizt. Der Stoff der Hose sog sich voll mit seinem Blut. Der Mann suchte unter seinem Jackett nach der Waffe, was unter den furchtbaren Schmerzen, die er litt, nicht so einfach war. Jan robbte vorwärts und brachte sich hinter dem schwarzen Mercedes, der direkt vor dem Eingang parkte, in Sicherheit. Seidler wollte es ihm gleichtun. Doch genau vor ihm schlug eine Kugel in den Schotter und ließ eine kleine Fontäne Splitt aufspritzen. Seidler zuckte zurück. Sein Begleiter hatte es geschafft, seine Waffe zu ziehen. Hob sie an, wenngleich er nicht wusste, in welche Richtung er zielen musste. Jan hätte nicht gedacht, dass dieser große, brutal aussehende Kerl unter Beschuss auf einmal so hilflos wirken konnte.

Aber wer schoss eigentlich auf sie? Die Polizei? Die hätten doch nicht einfach geschossen. Die hätten vorher irgendetwas gesagt … Hätten einen warnen müssen!

Seidler zog einen kleinen schwarzen Gegenstand aus der Tasche, drückte mit zitterndem Daumen darauf herum. Hinter Jans Rücken ertönte ein elektronisches Piepen sowie ein lautes *Klackklack*. Das Ding in Seidlers Hand war ein elektronischer Autoschlüssel. Die Türen waren entriegelt.

Deine Chance, dachte Jan, sah Seidler an, der sich ihm und dem Wagen näherte, indem er dicht über den Boden robbte. Dann schrie der andere wieder auf. Seidler stoppte, sah sich um. Eine zweite Kugel hatte sich in die Brust des Hünen gegraben und dort einen Krater aus Fleisch, Knochensplittern und Blut hinterlassen. Der massige Oberkörper schwankte vor und zurück. Der Arm, der die Waffe hielt, baumelte in der Luft, wie ein schlapper Marionettenarm. Dann ergab sich der Mann seinem Schicksal und fiel zu Boden.

Seidler glotzte seinen Begleiter an. Jan nutzte die Chance. Er griff mit der linken Hand nach dem Schlüssel in Seidlers Faust. Der reagierte sofort, zog den Arm weg und sah Jan wütend an. Jan zögerte nicht, umschloss das Handgelenk des Mannes mit festem

Griff und schlug ihm mit rechts und kraftvoll angespannter Faust seitlich gegen das Kinn. Seidler fiel zurück. Seine Finger öffneten sich und der Autoschlüssel purzelte zu Boden. Jan griff danach, öffnete die Tür und hechtete auf den Fahrersitz. Er zog die Tür zu, bemühte sich, mit zitternden Fingern, den Schlüssel ins Zündschloss zu stecken und den Motor anzulassen.

Jan hämmerte den Rückwärtsgang ein. Neben dem Fahrerfenster tauchte Seidler auf, schrie ihn an. Wut und Hass, Angst und Verzweiflung sprangen ihm aus dem Gesicht und überfielen Jan wie blutrünstige Tiger. Seidler schaffte es, die Fahrertür zu öffnen. Jan trat aufs Gas, der Wagen machte einen Satz zurück. Seidler, der den Türgriff umfasst hielt, wurde mitgerissen, verlor das Gleichgewicht und stürzte in den Dreck. Die Fahrertür schlug zu.

Jan bugsierte den Mercedes rückwärts, bis er beide Männer durch die Frontscheibe vor der Kneipe liegen sah. Er drehte eilig und fuhr davon. Im Rückspiegel erkannte er, dass sich niemand mehr rührte.

43

Gerberich hielt das Lenkrad seines Wagens mit beiden Händen fest umklammert. Sonja saß angespannt da, die Hände auf die Oberschenkel gelegt und wirkte wie eine einzige stumme Anklage.

Sie waren auf dem Weg zum Altenheim, um mit dem Pfarrer zu sprechen, der den versteckten Raum hatte bauen lassen. Sonjas Vermutung nach, hatte er darin Hendricks und – Gott weiß, wie viele andere Kinder – sexuell missbraucht.

Ein Telefon läutete. Gerberich reagierte sofort und aktivierte die Freisprechanlage. „Gerberich."

„Hannes hier. Ich hab ein paar Untersuchungsergebnisse der Kollegen vom Erkennungsdienst. Die haben die Bombe in dem Notebook etwas genauer unter die Lupe genommen."

„Immer raus damit!"

Man hörte Hannes in den Unterlagen blättern. „Wenn ich das richtig lese, handelt es sich um einen kleinen Geniestreich."

„Heißt?“

„Alles legales Zeug, nichts vom Schwarzmarkt oder so. Ich erspare Ihnen die technischen Details, okay?“

„Okay!“

„Also laut Einschätzungen der Kollegen muss unser Mann ein Profi sein. Mit einfachem Baumarktverstand hätte er so ein Ding niemals bauen können. Wer zur Hölle ist der Kerl?“

„Danke, Hannes. Noch was?“

„Ja. Wir haben Fingerabdrücke in der Kammer gefunden. Neben denen der Kollegen, welche, die man eindeutig Hendricks zuschreiben kann.“

„Wundert mich nicht.“

„Außerdem Fingerabdrücke von noch mindestens einer weiteren Person.“

Gerberich warf einen kurzen Blick zu Sonja hinüber, die nun zum ersten Mal auch den Kopf hob. „Eine weitere Person?“

„Ja.“

„Und die sind nicht schon mehrere Jahre alt?“

„Die Kollegen gehen davon aus, dass die Abdrücke mindestens genauso frisch sind wie die von Hendricks.“

„Also war jemand bei ihm …“

„Das ist anzunehmen.“

Gerberich sah Sonja an. „Ein Komplize?“

Sonja erwiderte den Blick, zuckte nur kurz mit den Schultern.

„Noch was?“, fragte Gerberich.

„Ja.“

„Raus mit der Sprache! Lassen Sie sich doch nicht alles aus der Nase ziehen, Herr Lautmann.“

Hannes schien zu zögern. „Heute Morgen sollte sich doch der Hausmeister im Präsidium einfinden, um seine Aussage zu Protokoll zu geben …“

„Ja, richtig. Und?“

„Als er nach einer halben Stunde zum vereinbarten Termin immer noch nicht erschienen war, haben wir Kollegen zu ihm rausgeschickt, um ihn abzuholen. Er ist tot. Hat sich auf dem Dachboden seines Mietshauses erhängt.“

Gerberich trat abrupt auf die Bremse. Die Nachricht schien ihn mitzunehmen. Sonja schloss die Augen, senkte den Kopf. Gerberich riss sich zusammen und trat wieder aufs Gas. „Ein Fremdverschulden ist ausgeschlossen?“

„Ersten Einschätzungen des Notarztes nach, ja. Die Leiche des Mannes ist aber bereits auf dem Weg in die Rechtsmedizin.“

„Guter Job, Hannes.“

„Danke.“

„Wir melden uns, wenn wir beim Pfarrer fertig sind.“ Gerberich wollte gerade das Gespräch beenden, als Hannes sich nochmal meldete.

„Herr Gerberich, wie geht es Sonja?“

„Sie sitzt neben mir. Fragen Sie sie!“

Sonja lächelte. „Mir geht es gut, Hannes. Danke der Nachfrage.“

„Grüße von den Kollegen hier.“

„Danke. Zurück. Sagen Sie Ihnen, ich geb einen aus, wenn der Scheiß hier vorbei ist.“

„Mach ich.“

Sonjas Gedanken rasten. Hendricks war ein Profi, das wussten sie bereits. Nicht aber, dass er einen Komplizen hatte. Das machte die Sache schwieriger. Der Hausmeister hatte Selbstmord begangen. Aus Scham, wie Sonja annahm. Sie wusste nicht, ob er ihr leidtun sollte oder nicht. Er hatte von der Kammer gewusst. Seit Jahren. Von Beginn an. Wenigstens musste er vermutet haben, was darin geschehen war. Er hatte geschwiegen. Sonja entschloss sich, ihm kein Mitleid zu schenken.

*

Pfarrer Rüdiger Bernhardt war knapp 90 Jahre alt und bot eine traurige Erscheinung. Er saß in einem Rollstuhl und zitterte unentwegt. Seine Augen konnten nicht ruhig in den Höhlen verweilen, waren ständig in Bewegung. Als suchten sie in heller Aufregung etwas, das mehr als lebenswichtig war. Sonja hatte dem Mann die Hand zur Begrüßung gereicht und geglaubt, die Hand eines Toten zu fassen, so wenig Kraft war in ihr. Dass Bernhardt noch am Leben war, spürte man nur an dem zittrigen Staccato, das seine Gliedmaßen schüttelte. Sollten Sonjas Vermutungen richtig sein, war es die einzig wahre Strafe für den Schatten eines Mannes, der vor ihnen saß.

Gerberich und Sonja hatten sich angemeldet und waren vom Pflegepersonal in einen Raum geführt worden, den man „die gute Stube" nannte. Es war eine Art Besucherzimmer, das hergerichtet war wie ein altes Wohnzimmer aus der Zeit der 50er, 60er Jahre. Es gab einen alten, aus dunklem Holz gefertigten Vitrinen-Schrank, in dem säuberlich weißes Porzellan gestapelt stand, sowie eine Art Essecke mit ums Eck gehender Sitzbank. Auf dem Tisch lag ein weißes Tischtuch mit einer Vase darauf. Am Fenster, das mit Gardinen und schweren Vorhängen abgehängt war, gab es ein Sofa mit kleinem, nierenförmigem Tischchen davor und zwei dazugehörigen Sesseln. Sonja fand die Idee, ein Zimmer für die Bewohner so einzurichten, dass es sie an damals erinnerte, sehr hübsch. Sie selbst dachte ans Haus ihrer Großeltern. Es roch sogar ähnlich.

Sie saßen in der Wohnzimmerecke der guten Stube, Gerberich und Sonja in jeweils einem Sessel, Bernhardt zusammengesunken, mit hängenden Schultern und wackelndem Kopf auf dem Sofa, das im Vergleich zu seinem ausgemergelten Körper überdimensional groß wirkte.

„Guten Morgen, Herr Bernhardt", begann Gerberich das Gespräch. Sonja bedachte ihn mit einem abschätzigen Blick. Ihr war bewusst, dass Gerberich und sie höflich sein mussten. Trotzdem empfand sie Abscheu für den Mann. „Danke, dass Sie uns empfangen haben."

Bernhardt hob den Kopf an und ließ ihn wieder sinken. Es konnte als Nicken verstanden werden.

„Sie waren als leitender Pfarrer bis vor zwanzig Jahren für das Kinderheim St. Christophorus zuständig. Kann man das so sagen?"

Bernhardt zeigte keinerlei Reaktion.

Gerberich atmete schwer aus. „Erinnern Sie sich vielleicht an einen Jungen mit seiner Schwester? Lars und Mia Hendricks?"

Für den Bruchteil einer Sekunde hörte das Zittern des Mannes auf. So kurz, dass Sonja nicht mit Sicherheit sagen konnte, ob es wirklich so gewesen war. Gerberich sah sie an, kniff die Augen zusammen. Ihm war es auch aufgefallen. Sonja beugte sich vor.

„Herr Pfarrer, können Sie uns etwas zu den Kindern sagen?"

Der Blick des alten Mannes war auf den Boden vor seinen schmalen Füßen gerichtet, die in ausgetretenen Latschen steckten. Wäre diese Reaktion soeben nicht gewesen, das Aussetzen des Zitterns, Sonja hätte nicht mit Gewissheit sagen können, ob er ihnen überhaupt zuhörte.

„Herr Pfarrer …?"

Der Mann hob den Kopf wieder an, seine Augen starrten aber weiter auf den Boden. „Net … te Kin … der", kam es holpernd über seine Lippen.

Sonja sah zum Himmel, verdrehte die Augen.

„Herr Pfarrer … Lars Hendricks …", sagte Gerberich.

„Okay, Stopp!", brach es aus Sonja hervor. Mit aufgerissenen Augen sah Gerberich sie an. Sie beachtete ihn gar nicht, sondern beugte sich in ihrem Sessel vor. „Was ist mit der versteckten Kammer hinter der alten Hausmeisterwerkstatt im Keller? Raus mit der Sprache?"

Abrupt hörte das Zittern auf. Langsam, als wöge er mehrere Zentner, hob Bernhardt den Kopf. Aus blutunterlaufenen Augen sah er sie an. Sein faltiger Mund öffnete sich, formulierte aber keine Silbe.

„Sie wissen, welche Kammer ich meine!"

Seine Augen füllten sich mit Tränen. Er nickte schwach.

„Was ist dort passiert?"

„Wir wa … ren … einan … der … so nah."

Sonja sagte nichts, neigte sich zurück und sah mit Abscheu auf den alten Mann herab, als handelte es sich bei ihm um eine eklige, pelzige Spinne.

„Die Kinder … sie hatten doch niemanden mehr." Der Alte schien ergriffen und sprach nun flüssiger. „Und wir … wir hatten ihnen so viel zu geben … Liebe. Wissen Sie, wie das ist? Zu lieben, aber diese Liebe nicht weitergeben zu dürfen? Nun … dort durften wir es. Dort haben wir …"

Sonja schoss in die Höhe, die alten Augen des Pfarrers konnten ihrer schnellen Bewegung nicht folgen. Bevor sie jedoch etwas sagen konnte, kam Gerberich ihr zuvor.

„Wer ist wir?"

Langsam, als beobachtete Bernhardt ein Schneckenrennen, wanderten seine Augen zu Gerberich. „Bitte?"

„Sie sagten, *wir* hatten ihnen so viel zu geben. Wen meinen Sie mit wir?"

„Doris und ich."

„Den vollen Namen bitte."

„Doris Meinert." Bertold hob die buschigen Augenbrauen. „Ich dachte, Sie wüssten auch von Doris."

„Nein."

Gerberich und Sonja sahen sich an, nickten sich zu. „Gehen wir", sagte er.

„Warten Sie!" Dem emeritierten Priester liefen Tränen übers Gesicht. „Ich weiß, was Sie denken. Aber … Es war nicht böse. Verstehen Sie. Wir haben ihnen nichts Böses getan. Wir … Ich … Es war … Es war einfach … schön."

Sonja starrte den alten Mann an, beugte sich vor, flüsterte. „Sie wissen gar nicht, welches Glück Sie haben …" Sie war dem alten Mann so nahe, dass sie seinen säuerlichen Schweiß riechen konnte, den nicht mal *Kölnisch Wasser* übertünchen konnte. „Zittern Sie sich zu Tode, alter Mann. Denken Sie daran, was Sie getan haben und beten Sie, dass Ihr Gott schneller die Pforten seines Himmelreiches für Sie öffnet, eh der Teufel erfährt, dass Sie tot sind." Sonja richtete sich auf.

„Ich habe nichts Böses getan!" Bernhardt schien aufbegehren zu wollen und bemühte sich, sich aufzurichten. „Ich habe Liebe gegeben!"

„Wir gehen!" Gerberich zog sie mit sich. Im Flur vor verschlossener Tür drehte er sie so, dass er ihr ins Gesicht sehen konnte. Er hielt sie bei den Schultern. Sie blickte zu ihm auf. Wie lange sie so dastanden und sich tief in die Augen sahen, war nicht zu sagen. Keiner sprach ein Wort. Irgendwann zog Gerberich sein Handy und wählte. Während er sprach, ließen seine Augen die ihren nicht los. „Hannes, durchforsten Sie die Mitarbeiterliste des Kinderheims und suchen Sie eine Doris Meinert. Ich warte." Die Sekunden verstrichen, weitere Blicke in die Seele des anderen. „Danke, Hannes." Gerberich legte auf. „Sie arbeitet noch im

Kinderheim. Hannes hat mir ihre Privatadresse gegeben. Kommen Sie mit?“

Sonja nickte.

„Eins noch …“, fuhr Gerberich fort. „Es geht nicht nur um das Verbrechen von vor zwanzig Jahren. Sondern um das von vor vier Wochen.“

44

Jan verriss das Lenkrad. Die Hand auf seiner Schulter war so plötzlich hervorgeschossen, dass er sich vor Schreck beinahe in die Hosen gemacht hätte. Er trat auf die Bremse, als der Mercedes frontal auf einen Baum am Straßenrand zuraste. Die Reifen quietschen, das Heck brach aus. Ein greller Schrei sprang ihm ins Ohr. Es schmerzte. Jan schrie ebenfalls.

Als der Wagen zum Halten kam, atmete er schwer aus. Sein Herz pumpte wie wild, sein Puls hämmerte in seinen Ohren. Die Vorderreifen standen qualmend am Straßenrand der Gegenfahrbahn. Jan schloss die Augen. Er wollte schlafen. Hatte keine Kraft mehr. Er wollte sich nicht mal mehr umdrehen, um zu sehen, wer ihm von der Rückbank einen solchen Schrecken eingejagt hatte.

„Was machst du hier?“, fragte eine weibliche Stimme von hinten.

Jans Lider schnellten in die Höhe, er riss den Kopf herum. Da saß sie. Auf dem Rücksitz. Becca.

„Du!?“ Langsam drehte er sich herum, bis er auf dem Fahrersitz kniete. Seine Finger gruben sich in die Rückenlehne, kneteten das Leder. Wann hatte er sie zum letzten Mal gesehen? Er wusste es nicht mehr, so viel war inzwischen geschehen. Beim letzten Mal … Hatte sie ihn da geküsst oder bedroht? Freute er sich, sie zu sehen oder war er erschrocken? Angewidert? Seltsamerweise empfand er nichts.

Becca dachte wohl anders. Sie schnellte vor, streckte die Arme nach ihm aus und stieß einen freudigen Laut aus. Sie schlang die Arme um seinen Hals und riss ihn zu sich heran. Ihre Lippen waren überall, auf seinem Hals, seinen Wangen, seinen Augen, seiner Nase, seiner Stirn. Bald gab es keine Stelle mehr oberhalb seines Kragens, die nicht geküsst worden war.

„Hey, hey, hey, Schluss!“, presste Jan hervor und bemühte sich, Becca von sich wegzudrücken.

„Ich bin froh, dass du da bist!“

„Ich wäre lieber zuhause. Ich hab keinen Bock mehr auf den ganzen Scheiß. Das macht mich fertig. Es nimmt kein Ende. Immer wenn ich denke, es kann nicht mehr schlimmer kommen … Hah!“ Er klatschte kraftvoll in die Hände. „… fällt jemand über mich her … werde ich verfolgt … oder … es wird jemand vor meinen Augen erschossen. Verdammte Scheiße!“ Tränen flossen ihm übers Gesicht. Kraftlos sank sein Kopf nach vorne, lehnte gegen die Kopfstütze des Fahrersitzes. Er spürte Hände, die nach ihm tasteten. Becca zog ihn wieder zu sich heran und nahm ihn in die Arme.

„Was machst du überhaupt hier?“, fragte Jan.

„Sie haben mich verschleppt!“

Jan musterte sie. „Du bist nicht gefesselt …!?“

Becca schwieg.

„Warum sollten sie eine Geisel ohne Fesseln allein in einem Auto zurücklassen?“, fragte er misstrauisch.

„Es war abgesperrt!“

Jan riss die Augen auf. „Uuuuh!“

Becca öffnete den Mund. „Ich …“, begann sie, konnte aber nichts sagen.

„Warum sollten Sie dich entführen? Beim ersten Mal hast du gesagt, man hätte dich nicht entführt. Obwohl ich es gesehen hab. Jetzt sagst du, du wurdest entführt. Das ist doch alles Scheiße, Becca!“

„Ich weiß, es klingt …“

„Ja? Wie klingt es? Bescheuert? Wahnsinnig? Ich könnte mich kaputtlachen, wenn nicht schon so viele Menschen verletzt oder gestorben wären.“

„Gestorben?“

„Hast du etwa Stefan vergessen? Dann wäre da noch der Gorilla, der dich entführt hat und mich umbringen wollte. Dann Jörg.“

„Wer ist das?“

„Vergiss es! … Ach, und der Typ, der vor der Kneipe mit uns Fangen gespielt hat, war übrigens Stefans Bruder. Wusstest du das?“

„Ja …“ Becca klang kleinlaut. „Ich kenne Thorsten.“

„Ach, sieh mal an. Hättest mich ja wenigstens vorwarnen können, dass Stefans Bruder ein kranker Irrer und ein gemeingefährlicher Gangster ist. Er hat nämlich gerade einen Mann erschossen. Einfach so.“

Becca hob die Hand, wollte seine Wange streicheln, doch Jan zuckte zurück. „Das scheint dich weder zu überraschen noch zu schockieren.“

Sie zuckte mit den Achseln.

Wie ein Fisch auf dem Trockenen schnappte Jan nach Luft. Ihre Kaltschnäuzigkeit blies wie ein kalter Sturmwind durch seine Gedanken und wirbelte alle Ideen, die er hatte, fort. „In was für eine Scheiße hast du mich reingezogen?“ Jan drehte sich im Sitz herum. Wütend umfasste er das Lenkrad. Am liebsten hätte er mit den Fäusten draufgeschlagen, aber er konnte sich gerade noch beherrschen.

„Ich werde es dir erklären. Aber nicht hier.“ Sie streichelte seinen Rücken, weiter sagte sie nichts.

Wie lange sie so dasaßen, konnte er nicht sagen. Irgendwann richtete er sich auf, schniefte und wischte sich mit dem Ärmel das Gesicht ab. Keiner sprach ein Wort. Jan lenkte den Wagen auf die rechte Fahrspur und fuhr zurück Richtung Krefeld.

*

Zwanzig Minuten später parkte er den Wagen vor dem *Café del Sol* an der Violastraße in der Nähe des Zoos. Warum gerade dort konnte er nicht sagen. Er war schon oft hier gewesen, meistens jedoch um Cocktails zu schlürfen oder anderweitig Spaß zu haben. Aber er wusste, dass hier immer viele Menschen waren. Viele Menschen bedeuteten Sicherheit. Jan zog den Schlüssel aus dem Zündschloss und ließ sich zurückfallen.

„Was hast du vor?“

„Kaffee trinken.“

„Hier?"

Er drehte sich zu ihr um. „Hier brauch ich keine Angst haben, dass du plötzlich über mich herfällst, mir die Augen auskratzt oder versuchen wirst, mir mit einem Löffel das Herz herauszuschneiden."

Becca schwieg.

„Und sollten diese kranken Hunde mich aus welchem Grunde auch immer aufspüren, werden sie mich sicherlich nicht in aller Öffentlichkeit über den Haufen schießen. Komm mit oder bleib hier. Mir egal."

Er war im Begriff auszusteigen, doch er hielt in der Bewegung inne, als Becca sagte: „Das glaub ich nicht."

„Was?"

„Dass du vor denen in der Öffentlichkeit sicher bist."

*

Sie saßen sich an einem Fenster des *Café del Sol* gegenüber. Zuerst wollten sie sich in eine Ecke des Restaurants zurückziehen, wo man sie nicht sofort hätte sehen können. „Am Fenster sitzen wir wie auf einem Präsentierteller", hatte Becca gemeint.

„Schon richtig", hatte Jan geantwortet, „aber man sieht nicht nur uns, sondern wir sehen auch sofort, wenn sich jemand nähert." Wahrscheinlich gab es in ihrer Situation kein Richtig und kein Falsch. Alles war Kacke!

Becca griff ihren Pott Kaffee mit beiden Händen, hielt das Porzellan wie eine Schale umfasst und nahm einen großen Schluck. Vor Jan stand ein ebensolcher Pott, außerdem ein Teller, belegt mit Brötchen, Schinken und Rührei. Jan aß, als gäbe es keinen Morgen.

Vielleicht gab es nie mehr einen …

„Wie kannst du jetzt essen?" Becca sah abschätzig auf die Eikrümel, die zurück auf den Teller rieselten, als er genussvoll in ein Brötchen biss.

„Weil ich Hunger hab." Er kaute und schluckte. „Ich hab seit zwei Tagen nichts mehr gegessen, glaub ich."

Jan aß zu Ende, wischte sich mit einer Serviette den Mund, trank einen Schluck Kaffee und lehnte sich zurück. In Anbetracht ihrer Lage, sah er zufrieden aus.

„Was?“, fragte er, als er Beccas musternden Blick spürte.

Sie reagierte nicht, rührte sich nicht. Dann – wie aus einem Schlaf erwacht – richtete ihr Kopf sich auf. „Es ist nicht meine Schuld.“

„Hä?“

„Das glaubst du doch, oder? Dass es meine Schuld ist, die Scheiße, in der du steckst. Aber das ist es nicht!“ Jan wischte sich einen Krümel aus dem Mundwinkel. „Du bist selbst schuld. Ich hab dir gesagt, du sollst dich verpissen. Ich hab dir gesagt, dass ich nichts von dir will! Aber du wolltest ja unbedingt mit rauf. Selbst als ich dir sagte, dass in meiner Wohnung ein Toter liegt, hast du dich nicht abhalten lassen. Also komm mir bloß nicht damit, dass das alles meine Schuld ist. Ich kann nichts dafür. Ich bin genauso ein verflixtes Scheiß-Opfer wie du. Verstanden!?“

Becca war laut geworden. Atmete schwer. Die Unterhaltungen der anderen Gäste schwappten wie eine Welle über sie hinweg. Sie sah sich um. Niemand reagierte auf sie.

„Fertig?“

Sie atmete zitternd ein und wischte sich eine einsame Träne von der Wange.

„Es war nicht deine Wohnung.“

„Was?“

„Die Wohnung, in die du mich mitgenommen hast, mit dem Toten. Sie gehörte nicht dir. Sondern Nadine.“

Becca nickte.

Er wischte sich mit der Hand übers Gesicht. Als er weitersprach, fixierte er sie. „Ich steck mit drin. Selbst wenn ich mich entscheiden sollte, dich mit dieser ganzen Scheiße allein zu lassen, steck ich mit drin. Von Anfang an. Also daher bitte ich dich … Erzähl mir endlich, was los ist!“

Becca öffnete den Mund.

„Und bitte …“, unterbrach er sie. „Keine Lügen mehr! Nur die Wahrheit! So ätzend sie auch sein mag!“

45

Sonja und Gerberich verließen das Seniorenstift St. Laurentius. Sonja war aufgebracht. Sie ging voran, rannte beinahe. Sie wollte nur noch hier raus. Die gläserne Schiebetür surrte gemächlich zur Seite. Sonja drehte ihren Oberkörper und quetschte sich hindurch, bevor die Türen ganz geöffnet waren. Draußen atmete sie auf. Schloss die Augen.

„Frau Krüger!"

Gerberich stand hinter ihr. Sonja wusste, dass sie sich unprofessionell verhalten hatte. Sie hatte sich gehen lassen. Aber dieser alte Mann hatte sie angeekelt. Wie konnten Menschen nur so sein? Dass Priester ihr Amt ausnutzten, um Kinder zu missbrauchen, würde sie nie verstehen.

„Frau Krüger!!"

„Entschuldigen Sie, Herr Gerberich." Sonja wandte sich um. „Ich hab mich unmöglich aufgeführt. Ich …"

Gerberich ließ sie nicht aussprechen, sondern hielt ihr sein Handy hin. „Telefon für Sie."

Irritiert zog sie ihr eigenes Smartphone aus der Tasche. Sie hatte es auf lautlos gestellt, bevor sie das Altenheim betreten hatten. Zwei Anrufe in Abwesenheit. Das Präsidium. Sonja nahm Gerberichs Handy entgegen. „Hallo?"

„Bergmann hier. Frau Hausmann hat eine Aussage gemacht. Die Frau aus der Roßstraße."

„Ja, ja, ich weiß, wer das ist", sagte Sonja unwirsch.

„Er war es nicht."

„Wer war was nicht?"

„Der Gesuchte. Jan Holtmann. Er hat sie nicht überfallen."

„Wer dann?"

„Einen Namen konnte Frau Hausmann leider nicht nennen. Aber der Mann arbeite für einen gewissen Thorsten Seidler, sagte sie. Er habe sie des Öfteren aufgesucht, weil er wissen wollte, wo sich ihre Freundin aufhält. Seidler war wohl auf der Suche nach ihr. Der Name der Freundin lautet Clara Rebecca Hermanns."

„Aha …" Sonja war mit den Gedanken ganz woanders. Wie konnte man nur erwarten, dass man es schaffte, zwei Ermittlungen parallel zu führen? „Herr Bergmann, ich danke Ihnen. Seien Sie so gut, und machen Sie mir eine Aktennotiz. Ich kümmere mich darum, wenn ich wieder im Präsidium bin. Derzeit bin ich noch …“

„Schon erledigt, Frau Krüger. Aber da wäre noch etwas.“

„Bitte.“

„So wie es aussieht, hatte Frau Hausmann letzte Nacht Besuch. Eben von jener Frau Hermanns. Frau Hausmann habe davon zwar nichts mitbekommen, aber der Portier des Krankenhauses gab es zu Protokoll. Anhand der Beschreibung, die er lieferte, bestätigte Frau Hausmann die Identität von Frau Hermanns.“

„Okay, aber …“

„Frau Hausmann ist in großer Sorge. Sie hat Angst um ihre Freundin. Man will sie töten.“

„Frau Hermanns töten?“

„Ganz recht.“

Sonja schloss die Augen. Jetzt spitzten beide Fälle sich auf eine Weise zu, dass ihr der Schweiß ausbrach. Und Springer schlief sich im Krankenhaus aus. Sofort bereute sie diesen Gedanken und atmete tief durch. „Sie haben doch sicher eine Adresse von dieser Frau. Schicken Sie jemanden zu ihr!“

„Schon erledigt. Sie war nicht zuhause. Laut Aussage der Nachbarn ist sie schon seit einigen Wochen nicht mehr zuhause gewesen.“

„Verdammt!“

Allmählich horchte auch Gerberich auf und sah sie besorgt an. Was ist?, formten seine Lippen.

„Hören Sie, Herr Bergmann. Bitte melden Sie sich bei den Kollegen vom 21. Die sollen Frau Hermanns zur Fahndung ausschreiben. Direktor Gerberich und ich müssen zu einer Zeugenbefragung. Von unterwegs werden wir uns mit der Staatsanwaltschaft kurzschließen, um eine Hausdurchsuchung für Frau Hermanns‘ Wohnung zu ersuchen.“

„Wird gemacht, Frau Krüger.“

Sonja bedankte sich. Nachdem sie aufgelegt hatte, blies sie die Luft aus aufgeblähten Wangen aus. Ihr Herz schlug bis zum Hals. Erneut Luft zu holen, fiel ihr schwer, sodass sie sich auf ihre

Atmung richtiggehend konzentrieren musste.

„Hausdurchsuchung?"

„Ja, das ist Ihr Job, Herr Direktor!", sagte Sonja und drückte Gerberich sein Handy in die Hand. „Ich erkläre es Ihnen unterwegs."

46

„Ich weiß nicht, wo ich anfangen soll." Ihre Augen suchten die Tischplatte ab. Nirgends ein Hinweis darauf, wie sie beginnen sollte. „Es gibt nicht immer einen klaren Anfang von etwas …"

„Fang einfach an. Wenn ich was nicht verstehe, unterbreche ich dich schon. Vielleicht erzählst du mir, wie sie dich geschnappt haben. Und warum eigentlich?"

„Ich war gestern im Krankenhaus. Ich wollte nach Nadine sehen. Sie schlief. Leider konnte ich nicht mit ihr reden. Mich nicht entschuldigen." Ihre Lippe zuckte, doch sie konnte sich beherrschen. „Dann stand er auf einmal hinter mir. Dieser Riese. Er hat mich geschnappt und zu Thorsten gebracht."

„Warum?"

„Er wollte wissen, wo Stefan ist. Er dachte, ich wüsste es. Er sucht ihn schon seit fast zwei Wochen. Ich hab ihm nichts gesagt. Auch nicht, als er … deutlicher … gefragt hat."

„Was soll das heißen?"

Becca schob den Ärmel ihres Pullovers hoch und zeigte ihm eine nässende Brandblase.

„Von einer Zigarette", sagte sie.

„Arschloch."

Becca versteckte ihre Verletzung wieder und trank einen Schluck Kaffee. Jan überlegte. „Erzähl mir von dir und Stefan."

„Wir waren ein Paar. Wie wir uns kennengelernt haben, ist egal. Soweit brauch ich nicht ausholen. Sein Bruder Thorsten hielt nichts von unserer Beziehung."

„Warum?"

„Stefan war verheiratet."

„Somit war Thorsten sicher nicht der Einzige, der etwas gegen eure Beziehung hatte."

„Kerstin, Stefans Frau, weiß … wusste nichts von uns."

„Also habt ihr euch heimlich getroffen."

Becca nickte.

„Aber warum nicht bei dir?"

„Stefan wollte auf Nummer sicher gehen. Er sagte, dass es nie gut sei, sich dort heimlich zu treffen, wo man wohnt."

„Der scheint Erfahrungen mit solchen Dingen zu haben."

Becca überging den Kommentar. „Er sagte, wenn man sich in der eigenen Wohnung heimlich träfe, sei es nicht heimlich genug. Zuhause sollte Zuhause bleiben. Ein sicherer Ort, an den man sich zurückziehen könne."

„Aber …"

„Ich verstand es zunächst auch nicht. Irgendwann erzählte er mir, was sein Bruder für ein Typ sei. Gefährlich. Ein Menschenhändler. Ein Drogenhändler. Er zwingt Frauen zur Prostitution. Bringt Scheißdrogen unters Volk. Ein richtiger Gangster wie im Fernsehen. Für den Fall der Fälle, dass Thorsten Stefan beschatten ließ, würden sie nicht herauskommen, wo ich zuhause wäre. Ich wäre sicher. Das leuchtete mir zwar ein …"

„Brachte aber Nadine in Gefahr!"

„Ja." Becca schlug die Augen nieder. „Aber so weit dachte ich nicht. Auch nicht, dass ich in Gefahr war. Mir kamen die Storys über Thorsten so abwegig vor, dass ich … Ich weiß auch nicht …" Sie schüttelte den Kopf, hob die Schultern. „Es gab nur uns. In Nadines Wohnung. Für zwei Stunden, alle zwei bis drei Tage. Der Rest interessierte mich nicht."

„Aber dann ist was passiert ..."

„Das war an dem Abend, als …"

„Als auch ich in dein kleines Abenteuer gestolpert bin."

Sie nickte. Jan atmete schwer aus. Er nahm einen Schluck von seinem Kaffee und winkte der Kellnerin, dass er gerne noch einen hätte.

„Stefan wollte verschwinden. Er hatte bereits alles gepackt. Koffer für ihn und mich."

„Für dich?"

Ein Schaudern schüttelte ihren Körper. „Er ist in meine Wohnung eingebrochen und hat mir meine Koffer gepackt."

„Ist der wahnsinnig?"

„Das hab ich ihn auch gefragt. Aber ich muss der Reihe nach erzählen. Wir waren also an diesem Abend wieder in Nadines Wohnung. Stefan war aufgeregt, stand völlig unter Strom. Lass uns verschwinden, hat er gesagt. Nur wir zwei. Raus aus Krefeld, raus aus Deutschland. Ich lag ihm schon eine Zeit lang in den Ohren, dass ich diese Heimlichtuerei am Anfang ganz spannend fand, es aber keine Dauerlösung sein könnte. Ich wollte was Festes. Doch dass er nun mit Auswanderung kam, das war nicht in meinem Sinn. Ich will aber nicht weg, sagte ich. Ich hab hier mein Leben, meinen Job, meine Freunde. Einen Job bräuchte ich nicht, hat er gesagt, er hätte genug Geld für uns beide. Und wozu Freunde, wenn wir doch uns hätten. Ich muss verschwinden, hat er gesagt. Und ich will, dass du mitkommst."

Becca machte eine Pause. Sie war nicht in der Lage, Jan anzusehen. Die Kellnerin brachte den Kaffee und fragte Becca, ob sie noch einen Wunsch habe. Da sie nicht reagierte, bestellte Jan ein Wasser.

„Ich will nicht, sagte ich. Doch. Ich nehm dich mit, sagte er. Wir müssen sofort los! … Sofort? Bist du verrückt. Nein, ich hab schon alles gepackt. Wir fahren von hier direkt zum Flughafen Düsseldorf. Ich hab uns einen Flug nach Argentinien gebucht. Oh, schön, sagte ich, meinte es aber nicht so. Stefan bekam gar nichts mehr mit und sagte: Ich wusste, dass dir das gefällt. Ich sagte ihm, so meinte ich das nicht. Außerdem kann ich nicht mit, ich hab keine Sachen. Du verstehst nicht, sagte er, ich hab *alles* gepackt. Auch für dich … Ich war perplex. Hast du mir was gekauft? Nein, sagte er dann, als wäre es das normalste von der Welt. Ich war bei dir, hab deine Sachen in einen Koffer gepackt. Ich dachte, es sei dir bestimmt lieber, du hättest deine eigenen Sachen. Dann fragte ich, ob er etwa bei mir eingebrochen sei? Und er sagte, wenn du das so nennen willst. Aber es berührte ihn nicht. So wie er darüber sprach, hatte er nicht den Hauch einer Idee davon, eine Grenze überschritten zu haben. Ich fragte ihn, ob er völlig wahnsinnig sei. Wie er auf die Idee kommen könnte, dass ich mit ihm fortginge, wo er so über mich verfüge und sogar bei mir eingebrochen war. Ganz abgesehen davon, dass ich gar keine Ahnung davon hatte, dass er wusste, wo ich wohnte. Ich bin dir gefolgt, sagte er. Daraufhin sagte ich, er solle sich verpissen."

Die Kellnerin brachte das Wasser. Gerade im rechten Moment. Mit zitternden Fingern nahm Becca das Glas und setzte es an ihre Lippen. „Und dann ging der Albtraum los", hauchte sie und trank einen Schluck.

„Ich muss verschwinden, sagte er. Da ist dieser Typ. Der bringt alle um, die mit Thorsten zusammenarbeiten. Ich will nicht sterben. Ich muss verschwinden! Warum?, fragte ich ihn. Was hast du denn damit zu tun? Er sagte: Du glaubst doch nicht etwa, ich wüsste von Thorstens Geschäften, ohne selbst mit drin zu stecken? Alle Gefühle, die ich bis dahin noch gehabt hatte, fielen von mir ab. Du bist auch einer von ihnen, sagte ich. Ein Gangster. Auf einmal war Stefan so entsetzlich still. Diesen Blick werd ich nie vergessen. Die Augen, so kalt. Er nickte. Ich konnte gar nichts machen. Stand nur da. Er fasste mich am Handgelenk und sagte, komm jetzt mit. Ich war wie erstarrt. Ich war eine heimliche Beziehung eingegangen mit einem Mann, der daran beteiligt war, Frauen zu verschleppen, die wie Ware verschachert wurden, Drogen unter die Leute zu bringen, vielleicht sogar zu töten. Mir war mit einem Mal so schlecht, dass ich mich am liebsten übergeben hätte. Doch ich musste mich wehren. Denn er war dabei, mich zu verschleppen. Er zerrte mich hinter sich her …" Becca machte wieder eine Pause.

„Und dann passierte es?"

Sie konnte nichts mehr sagen, sackte in sich zusammen. Alles erzählt zu haben, hatte sie ausgelaugt.

Jan machte weiter. „Du bist in die Bar. Hast dich hilflos an den Tresen gesetzt. Ich hab dich gesehen und so weiter und so weiter."

„Ja."

Jan sah sich um und erkannte einen normalen Café-Betrieb. Sollte sich hier jemand aufhalten, der sie verfolgte, fiel er ihm nicht auf.

„In der Bar wartete ich darauf, dass sie mich schnappten. Nicht die Polizei. Sondern Thorstens Männer. Ich ging davon aus, dass sie Stefan beschattet hatten. Ich dachte, sie würden mich fertigmachen." Becca lachte kurz auf. „Erst dachte ich sogar, du seist einer von ihnen."

Jan reagierte nicht.

„Es tut mir leid!", brach es mit einem Mal aus ihr heraus. „Ich wollte dich da nicht mit reinziehen. Ich wusste nicht, was ich tun sollte. Und du … deine Hilfe … Das war halt einfach … Ich dachte nicht nach. Nicht über pro und contra, Recht oder Unrecht. Ich hatte nur noch Angst. Nicht mal so sehr vor der Polizei, sondern davor, was Thorsten mit mir machen würde, sollte er die Wahrheit erfahren. Dass ich seinen Bruder getötet hatte."

47

Polizeidirektor Leon Gerberich sprach über die Freisprechanlage mit Dr. Johannes Knops von der Staatsanwaltschaft über die Hausdurchsuchung der Wohnung von Clara Rebecca Hermanns. Er stellte dem Juristen den Fall mit allen bisher bekannten Einzelheiten dar. Sonja hatte nicht den Eindruck, dass man ihn vom Ernst der Lage überzeugen musste, nichtsdestotrotz ließ Knops sich ausführlich bitten. Sogar Gerberich verdrehte die Augen. Als sie an Doris Meinerts Haus im Stadtteil Gartenstadt angekommen waren, hatte Gerberich alles mit Dr. Knops vereinbart. Ein letztes Gespräch mit dem Präsidium brachte die Hausdurchsuchung von Clara Rebecca Hermanns Wohnung auf den Weg.

Das Haus, in dem Doris Meinert wohnte, war ein Altbau, aber vom Besitzer gut in Schuss gehalten. Von außen sowie von innen machte es einen gepflegten Eindruck. Die Wände im Flur waren frisch gestrichen. Gerberich und Sonja stiegen die knarzende Holztreppe hinauf in den zweiten Stock. Durch Sonjas Kopf raste die Frage, wie sie die Vernehmung beginnen sollten. *Haben Sie gemeinsam mit Pastor Bernhardt über all die Jahre unzählige Kinder des Heims missbraucht? Und war Lars Hendricks einer von Ihnen?*

Sonja schüttelte den Kopf. Sie hatten die Wohnung erreicht. Bevor Gerberich jedoch den Finger zum Klingelknopf ausstreckte, sagte er: „Frau Krüger …"

„Ja?"

„Halten Sie sich im Zaum."

Sie senkte den Blick und bewegte ihren Kopf zu einem kaum merklichen Nicken. Das genügte ihm. Er klingelte.

Wenig später hörten sie ein Schlurfen hinter der Tür. Mit lautem Knacken wurde ein Schlüssel im Schloss gedreht und eine Kette entriegelt. Die Tür öffnete sich und große, gerötete Augen sahen sie aus einem faltigen Gesicht an. Das silbern-graue Haar der kleinen, leicht untersetzten Frau stand wirr vom Kopf ab. Sie trug eine Jogginghose und einen Pullover, der ihr mindestens eine Nummer zu weit war und sie noch kleiner und eingefallener aussehen ließ. Sie gab ein Bild ab, als sei sie gerade aus einem Schlaf erwacht, in den sie sich mit Müh und Not hineingeweint hatte.

„Frau Meinert?", fragte Gerberich.

„Ja?"

„Mein Name ist Kriminaldirektor Leon Gerberich. Das ist meine Kollegin Kommissarin Sonja Krüger." Sonjas Gesicht blieb ausdruckslos. Frau Meinert reagierte nicht, sah nur von einem zum anderen. „Sie kennen uns vielleicht?"

„Sie …" Die Stimme der Frau ging in einem müden Krächzen unter. Sie räusperte sich und versuchte es erneut. „Sie waren im Heim, richtig? Als die … als die … Als es passierte."

„Ja. Wir haben uns ein wenig umgesehen und im Keller des Kinderheims eine Bombe gefunden. Die dann explodiert ist. Richtig."

Frau Meinert nickte.

„Sie haben frei heute?", fragte Sonja tonlos.

Frau Meinert musterte sie, ehe sie antwortete. „Ich habe mich krankgemeldet."

„Geht es Ihnen nicht gut?" Mitgefühl suchte man in Sonjas Frage vergebens.

„Das tut uns leid", kam Gerberich einer Antwort zuvor und schenkte Sonja einen warnenden Blick. „Hätten Sie dennoch einen Moment Zeit für uns? Es dauert auch nicht lange. Wir haben ein paar Fragen."

Frau Meinert zögerte, ließ die Polizisten aber hinein. Die Mieterin schloss die Tür, schob sich in dem engen Flur an den beiden Ermittlern vorbei und führte sie ins Wohnzimmer.

„Entschuldigung?“, sagte Sonja. „Ich müsste kurz auf die Toilette. Wäre das in Ordnung, wenn …?“

„Natürlich“, sagte Frau Meinert. „Die erste Tür links ist ein kleines Gästeklo.“

„Danke.“

Frau Meinert ging ins Wohnzimmer. Gerberich warf Sonja noch einen ernsten, abschätzigen Blick zu, ehe er der Frau folgte. Er sah gerade noch, wie Sonja ihr Handy aus der Tasche zog, statt das gewünschte Räumchen aufzusuchen. Sie zwinkerte ihm zu und wählte.

*

Frau Meinerts Möbel waren in die Jahre gekommen – dunkel und muffig. Wenngleich alles sehr sauber wirkte. Nirgends ein Krümel oder Staubkörnchen.

Sonja betrat eine Weile nach Gerberich und Doris Meinert das Wohnzimmer. Ihre Gastgeberin bat ihnen einen Platz an. Gerberich setzte sich in einen tiefen Ohrensessel, dessen Stoff an den Armlehnen abgewetzt war. Er bedankte sich und sackte tief in den Sprungfedern ein. Frau Meinert nahm ihm gegenüber auf dem passenden Sofa Platz. Sonja setzte sich neben sie und schob ein Kissen beiseite, das ein gesticktes Blumenmuster zierte. Sie versuchte, Frau Meinerts Alter zu schätzen. Was sehr schwierig war, da sie nicht zurechtgemacht war. Aber da sie noch arbeitete, durfte sie, wenn überhaupt, nicht viel älter als sechzig sein.

„Möchten Sie etwas trinken?“, fragte ihre Gastgeberin.

„Nein, danke … Sie wissen, warum wir im Kinderheim waren, Frau Meinert?“, fragte Gerberich.

„Nein … keine Ahnung …“, sagte sie zögernd und ihre Stimme zitterte.

„Wir suchen Lars Hendricks. Er ist dringend tatverdächtig für Mord in drei Fällen. Können Sie uns etwas über ihn sagen?“

„Hendricks? Lars? Sagt mir nichts?“

„Er war von ’83 bis ’89 bei ihnen im Heim. Mit seiner Schwester

Mia. Sie ist ermordet worden. Hendricks befindet sich auf einem Rachefeldzug. Im Keller des Heims hatte er Unterschlupf gefunden. Dort haben die Kollegen eine kleine Kammer entdeckt, versteckt hinter einem präparierten Regal in der alten, nicht mehr genutzten Werkstatt des Hausmeisters."

„Eine geheime Kammer?" Doris Meinert hauchte ihre Antwort. Sie wirkte eingeschüchtert.

„Wenn Sie so wollen."

„Davon ... davon weiß ich nichts. Da wären Sie besser beraten, mit Herrn Krauhausen zu reden. Das ist unser Hausmeister."

„Der ist tot!" Sonja musterte die Frau, die den Kopf urplötzlich in ihre Richtung riss. Ihr Mund öffnete sich. Die Nachricht traf sie wie ein Schlag. „Er hat sich heute Morgen erhängt."

„Er ... hat ... was?"

„Sich erhängt, Frau Meinert. Haben Sie eine Ahnung, warum er das getan haben könnte?"

„Nein ... ich ... Ich bin erschlagen. Das ist entsetzlich!"

Gerberich und Sonja beobachteten sie. Das Entsetzen war echt, auch die Trauer, die folgte. Die Tränen. Das machte das weitere Vorgehen nicht leichter. Dennoch mussten sie hart bleiben. „Er war ein so lieber und hilfsbereiter Mann gewesen. Ein guter Hausmeister."

„Ja, das glaub ich. Immerhin war er so hilfsbereit gewesen, die Kammer anzufertigen und über den Nutzen zu schweigen."

Diese Aussage war wie ein Schwertstich. Frau Meinert öffnete den Mund.

„Das war der Grund, weshalb er sich erhängt hat. Er hielt es nicht mehr aus."

Doris Meinert schwieg. Zwei einzelne Tränen kullerten ihr faltiges, eingefallenes Gesicht hinunter.

„Lars Hendricks", erinnerte sie Gerberich.

Doris Meinert wandte ihre Aufmerksamkeit wieder dem großen Beamten zu, wischte sich die Tränen aus dem Gesicht und schniefte. „Ich erinnere mich nicht, Herr Kommissar."

„Dann werde ich Ihre Erinnerung ein wenig auf den Weg bringen", sagte Sonja und zückte ihr Handy.

Nach ein paar Wischern hielt sie der alten Frau ihr Handy hin, sodass sie einen Blick aufs Display werfen konnte. Sofort füllten sich ihre Augen wieder mit Tränen, die sie nicht wegwischte. Fragend blickte Gerberich Sonja an. Sie zeigte ihm das Foto von Lars und Mia Hendricks als Kinder, im Arm einer jungen Frau, ihrer Erzieherin im Heim. Es war Doris Meinert in jungen Jahren. Alle drei lachten in die Kamera. Das Foto hing im Großraumbüro der Mordkommission an der Pinnwand. „Ich habe Hannes gerade gebeten, es mir zu schicken." Dann an Doris Meinert gewandt: „Das sind doch Sie, oder Frau Meinert?"

Sie nickte.

„Ich glaube, dass Sie in der langen Zeit Ihres Berufslebens viele Jungen und Mädchen haben kommen und gehen sehen. Aber dieses Foto … Ich werde das Gefühl nicht los, dass Sie zu diesen Kindern eine besondere Beziehung hatten. Anders als zu den anderen. Stimmt's?"

Wieder zuckte ihr Kopf bestätigend.

„Sie haben sie geliebt."

Doris Meinert sah auf. Tränen strömten hervor. Die alte Frau konnte nicht mehr tun, als abermals zu nicken.

„… ja …"

„Und *ihn* lieben Sie noch heute!"

*

„Diese … Kammer …", begann sie und schüttelte den Kopf. Sie atmete schwer, versuchte das Weinen im Zaum zu halten. „Pastor Bernhardt … Er nutzte diesen Raum für …. Ein paarmal hat er auch Lars mit dorthin genommen. Er hat es mir erzählt. Unter Tränen. Er hat mir den Raum gezeigt, die Matratze. Er weinte so bitterlich. Ich nahm ihn in den Arm, tröstete ihn. Wiegte ihn. Bitte, hatte er gesagt, mach, dass er mich nie wieder anfasst. Ich versprach es ihm. Danke, danke, danke, sagte er. Und dann küsste er mich. Ich stieß ihn von mir. Doch dann weinte er nur noch heftiger. Warum?, hat er gefragt. Du hast mich doch lieb. Und ich hab dich lieb. Ich ließ es geschehen und hielt mein Versprechen. Bernhardt rührte ihn nicht mehr an. Andere schon. Aber nicht mehr meinen Lars. Wir trafen uns häufiger. Lars und ich. Verliebten uns. Ich wusste, dass wir das nicht durften. Natürlich wusste ich das. Aber … was sollte ich … Ich meine … Die Kammer… Sie wurde zu unserem kleinen Reich. Ich liebte ihn sehr. Und Sie haben recht. Ich liebe ihn noch immer. Als er aus dem Krieg zurückkehrte, war ich für ihn da. Als seine Schwester starb, war ich für ihn da. Und als er mit all dem Bösen begann … Da war ich für ihn da. Verstehen Sie bitte … Ich sagte ihm, dass das, was er tat, falsch war. Dass er Gerechtigkeit der Polizei überlassen sollte. Doch er hörte nicht auf mich. Aus dem Irak hatte er so viel Tod und Gewalt mitgebracht, dass es ihm als einzige … Es ist die einzig richtige Antwort auf den Mord an seine Schwester!"

„Sie haben ihn ins Heim, in die Kammer gelassen, um ihn dort zu verstecken."

„Ja."

„Sie haben einem Mörder Unterschupft gegeben. Haben ihn beschützt."

„Nein, keinem Mörder. Einem vom Krieg Gezeichneten, einem Verzweifelten, einem trauernden Menschen. Einem Verlorenen. Dem Mann, den ich liebe, seit er ein Kind war."

Gerberich und Sonja sahen sie an. Fassungslosigkeit stand ihnen ins Gesicht geschrieben. Keiner sprach ein Wort. Gerberich hob die Augenbrauen, Sonjas Antwort war ein kaum merkliches Schulterzucken. Doris Meinert schnäuzte sich in ein Papiertaschentuch.

„Liebe?" Sonja zog das Wort in die Länge, als sei es ein Schimpfwort. „Was genau meinen Sie damit, Frau Meinert?" Sie spuckte ihr den Nachnamen vor die Füße. „Meinen Sie mit Liebe die Zeit, als Sie den Jungen in die Kammer gezerrt haben, um sich physisch und psychisch an ihm zu vergehen? Oder meinen Sie mit Liebe, was Sie jetzt tun? Ist es Liebe, einen mehrfachen Mörder zu decken und zu unterstützen? Einen Mann, der aus falschverstandenem Ehrgefühl, weil er nie wahre Gefühle kennenlernen durfte, eine blutige Spur durch die Stadt zieht. Also, was genau, Frau Meinert, meinen Sie mit Liebe?"

Die alte Frau sah zu Sonja auf, die sie mit vor Wut funkelnden Augen anstarrte. „Sie …", wimmerte Frau Meinerts brüchige Stimme. „Verlassen Sie sofort mein Haus!"

Der Zorn verschwand aus Sonjas Augen und machte einer Kälte

Platz, die selbst die Hölle hätte einfrieren lassen. Sonja erhob sich. „Wir gehen, Frau Meinert. Aber eines sage ich Ihnen … Wir werden ihn finden. Und er wird sich ganz eindeutig der Verhaftung widersetzen. Wir werden uns gezwungen sehen, auf ihn zu schießen. Er wird sich eine tödliche Kugel einfangen. Und das wird Ihre Schuld sein!"

„… nein …"

„Oder aber Sie kooperieren. Sagen Sie uns, wo wir ihn finden können. Nennen Sie uns seinen nächsten Schritt!"

Doris Meinerts Kopf bewegte sich langsam von einer Seite zur anderen.

„Gut", hauchte Sonja. „Dann hoffe ich für Sie, Sie können mit den Konsequenzen leben."

„Warten Sie!" Die Ermittler verharrten und blickten sich zu der Frau um, die mit einem Mal etwas Kleines, Schwarzes in der Hand hielt. Eine Pistole? Frau Meinert nahm es hoch ans Ohr. Sonja erkannte es als Handy. Frau Meinert wartete, beobachtete die Ermittler.

Ein blechernes Flüstern drang aus dem großen Mobiltelefon hervor. Sie konnten nichts verstehen. Aber anhand von Frau Meinerts Worten zog Sonja den Schluss, dass es sich um eine Mailboxansprache handelte. „Lars … mein Lieber … Die Polizei ist hier. Hör auf. Bitte, bevor es zu spät ist. Lass ihn leben, bitte. Und stell dich. Mia wird nicht wieder lebendig, wenn du ihn tötest." Frau Meinert wartete, ehe sie stöhnend auflegte.

„Sie kennen sein nächstes Opfer", sagte Sonja.

Doris Meinert schwieg.

„Wer ist es?"

Keine Antwort.

„Raus mit der Sprache! Sie sind sowieso dran wegen Mittäterschaft. Zeigen Sie sich kooperativ und ich könnte ein gutes Wort einlegen."

Frau Meinerts Lippen zuckten, als wollte sie endlich Rede und Antwort stehen. Doch es schien, als hätte man ihr sämtliche Worte gestohlen.

„Na, los! Reden Sie schon!" Gerberich hatte lange Zeit nichts gesagt, aber der Druck und die Kraft in seiner Stimme verrieten, dass er mit seiner Geduld am Ende war.

Doris Meinert rührte sich nicht.

„Frau Meinert, ich verhafte Sie wegen Mittäterschaft an Mord in drei Fällen. Sie haben das Recht …“

„Halt! Halt!“ Frau Meinert sprang auf, reckte Gerberich die Hände entgegen. „Er … der Mann … er … Sein Name ist …“

„Wir hören.“

„Seidler. Thorsten Seidler.“

„Seidler?“, fragte Sonja. Sie blickte zu Gerberich hinüber. Auch er merkte auf. Wo hatten sie den Namen schon einmal gehört? Er war Sonja nicht fremd, aber sie wusste nicht, wie sie ihn in einen Zusammenhang bringen sollte. Gerberich schien es ähnlich zu gehen.

„Was hat er mit all dem zu tun?“

„Lars meint, er sei der … Wie nennt man das, Drahtzieher? Er handle mit Waffen, Drogen und Mädchen, die er zur Prostitution zwingt. So wie …“ Doris Meinert konnte nicht weiterreden.

„Mia Hendricks.“

Die Frau schloss die Augen.

„Wann und wie?“, fragte Gerberich.

„Was meinen Sie?“

„Wann soll es stattfinden? Und wie hat Hendricks es geplant?“

„Das weiß ich nicht.“

Gerberich sah Sonja an, die die alte Frau abschätzend musterte. „Ich glaube ihr“, sagte der Kriminaldirektor.

Sonja nickte. „Ich auch.“ Sonja machte einen Schritt auf die zitternde Frau zu und hielt ihr die geöffnete Hand hin. „Ihr Handy, bitte.“

„Warum?“

„Geben Sie mir Ihr Handy, Frau Meinert“, sagte Sonja mit Nachdruck. Die Frau zuckte zusammen und tat, was die Polizistin von ihr verlangte. Sonja durchsuchte die Kontaktadressen in Frau Meinerts Handy und fand schnell das Gesuchte. Lars Hendricks Handynummer. Sonja zog ihr eigenes Mobiltelefon hervor und wählte die Nummer ihres Kollegen. „Hannes? Sonja hier. Sieh zu, dass du das Handy zu folgender Nummer orten lässt. 0176 … Was? Nein, natürlich hab ich keine richterliche Verfügung. Ja, ich weiß. Wir reden hier von *Gefahr in Verzug*! Der Besitzer des Handys ist unser gesuchter Mann. Und er ist im Begriff, sein nächstes Opfer zur Strecke zu bringen. Dieses Mal können wir ihn aufhalten. Wenn wir sein Handy geortet kriegen!“ Sonja hörte einen Moment zu. „Danke. Ich weiß. Ich drück alle Daumen, die ich habe. Schicke auch bitte zwei Kollegen nach Gartenstadt zu Frau Doris Meinert. Die Dame hat eine Aussage zu Protokoll zu geben. Und wenn du das erledigt hast, such doch bitte alles raus, was du über einen gewissen Thorsten Seidler findest.“ Sonja lauschte und biss sich auf die Unterlippe. „Nein, das war schon alles“, sagte sie mit einem Grinsen.

48

Becca saß ihm weinend gegenüber, das Kinn auf die Brust gesunken. Jan konnte nichts sagen. Stattdessen umschloss er mit seiner Hand ihre ineinander verschlungenen Finger und drückte sie aufmunternd. Sie sah auf, schniefte und mühte sich ein Lächeln ab. Was Jan auf seinem Gesicht fühlte, mochte ein Lächeln sein. Er wusste es nicht. Er konnte sich nicht mehr erinnern, wie es sich anfühlte, zu lächeln.

„Du bist mir nicht böse?“

„Doch. Aber was soll ich machen? Da sind ein paar Kerle hinter uns her, die uns töten wollen. Ich kann es mir nicht leisten, böse auf dich zu sein.“ Ihre geweiteten Augen amüsierten ihn. Er zwinkerte ihr zu. Becca entspannte sich. Er war tatsächlich böse auf sie – wenn man es denn so nennen wollte. Aber er brauchte sie auch, er musste sie bei Laune halten.

Jan nahm einen Schluck Kaffee. Der war mittlerweile kalt geworden. Was ihm aber nichts ausmachte. „Was glaubst du, haben die vor?“

„Thorsten will Stefan finden.“

„Jetzt wo er weiß, dass Stefan tot ist und dass wir ihn begraben haben, wird er hinter uns her sein.“

„Damit wir ihm zeigen, wo wir … wo Stefans Leiche ist.“

Jan stellte die Tasse zurück, fuhr sich durchs Haar und massierte seine Kopfhaut. „Vielleicht zeigen wir ihm einfach das Grab. Dann hat er, was er will.“

Becca sah ihn mit aufgerissenen Augen an, als frage sie ihn stumm, ob er das ernst meinte.

„Ihm scheint nicht daran gelegen, es an die große Glocke zu hängen. Er ist vorhin auch nicht mit der Polizei im Schlepptau aufgekreuzt, sondern allein. Nur mit seinem Gorilla. Er hat etwas vor. Mit der Leiche. Wobei er die Polizei nicht gebrauchen kann.“

„Er …“ Becca brach ab.

„Was?“

„Er hat einen Plan.“

„Was für einen?“

„Genau weiß ich es nicht. Ich war bei ihm im Auto. Als wir auf dem Weg zu euch waren … Er hat etliche Telefonate geführt. Mit seinen Leuten. Mit Typen, die alle etwas für ihn erledigen sollten. Und zwar schnellstens, bevor es zu spät ist.“

„Und was?“

„Thorsten will sich absetzen. Er hat Angst.“ Beccas Blick verirrte sich hinaus auf die Straße.

„Nun red schon! Lass dir doch nicht alles aus der Nase ziehen.“

„Scheiße, ich weiß doch nichts. Ich hab doch nur ein paar Fetzen von ein paar Telefonaten mitbekommen.“

„Egal, spuck’s aus. Wir müssen uns an alles klammern, was geht. Ist es auch noch so dünn.“

„Da ist so ein Typ. Thorsten nannte ihn die ganze Zeit *den Bruder*. Der bringt Leute um. Partner von Thorsten. Wohl der gleiche, vor dem Stefan solche Angst hatte. Thorsten soll wohl der nächste auf seiner Liste sein. Er will sich absetzen.“

„Der Bruder? Ob der mir vor der Kneipe plötzlich zu Hilfe gekommen ist und geschossen hat? Die Polizei war’s nicht.“

Becca zog die Schultern hoch. „Auf jeden Fall hat Thorsten Angst vor diesem Mann und will so schnell wie möglich das Land verlassen.“

„Macht Sinn.“

„Ja …“, sagte Becca und schien einem Gedanken hinterherzuhängen. „Aber nur …“

„Was?“

„Nur wenn niemand weiß, dass er weg ist.“

Jan sah sie fragend an.

„Stell dir vor, du hast so einen Hass auf einen anderen Menschen, dass du ihn umbringen willst. Und der andere verlässt das Land. Du bleibst doch nicht einfach hier sitzen und sagst dir: Na gut, dann ist er halt weg. Egal, hab ich eben die anderen gekillt. Soll er weiterleben.“

Jan zog die Brauen zusammen.

„Wenn der Typ, den du so dringend töten willst, verschwindet … Was machst du dann?“

„Ich folge ihm.“

„Also?“

Jan bohrte seinen Blick in den ihren. „Also macht es gar keinen Sinn unterzutauchen, wenn alle wissen, dass ich untergetaucht bin. Ich muss dafür sorgen, dass man mir nicht folgt. Weil man gar nicht wissen darf, dass ich fort bin. Ich muss dafür sorgen, dass alle bleiben, wo sie sind, wenn ich verdufte. Und wie mache ich das?“ Jans Augen suchten den Raum ab, als verstecke sich die Antwort auf die Frage irgendwo im Café. Und das tat sie tatsächlich. Am Nachbartisch saß ein älterer Herr, gekleidet in grauen Cordhosen mit Hosenträgern, die sich über einen großen, straffen Bauch mit Karomuster spannten. Der Mann las in einer Zeitung und studierte die Todesanzeigen. Die Kreuze auf den Seiten waren deutlich zu erkennen. „Indem ich alle Welt glauben lasse, dass ich tot bin.“

„Was?“

„Wenn alle glauben, dass ich tot bin, wird es auch der Typ glauben, der mich töten will. Dann gibt er auf. Ich kann verschwinden und keiner weiß, dass ich abgehauen bin.“

„Das heißt aber, es muss jemand für mich sterben.“

Jan nickte. „Jemand, den man für mich hält. Jemand, der mir von der Statur her ähnelt. Jemand, der mir auch sonst ähnlich ist. Jemand wie …“

„… mein eigener Bruder!“

„Stefan!“

„Scheiße!“, kam es wie aus einem Mund. Eines war ihnen schlagartig klar geworden: Sie würden Thorsten nicht geben können, was er wollte. Denn dann wären sie Mitwisser.

„Aber das ist Schwachsinn!“, brach es aus Becca hervor. „Stefan ist Thorsten in Statur und Haarfarbe ähnlich. Aber ansonsten sind sie doch unterschiedlich. Bei einer Obduktion würde man das sofort erkennen. Anderes Zahnmuster, andere DNA. All der Scheiß.“

Jan nickte. „Ich weiß. Deswegen müsste Stefans Tod so inszeniert sein, dass es erst gar nicht zu einer Obduktion kommt. Vielleicht ein Autounfall. Stefan hinterm Steuer, so entstellt, dass man ihn nicht erkennt. Dazu ein paar Details … einem Ausweis oder Ähnliches. Dass man glaubt, er sei Thorsten. Damit gibt man sich zufrieden, trauert und gut ist.“

„Und was ist mit Stefan? Den wird man doch suchen. Es wird doch auffallen, wenn der auf einmal nicht mehr da ist, oder?“

„Stimmt.“ Resigniert schaute Jan hinunter auf den Tisch.

„Es sei denn …“

„Ja?“

„Er wäre schon vorher verschwunden!“ Beccas aufgeregte, fiebrige Augen sahen ihn an. „Ich hab vorhin im Auto ein Gespräch mit Kerstin mitbekommen. Stefans Frau. Die machte sich Sorgen, weil Stefan verschwunden ist. Und das schon seit Wochen. Wenn es also vorher schon amtlich war, dass Stefan Seidler spurlos verschwunden ist … wird man vielleicht nicht zu dem Schluss kommen, zu dem wir gerade gekommen sind. Nämlich, dass er tot ist und den Platz von seinem Bruder eingenommen hat.“

„Was für ein Plan! Erst kidnappt er seinen Bruder, dann bringt er ihn um und zu guter Letzt gibt er dessen Leiche als seine aus. Doch dann ist etwas passiert, womit er nicht rechnen konnte. Stefan ist tatsächlich verschwunden. Er ist untergetaucht. Im wahrsten Sinne des Wortes, vom Erdboden verschluckt. Deshalb hat er auch seine Gorillas durch die Lande geschickt, ihn zu suchen. Und die haben auch nicht vor körperlicher Gewalt Halt gemacht, um ihn zu finden.“

„Nadine …“, sagte Becca schwach.

Jan nickte.

Sie schwiegen. Nahmen einander wieder bei der Hand und

hielten sich fest. Wenn nur die Hälfte von dem stimmte, was sie sich gerade zusammengesponnen hatten, war es genug, um zum Schluss zu kommen, dass sie sich in Lebensgefahr befanden – mehr denn je!

„Wenn wir heil aus der Nummer rauskommen wollen, haben wir nur eine Möglichkeit.“ Angst flatterte in Jans Worten mit. „Wir müssen zur Polizei.“

„Ohne Beweise?“

„Hast du eine bessere Idee?“

Becca schüttelte den Kopf.

„Also?“

Sie zögerte.

„Okay“, sagte sie und reichte Jan ihr Handy. „Mach du!“ Jan nickte und nahm das kleine Smartphone entgegen. Sie hatte das Display bereits entsperrt. Jans Daumen legte sich zitternd über die Tastenfelder, als sich ein Schatten über ihren Tisch legte und sie aufmerken ließen. Neben ihnen standen zwei Männer und blickten mit ernsten Mienen auf sie hinunter.

„Was soll das denn für eine Flucht sein?“, fragte Thorsten Seidler und grinste böse. „Setzen sich ins nächstbeste Café und warten, bis ich komme. So hab ich das gern.“

49

„Verdammt!“ Sonja schlug sich mit der flachen Hand gegen die Stirn. Thorsten Seidler. Jetzt fiel ihr wieder ein, wo sie diesen Namen schon einmal gehört hatte. Es war noch gar nicht so lange her. Als ihr der Name das erste Mal begegnete, war sie nicht ganz bei der Sache gewesen.

„Was haben Sie?“

„Thorsten Seidler.“

„Ja, was ist mit ihm?“

„Das ist eine interessante Frage. Der Mann, der Nadine Hausmann in ihrer Wohnung überfallen und ihr die Gabel in den Bauch gerammt hat, soll für diesen Mann arbeiten. Er ist auch derjenige, der es auf dieses andere Mädchen, Clara Rebecca Hermanns, abgesehen hat und nach ihr suchen lässt ..."

„Was wird hier gespielt?"

„Ich habe nicht die geringste Ahnung. Wenn Seidler aber ein Mann ist, der seine Gorillas durch die Gegend schickt, um Menschen lebensgefährlich zu verletzten, dann ist der Gedanke, den Hendricks verfolgt, nämlich, dass er zu Schlimmerem fähig ist, gar nicht so abwegig. Was meinen Sie?"

„Dass es erst mal nur ein Gedanke ist. Es gibt keinerlei Beweise."

„Aber mein Bauchgefühl sagt mir, dass irgendwas an diesem Seidler faul ist. Mal sehen, ob Hannes was für uns hat."

Gerberich und Sonja ließen sich in die Sitze ihres Wagens fallen. Gerberich startete den Motor, als bereits ein Anruf einging. Er betätigte die Freisprechanlage. „Hannes hier", quietschte die Stimme ihres Kollegen aus dem Lautsprecher. „Handy-Ortung läuft."

„Ohne Probleme?", fragte Sonja.

„Natürlich nicht. Hab gesagt, Kriminaldirektor Gerberich übernähme die volle Verantwortung, sollte es schiefgehen."

„Herzlichen Dank, Herr Lautmann." Gerberich musste schmunzeln.

„Gerne, Chef."

„Hast du sonst noch was?", fragte Sonja.

„Ein bisschen. Thorsten Seidler."

„Lass hören!" Gespannt neigte Sonja sich vor.

„Er ist nicht gerade das, was man einen Großindustriellen nennt, aber er ist in der, ich nenn es mal, Wirtschaftsszene von Krefeld kein unbeschriebenes Blatt. Sein Fracht-Unternehmen *Seidler Consultings* ist schwer im Kommen. Existiert seit Ende der 2000er und hat zunächst Waren innerhalb Deutschlands von A nach B kutschiert. Seit ein paar Jahren beginnt Seidler seine Routen in den Osten Europas auszuweiten."

„Osteuropa. Wenn man von Themen wie Drogen-, Waffen- und Menschenhandel hört, hat das einen Beigeschmack."

„Ja", war Hannes' Antwort. „Und da beginnt es schwammig zu werden. Ich habe Seidlers Namen bei INPOL und SIS eingegeben und er tauchte tatsächlich in einigen Berichten von Kollegen der

KK 13 auf. Aber nichts Konkretes. Von dritter Seite wurde er beschuldigt, im Drogenmilieu unserer Stadt unterwegs zu sein, Dealer mit Stoff zu versorgen. Aber es bleibt bei vagen Vermutungen und noch vageren Verdächtigungen. Zu viel, um ihn auszuklammern, sagt Petersen, Chef der Abteilung, aber zu wenig, um klar in eine Richtung ermitteln zu können. Ähnlich ist es bei den Themen, die sich mit dem Verdacht des Menschenhandels beschäftigen. Genauer, dem Handel von hilflosen Mädchen, die zur Prostitution gezwungen werden. Auffallend ist nur, dass ein weiterer bekannter Name in den Akten auftaucht, wenn es um Seidler geht. Nämlich der des zuständigen Ermittlers: Heinz Marquardt." Gerberich und Sonja warfen sich einen schnellen Blick zu. „In Marquardts Vermerken steht immer, fast wortwörtlich: Verdachtsmoment überprüft, nicht zu bestätigen."

„Also hat Marquardt mit seinen Ermittlungen dafür gesorgt, dass es keine Veranlassung gab, weitere Untersuchungen in Seidlers Richtung anzustreben."

„Zumindest nicht so, dass ein Staatsanwalt dies bedenkenlos unterschrieben hätte. Dafür hatten die Kollegen einfach zu wenig in der Hand."

Sonja seufzte. „Aber es bleibt dieses Gefühl. Und nun auch noch Marquardts Name, der Seidler durch seine Untersuchungsergebnisse immer wieder aus dem Fokus herausgeholt hat. Ganz zu schweigen vom Mitarbeiter Seidlers, der diese junge Frau misshandelt haben soll."

„Ja", bestätigte Hannes. „Dieses komische Gefühl hatte ich beim Scrollen durch den Polizeicomputer auch. Aber es ist nichts Handfestes zu finden."

„Haben Sie eine Adresse der Firma?", fragte Gerberich.

Hannes gab sie durch. *Seidler Consultings* lag in Uerdingen an der Rheinuferstraße. „In der Nähe des Linner Mühlbaches, einem Seitenarm des Rheins", murmelte Sonja grübelnd.

„Woher weißt …?"

„Dort hat man die Leiche von Mia Hendricks gefunden!", platzte sie heraus.

Gerberich nickte ernst. „Hannes, können Sie uns auch eine Privatadresse nennen?"

Seidlers Privatadresse lag ebenfalls in Gartenstadt, in einem besseren Viertel des Stadtteils, und war für die Kollegen näher. Deshalb beschlossen sie, es zunächst dort zu versuchen, bevor sie zu seiner Firma bis Uerdingen fuhren.

„Sollten Sie auf Herrn Seidler treffen, fragen Sie ihn doch mal nach seinem Bruder Stefan."

„Weshalb?"

„Der ist nämlich von Thorsten Seidler vor knapp zwei Wochen als vermisst gemeldet worden. Muss nichts heißen."

„Nein", gab Gerberich an. „Aber Herr Seidlers Name taucht recht häufig in unserem System auf. Und das wirft ein seltsames Licht auf unsere aktuellen Ermittlungen. Vor allem in Anbetracht dessen, dass Frau Meinert, Hendricks' Komplizin, Seidler als nächstes Opfer benannt hat." Es folgte ein längeres Schweigen. Im Hintergrund war geschäftiges Treiben im Großraumbüro zu hören.

„Das war zunächst alles, was ich euch mit auf den Weg geben kann. Es ist wie ein Tritt in einen Hundehaufen. Man macht den Schuh sauber, pult die Scheiße aus den Rillen und trotzdem wird man das Gefühl nichts los, der Dreck haftet immer noch an einem und man kriegt den Gestank nicht aus der Nase."

Gerberich hob die Augenbrauen, Sonja grunzte amüsiert. „Vielen Dank, Herr Lautmann, für diesen bildhaften Vergleich. Ich kann es riechen."

50

Seidler setzte sich. Er schob Jan mit der Hüfte beiseite. Der rutschte hastig nach links, als könnte er sich bei Seidler mit einer ansteckenden Krankheit infizieren. „Mercedes." Seidler seufzte, als er eine für sich bequeme Sitzposition gefunden hatte. „Großartig."

Seidlers Begleiter gab Becca mit einem Kopfnicken zu verstehen, ebenfalls auf den Platz neben sich zu rutschen. Der große Mann setzte sich neben sie. Seidler musste reich an anzugtragenden Leibwächtern sein, dachte Jan nicht ohne Ironie. Kaum war einer weg vom Fenster, rutschte schon der nächste nach. Auch wenn dieser hier anders aussah als der Typ, dem vor der alten Kneipe die Brust explodiert war, waren sie einander doch sehr ähnlich. Nun saßen Becca und er am Fenster, eingekeilt von den Männern, die sie verfolgten. Entkommen aussichtslos.

„Wusstet ihr, dass Mercedes serienmäßig mit einem Ortungssystem ausgestattet ist? Grandios. Man kann es über eine kleine App einsehen." Seidler zückte sein ramponiertes Handy und präsentierte stolz die Mercedes-App. „Hier ... Das ist eine Karte von Krefeld. Der rote Punkt zeigt mir den genauen Standort meines Wagens."

Becca und Jan sahen sich an.

„In einer hochtechnisierten Welt ist die Flucht vor bösen Buben nicht mehr so einfach, wie es früher mal war. Vor zehn Jahren noch hätte ich etwas mehr Schwierigkeiten gehabt, euch zu finden." Seidler grinste. Seine Augen glitzerten vor Eiseskälte. „Aber ich sag euch was ..." Er legte Jan einen Arm um die Schultern. Von außen war es eine freundschaftliche Geste. Doch es lag so viel Druck in dieser Umarmung, dass es Jan schmerzte und er zusammenzuckte. „Ich hätte euch trotzdem gefunden. Hätte Himmel und Hölle in Bewegung gesetzt. Und jetzt hört auf mich zu nerven und sagt mir, was ich wissen will, verdammt noch mal."

Seidlers geflüsterte Worte klangen drohend, waberten wie dunkle Nebelschwaden durch den Raum und ließen Becca und Jan frösteln.

„Habt ihr Angst?"

Sie nickten.

„Gut. Eure Angst ist berechtigt." Seidlers Begleiter grunzte amüsiert. Die beiden hatten Freude daran, sie mit ihrem Gangstergequatsche einzuschüchtern.

Jan nahm all seinen Mut zusammen. „Und Sie? Haben Sie keine Angst?"

„Ich?"

„Hinter Ihnen ist man auch her. Oder was glauben Sie, warum wurde Ihr Bodyguard vor der Kneipe erschossen? Sicher nicht von einer verirrten Kugel eines besoffenen Jägers."

„Halt die Schnauze!"

„Und all die Toten dort …? Die Polizei wird sich sicher dafür interessieren, wer die auf dem Gewissen hat."

„Welche Toten?" Seidler grinste böse. „Du glaubst doch nicht, dass ich Verstärkung rufe …" Er nickte seinem Begleiter zu. „… und lasse dann ein solches Schlachtfeld und massenhaft Spuren zurück?"

Jan zögerte, war für einen Moment aus dem Konzept gebracht. „Sie … Sie sind ein Gejagter. So oder so! Warum halten Sie sich mit uns auf, Herr Seidler? Sollten Sie nicht lieber zusehen, dass Sie Land gewinnen?"

Der Schlag kam unvermittelt. Seidlers Faust rammte gegen Jans Rippen. Er hustete vor Schmerzen.

„Reiz mich nicht. Ich hab alles im Griff. Mach dir mal um mich keine Sorgen, Kleiner. Aber um dich solltest du dir Gedanken machen."

Jan wischte sich Tränen aus dem Gesicht, atmete zitternd aus und wieder ein. Seidlers Schlag hatte gesessen. Aber es hatte Jan auch verraten, dass ihr Gegner nicht so überlegen war, wie er tat.

„So!", stieß Seidler hervor, nahm den Arm von Jans Schultern und schlug klatschend auf seinen Oberschenkel. „Fangen wir nochmal von vorne an. Ich glaube, meine Freunde, wir hatten einen nicht ganz so schönen Start." Er musterte Becca. „Du bist das kleine Fickmäuschen von meinem Bruder, was?", sagte Seidler an Becca gerichtet. Die blickte auf den Tisch vor sich, wagte nicht, sich zu rühren. „Wo ist er? Sag es, und der Scheiß hat ein Ende."

Becca schwieg.

„Der Boss redet mit dir!" Der Gorilla stieß sie unsanft mit der Schulter an.

„Hey!", stieß Jan hervor. „Lass sie in Ruhe!"

„Scht!" Oberlehrerhaft schüttelte Seidler den Kopf. „Sieh mal einer an, wir haben hier einen Ritter in glänzender Rüstung. Hätte nicht gedacht, dass es sowas noch gibt. Aber er hat recht. Rainer, du warst wirklich grob zu der Kleinen. Sei etwas sanfter. Wir wollen nicht, dass sie Schaden nimmt." Seidler beugte sich vor und betrachtete Becca genauer. „Mein Bruder hat keinen schlechten Geschmack, bist echt einen Fick wert. Ich glaub, mit dir kann man eine Menge Spaß haben." Becca war außer Stande zu reagieren.

„Mit wie vielen Typen hast du's schon gemacht?" Keine Reaktion. „Ich mach dir einen Vorschlag, Kleine ... Arbeite für mich! Du musst nichts weiter tun, als mit anderen Spaß haben. Ist nichts dabei. Arbeite für mich, kleines Fickmäuschen, und ich verspreche dir, ich lass dich am Leben." Becca rann eine Träne über die Wange. „Okay. Du kannst es dir ja überlegen ... Und du, Ritter in strahlender Rüstung?"

Ein Ruck ging durch Jan, er richtete sich auf, streckte die Schultern durch und räusperte sich.

„Langsam, langsam, du bist hier nicht bei einem Vorstellungsgespräch", lachte Seidler. Sein Begleiter stimmte ein.

Jan wartete, bis die beiden wieder still waren. „Mein Name ist Jan Holtmann. Ich werde von der Polizei gesucht, weil man mich verdächtigt, Nadine Hausmann brutal überfallen zu haben. Doch ich war es nicht. Es war einer Ihrer Mitarbeiter, Herr Seidler."

Seidler lachte prompt auf. „Herr Seidler! Mitarbeiter! Nicht schlecht, Kleiner. Aber Chuzpe allein reicht nicht. Am Ende mach ich dich doch alle."

„Ich weiß, dass Sie mich töten werden."

„Schön, dass du das weißt."

„Und ich weiß auch, wo das geschehen soll."

„Tatsächlich?"

„Ja ... Auf dem Hauptfriedhof von Krefeld an der Heidekstraße. Auf dem neuen Teil. Dort, wo die jüngeren Gräber angelegt worden sind. Dort werden Sie, Herr Seidler, uns töten."

Stille.

Jan sackte in sich zusammen. Das Unaussprechliche war ausgesprochen. Der Tränenstrom auf Beccas Wangen wollte gar nicht mehr aufhören. Jans Kopf plumpste auf die Brust. Auch er kämpfte mit den Tränen. Seidler sah seinen Begleiter, den er Rainer genannt hatte, fragend an.

„Auf dem Friedhof?"

„Ja."

„Warum da?"

„Weil dort ihr Bruder ist. Wir haben ihn dort vergraben. Er ist tot. Schon seit zwei Tagen. Wir hatten Angst."

„Hast du ihn umgebracht?"

„Es war Notwehr."

Seidler starrte Jan ausdruckslos an. Jan fragte sich, was diesem Gangster wohl durch den Kopf gehen mochte. „Na gut … Dann lasst uns mal aufbrechen. Rainer, würdest du bitte die Rechnung der beiden begleichen?"

51

Das Haus am Ende des geschwungenen Weges mutete wie eine Hollywood-Villa an und befand sich mit allen anderen Jugendstil-Villen in dieser Straße in bester Gesellschaft. Die schneeweiß gestrichene Fassade glitzerte in der langsam kraftvoller werdenden Morgensonne und wirkte ruhig und friedlich. Gerberich lenkte den Wagen vor ein Tor, das die Auffahrt blockierte, und stieg aus. Er trat heran, suchte einen Klingelknopf oder dergleichen und wurde links fündig. Dort war auf einer Eisenstange ein kleiner Kasten montiert, der aussah wie die Ticketautomaten an Tiefgaragen. Gerberich drückte auf einen kleinen schwarzen Knopf. Allerdings öffnete sich weder das Tor, womit er gerechnet hatte, noch surrte ein Parkticket hervor, wonach der Automat aussah.

Es meldete sich eine weibliche Stimme in gebrochenem Deutsch. „Hallo, wer da ist?"

„Guten Morgen", sagte Gerberich und beugte sich vor, nah an den Kasten heran. Er sprach laut. „Mein Name ist Gerberich. Ich bin von der Kriminalpolizei Krefeld und ich …"

„Sie nicht müssen schreien!", rief die Frau am anderen Ende.

„Tut mir leid." Sofort war Gerberich leiser. „Meine Kollegin und ich wollen mit Herrn Seidler sprechen.

„Nicht da."

„Hm. Wo ist er denn?"

„Nicht wissen."

„Wann kommt er zurück?"

„Nicht wissen."

Gerberich richtete sich auf, verdrehte die Augen. „Können Sie Herrn Seidler eine Nachricht hinterlassen?"

„Ja."

„Gut. Bitte sagen Sie ihm, er möchte sich bei der Polizei melden. Direktion KK 11. Haben Sie das?"

„Ja."

„Mein Name ist Gerberich."

„Ja."

„Soll ich es Ihnen buchstabieren?"

„Nein."

Gerberich hob die Brauen. „Sind Sie sicher?"

„Seidler sich melden soll Polizei KK 11, bei Sie. Gerberich. Richtig?"

„Ja … richtig …"

„Gut. Danke. Auf Wiedersehen."

Es knackte in der Leitung. Stille. Es war nicht ganz so gelaufen, wie er sich es vorgestellt hatte, aber ändern konnte er eh nichts daran. Er ging zum Wagen zurück, setzte sich wieder hinters Steuer. Sonja nahm im selben Moment ihr Handy vom Ohr und sah Gerberich mit vor Aufregung funkelnden Augen an. „Das war Hannes. Es gibt Neuigkeiten!"

Sonja stockte, als sie Gerberich ansah. Der rührte sich nicht. Hielt das Lenkrad krampfhaft fest und sah eisigen Blicks geradeaus auf das Tor. Für einen Moment dachte Sonja, er würde aufs Gas treten und es durchbrechen wollen.

„Was ist los?"

„Schauen Sie in das Handschuhfach." Gerberich sah sie nicht an. Sonja war irritiert, reagierte nicht. „Machen Sie schon!"

Sie neigte sich vor und öffnete die schwarze Klappe vor ihren Knien. Fast zeitgleich purzelte ihr ein schwarzes, schweres Etwas in den Schoß. Sonjas Augenbrauen schnellten in die Höhe.

„Ist das meine?"

Sonja überprüfte das Magazin der Walther P99 und verstaute sie anschließend gesichert in ihrem Hosenbund.

„Ja. Ich befürchte, wie die Dinge stehen, werden Sie sie brauchen können."

52

Als sie den schmiedeeisernen Zaun des Friedhofs an der Heideckstraße entlanggingen, Becca und Jan vorweg, Seidler und Rainer hinter ihnen her, musste Jan an einen Ausspruch des Schriftstellers Mark Twain denken: *Man könnte viele Beispiele für unsinnige Ausgaben nennen, aber keines ist so treffend als die Errichtung einer Friedhofsmauer. Die, die drinnen sind, können sowieso nicht hinaus, und die, die draußen sind, wollen nicht hinein.* Heute traf Herrn Twains Aussage nicht den Nagel auf den Kopf. Sie mussten hinein. Dringend. Und wenn Jan und Becca recht behielten, musste einer von drinnen hinaus.

Sie betraten den Friedhof. Die Sonne stand hoch am strahlend blauen Himmel. Es wehte ein laues Lüftchen, das die Blätter der Bäume zum Rascheln brachte. Nur leider keine Abkühlung. Das Thermometer kratzte wieder an der 30 Grad-Marke. Jan schwitzte. Nach dem Geruch der Menschen in seiner nahen Umgebung zu urteilen, war er nicht der Einzige.

Es war ruhig auf dem Friedhof. Ein paar Vögel hüpften über den Weg und Omis zupften vertrocknete Blüten von den Blumen auf den Gräbern ihrer verstorbenen Gatten. Lichter flackerten in den Grablaternen und die blanken Grabsteine funkelten in der Sonne. Alles wirkte harmonisch. Ein Ort, an dem nichts Falsches geschehen konnte. Nicht durfte.

„Wusstet ihr …“ Jans Stimme krächzte, klang fremd in seinen Ohren. Seine Füße schlurften über das Pflaster. „… dass das Wort Friedhof eigentlich nicht von Frieden abgeleitet wird? Ich meine ursprünglich … in seiner ursprünglichen Bedeutung.“

„Sondern?“, fragte Seidler nach einem Moment, da Jan nicht fortfuhr. Seidler klang gereizt.

Jan blieb stehen, drehte sich zu den Männern um. „Von dem Wort *frithof.* F, r, i, t, h, o, f. Manchmal schreibt man es auch mit v. Es meint einen eingefriedeten Platz, also *umzäunt.* Hat also gar nichts mit Frieden zu tun.“ Jans Blick hopste von einem zum anderen.

„Angst, Kleiner?“, fragte Seidler.

„Merkt man das?“

Seidler lachte auf. „Cool bleiben. Führ uns zu Stefan, dann sind wir fertig miteinander.“ Seidler stieß Jan gegen die Schulter. Der stolperte weiter.

„Pffff, als wenn … Sie legen uns sowieso um. Ich weiß es. Becca weiß es. Und der Kerl freut sich schon drauf, es tun zu dürfen. Hab ich recht, Moby Dick?“

„Fick dich.“

„Ein klares Ja.“

Becca sah Jan streng an. Halt die Klappe, sagte ihr Blick. Aber Jan wusste nicht, wohin mit seiner Angst. Er glaubte, wenn er nicht quasselte und quasselte und quasselte, würde es ihn zerreißen.

„Ist doch so, oder?“ Er blieb wieder stehen, drehte sich um. „Ich hab genug Krimis gesehen, um zu wissen, das Typen wie Sie keine Mitwisser gebrauchen können. Also …“ Er formte mit den Fingern der rechten Hand eine Pistole und setzte den Zeige-Mittelfingerlauf gegen seine Schläfe. Sein Daumen klappte um. Jan schloss die Augen. „Bäm!“

„Halt jetzt die Klappe und geh weiter!“, herrschte Seidler ihn an, griff nach seiner Schulter und riss ihn herum. „Führ uns zu Stefan!“

„Was soll das?“ Becca zog ihn am Arm.

„Warum flüsterst du? Als wenn die das nicht hören.“ Jan wurde schon wieder langsamer. „Warum machen Menschen in Extremsituationen überhaupt so komische Sachen? Könnt ihr mir das erklären? Ihr habt doch bestimmt schon die ein oder andere hinter euch.“ Wieder stoppte er, drehte sich herum. „Flüstern, während die Bösen direkt hinter einem laufen. Schon doof irgendwie, oder?“

Seidler verlor allmählich die Geduld. Er blickte Rainer an und nickte. Fast im selben Moment hatte der eine Pistole in der Hand. Eine Automatik. Rainer zog den Schaft zurück und beförderte eine Kugel in den Lauf. Die Mündung der Pistole richtete er auf Jan.

„Du bist dämlich. Ehrlich, Kleiner. Siehst du die Pistole?“

Jans Gesichtsausdruck sprach eine deutliche Sprache.

„Rainer hat keine Skrupel, dich auf mein Geheiß hin abzuknallen. Und ja, du hast recht, er wartet nur drauf, es tun zu dürfen. Es wäre auch nicht das erste Mal. Also, wenn du heil aus der Sache rauskommen willst, solltest du jetzt tun, was ich sage. Und bevor du weiterquasselst … Mitwisser kann ich nicht gebrauchen. Stimmt. Aber ich mag dich. Ich bin mir noch nicht im Klaren, was ich mit euch machen soll. Möglicherweise lass ich euch am Leben. Also hör auf mit dem Mist und reiz mich nicht. Gib mir, was ich will, und dann sehen wir weiter."

*

„Hier!", sagte Jan.

Sie standen vor Karl-Heinz Wolters' Grab. Den Namen dieser armen Seele, die auf Stefan Seidler ruhte, würde er wohl nie vergessen. Armes Schwein, dachte Jan. Ja, er empfand wirklich Mitleid. Mehr noch, er war traurig. Erst hatten sie ihm eine zweite Leiche ins Grab gelegt, danach hatte Jan seine Beerdigungszeremonie gestört und nun sorgte er dafür, dass Karl-Heinz' Frieden ein weiteres Mal behelligt werden würde. Denn eines war klar: Um an Stefan heranzukommen, mussten sie den armen Karl-Heinz wieder ausgraben.

Seidler trat an das Grab heran. Die wenigsten Gräber auf dem Krefelder Hauptfriedhof besaßen Randsteine. Dieses auch nicht. Seidler blickte auf die vertrockneten Sträucher hinab. Auf die Schärpen und Bänder, deren Ränder bereits begannen auszufransen. Seidler schien sich genau dieselbe Frage zu stellen, wie sie Jan in den Sinn gekommen war.

„Hier liegt er?"

Jan nickte.

„Wie tief?"

„Sehr tief."

Seidler funkelte Jan böse an. Rainer trat neben seinen Boss, neigte sich vor und sprach ihm ins Ohr. „Ein Grab hat eine Tiefe von eins sechzig bis circa zwei achtzig. Wenn Stefan also unter dem Sarg begraben liegt, haben die zwei sicher nochmal einen, wenn nicht eineinhalb Meter tiefer gegraben. Heißt, wir müssen gute vier bis fünf Meter in die Tiefe, um Ihren Bruder rauszuholen." Die Frage, ob sich der Aufwand lohnte, schwebte zwischen ihnen wie ein Nebel, den man zwar sehen, aber nicht greifen konnte.

Seidler schwieg, sein Blick ruhte auf dem Grab. Sein Gesichtsausdruck war hart, wirkte wie eingemeißelt. Dann nickte er und sah auf. Blickte einen nach dem anderen an. Erst Rainer, dann Becca, zum Schluss Jan.

„Ich hab mich entschieden“, sagt er. Er griff unter seine Jacke, zog eine Pistole hervor und richtete sie auf Jans Kopf. „Planänderung.“

*

„Bitte …“, flüsterte Jan mit brüchiger Stimme.

„Worum bittest du? Um ein schnelles Ende? Die Bitte gewähre ich dir gerne. Eine schöne Beerdigung? Tut mir leid, das geht leider nicht. Da du leider dafür gesorgt hast, dass mein nutzloser Bruder weiterhin für mich nutzlos bleibt, muss ein anderer herhalten. Ich wollte keinen Unschuldigen mit reinziehen. Doch da Stefan nicht für mich erreichbar ist, brauch ich Ersatz. Dich, Kleiner. Du bist ungefähr so groß wie ich, etwas schmaler vielleicht. Aber bei einer brennenden Leiche in einem Auto, mit meinem Ring am Finger und meiner Brieftasche in der Hosentasche schaut niemand mehr so genau hin.“

Die Gewissheit traf Jan wie ein Schlag, seine Knie wurden weich, seine Beine schlackerten. Er konnte sich nicht mehr aufrechthalten. Er musste sich setzen. Langsam sackte er in den Knien ein. Becca, die neben ihm stand, griff nach seinen Schultern, konnte ihn aber nicht halten. Er plumpste zu Boden.

Rainer lachte.

Auf Seidlers Gesicht zeichnete sich der Anflug eines bitteren Lächelns. Doch das verschwand fast so schnell wieder, wie es gekommen war, als er den Mann mit der Pistole im Anschlag aus dem Unterholz klettern sah. Ihn, eine Frau, ebenfalls bewaffnet, und drei uniformierte Polizisten.

„Polizei!“, brüllte der Mann. „Keine Bewegung! Waffe weg! Legen Sie sich flach auf den Boden!“

53

Jans Plan hatte funktioniert. Beim Anblick der bewaffneten Polizisten atmete er auf. Er bemühte sich, aufzustehen. Ein Lächeln huschte über sein Gesicht.

„Mein Name ist Kriminaldirektor Leon Gerberich. Rühren Sie sich nicht, Holtmann!", rief der Polizeibeamte in Zivil. Er maß gut zwei Meter, hielt die Pistole im Anschlag, zielte jedoch nicht auf ihn. „Bleiben Sie auf dem Boden, Holtmann. Hören Sie!?"

Die braunhaarige Polizistin, die neben dem großen Beamten wie ein Zwerg wirkte, schob sich vor und zielte ebenfalls auf Seidler und dessen Bodyguard.

„Ich habe Sie gerufen." Jan klang bockig, als wäre er empört, dass die Polzisten auch ihn in Schach hielten. Als Seidler sich zu ihnen an den Tisch gesetzt hatte, hatte er gerade die Nummer des polizeilichen Notrufs gewählt. Heimlich. Jan hatte seinen vollen Namen genannt, sodass man ihn direkt als den Gesuchten im Fall *Nadine Hausmann* identifizieren konnte. Er hatte gehofft, dass man sofort versuchen würde, ihn zu verhaften. Weiter hatte er gehofft, dass deutlich genug herauskommen würde, dass er und Becca sich in Gefahr befanden. Dass Seidler vorhatte, sie zu töten.

„Das weiß ich. Aber auf dem Boden ist es für Sie sicherer." Gerberich schenkte ihm und Becca, die sich an seiner Seite befand und sich ängstlich an ihn presste, einen Blick aus den Augenwinkeln. An Becca gewandt: „Ihr Name ist Clara Rebecca Hermanns, richtig?"

Becca zuckte ängstlich zusammen, bewegte ihren Kopf zu einem kaum merklichen Nicken. Sie öffnete ihren Mund, sagte aber nichts.

„Bleiben Sie ebenfalls am Boden. Nadine Hausmann, Ihre Freundin, hat den Überfall überlebt, ist aus dem Koma aufgewacht und wir konnten sie vernehmen. Sie gab an, dass Sie, Herr Holtmann, sie nicht überfallen haben. Im Gegenteil. Dass Sie sie retten wollten."

Wieder war es an Jan aufzuatmen, gefolgt von einem glucksenden Laut, der vielleicht ein Lachen werden wollte.

„Und nun zu Ihnen, mein Herr." Gerberich richtete den Blick

auf Thorsten Seidler, seine Pistole zielte bereits auf ihn. „Lassen Sie die Waffe fallen und legen Sie sich langsam auf den Boden. Verstanden!?“

„Er hat meinen Bruder auf dem Gewissen!“, schrie Seidler.

„Das ist nicht wahr!“ Da es nicht gelogen war, hatte Jan auch nichts zu befürchten. An Becca dachte er erst im zweiten Moment. Die klammerte sich vor lauter Angst an ihn.

„Dort hat er ihn begraben!“ Seidler zeigte auf das Grab, zu dem Jan ihn geführt hatte.

„Auch das ist nicht wahr.“ Jan erhob sich, kniete sich hin, wies mit dem Arm auf Seidler. „Er hat seinen Bruder umbringen wollen. Er wollte, dass die Leiche seines Bruders für die seine gehalten wird. Er wollte untertauchen. Thorsten Seidler steht auf der Todesliste dieses Unterweltkillers. Seidler wollte sich verpissen. Doch Stefan kam ihm zuvor. Der hatte sich bereits aus dem Staub gemacht. Wollte dass Becca ihn begleitet.“ Jan wies auf Becca neben ihm. „Es kam zum Streit. Ich kam zufällig hinzu und hab ihr geholfen. Stefan ist abgehauen. Nun fehlte Seidler eine Leiche. Er hat Stefan durch seine Leute suchen lassen. Einer war ein bisschen übereifrig und hat Nadine, Beccas Freundin, zu hart rangenommen. Nadine liegt nun im Krankenhaus. Ich sollte Stefans Platz einnehmen. Nein, eigentlich Thorsten Seidlers Platz. Er wollte mich töten, damit man mich für ihn hält, und er sich aus dem Staub machen kann.“

Seidler zitterte vor Wut. Der Lauf seiner Pistole vibrierte. „Das ist doch alles eine ausgemachte Scheiße!“

„Das ist eine ziemliche Räuberpistole, die Herr Holtmann uns da gerade erzählt hat. Aber sie deckt sich in vielen Punkten mit unseren bisherigen Ermittlungsergebnissen. Sowie mit Ihrer eigenen Aussage von vor ein paar Minuten. Wenn ich Sie erinnern darf … Sie sagten in etwa: *Du bist ungefähr so groß wie ich. Bei einer brennenden Leiche in einem Auto, mit meinem Ring am Finger und meiner Brieftasche in der Hosentasche schaut man nicht so genau hin.* Herr Holtmann war so umsichtig gewesen, den Notruf zu wählen, als Sie ihn bedroht haben. Das Gespräch wurde aufgezeichnet. Es kann und wird vor Gericht gegen Sie verwendet werden, Herr Seidler.“

Seidler öffnete den Mund, sagte aber nichts. Seine Schusshand verlor an Kraft. Der Lauf senkte sich.

„Ich sag es jetzt zum letzten Mal, Herr Seidler. Werfen Sie die Waffe weg! Andernfalls werde ich von der Schusswaffe Gebrauch machen müssen."

„Boss?" Rainer hielt die Waffe im Anschlag, während er den Lauf erst auf den einen, dann auf den anderen Polizisten richtete.

„Halt's Maul!" Seidler zögerte. Langsam ließ er den Arm sinken. Er atmete schwer. Auch Gerberich entspannte sich, hielt aber weiter die Pistole auf den bewaffneten Geschäftsmann gerichtet. „Sie haben keine Beweise. Nichts, was der Junge gesagt hat, kann bewiesen werden."

„Wir haben eine junge Frau, die aus dem Koma aufgewacht ist, die bezeugen kann, wer sie überfallen hat. Laut Herrn Holtmanns Aussage und die des Mädchens, ist es einer Ihrer Angestellten gewesen. Ihre Verbindungen und die Ihres Bruders zu den verstorbenen Löffler und Merker werden überprüft. Wenn Herr Holtmann auch in diesem Fall recht behält und sie beide auf der Flucht vor Lars Hendricks sind, wird man auch hier eine Verbindung finden. So oder so hab ich genug in der Hand, um Sie wegen illegalen Waffenbesitzes, Bedrohung eines Polizeibeamten mit derselben sowie Freiheitsberaubung und Geiselnahme festnehmen zu können. Also, Herr Seidler, legen Sie die Waffe weg. Das gleiche gilt auch für den Herrn neben Ihnen."

„Und sollte das immer noch nicht ausreichen …", erhob Jan wieder die Stimme. „In der alten Kneipe hinterm Ortsschild von Forstwald werden Sie einen Tatort finden. Zwei Menschen sind dort erschossen worden. Einer in und ein zweiter vor der Kneipe. Seidler hat zwar dafür gesorgt, dass die Leichen fortgeschafft worden sind. Aber Sie werden, denke ich, sicher noch ein paar Spuren finden, Herr Kommissar." Die Erwähnung weiterer Toten ließ Gerberich aufhorchen. Für einen kurzen Moment ließ er Seidler aus den Augen und sah Jan an.

Hass brannte in Seidlers Blick. „Wichser!", zischte er und zielte auf Jan. Becca schrie, warf sich vor ihn. Gerberich fuhr wieder herum, hob die Waffe. Die Frau neben ihm ging in die Hocke und zielte.

„Nein!“, rief Gerberich aus.

Seidler krümmte den Finger. Jan stieß Becca beiseite. Sein Oberkörper lag ungeschützt frei.

„Boss!“, schrie Rainer.

Es krachte ein Schuss, dann noch einer. Und noch einer.

Der erste kam aus der Ferne. Es knallte irgendwo hinter ihnen im Dickicht. Eine Kugel bahnte sich ihren Weg durch die schwüle Luft und traf sein Ziel, Thorsten Seidlers Wade. Stoff zerriss, Fleisch zerfetzte und Blut spritzte. Seidler schrie, verriss die Waffe und feuerte. Diese zweite Kugel zerschlug die Blätter eines Baumes, unter dem sie standen, und bohrte sich schlussendlich in einen Ast weit über ihnen. Seidler ging heulend zu Boden. Der dritte Schuss kam aus der Dienstwaffe der jungen Frau neben dem großen Beamten. Die Kugel durschlug Rainers Brustkorb und ließ ihn in einem roten Sprühnebel zu Boden gehen. Er war tot, bevor er aufschlug.

Dann war es still.

Bis auf Seidlers Geheule.

„Geht es Ihnen gut, Krüger?“ Gerberich sah seine zitternde Kollegin an. Die Frau nickte, leckte sich über die Lippen. „Sonst jemand verletzt?“ Seine anderen beiden Kollegen schüttelten die Köpfe und starrten ungläubig auf das Massaker vor ihren Füßen.

„Herr Holtmann? Frau Hermanns?“

Jan hob zitternd die Hand, ließ die Luft mit lautem Keuchen aus den Lungen. Alles in Ordnung. Er stand auf und half Becca, ebenfalls aufzustehen. Sie hielt sich schützend an Jan fest. „Das war’s dann wohl“, sagte er.

„Nein“, sagte die Frau, die der große Polizist mit Krüger angeredet hatte. „Irgendwer hat hier geschossen. Er ist noch da. Und wir sind in seinem Fadenkreuz!“

54

„Hey! Ihr da!“ Die Stimme flatterte hinter den Bäumen zu ihnen herüber. Alle sahen in die Richtung, aus der sie gekommen war.

Gerberich richtete seine Schusshand in dieselbe und bedeutete Jan und Becca, sich im Hintergrund zu halten. Seidlers Heulen war in ein Wimmern übergegangen. Er lag auf der Seite, hielt sich den Unterschenkel, während seine Hände von seinem Blut überströmt wurden.

„Wer spricht da?", rief Gerberich der Stimme entgegen.

Sonja wusste die Antwort. Sie erkannte Hendricks. Sie zitterte noch am ganzen Körper, wollte sich konzentrieren, auf das, was gerade geschah. Doch vor ihrem inneren Auge sah sie den Mann zu Boden gehen, auf den sie soeben geschossen hatte. Der Mann, der nun tot war.

„Ich will Seidler!"

Gerberich sah angewidert auf den weinenden Mann hinab, schaute aber schnell wieder in die Richtung des vermeintlichen Schützen. „Tut mir leid, das geht nicht! ... Er ist es, oder?" Die Frage war an Sonja gerichtet, leise zwischen den Zähnen hervorgepresst.

Sonja nickte. Seidler war der letzte auf Hendricks Liste. Nun war seine Zeit gekommen. Wenn alle Vermutungen stimmten, hatte er durchaus den Tod verdient. Sonja wollte nichts lieber tun, als dieses Schwein Hendricks ausliefern. Doch sie durfte nicht.

„Geben Sie ihn mir!", rief Hendricks.

„Nein!"

„Ich werde ihn bekommen!" Hendricks Stimme wehte eiskalt zu ihnen herüber. „Mit oder ohne Ihr Dazutun. Sie wissen, wer ich bin. Sie wissen, was ich getan hab. Glauben Sie wirklich, dass Sie mich aufhalten können? Ich muss nur den Finger krümmen. Und dann liegt einer von Ihnen auf dem Boden. Nur wissen Sie nicht, wen es als ersten treffen wird."

„Geben Sie ihn schon raus!" Das war Becca. Panik ließ ihre Stimme in einem piepsenden Krächzen ersterben.

„Das geht nicht", zischte Gerberich.

„Er wird uns töten!"

„Das werde ich zu verhindern wissen!"

„Und wie wollen Sie das tun?"

Gute Frage, dachte Sonja. Sie hatte keine Ahnung. Sie standen hier wie auf dem Präsentierteller. Keine Deckung. Hendricks musste nichts weiter tun, als abdrücken.

Das tat er dann auch. Ein Schuss krachte. Fast gleichzeitig wurde einer der Kollegen von den Füßen gehoben. Der Mann schrie vor Schmerzen auf und landete auf dem Schotter. Gerberich sprang ihm zu Hilfe. Der Mann wand sich mit schmerzverzerrtem Gesicht auf dem Boden. Die zitternden Finger tasteten über seine Brust, wie wenn man eine Stelle rieb, an der man sich gestoßen hatte. Gerberich suchte ebenfalls die Brust des Kollegen ab. Kein Blut. Nur eine aufgefetzte Uniformjacke. Die Kugel steckte in der darunterliegenden Kevlar-Weste. Gerberichs Kollege hatte Glück gehabt. Hendricks hatte nur die schusssichere Weste getroffen. Wenn es stimmte, dass Hendricks ein ehemaliger Soldat war, musste er über die Ausrüstung der Polizei informiert sein. Entsprechend wagte Sonja die Vermutung, dass der Schuss absichtlich nur die Weste und nicht den Kopf des Kollegen getroffen hatte.

„Alles gut?“, fragte Gerberich.

Der Kollege nickte, doch er musste ungeheure Schmerzen leiden. „Bleiben Sie liegen. Womöglich sind ein paar Rippen gebrochen.“

„Hendricks“, rief Sonja. Sie nahm all ihren Mut zusammen. Ihre Beine zitterten noch immer. Sie hatte nicht gedacht, dass sie sich bewegen konnte, doch sie machte einen Schritt vorwärts, nahm die linke Hand von ihrer Waffe und hob die rechte samt Pistole in die Höhe, sodass sie dem versteckten Schützen ihre Brust entgegenreckte. „Lars! Hörst du mich?“

Keine Antwort.

„Lars, ich bitte dich! Hör endlich auf!“

„Ich kann nicht!“

„Doch du kannst! Seidler ist am Ende, er ist erledigt. Wir werden ihn drankriegen. Wir bringen ihn ins Gefängnis. Dort wird er so schnell nicht wieder rauskommen.“

„Hah!“ Dieser abfällige Laut knallte durch die Bäume zu ihnen herüber. „Wofür werdet ihr ihn drankriegen?“

„Wegen Mordes.“

„An Mia?“

Sonja schwieg. Sie wollte Hendricks nicht anlügen. So wie es aussah, konnten sie Seidler einiges nachweisen. Unerlaubten Waffenbesitz, Entführung, Mord. Ob Prostitution, Menschen- und Drogenhandel hinzukommen würden, musste sich noch zeigen. Aber ob sie es jemals schaffen sollten, den Mord an Mia Hendricks mit ihm in Verbindung zu bringen, war fraglich.

„Ich wusste es! Ich will ihn leiden sehen! Ich werde ihn bluten lassen, ihn elendig schreien lassen! Also tritt zurück! Du und deine Kollegen. Du hattest deine Chance! Los! Ich will niemanden von euch töten! Aber, Gott weiß, ich werde es tun! Ich bin schon viel zu weit gegangen, um jetzt aufzuhören."

Es hat keinen Zweck, dachte Sonja. Er hatte recht, er würde nicht aufgeben. Hendricks würde sich nicht von ihr bequatschen lassen. Wenn sie jetzt nicht aufhörte, auf ihn einzureden, setzte sie das Leben aller aufs Spiel.

„Also gut …"

Gerberich sah auf. „Was?"

Jetzt flüsterte Sonja wirklich. „Vertrauen Sie mir."

Gerberichs Blick bohrte sich in den ihren. In ihrem Inneren brannte es. Die erhobene Pistole in ihrer rechten wurde immer schwerer und schwerer. Ihre Schulter zitterte. Sonja schluckte. Ihr Hals war trocken. Mach schon, dachte sie, gib mir ein Zeichen.

Gerberich nickte.

„Also gut!", schrie Sonja wieder, ohne den Blick von Gerberich zu nehmen. „Wir ziehen uns zurück!"

„Was! Nein!", heulte das Etwas vom Boden auf, das einmal Thorsten Seidler gewesen war – stolzer Geschäftsmann, brutaler Gangster. „Das können Sie nicht machen! Sie sind von der Polizei!"

„Stimmt!" Gerberich erhob sich und sah verächtlich auf Seidler herab. „Aber ich muss abwägen … das Leben meiner Kollegen und das zweier Bürger gegen das Leben eines vermeintlichen Verbrechers. Ich denke, die Entscheidung ist klar. Oder, Herr Seidler?"

„Das können Sie nicht tun! Das werden Sie bereuen!"

„Möglich." Gerberich steckte die Pistole ins Schulterhalfter. „Und ich werde mich dafür verantworten müssen. Aber jetzt … in dieser Situation … ist es meine Entscheidung. Und ob Sie es glauben oder nicht … Es tut mir sogar leid um Sie, Herr Seidler.

Ein bisschen."

Gerberich wandte sich ab, wies Sonja an, ihr zu helfen und den am Boden liegenden Kollegen aufzuheben. Ein Blick in die Richtung des dritten genügte, dass er sich langsam zurückzog. Holtmann half Becca aufzustehen. Sie sahen Gerberich an. Offenbar wollten Sie sich vergewissern, ob es sein Ernst war. „Nun gehen Sie schon. Er wird nicht schießen. Wenigstens nicht auf uns. Verschwinden Sie! Wir kommen nach!"

Sie verschwanden aus der Grabreihe und ließen den schreienden Seidler zurück. Der wollte ihnen hinterher krabbeln, doch die Schmerzen in seinem Unterschenkel waren zu stark. Also folgten ihnen nur seine Schreie.

55

Jan wagte nicht zu glauben, dass sie es geschafft hatten. Doch genauso sah es aus. Sie waren Seidler entkommen. Der wahnsinnige Schütze war nicht an ihnen interessiert gewesen. Und die Polizei hatte genug in der Hand, um sich auch in Zukunft mehr mit Seidler als mit ihm und Becca zu beschäftigen.

Jan hielt Becca im Arm. Sie weinte nicht, aber sie schluchzte, keuchte. Mit Panik in den Augen sah sie immer wieder über ihre Schulter, während einer der uniformierten Polizisten sie mit einer Hand im Rücken zur Eile trieb. Der große Polizist – Gerberich – lief hinter ihnen und stützte den angeschossenen Polizisten, der bei jedem Schritt aufstöhnte.

„Weiter! Weiter!" Gerberich trieb sie an. Jan wusste nicht, wie weit sie rannten. Er kam sich vor wie in einem dieser Vietnamfilme aus den 80ern. Soldaten auf der Flucht, unter Feuer durch den gemeingefährlichen Vietkong. Nur leider würde weder ein John Rambo noch ein Chuck Norris aus dem Unterholz stürzen und ihnen Feuerschutz geben.

„Halt!" Becca stürzte, ging in die Knie und riss Jan mit sich.

„Steh auf!"

„Ich kann nicht mehr."

„Alles gut." Das war Gerberich. Er atmete schwer, sah sich um. „Hier sind wir sicher. Selbst wenn Hendricks es sich doch noch anders überlegen sollte, hier kann er uns nicht mehr aufs Korn nehmen."

Jan fiel neben Becca auf die Knie. Er atmete schwer. Der Sprint hatte ihn nicht erschöpft. Aber der Stress. Das Adrenalin schwand und die Ermüdung traf ihn schlagartig.

Die Polizistin, die zurückgeblieben war, sprang über eine Hecke und rannte auf sie zu. Gerberich half dem Verletzten, sich ins Gras zu setzen. Die Frau hielt auf Gerberich zu, wurde langsamer.

„Er hat ihn", sagte sie.

„Hendricks? Sie haben ihn gesehen?"

„Ja."

„Was hat er gesagt?"

Die Polizistin zögerte. „Nichts." Jan glaubte ihr nicht. Es machte den Anschein, dass ihr Chef ihr auch nicht glaubte.

„Was machen wir jetzt?", fragte Jan, dem die Stille, die sie alle mit einem Mal umschlang, nicht gefiel.

Gerberich sah ihn an, dann seine Kollegin. „Haben Sie eine Idee?"

„Die hab ich tatsächlich. Aber wir müssten uns beeilen, sollten wir Seidler retten wollen."

Jan irritierte die Ruhe, mit der sie sprach. Mehr noch aber die Worte, die sie benutzte. Wollte sie den Mann denn retten?

„Gut", sagte Gerberich. Er wandte sich an seine Kollegen. „Sie bleiben hier. Rufen Sie den Notruf für den Kollegen." Er wies auf den verletzten Polizisten zu seinen Füßen. „Und kümmern Sie sich um die beiden." Er zeigte auf Becca und Jan. „Bringen Sie sie aufs Präsidium, nehmen Sie Ihre Aussagen zu Protokoll und informieren Sie jemanden vom Opferschutz."

Der unverletzte Polizist bestätigte. Gerberich drehte sich zu der Ermittlerin herum. Sie setzten sich in Bewegung. Wenig später rannten sie.

Nehmen Sie die Aussagen zu Protokoll, hatte Gerberich gesagt. Becca und er waren nicht mehr im Fokus. Dennoch musste er sich mit ihr absprechen, was sie sagen sollten. Nur wie?

56

Sonja rannte, was ihre Beine hergaben. Zunächst hatte sie es nicht eilig gehabt. Sie nahm an, dass Seidler sich einer ähnlichen Folter zu stellen hatte, wie seine Helfershelfer, Löffler und Merker. Doch dann wuchs die Sorge in ihr, dass sich Hendricks dieses Mal vielleicht nicht so viel Zeit nehmen würde, und trieb ihre Beine an. Noch einmal würde sie ihn nicht entkommen lassen. Dieses Mal würde sie ihn schnappen und sie wusste genau, wo. Sie hoffte nur, Gerberich kam schnell genug hinterher.

Sie duckte sich unter tiefhängende Äste und sprang über Gräber hinweg, rannte parallel zur Heideckstraße, entlang eines eisernen Zauns. Dahinter spazierten Passanten, Autos fuhren hin und her. Sie wagte es, sich herumzudrehen. Gerberich war hinter ihr. Er wirkte konzentriert. Für seine Größe und Statur war er überraschend schnell. Trotzdem waren noch etliche Meter zwischen ihnen.

Plötzlich hielt Sonja an, hechtete nach links. Dort gab es eine Lücke im Zaun, weil ein Element herausgenommen und provisorisch durch einen Bauzaun ersetzt worden war. Da das Bauzaunelement nicht passgenau, sondern größer war, stand es ein wenig schräg auf dem Fußgängerweg, sodass es eine kleine Lücke gab. Sonja zwängte sich hindurch. Sie sah sich um, orientierte sich, wo ihr Wagen stand. Rechts runter. Sie spurtete los. In der Bewegung blickte sie sich um und erkannte, wie Gerberich mit dem Fuß gegen den Bauzaun trat, um den Zwischenraum für sich zu verbreitern.

Sonja erreichte Gerberichs BMW. Sie beugte sich vor und japste nach Luft. Gerberich näherte sich, humpelte. Wie viel Zeit würden sie haben? Hendricks musste sich erst mal den verletzten Seidler schnappen und ihn unter Gegenwehr zu einem Fahrzeug bringen. Würde Hendricks ihm das Benzodiazepin verabreichen, wie er es bei den anderen auch getan hatte? Anzunehmen. Auf jeden Fall, so glaubte Sonja, hatten sie noch ein wenig Zeit. Nicht viel, aber sie sah sich doch in einer vorteilhafteren Situation als Lars Hendricks.

„Krüger“, rief Gerberich. Er war noch ein paar Meter weg, hielt etwas in der rechten Hand und warf es in ihre Richtung. Der

Autoschlüssel. Sonja fing ihn auf, hechtete um den Wagen herum und setzte sich hinters Lenkrad. Sie startete den Motor. Gerberich riss die Fahrertür auf. Er saß noch nicht richtig im Sitz, da trat Sonja schon aufs Gas und der BMW machte einen maulenden Satz nach vorne.

„Wohin?", fragte Gerberich außer Atem, als er sich anschnallte.

„Uerdingen."

„*Seidler Consultings.*"

*

„Sie haben ihr Ziel erreicht", erklärte die Stimme des Board-Navis. Sonja stieg auf die Bremse. Allerdings waren sie nicht vor Hendricks bei Seidlers Firma angekommen. Das vergitterte Rolltor stand weit offen. Sonja hielt davor, versperrte einen potenziellen Fluchtweg. Während die beiden Ermittler ausstiegen, kontrollierten sie ihre Pistolen. Von unterwegs hatten sie Verstärkung gerufen. Die Kollegen waren auf dem Weg. Trotzdem durften sie keine Zeit verlieren, sonst würde es einen weiteren Toten auf Hendricks Konto geben.

Die Pistole mit beiden Händen umfasst, die Mündung zu Boden gerichtet, hastete Sonja durchs Tor. Gerberich folgte ihr. Vom Tor führte eine Straße zwischen zwei Bürogebäuden hindurch auf einen Innenhof. Sonja presste sich an die Wand des rechten Komplexes. Sie ging vorwärts, die Mauer im Rücken. An der Ecke des Gebäudes ging sie in die Hocke und atmete schwer. Ihr Herz schlug wild.

Ruhig bleiben!, mahnte sie sich. Sie spürte Gerberichs Atem im Nacken. Ein langanhaltender, kühler Luftzug. Seltsam, aber es beruhigte sie.

Ihnen gegenüber stand ein dunkler Mercedes, dessen Lack in der Sonne glänzte. Die Türen standen offen. Niemand saß darin. Das Kennzeichen, beginnend mit KR für Krefeld, TS 100, ließ sie glauben, dass es Seidlers Auto sein musste.

„Geben Sie mir Deckung!", flüsterte sie Gerberich zu. Er hob die Pistole über sie hinweg, doch ein Ziel konnte auch er nicht ausmachen.

Geduckt hetzte Sonja weiter. Ihre Füße jagten über den glatten Asphalt. Hinter dem Mercedes brachte sie sich in Deckung. Sie sah auf die Rückbank. Blutspuren verrieten, dass Seidler dort gelegen haben musste. Aber wo war er jetzt? Sie winkte Gerberich heran.

Als sie durch die offene Fahrertür und die Frontscheibe blickte, beantwortete sich ihre Frage von selbst. Seidler stand vor einem Rolltor des riesigen Gebäudes auf der anderen Seite des Hofplatzes. Seine Arme waren seitlich von seinem Körper abgespreizt. Er war an den Handgelenken gefesselt. Stricke verschwanden irgendwo rechts und links über ihm in den Ecken des geschlossenen Tores. Jesusähnlich, wie am Kreuz. Seidlers Kopf baumelte hin und her, wie ein loser Knopf an einem Faden. Sein Mund stand offen, ein Speichelfaden rann hervor. Seine Augen drehten sich in den Höhlen. Er war betäubt. Hendricks hatte ihm das Benzodiazepin verabreicht.

„Wo ist der Mistkerl?“, fragte Gerberich.

Ein panischer Schrei brach aus Seidlers Mund hervor, voller Angst. Todesangst. Ein Mann, der erkannte, dass Ratten ihn bei lebendigem Leibe auffraßen und dass er nicht mehr tun konnte, als zuzusehen, konnte nicht entsetzlicher schreien.

Seidlers Schrei ging in einem wummernden Dröhnen unter. Ein Geräusch, das sie mehr spürten, denn hörten. Rechts von ihm schob sich die Motorhaube eines LKW in ihr Blickfeld. Ein DAF CF, blaumetallic, mit rot leuchtenden Streifen an den Seiten. Der LKW fuhr hinaus auf den Hof, beschrieb eine Kurve. Es war nur der Sattelschlepper, ohne Auflader. Der Fahrer – sie konnten ihn hinter der Windschutzscheibe nicht erkennen, parkte das röhrende Ungetüm ihnen gegenüber, sodass er parallel zum Mercedes stand. Die Lichter blendeten auf. Seidler kniff die Augen zusammen, warf den Kopf zur Seite. Der Motor erstarb. Hendricks öffnete die Tür, stieg aus und warf sie wieder zu, näherte sich Seidler, der die Augen geschlossen hielt. Als würde ein Nichthinsehen irgendetwas nützen. Hendricks hatte Seidler erreicht und baute sich vor ihm auf.

„Du weißt, warum du sterben wirst?“ Obwohl er nicht laut sprach, fast schon besonnen, konnte Sonja ihn gut verstehen.

Seidler öffnete blinzelnd die Augen. „Fick dich!“ Es klang verwaschen, als läge seine Zunge schwer im Mund.

Hendricks hob den rechten Arm. In der Hand hielt er etwas, das er Seidler präsentierte. Sonja kannte sich mit Werkzeugen nur bedingt aus. Aber die Nietpistole erkannte sie sofort. Etwas klobiger als ein Akkuschrauber, mit längerem Handgriff, darunter die Druckluftkartusche. Die verchromte Spitze glitzerte in der Sonne. Hendricks senkte das Werkzeug. Fast zärtlich grub sich die Spitze in Seidlers Schritt. Gerberich zuckte hinter ihr zusammen.

„Los doch!", zischte er. Doch Sonja hob den Arm.

„Wir werden verhindern, dass er stirbt", flüsterte sie. „Aber da muss er durch." Sie meinte Seidler. Wenn nur die Hälfte von dem stimmte, was sie über Seidler dachte, hatte er diese Folter mehr als verdient. Sonja sah Gerberich mit einem Blick an, der ausreichte, ihn auf seinem Platz zu halten.

Tack! Tack! Tack!

Zeitgleich ertönte der grässlichste Schrei, den Sonja je gehört hatte. Der Schmerz, der diesem Schrei voranging, musste unvorstellbar sein.

*

Seidler hing im wahrsten Sinne des Wortes in den Seilen. Seine Knie waren eingeknickt, wiesen zur Seite, seine Arme waren aufs Äußerste gespannt. Die Fesseln schnitten ihm ins Handgelenk, da sie das Gewicht seines ganzen Körpers hielten. Nach dem dritten Schuss, der einen Nietbolzen in seine Hoden jagte, war er in Ohnmacht gefallen. Hendricks hatte ihn mit Schlägen wieder zurückholen können. Nach einem weiteren Schuss war er wieder in eine Ohnmacht versunken. Hendricks spuckte ihm ins Gesicht, ließ das Werkzeug fallen und wandte sich ab. Er ging zum LKW, tätschelte die Motorhaube, öffnete die Fahrertür und kletterte hinein. Seine Hände griffen das Lenkrad, seine Finger kneteten das knirschende Leder. Am Rückspiegel baumelte ein nacktes Engelchen und kniff ein Auge zu. Hendricks nickte ihm zu.

Er schaltete den Motor ein. Der Sattelschlepper begann zu zittern, vibrierte wie ein hechelnder Wolf, kurz bevor er mit gefletschten Zähnen seine Beute riss. Hendricks trat aufs Gas. Der

Motor röhrte auf wie ein hungriges Ungetüm. Die Räder rollten an.

*

Es war an der Zeit!

Sonja sprang aus ihrer Deckung hervor. Sie musste dem kranken Spiel ein Ende setzen. Jetzt. Sie sprintete los, die Waffe bereit, atmete wie bei einem Marathon, Schweiß bedeckte jeden Zentimeter ihres Körpers. Vor dem LKW blieb sie stehen, Seidler im Rücken, die Waffe erhoben.

„Stopp!“, schrie sie. Zitternd. Ein wildes Feuer in der Brust.

Die Räder blockierten. Der Motor röhrte weiter. Wie ein wütender Drache, der sie allein durch sein Gebrüll vertreiben wollte. Sie blieb stehen, die Waffe im Anschlag, auf die schwache Silhouette des Fahrers hinter der Frontscheibe zielend.

„Motor aus! Aussteigen!“, schrie sie über den Lärm des LKW hinweg. Doch nichts geschah. Wut stieg in ihr auf. Wuchs parallel zu ihrer Angst.

„Nun mach schon!“, schrie sie laut, sodass ihre Stimme sich überschlug. Sie riss die Pistole nach links und feuerte eine Kugel ab. Der Schuss war über dem Lärm des Motors hinweg kaum zu hören, klang wie ein Flüstern. Die Kugel prallte an der Frontscheibe ab und hinterließ ein Spinnennetz aus Sprüngen im Glas.

Wenige Sekunden später erstarb der Motor des Ungetüms und es war erschreckend still. Die Fahrertür öffnete sich. Hendricks Kopf erschien. Er stellte sich auf eine der Leitersprossen und hielt sich am Lenkrad und der Tür fest. Er sagte nichts, sah Sonja nur an, die den Lauf der Pistole in seine Richtung bewegte. Sie blickten sich in die Augen. Ihre Kiefer mahlten, ihre Hände umklammerten, was ihre Finger gerade hielten. Bei ihm war es das Lenkrad, bei ihr die Pistole. Ihr Zeigefinger streichelte die Wölbung des Abzugs.

„Geh mir aus dem Weg“, durchbrach Hendricks‘ Stimme die Stille.

„Nein!“

„Lass es mich zu Ende bringen. Du weißt, was er getan hat.“

„Falsch. Ich *meine,* es zu wissen. Das ist ein Unterschied.“

„Meinetwegen. Aber ich weiß es! Also lass mich tun, was ich tun muss."

„Selbst wenn du mit deiner Vermutung recht hast – und es spricht vieles dafür – dann hast du trotzdem kein Recht, dich als Richter und Henker aufzuspielen. Das nennt man Selbstjustiz!"

„Verschon mich damit!" Hendricks schrie. Speichel flog durch die Luft. „Er hat Mädchen verschleppt, gefoltert, missbraucht, damit sie sich anderen ekelhaften Wesen gefügig zeigen mussten. Er hat Kinder getötet, durch den Drogenmist, den er ins Land geschleust hat. Gemordet. Dieser Mann hat den Tod verdient. Und ich *bin* sein Henker!"

Sonja nickte, ein Reflex, gegen den sie sich nicht wehren konnte. Sie konnte Hendricks verstehen. Sein Leiden begreifen. Ob sie wollte oder nicht, sie litt mit ihm. Sie konnte sich nur im Ansatz vorstellen, zu was sie alles fähig wäre, sollte sich ein Schwein an Maya vergreifen. Sonja traten Tränen in die Augen. „Begreif doch bitte!" Sonja senkte die Waffe. „Ich kann das nicht zulassen."

„Seien Sie vernünftig, Hendricks!", schrie Gerberich mit einem Mal. Er war von hinten um den Sattelschlepper herumgekommen und nahm den Mörder ins Visier.

Hendricks schenkte ihm einen kurzen Blick. Als handelte es sich bei Gerberichs Waffe um eine Wasserpistole, verschwand Hendricks ungerührt im Führerhaus. Der Motor des Sattelschleppers erwachte ruckelnd zum Leben und heulte auf, sodass Sonja eine Gänsehaut am ganzen Körper bekam. Die Räder rollten an. Zunächst so langsam, dass sie nicht mit Sicherheit sagen konnte, ob sie sich tatsächlich bewegten.

Sonja riss die Pistole wieder hoch. Das gewaltige Fahrzeug näherte sich Millimeter um Millimeter, schlich über den Asphalt. Sonja suchte die Frontscheibe ab, in der Hoffnung, ein Ziel ausmachen zu können. Nichts. Das Führerhaus schien leer. Hendricks musste sich auf dem Boden kauern.

Der Sattelschlepper kam näher und näher. Sonja schlich rückwärts, Gerberich war mit ihr auf gleicher Höhe. Auch er schien kein Ziel zu sehen.

Sonja warf einen schnellen Blick über die Schulter. Seidler war nicht mehr weit entfernt. Wenn sie jetzt nichts tat, würde das stählerne Monster ihn zerquetschen.

Sonja machte einen Satz zur Seite, sprang aus der Fahrtrichtung und sprintete um das Führerhaus herum. Die Waffe schussbereit, blickte sie durch die offenstehende Tür. Das Innere des Fahrzeugs war leer. Hendricks war verschwunden. Die Beifahrertür stand ebenfalls offen. Durch die musste er entkommen sein. Millimeter um Millimeter schlich das Monster im Standgas voran.

„Fuck!“, schrie sie. Doch nicht mal sie konnte ihren Ausruf wirklich hören. Nur fühlen, weil sich die Muskeln ihres Halses anspannten.

Sie rannte den Sattelschlepper entlang bis zum Heck. Blickte sich um. Dort hinten war Hendricks. Er flüchtete.

„Halt!“, schrie Sonja.

Hendricks rannte weiter. Natürlich hatte er sie nicht gehört. Selbst wenn … Er wäre trotzdem weitergerannt.

Kimme und Korn, so hatte sie es gelernt. Die winzige Erhebung am Ende des Pistolenlaufs legte sich auf Hendricks Rücken.

Schieß!, dachte sie.

Aber konnte sie dem Mann einfach in den Rücken ballern? Sonja blickte über die Schulter. Der LKW näherte sich dem bewusstlosen Seidler. Er würde sterben, wenn sie nichts unternahm. Dennoch hatte Sonja nicht das Gefühl, diesen Menschen retten zu müssen. Vielleicht wartete sie einfach ab, nur noch ein paar Sekunden, maximal eine Minute. Und das Thema wäre erledigt.

Hendricks hatte beinahe das Ende des Hofes erreicht. Wenn er das Gelände verlassen hatte, war es aus. Dann würde sie ihn nie wiedersehen.

Hendricks oder Seidler?

Oder Gerberich!?

Dessen Kopf tauchte plötzlich hinter der Motorhaube auf. Ihn hatte sie völlig vergessen. Er stand bei Seidler. Schweißperlen strömten sein gerötetes Gesicht herab, eine angespannte, verzerrte Maske aus Angst und Anstrengung.

Sonja machte ein paar schnelle Schritte zur Seite, um sehen zu können, was sich dort tat. In der Hand hielt er ein kleines Taschenmesser, dessen Klinge kaum sichtbar aus seiner Faust ragte. Er mühte sich ab, die Fesseln zu durchtrennen. Doch das schien nicht so leicht. Und ihr Chef war nun ebenfalls in Lebensgefahr.

„Verdammt!"

Das Fahrzeug hatte sie beide erreicht. Der Kühler schmiegte sich an Gerberichs Rücken. Es sah aus, als stemmte er sich dagegen. Als könne er tatsächlich dieses Monstrum von seinem Ziel fernhalten. Seine Hand sägte weiter an den zähen Fasern der Fesseln. Seidlers rechte Hand war frei. Der Körper des Mannes sackte auf Gerberich herab. Der Chef ließ das Messer fallen, verschwand aus Sonjas Blickfeld.

Sonja konzentrierte sich wieder auf Hendricks. Schoss. Zweimal, dreimal. Ein vierter Schuss.

Hendricks stolperte.

Hatte sie ihn erwischt?

Möglich. Keine Zeit darüber nachzudenken. Sie ließ die Waffe fallen. Sprang auf die unterste Stufe des Führerhauses, sich an der offenen Tür festhaltend. Ihr Fuß rutschte ab. Sie verlor den Halt. Der Wagen rollte weiter. Jemand schrie. Gellend, panisch. Der Schrei schlich sich durch den Lärm des Motors und überfiel Sonja hinterrücks. Sie zerrte sich in die Höhe, fand Halt und wuchtete sich in die Fahrerkabine. Schwang sich in den Sessel hinterm Lenkrad, sah durch die Frontscheibe. Kein Gerberich, kein Seidler, der Motorblock des LKW hielt sie verborgen. Doch das Tor, vor dem sie standen, war eingebeult. Der Sattelschlepper presste weiter. Ein Kreischen, das Metall des Tores, das von dem Kühler des LKW eingedrückt wurde. Sonja stieß mit beiden Füßen auf die Bremse.

Das Fahrzeug hielt.

Sie drehte den Schlüssel.

Stille.

Von irgendwo hörte sie ein zitterndes Wimmern. Es dauerte einen Moment, bis sie erkannte, dass sie es selbst war. Sie ließ den Kopf sinken, atmete aus, atmete ein, versuchte sich zu beruhigen. Dann schüttelte sie sich und sprang hinaus auf den Hof.

Seidler und Gerberich waren nicht zu sehen. Sie rechnete damit, ihre zerquetschten Leiber blutend zwischen Kühler und Tor zu entdecken. Doch da war niemand. Das Tor war eingedrückt. Die beiden Männer lagen auf dem Boden. Eingekeilt unter der Stoßstange und den gewaltigen Vorderrädern des Fahrzeugs. Gerberich hatte es tatsächlich geschafft, Seidler loszumachen. Doch hätte Sonja den LKW nicht angehalten, hätten die Räder sie einfach überrollt. Sie atmete auf, ging in die Hocke und tastete nach den ineinander verschlungenen Leibern. Suchte einen Puls. Fand einen. Nur einen. Sie hoffte inständig, dass es der Herzschlag ihres Chefs war, den sie spürte.

Es dauerte eine Weile, bis sie den LKW zurückgesetzt hatte. Die Männer rollten voneinander herunter und blieben reglos liegen.

Sonja kramte ihr Handy aus der Tasche, um den Notruf zu wählen. Ihr Blick suchte die Hofeinfahrt ab.

Hendricks war fort.

57

„Reine Routine." Jan hielt Beccas Hand gedrückt in ihrem Schoß. „Wir geben unsere Aussagen zu Protokoll und dann können wir gehen." Becca schluckte. „Sollten unsere Aussagen sich nicht allzu sehr widersprechen, haben wir es geschafft." Sie schenkte ihm ein unsicheres Lächeln.

Sie saßen auf einer harten Holzbank im Flur des Polizeipräsidiums. Ein uniformierter Beamter ging an ihnen vorüber, die Nase in einer Akte. Aus den vom Flur abgehenden Büros drangen Tippgeräusche, Telefongeläut und Gesprächsfetzen zu ihnen heraus. Hier war einiges los. Doch kaum einer schenkte ihnen Beachtung.

„Wichtig ist", flüsterte Jan, „dass du kurz und knapp bleibst. Je mehr du ausschmückst, desto größer ist die Gefahr, sich zu widersprechen."

Becca war nervös. Sie kaute die ganze Zeit über auf ihrer Unterlippe oder spielte mit ihrem Piercing, während ihre Augen umherhuschten wie ein hakenschlagender Hase auf der Flucht.

Rechts von ihnen öffnete sich eine Tür und ein junger Mann im grauen Anzug trat hinaus auf den Flur. „Frau Hermanns?"

Becca zuckte zusammen.
„Kommen Sie herein, bitte."

*

Die Tür zum Vernehmungsraum, in dem Becca ihre Aussage zu Protokoll geben musste, öffnete sich in dem Moment wieder, als ein Polizist an Jan herantrat und ihn bat, ihn zu begleiten. Jan stand auf, blickte aber auf die sich öffnende Tür. Er wollte Becca sehen, bevor er den Polizisten begleitete. Ein Nicken, ein Zwinkern, ein Lächeln. Er brauchte ein Zeichen von ihr.

„Kommen Sie, bitte", sagte der Polizist und legte ihm eine Hand auf die Schulter.

„Ja …"

Becca trat in den Flur, sah Jan. Doch außer einem intensiven Blick, der alles bedeuten konnte, tat sich nichts in ihrem Gesicht.

„Wir sehen uns gleich", sagte er.

Becca antwortete nicht.

Jan folgte dem Kommissar den Flur entlang, den Blick starr auf seinen Rücken gerichtet, während ein Feuer seine Eingeweide auffraß. Was hatte ihr Blick nur zu bedeuten?

Als er seine Aussage hinter sich gebracht hatte und gehen durfte, schlurfte er eilig zurück zu der Bank, wo er Becca zurückgelassen hatte.

Sie war fort.

58

Fünf Tage später saß Sonja auf einem unbequemen Stuhl neben Gerberichs Bett in einem Krankenzimmer des Helios Klinikums. Die Sonne strahlte durchs Fenster. Es war wieder mal unerträglich heiß, laut Nachrichten der heißeste Tag des Jahres. Dennoch hatte der Kriminaldirektor die Bettdecke bis hoch zur Brust gezogen. Gerberich hatte sich mehrere Rippenbrüche zugezogen. Da sich eine Rippe seiner Lunge gefährlich genähert hatte, war er operiert worden. Die OP war erfolgreich gewesen. Nun hieß es: genesen.

„Wie geht es Ihnen?“, fragte Sonja.

„Gut … Den Umständen entsprechend, wie es so schön heißt.“

Sonja blickte sich in dem Krankenzimmer um, das mehr wie ein hochpreisiges Hotelzimmer aussah. „Einzelzimmer mit Chefarztbehandlung, nehm ich an. Sie hätten es schlechter treffen können.“

Gerberich nickte. Ein verschämtes Lächeln zierte sein Gesicht. Für einen Moment sagte keiner was.

„Danke“, brach Gerberich das Schweigen.

Sonja sah ihn an. Senkte nur wohlwollend den Kopf.

„Sie wissen wofür?“

Sonjas Mund zuckte zu einem Lächeln.

„Ohne Sie wäre ich sicher tot“, sagte er. „Und dass Henricks final doch noch geschnappt worden ist, haben wir auch Ihnen zu verdanken.“

Sie ließ sich nicht anmerken, was sie wirklich dachte oder fühlte. Die Jagd auf diesen Mann war für sie die reinste Achterbahnfahrt gewesen. Zu Beginn hatte sie alles drangesetzt, ihn zu kriegen. Wollte den Mann stellen, der sie mit einer Pistole bedroht hatte. Als sie mehr über die Hintergründe erfahren hatte, änderte sich alles … nicht dass sie ihn nicht immer noch hatte erwischen wollen, aber … Sie schüttelte den Kopf.

„Haben Sie ihn noch mal gesehen?“

„Hendricks?“ Sie nickte. „Ich habe sein Geständnis zu Protokoll genommen.“

„Sein Geständnis?“ Gerberich hob die Augenbrauen.

„Ja. Er hätte nichts mehr zu verlieren, sagte er. Seine Schwester sei tot. Und alle, die für ihren Tod verantwortlich waren, habe er gerichtet.“ Sonja überlegte. „Ja, gerichtet. So hat er es genannt.“

„Das war wirklich in letzter Sekunde.“

Sonja nickte. Die Kollegen vom Wachdienst, die zur Verstärkung gerufen worden waren, hatten in dem Moment das Werksgelände erreicht, als Sonja im Begriff war, den LKW zu stoppen. Zu dem Zeitpunkt hatte Hendricks sich gerade aufgerappelt, um seine Flucht fortzusetzen. Eine der hilflos abgefeuerten Kugeln aus Sonjas Waffe hatte ihr Ziel erreicht und Hendricks am Bein verwundet. Die Kollegen hatten leichtes Spiel, ihn zu überwältigen.

„Wie hatte er eigentlich am Friedhof auftauchen und uns unter Beschuss nehmen können?“, fragt Gerberich. „Hat er dazu was gesagt?“

„Ein Peilsender an Seidlers Wagen. Als ehemaliger Soldat kannte er sich aus.“

„Ach ja … Hat er Ihnen gesagt, was er bei der Bundeswehr gemacht hat?“

Sonja sah Gerberich an, in ihrem Gesicht rührte sich nichts. „Nein“, sagte sie und dachte, dass sie vielleicht etwas zu lange gezögert hatte. Aber Gerberich fragte nicht weiter nach.

„Sind Sie stolz auf sich?“

Sonja überlegte, schüttelte langsam den Kopf. „Ich hatte angenommen, ich wäre froh. Vielleicht erleichtert, dass alles vorbei ist. Wie ein Aufatmen, wenn man den langersehnten Urlaub antritt. Aber um ehrlich zu sein … da ist …“

„Nichts“, beendete Gerberich ihren Satz.

Sie nickte. „Ja. Ich fühl mich seltsam leer. Hilflos. Da ist eine große Ahnungslosigkeit, nicht zu wissen, was ich jetzt tun soll.“

„Nach Hause gehen. Urlaub machen. Den Alltag zurückholen.“

„Ja.“ Doch ihr Gesicht sagte deutlich, dass genau das das Schwerste von allem war.

„Und dann Ihre Familie.“ Sonja sah erstaunt auf. Gerberich lächelte sie gutmütig an. „Sie brauchen einander.“

Sie seufzte. „Sie kommen heute Mittag. Maya freut sich so. Sagt Thomas. Ich mich auch. Aber … ich … ich hab auch Angst. Ich hab sie jetzt über eine Woche nicht mehr gesehen, hatte nicht mal Zeit, an sie zu denken …“ Sonja zögerte. „Entschuldigen Sie bitte. Ich wollte Sie nicht mit meinem Privatleben belästigen.“

„Nein, nein.“ Gerberich setzte sich ächzend auf. „Erzählen Sie nur. Raus damit. Das ist wichtig.“

„Kann sein. Aber dafür gibt's Frau Seibold. Sie haben genug eigene Sorgen, Herr Gerberich.“

Er bohrte nicht nach. „Bestellen Sie Frau Seibold Grüße von mir. Sobald ich wieder auf den Beinen bin, werde ich ihr meine Aufwartung machen und mich in aller Form entschuldigen.“ Sonja lächelte.

„Was ist mit Seidler?“

„Lebt."

„Hm-hm." Gerberich nickte nur.

„Der RTW hat den Mann ins Krankenhaus gebracht, wo er notoperiert wurde. Nun sitzt er in Untersuchungshaft im Justizvollzugskrankenhaus Fröndenberg und schweigt sich aus. Mehrere Versuche – durch mich, durch Kollegen –, etwas aus dem Mann herauszukriegen, scheiterten. Aber die Aussagen der übrigen Beteiligten sowie die bisherigen Beweise sollten ausreichen, ihn eine lange Zeit hinter Gitter zu bringen. Wenngleich wir ihm den Menschenhandel und die Beteiligung an Mia Hendricks' Tod nicht beweisen können." Das bedauerte sie so sehr, dass es einem inneren Feuer gleichkam, immer wenn sie daran dachte.

Gerberich bedachte sie mit einem tröstlichen Blick. „Kann ich für Sie noch was tun?", fragte Gerberich.

„Die Frage sollte ich Ihnen stellen. Sie liegen im Krankenhaus."

„Nein. Ich meine … Ich war Ihnen gegenüber an manchen Punkten nicht ganz … offen … und …"

„Vergessen Sie's!" Sonja sah kurz aus dem Fenster, als gäbe es dort eine Tafel, von der sie ablesen konnte, was sie zu sagen hatte. „Es war eine außergewöhnliche Woche. Und die verlangt außergewöhnliche Entscheidungen. Ich habe welche getroffen. Sie. Springer. Wer bin ich, darüber zu urteilen? Wir haben sehr gut zusammengearbeitet und den Mann schlussendlich erwischt, den wir gesucht haben. Punkt."

Dem war nichts hinzuzufügen. Aber ein kleiner Anflug von Erleichterung legte sich auf Gerberichs Gesicht.

„Springer", fragte Gerberich. „Wie geht es ihm?"

„Er ist zuhause. Ihm geht's gut. Außer, dass er sich langweilt und dieses … Zitat … bekackte Piepen ihn in den Wahnsinn treibt. Er ist noch krankgeschrieben. Es sieht nicht so aus, als würde der Tinnitus jemals wieder verschwinden. Darunter leidet er. Lässt es sich aber nicht anmerken."

„Das tut mir leid." Gerberich senkte den Blick.

Sonja hob die Stimme, grinste breit. „Dafür hat er sich wieder mit seiner Frau getroffen. Sieht gut aus."

„Heißt?"

„Keine Ahnung. Mehr hat er nicht gesagt." Sonja zwinkerte vielsagend. Gerberich nickte lächelnd. Es folgte längeres Schweigen.

„Sie müssen nicht länger bleiben", sagte Gerberich. „Es ist alles gesagt. Sie sollten nach Hause gehen. Trotz aller Angst … die ich verstehen kann … muss es doch sowieso irgendwann sein." Sonja lächelte und erhob sich. „Das dort allerdings …" Gerberich wies mit einem Nicken auf die flache Schachtel auf ihrem Schoß. „… ist doch aber bestimmt für mich, oder?" Sonja erinnerte sich, dass sie ihrem Chef eine Packung Pralinen mitgebracht hatte. Etwas, wofür er starb, wie man ihr erzählt hatte.

„Oh! Na klar!"

Sie reichte es ihm lachend.

*

Ihr Heimweg, für den sie eigentlich eine halbe Stunde gebraucht hätte, verzögerte sich um eine Stunde. Als sie zuhause eintraf, war sie schon nicht mehr allein. Thomas und Maya waren bereits angekommen. Ihre Tochter stürmte ihr im Flur entgegen und fiel ihr in die Arme. Sonja ging in die Hocke und fing sie auf. Sobald sich der kleine, warme Körper an sie schmiegte, kamen ihr die Tränen. Sie umarmte Maya, wiegte sie hin und her, und war froh, sie wieder zu spüren. Wie sehr sie sie vermisst hatte, war ihr jetzt erst klar.

Thomas blieb im Türrahmen stehen. Er sah auf seine Frau und seine Tochter hinab. Ihre Blicke trafen sich.

Und verloren sich wieder.

Maya lachte.

59

Jans polizeiliche Aussage war reine Routine gewesen. Man hatte genug gegen Thorsten Seidler in der Hand, dass man gar nicht erst über die Glaubwürdigkeit seiner Version nachdachte. Stefan Seidler blieb verschwunden. Das Gericht ging davon aus, dass ihm die Flucht vor Hendricks gelungen war. Hendricks hatte alles gestanden. Stefan Seidler hatte er nicht ein einziges Mal erwähnt. Da aber alles, was er zu Protokoll gegeben hatte, den Fakten entsprach, glaubte keiner, dass Hendricks, was Stefan Seidler anbelangte, gelogen hatte. Warum auch? Es gab keinerlei Veranlassung, an Jans Aussage zu zweifeln.

Im Polizeipräsidium hatte er Becca das letzte Mal gesehen. Er hatte versucht, sie zu erreichen. Die Nummer, die er von ihr hatte, existierte nicht mehr. Eine Wohnadresse hatte er nicht.

Er hatte Nadine im Krankenhaus besucht. Ihr ging es wieder gut. Doch auch Nadine konnte ihm nicht weiterhelfen. Becca war einmal bei ihr gewesen. Allerdings als sie schlief. Sie hatte ihr einen Brief dagelassen. Und ein paar Blumen. Nadine erlaubte Jan, den Brief zu lesen. Doch er enthielt kein Wort über ihn. Oder wo sie war. Er fühlte sich leer. Ausgenutzt. Und beschmutzt.

Nacht für Nacht wachte er schreiend auf. Auch wenn Maik tagsüber der Meinung war, dass es seinem Freund gutging, litt Jan in den Nächten Höllenqualen. Er wurde verfolgt, bedroht, verprügelt, sogar getötet. Das war dann immer der Moment, in dem er schreiend aufwachte. Und meist war es Becca, die mit einem Hammer, einem Messer, einmal sogar mit einer Gabel mit überdimensional großen Zinken auf ihn einstach.

Am Tag seiner Zeugenvernehmung zur Vorverhandlung vor Gericht, die das Ziel hatte, zu klären, ob man Seidler den Prozess machen sollte, sah Jan Becca wieder. Die Verhandlung fand im Justizzentrum Krefeld statt, das neben einem Zweig der Justizvollzugsanstalt, dem Amtsgericht auch das zuständige Landgericht beherbergte. Als Jan den Sitzungssaal verließ, die Tür schloss und sich kopfschüttelnd abwandte, sah er, wie eine Frau die Treppe links von ihm hinunterging. Er traute seinen Augen nicht. War sie es wirklich?

Ja! Becca!

Eine flammende Faust rammte durch seinen Bauch. Jan öffnete den Mund, wollte etwas sagen. Ihr Name lag ihm auf der Zunge, ließ sich aber nicht über die Lippen bringen.

Jan schwankte an die Balustrade vor ihm. Seine Beine bebten, seine zitternden Finger legten sich auf das glattpolierte Holz der Brüstung. Seine brennenden Augen folgten der schönen Frau die

Treppe hinunter, die entlang der gläsernen Front einen weiten Bogen beschrieb. Mit jeder Stufe, die sie ging, wippten ihre roten Haare hin und her. „Becca!", ächzte er.

Die Frau schien zu zögern, blieb aber nicht stehen. Sah auch nicht auf. Sie musste ihn doch gehört haben …

„Becca!", sagte Jan wieder, dieses Mal lauter, und hielt sich am Geländer fest.

Die Frau blieb stehen. Sie hatte den Fuß der Treppe erreicht und sah zu ihm auf. Das Lächeln in Jans Gesicht gefror. Und verschwand komplett. Der Blick, den Becca ihm zuwarf, war so kalt, so emotionslos, dass es einem verletzenden Schwerthieb gleichkam. Als hätte es nie eine Verbindung zwischen ihnen gegeben. Jans Mund stand offen, war aber außer Stande, etwas zu sagen.

Becca senkte den Blick und verschwand unter der Brüstung, auf der Jan stand. Hinaus aus seinem Blickfeld.

Hinaus aus seinem Leben.

*

In der Nacht bekam er Fieber. Jan schrie im Schlaf, wälzte sich hin und her. Maik eilte ans Bett seines Freundes und sah auf den schwitzenden Leib hinab, der sich unter dem Laken hin und her warf.

„Becca …", stöhnte Jan. „Becca."

Maik schluckte, fuhr sich mit den Händen durch die langen Haare. Er wusste nicht, was er tun sollte. Sollte er ihn wecken? Doch Maik war nicht gut in Dingen wie Trost zuzusprechen. Also tat er nichts weiter, als Jan zu beobachten.

„Becca … komm zurück!" Jan wimmerte. „Bitte, komm zurück!" Sein Kopf wirbelte von links nach rechts und wieder zurück. Maik schüttelte den Kopf, als wollte er sagen, was für ein armer Irrer sein Kumpel doch war, und wandte sich ab. Er erreicht die Zimmertür. Mit einem Schrei flog Jans Oberkörper in die Höhe. „Becca!"

Maik blieb wie angewurzelt stehen, wagte nicht, sich umzudrehen. Für einen Moment war nur Jans japsendes Atmen zu hören. Langsam drehte Maik sich wieder herum. Er schluckte.

Tröstende Worte lagen ihm auf der Zunge, doch er brachte sie einfach nicht hervor.

„Sie ist weg“, begann Jan und wischte sich mit der Hand über das schweißnasse Gesicht.

„Ja …“

„Sie kommt nicht zurück.“

„Nein.“

Jan zögerte. Dann schloss er die Augen und nickte. Er ließ sich zurück aufs Kissen fallen. „Gut.“

Dabei blieb es.

Sie verloren nie wieder ein Wort über diese Frau. Die Träume von ihr wurden seltener. Aber sie verschwanden nie ganz.

60

Der Justizvollzugsbeamte riss den Hebel herum und öffnete die schwere Tür. Hendricks stand bereit. Die Häftlingskleidung – dunkelblaue Hose, hellblaues Hemd – ließ ihn blass aussehen. Sein Gesicht wirkte teilnahmslos. Als er Sonja sah, hellten sich seine Züge auf. Sie glaubte sogar, dass er lächelte. Sie stand im Gang an der Wand des Zellentraktes des Justizzentrums gelehnt und sah den Mann an, der sie unzählige Tränen gekostet hatte. Und der ihr auf eine Art, die sie nicht erklären konnte, sehr nahestand.

„Schön Sie zu sehen“, sagte er. Seine warme Stimme hallte in den hohen Fluren wider. Sie glaubte ihm. Sie fühlte ähnlich, auch wenn Sie es niemals laut aussprechen konnte, geschweige denn wollte.

„Wie geht es Ihnen?“, fragte Hendricks.

„Gut. Danke. Und Ihnen?“

„Gut.“

„Sind Sie bereit, Hendricks?“ Die kalte Stimme des JVA-Beamten durchbrach den Moment, der etwas Intimes hatte, aber gleichwohl sehr distanziert war.

„Hab ich eine Wahl?“

„Nein. Willich wartet schon.“ Der Beamte meinte die Justizvollzugsanstalt Willich I im Stadtteil Anrath zwischen Krefeld und Mönchengladbach. Besagte JVA war für Männer zur Verbüßung ihrer Haftstrafe vorgesehen. Willich II war das Pendant für Frauen.

„Na, dann …"

Hendricks trat auf den Gang, nickte Sonja im Vorbeigehen zu. Sie sagte nichts. Erst als er an ihr vorbei war und er ihr den Rücken zugewandt hatte, fand sie ein paar Worte. „Es ist vorbei, Lars."

Hendricks stoppte, drehte sich aber nicht herum. „Was genau?"

„Seidler. Du hast es geschafft. Er wird für seine Taten bestraft. Wir werden ihn anklagen."

„Für was genau?"

Sonja zögerte. Doch sie wusste, dass das, was sie sagen würde, nicht das war, was er hören wollte. „Er wird wegen Mordes an dem arbeitslosen Jörg Koller angeklagt. Wegen Entführung Jan Holtmanns und Clara Rebecca Hermanns. Wegen versuchten Mordes an den beiden. Wegen unerlaubten Waffenbesitzes. Wegen …"

Hendricks drehte den Kopf. „Was ist mit Mia?"

Sonjas Augen füllten sich mit Tränen. Alle weiteren Worte waren ihr aus dem Mund gesogen und verschwanden wie Nebel. Mit einem Mal hatte sie das starke Bedürfnis, zu ihm zu gehen und ihn in den Arm zu nehmen.

„Leben Sie wohl, Frau Kommissarin." Hendricks blickte noch einmal über die Schulter zu ihr herüber, hob seine Mundwinkel zu einem vagen Lächeln, das seine traurigen Augen aber nicht erreichte. Er ließ sie stehen.

Nein, so darf es nicht enden, dachte sie.

61

Sonja machte sich auf eine fast einstündige Reise ins Sauerland nach Fröndenberg an der A 44. Dort lag das Justizvollzugskrankenhaus NRW. Der Patient, den sie dort besuchte, war

Thorsten Seidler.

Das Justizvollzugskrankenhaus lag circa einen Kilometer vom Zentrum der Stadt entfernt auf einer Anhöhe und war das größte und bestgesicherte JVK in der Bundesrepublik. Einer seiner bekanntesten Gäste war der Serienmörder Dieter Zurwehme gewesen. Der hatte es 1999 allerdings geschafft, aus der Haftanstalt fliehen zu können und hatte durch seine monatelange Flucht für medialen Aufruhr gesorgt.

Sonja lenkte ihren Wagen auf den Parkplatz vor der gut vier Meter hohen Mauer und suchte eine freie Parkbucht. Sie war nervös, angespannt. Was genau wollte sie eigentlich hier? Sie konnte es nicht sagen. Sie wusste nur, dass sie herkommen musste. Dass hier noch etwas zu erledigen war, was dieser Geschichte zu einem Ende verhelfen sollte. Etwas, das sie Hendricks schuldig war. Ihr Herz schlug schneller als gewöhnlich und ihre Hände, die das Lenkrad nicht loslassen konnten, waren schweißnass.

Sie brauchte eine Weile, bevor sie aus dem Wagen steigen konnte, stakste hinüber zum Eingang. Links neben dem imposanten Flügeltor, das nur wenig niedriger war als die gewaltige Mauer und durch das die Busse des Gefangenentransports wie durch eine Schleuse aufs Gelände gelangten, lag der Haupteingang für Besucher. Dort hatte Sonja sich auszuweisen und wurde von einem stoffeligen Kollegen, der keinen Pieps über die Lippen brachte, aufs Gelände geführt. Sie überquerten einen Vorplatz, der an einen Wendehammer erinnerte, und betraten das Hauptgebäude.

Zunächst begrüßte sie der Anstaltsleiter, André Lukowski. Er war ein mittelgroßer, leicht untersetzter Mann Anfang vierzig. Sympathisch, wie Sonja fand, aber mit ernsten Augen. Lukowski brachte Sonja zu Dr. Anton Reiff. Reiff war Urologe, wie Sonja erfuhr, und Thorsten Seidlers behandelnder Arzt. Er war ein gutaussehender Mann Mitte fünfzig. Seine kurzgeschnittenen Haare waren entlang der Koteletten grau meliert. Sein üppiger Oberlippenbart sorgte dafür, dass Sonja beim Anblick des Mannes an eine ältere Version des Schauspielers Tom Selleck erinnert wurde.

„Frau Krüger", begrüßte sie Reiff. Er hatte einen angenehm festen Händedruck. Das Lächeln, das er ihr schenkte, war freundlich.

„Herr Dr. Reiff", sagte Sonja, als sie den angebotenen Platz vor seinem Schreibtisch einnahm. Reiffs Büro lag auf der Sonne abgewandten Seite, war düster und kühl. „Schön, dass Sie für mich Zeit haben."

„Sehr gerne." Reiff lehnte sich in seinem Stuhl zurück und faltete die Hände über seinen flachen Bauch. „Was kann ich für Sie tun?"

„Wie geht es dem Gefangenen Seidler? Dem Patienten? Wie sagt man hier, Herr Doktor?"

„Wie Sie wünschen. Beides ist korrekt. In meinem Fall, da ich hier als Arzt tätig bin, ist Seidler für mich ein Patient. Wobei keiner der Patienten hier je vergisst, dass er nicht auch gleichzeitig ein Häftling ist. Obwohl es hier wie in einem herkömmlichen Krankenhaus aussieht, ist es doch auch eine gewöhnliche Haftanstalt."

Sonja nickte.

„Wie steht's nun um Seidler? Ich will nicht unhöflich sein, Herr Doktor, aber wird er zur Hauptverhandlung fit sein?"

„Was verstehen Sie unter fit?" Reiff verströmte eine solche Gelassenheit, wie er mit verschränkten Fingern in seinem ledernen Sessel saß, dass es Sonja wie eine Provokation vorkam.

„Ich meine, wird er wieder gesund? Werden wir diesem Verbrecher den Prozess machen können?"

„Selbstredend." Sonja nickte zustimmend. Doch Reiff fuhr direkt fort: „Aber es wird einige Zeit dauern, bis Herr Seidler bei seiner Verhandlung persönlich anwesend sein kann. Er hat schwerwiegende Verletzungen erlitten."

„Wie lange?"

„Das ist schwer zu sagen. Bei einem positiven Verlauf der Genesung … Wenn die weiteren Operationen ohne Komplikationen verlaufen sollten, dann können Sie von Minimum 15 Monaten ausgehen."

„15 Monate?" Sonja war entsetzt und unternahm keinen Versuch, dies zu verbergen. „Aber … um Gottes willen …", stotterte sie. „Was ist denn so … ich meine …?" Ihr Blick irrlichterte durch Reiffs Büro. Der Urologe ließ sich nicht aus der Ruhe bringen. Sonja sammelte sich, atmete durch, bevor sie weitersprach. „Sie sprachen von mehreren Operationen?"

„Frau Krüger." Reiff neigte sich vor und legte die Hände auf den Schreibtisch. Seine Stimme erinnerte sie an einen Lehrer, der einer dummen Schülerin das Einmaleins erklärte. Sonja ärgerte sich über den Mann. „Ich kann verstehen, dass Sie Ihrem Gefangenen schnellstmöglich den Prozess machen wollen, um Ihre Ermittlungen zum Abschluss zu bringen. Sie sind nicht die Erste, der es so geht. Ich weiß nicht, wie viele Ihrer Kollegen schon dort auf dem Platz gesessen haben, auf dem Sie nun sitzen, und mich gebeten haben, die Heilung voranzutreiben. Was ich aber nicht kann." Reiff lächelte gutmütig. Er lehnte sich wieder zurück und seufzte. „Eigentlich bin ich nicht befugt, Ihnen nähere Auskünfte zu geben. Aufgrund der ärztlichen Schweigepflicht. Sie verstehen. Die wird auch hinter diesen Mauern nicht aufgehoben. Aber ich verstehe, was in Ihnen vorgehen mag. Und deswegen möchte ich Ihnen etwas zum Grad der Verletzungen von Herrn Seidler sagen. Vielleicht …" Reiff malte Anführungszeichen in die Luft. „„… *hilft* es Ihnen, wenn Sie hören, dass der Aufschub für den Patienten eine alles andere als angenehme Erfahrung sein wird."

Sonja schluckte. „Ich höre."

„Man hat Herrn Seidler 4 Nietbolzen in den Genitalbereich geschossen, was das Gewebe dort fast vollständig zerfetzt hat. In der Notoperation, wo man versucht hat, die Nieten zu extrahieren, kam es zu solch heftigen Blutungen, dass Herr Seidler Gefahr drohte, durch den zu hohen Blutverlust zu versterben."

Und?, dachte Sonja kalt. Ob der Mediziner eine Ahnung hatte, was für einen brutalen Bastard er behandelte?

„Um den Blutverlust zu stoppen, sahen die Krefelder Kollegen keine andere Möglichkeit als die komplette Amputation des Penis und der Hoden."

Sonja spürte, wie ihre Augenbraue zuckte. Hatte sie gerade richtig gehört?

„Sie haben ihm …?" Sie konnte nicht weitersprechen. Es erschien ihr unvorstellbar. Doch Reiff nickte. Man hatte Seidler komplett entmannt. Vor ihrem inneren Auge tat sich ein Bild auf, das sie einerseits abschreckte, sie andererseits aber auch mit einer bestialischen Genugtuung erfüllte. Sie schüttelte den Kopf, um dieses abscheuliche Porträt zu verscheuchen. Seidler war nicht mehr nur ein Bastard. Nun war er auch noch ein schwanzloser Bastard!

Sie musste sich zusammenreißen, um nicht zufrieden zu grinsen. Gab es eine größere Gerechtigkeit als diese?

„Und nun?“, fragte sie.

„In mehreren langwierigen und auch sehr schwierigen Operationen wird dem Mann das Geschlechtsteil rekonstruiert. Aus dem Unterarm werden Muskeln entnommen, die als Implantat dienen. Um die Harnröhre zu rekonstruieren, nimmt man Schleimhäute aus den Wangen und die Haut wird aus der Innenseite der Oberschenkel genommen. Ich habe sogar schon von einem Kollegen gehört, der eine Penis-Transplantation von einem Kadaver vorgenommen hat. Aber das scheint mir in unserem Fall doch sehr … abwegig.“

Sonja sah den Mann nur an.

„Was geht Ihnen durch den Kopf, Frau Kommissarin?“ Reiff schien durch ihren Blick irritiert.

Sonja schluckte. Sollte sie dem Mann wirklich sagen, was sie dachte? „Warum machen Sie das? Solch einen … Aufwand betreiben … für diesen …“ Sie brach ab. Das Wort Mensch kam ihr nicht über die Lippen. Mann ebenso wenig. „Sie wissen, was Seidler alles getan hat?“ Sie verbesserte sich: „Getan haben soll?“

Reiff nickte. „Natürlich. Aber abgesehen davon, dass es unethisch wäre, diese operative Behandlung nicht durchzuführen, ist sie aus gesundheitlichen Aspekten zwingend notwendig, Frau Krüger.“ Reiff zögerte. „Bei Herrn Seidler ist es durch die Amputation zu Komplikationen gekommen. Nämlich eine Verengung der Harnröhre im … im Stumpf.“ Wieder zuckten Reiffs Zeige- und Mittelfinger durch die Luft. „Weiterhin ist es zwischen der Harnröhre und dem Enddarm zu einer Fistelbildung gekommen, was uns aktuell vor die Frage stellt, ob wir noch um einen künstlichen Darmausgang herumkommen werden.“ Reiff musterte sie. Sonja schwieg.

„Sie sehen, Frau Kommissarin. Diesem Mann geht es alles andere als gut. Er ist … gebrochen. Physisch und psychisch. Ich kann und ich will nicht über das urteilen, was man ihm vorwirft. Aber ich muss das tun, was mir mein Berufsethos vorschreibt.“

Für einen kurzen Moment herrschte Schweigen in dem kleinen Büro. Dumpfe Geräusche drangen von draußen herein.

„Herr Doktor …“, sagte Sonja und beugte sich verschwörerisch vor. Sie suchte nach den richtigen Worten. „Wenn man Seidler ein… Penisimplantat verpasst, oder wie auch immer man das nennen mag. Kann er … ich meine …“

Reiff nickte verstehend. „Er wird wieder über einen Penis *verfügen.*“ Wieder malte Reiff Anführungszeichen in die Luft. Es schien eine Art Tick bei ihm zu sein. „Aber es wird nicht dasselbe sein wie vorher. Zwar wird er wieder Wasser lassen können und mit Hilfe einer sogenannten Penispumpe ist es ihm auch möglich, eine Erektion zu simulieren. Aber mehr …“ Reiff brach ab, suchte nach fachgemäßen Worten. Vielleicht hatte er sich aber auch gerade in Erinnerung gerufen, dass er ihr als Arzt nicht so viel verraten durfte, wie er es gerade tat. Dennoch fuhr er fort: „Trotz fehlendem Geschlechtsteil hat er dennoch ein Lustempfinden wie jeder andere Mann auch. Das Lustzentrum sitzt im Hirn und ist nicht zerstört worden, nur weil sein Penis und seine Hoden dahin sind. Lust empfindet er weiterhin. Nur kann sie niemals befriedigt werden. Zumindest nicht über herkömmlichem Wege. Dieses Gefühl muss so entsetzlich sein, dass …“ Er sprach nicht weiter. Aber Sonja ergänzte seine Worte in Gedanken: Es muss so entsetzlich sein, dass es einer gerechten, ja, einer göttlichen Strafe gleichkommt. Sonja entspannte sich etwas. Sie merkte, wie ihre Schultern herabsanken, spürte ein Zucken um die Mundwinkel und hoffte, dass Reiff es nicht als selbstzufriedenes Lächeln verstand. Aber genau das war es.

„Kann ich zu ihm?“

*

Wenig später durchschritten sie in Begleitung eines großgewachsenen Justizvollzugsbeamten mit breiten Schultern und beachtlichem Bauch die Flure der JVK. Sie unterschieden sich nicht nennenswert von denen in gewöhnlichen Krankenhäusern, außer dass sie noch weniger freundlich wirkten. Sie umrundeten ein Schwesternzimmer, das wie ein Hochsicherheitstrakt anmutete, und steuerten auf eine graue Tür am Ende des Flures zu. Dort blieben sie stehen. Der Beamte zog einen Schlüsselbund hervor und schloss das Zimmer auf. Er ließ Sonja und Dr. Reiff eintreten.

Dass es sich bei dem Raum, den sie betraten, um ein Krankenzimmer handelte, verriet Sonja das sterile weiße Bett und der daneben abgestellte Rollcontainer, der ein Nachtschrank war. Dass es gleichwohl eine Häftlingszelle war, sagten ihr die längsverlaufenen Gitter vor dem Fenster.

„Herr Seidler", eröffnete Reiff, „hier ist Besuch für Sie."

„Kein Interesse." Seidlers Kopf war ihnen abgewandt. Er sah aus dem Fenster. Seine Stimme war leise, klang apathisch.

„Mein Name ist Sonja Krüger. Ich bin Kommissarin der Kripo Krefeld. Ich war …"

„Ich weiß, wer Sie sind."

„Ich würde mich gerne mit Ihnen unterhalten."

„Worüber?" Seidler sah sie an. Seine Augen schwammen in Tränen. Seine Wangen waren gerötet. Er sah aus wie der gebrochene Mann, den Reiff ihr beschrieben hatte. Die wütende Bestie, die sie in seinen Augen hatte funkeln sehen, als sie sich auf dem Friedhof bewaffnet gegenübergestanden hatten, war verschwunden, tot. Vernichtet. Zurückgeblieben war dieses Häufchen Elend.

Sonja fragte sich, ob sie Mitleid empfinden sollte. War sie doch an seinem Zustand nicht unschuldig. Sie sah ihm in die Augen und dachte an unzählige junge Frauen, die im Laderaum eines Lasters zusammengepfercht waren, um feisten Millionären als Sexspielzeug zu dienen.

Nein, war ihre Antwort. Dieser Mann verdiente kein Mitleid.

„Ich würde mich gerne allein mit ihm unterhalten."

Reiff warf einen Blick auf den Beamten, der an der Tür stehen geblieben war. „Das ist eigentlich nicht …"

„Ich weiß. Aber für mich allein wird es schon schwer sein, etwas aus ihm herauszubekommen. Aber wenn noch jemand …" Sie nickte in Richtung des Kollegen der JVK.

„Okay …", sagte Reiff nach einer Weile des Überlegens. „Aber wir sind direkt vor der Tür."

„Vielen Dank!"

Wenig später waren sie allein. Sonja zog einen Stuhl heran und setzte sich mit Abstand an die lange Seite des Bettes. Sie überkreuzte die Beine, stützte die Ellbogen auf den Oberschenkeln ab und neigte sich vor.

„In wenigen Wochen beginnt Ihr Prozess, Herr Seidler." Die Anrede ging ihr schwer über die Lippen. „Ich dachte, dass Sie mir vielleicht noch etwas sagen möchten." Aus ihrer Handtasche holte sie ein Diktiergerät hervor und schaltete es an. „Dienstag, 30. Juni 2019. Mein Name ist Kommissarin Sonja Krüger. Mir gegenüber liegt Thorsten Seidler im Krankenbett der JVK Fröndenberg. Herr Seidler …?", forderte sie ihn auf und hielt ihm das Gerät entgegen.

„Was wollen Sie?" Seine linke Augenbraue schwang in die Höhe. Für einen kurzen Moment wirkte er wieder wie das Tier, das er vor Hendricks Folter noch gewesen war.

„Mia Hendricks." Sonja blickte ihn herausfordernd an. Seidler sah wieder aus dem Fenster. „Reden Sie mit mir!" Sie zuckte mit dem Diktiergerät in seine Richtung. Als könnte diese Geste ihn zum Reden bringen. Resignation kam auf. Wie hatte sie nur annehmen können, dass Seidler mit ihr sprach? Ausgerechnet jetzt, obwohl sie es schon so viele Male probiert hatte.

Sie stoppte die Aufnahme. Betrachtete den Mann in dem Bett. Weitere Gefühle gesellten sich hinzu. Abscheu. Ekel. Und abschließend eines, welchess viel mächtiger, zerstörerischer war als alle anderen: Hass.

Dieser Mann. Er hatte …

Ihre Gedanken brachen ab. Verloren den Halt zu ihr, purzelten in ein schwarzes Nichts. Sie spürte, wie sie den Mund öffnete und Worte aus ihr hervorquollen, die sie zuvor nicht gedachte hatte.

„Komisch. Das Ganze. Finden Sie nicht auch?" Ihre Stimme klang fremd in ihren Ohren. Dass sie sprach, wusste Sonja nur, weil sie die Anspannung in ihrer trockenen Kehle spürte. „Dass gerade Sie, der sich mit erigierten Schwänzen millionenschwerer Rentner und anderer perverser Schweine ein Vermögen aufgebaut hat, nun selbst keinen mehr hochkriegen …"

Ihre Worte waberten durch das Zimmer, zogen sich über Seidlers Bett wie eine schwere Gewitterwolke zusammen und regneten Pfeile auf ihn herab. Seidler neigte den Kopf in ihre Richtung. Seine Augen bohrten sich in ihre. Die Leere war verschwunden. Etwas anderes funkelte in ihnen. Etwas Unheilvolles. Seine Unterlippe zitterte, verzog sich zu einer schiefen Maske.

Sonja beugte sich vor. Sie genoss den ätzenden Triumph, den ihre Worte bei ihm anrichteten. „Ich dachte, ich hätte Ihnen einen Gefallen getan, Ihren Tod verhindert zu haben. Doch in Wahrheit hab ich *mir* einen getan. Und Mia Hendricks. Und all den anderen Frauen, die Sie verkauft haben. Ihr zukünftiges Leben ist eine größere Strafe als der Tod, Sie jämmerliches Arschloch!“

Seidler öffnete den Mund. Ein schmatzendes Geräusch ertönte, wie wenn man zu wenig getrunken hatte und die Zunge einem am Gaumen klebte. Der körperliche Kampf, den er innerlich auskämpfte, nicht die Fassung zu verlieren, war selbst für Sonja spürbar, sodass ihre Schultermuskeln sich schmerzhaft zusammenzogen und ein spannungsgeladenes Zittern in ihren Oberschenkeln entstand. Zwei Worte waren seine Antwort auf ihre Provokation: „Fick dich!“

Sonja grunzte abfällig. „Gute Idee.“ Sie verzog das Gesicht. Ihr Daumen legte sich auf den Aufnahmeknopf. „Sie können es ja nicht mehr!“

Seidlers Oberlippe zog sich über seine Zähne zurück. Sie wirkten spitzer. Gefährlicher. Seine Augen waren voller Hass.

„Die Fleischattrappe, die man zwischen Ihre Beine nähen wird, ist purer Fake. Da geht nix mehr. Sie sind nur noch die lächerliche Kopie eines Mannes!“

„Halt die Fresse, du elende Schlampe!“, brach es aus Seidler hervor. Er schnellte hoch, stützte sich keuchend im Bett ab. „Ich mach dich fertig! Das verspreche ich dir! Ich zeig dir, wozu ich noch fähig bin. Ich hab schon ganz andere gefickt! Dich fick ich auch! In all deine verdammten Löcher. Mit allem, was ich hab. Und zuletzt wird es ein Messer sein. Mit dem ich dich aufschlitze! Du wirst beten! Dass ich dich töte, du mieses Stück!“

Das leise *Piep*, mit dem sie das digitale Diktiergerät wieder einschaltete, war wegen des Ausbruchs nicht zu hören. Sonja zitterte, wollte zurückweichen. Angst überfiel sie. Doch sie hielt Stand. Erwiderte den vor Hass lodernden Blick.

Seidler stieß einen wütenden Schrei aus. „Marquardt, dieses fette Schwein. Er ist an allem schuld. *Er* hat dieses Mädchen getötet. Das hat doch erst diesen verfickten Bruder auf den Plan gerufen. Er hat sie erschlagen. War völlig außer sich gewesen. Wusste nicht, was er tun sollte.“ Sonja musste sich überwinden, aber sie neigte sich vor. Das Diktiergerät in ihrer Hand zitterte. „Sie war so zugedröhnt gewesen, dass sie dem Fettsack in den Schwanz gebissen hat. Da ist er ausgeklinkt. Hat sie geschlagen, getreten. Immer und immer wieder. Bis sie tot war. Dann … kam er zu mir. Da ich ihn brauchte, half ich ihm. Was für ein Fehler! Wir versenkten sie im Linner Mühlbach. Wer war sie schon? Eine Nutte, eine tote Nutte. Nicht die erste. Wie konnte ich denn ahnen …?“ Seidler stockte, keuchte. Leiser sprach er weiter. Seine Augen gingen durch Sonja hindurch. „Ihr Bruder hat unangenehme Fraggen gestellt und wurde zur Gefahr. Mir war schnell klar, dass ich verschwinden musste. Wenn er mich für tot halten würde, wäre seine Jagd beendet gewesen. Also dachte ich, dass Stefan für mich sterben sollte! Nur leider konnte ich ihn nicht finden.“ Seidler brach ab. Er schnaufte, als hätte er einen Marathonlauf hinter sich. Und dann … Sonja konnte es kaum glauben … lächelte er. Verzog die Lippen zu einem grotesken, abstoßenden Abbild eines Lächelns. „Mein Plan war genial. Finden Sie nicht?“

Die eintretende Stille zwischen ihnen war greifbar. Sonja schluckte. Öffnete den Mund. Sie hob ihre Zunge sachte an, als wöge sie Tonnen. „Herr Seidler …“ Sonja hielt das Diktiergerät höher, räusperte sich und war bemüht, ihre Stimme fest klingen zu lassen. „Darf ich Ihre Worte als Geständnis verstehen? Vertuschung einer Straftat. Dadurch büßen *Sie* für den Mord an Mia Hendricks.“

Seidlers Augenbrauen zogen sich zusammen. Mit einem Mal schien es, als fiele die Temperatur in diesem Zimmer unter null Grad. Sonja fror. Die Hand, die das Diktiergerät hielt, bebte.

Seidler öffnete Mund. Ein Laut löste sich. War es ein Wort? Ein Ja? Oder doch nur ein erschöpfter Seufzer?

„Herr Seidler, ich verstehe Sie nicht.“

„Was …?“ Seidlers Blick war leer. Er wirkte erschöpft, ausgelaugt.

„Haben Sie Marquardt geholfen, Mia Hendricks‘ Leiche beiseitezuschaffen?“ Sie beugte sich weiter nach vorne, um kein Wort zu verpassen. Das war der Moment …

„Ich …“ Er krächzte. „Ja … hab … ich …“

„Danke, Herr Seidler!"

Klack.

Sonja stoppte die Aufnahme.

Seidler richtete sich auf, stützte sich mit den Armen ab. „Sie …", begann er. Weiter sprach er nicht. Seine Augen taten es für seinen Mund. Ein flammender Blick traf sie, verbrannte sie. Wollte zerstören. Wie eine eiserne Schelle umschlossen Seidlers Finger plötzlich ihren Hals und drückten zu. Pressten. Schnell wie eine Moräne war seine Hand unter der Decke hervorgeschnellt. Sie hatte sie nicht kommen gesehen. Ihr Mund öffnete sich reflexartig, doch außer einem hohlen Pfeifen drang kein Laut hervor. Sie spürte ihren Herzschlag unter seinen pressenden Fingern. In ihrem Kopf stieg der Druck. Ihre Augen fühlten sich an wie zwei prallgefüllte Luftballons, die kurz vorm Platzen waren.

„Ich. Töte. Dich", zischte Seidler.

Sie spürte seine Worte mehr, als dass sie sie hörte. Sterne tanzten vor ihren Augen, rollten in ihren Höhlen umher. Sie suchte einen Ausweg, eine rettende Waffe, irgendwas. Doch es gab nichts.

Ich sterbe, dachte sie. Sie spürte, wie sie an Kraft verlor. Sie sackte vornüber, stützte sich auf dem Bett ab, um nicht auf Seidler zu fallen.

Ich will nicht sterben … ich …

Wie ein Impuls durchströmte sie plötzlich eine Erkenntnis. Eine Art Überlebensreflex überkam Sonja, sie holte mit dem rechten Arm aus und donnerte Seidler das Diktiergerät an die Schläfe. Sein Kopf stieß in das Kissen, doch seine Kraft ließ nicht nach. Sie schlug ein weiteres Mal zu. Immer und immer wieder. Doch Seidlers Hass war übermächtig. Er ließ nicht locker. Sonjas Blickfeld schmälerte sich. Nebel kam auf. Schleierwolken bildeten sich am Rand ihres Sehbereichs und waberten zur Mitte. Nicht mehr lange und sie würde …

Nein!

Sie holte ein weiteres Mal mit dem rechten Arm aus und schlug zu. Doch statt wieder Seidlers Kopf als Ziel zu nehmen, rammte sie ihm das metallene Gehäuse des Diktiergerätes mit seinen scharfen Ecken mit Wucht in die Kraterlandschaft zwischen seinen Beinen. Seidler heulte auf, schrie wie ein Tier. Es war ein Laut, der an Entsetzen und Schmerz nicht zu überbieten war.

Er ließ von ihr ab. Sonja stieß sich von ihm weg. Fiel auf den Boden. Sie versuchte zu atmen, doch kaum Sauerstoff fand den Weg in ihre Lungen. Es war ihr, als hatte er die Luftröhre zerquetscht. Sie keuchte, krächzte, fiepte. Ihre Hände hielten ihren Hals, ihre Finger massierten die Muskeln, als könne sie ihren Rachen fürs Atmen geschmeidiger machen.

Zwei Gestalten stürmten herein. Sonja nahm sie kaum wahr. Zu dicht war der Nebel vor ihren Augen, zu sehr flirrten die schwarzen Punkte. Ein JVA-Beamter und eine Krankenschwester. Er hatte Fesseln dabei, sie eine Spritze. Es dauerte nicht lange und Seidlers umherschlingernde Arme waren an den Seiten des Bettes fixiert. Er röchelte, seine Augen verdrehten sich in den Höhlen, dass nur mehr das Weiße zu sehen war. Er war sediert. Blut rann aus einer Wunde am Kopf, wo sie ihn mit dem Diktiergerät getroffen hatte, seine Wange hinunter.

In der Zwischenzeit war auch Dr. Reiff aufgetaucht und half Sonja auf die Beine. Der Nebel schwand langsam. Zitternd ließ sie sich von ihm auf einen Stuhl setzen. Er sah ihr in die Augen, beobachtete ihre Pupillenreaktion. Er hielt ihre Hände, die nicht aufhörten zu zittern.

„Was ist passiert?“ Reiff klang besorgt.

„Nichts …“, krächzte sie.

„Aber … aber … was soll das hier sein?“ Empört schoss Dr. Reiff in die Höhe und wies mit dem ausgestreckten Arm auf den wie tot daliegenden Thorsten Seidler.

Epilog

Das Mädchen stand nackt in der Glaskammer. Sie hielt die Hände vor ihre Scham, ihr Kinn ruhte auf der Brust. Ihre langen, blonden Haare fielen vorn über ihr Gesicht, ihr Antlitz war nicht zu erkennen, und verdeckten ebenso ihre kleinen, zarten Brüste. Vier Augen starrten sie an. Von vor der Glaskammer. Der Mann und die Frau saßen in zwei tiefen Sesseln, die Hände entspannt auf die breiten Armlehnen abgelegt. Zwischen ihnen stand ein kleines rundes Tischchen, auf dem zwei Gläser standen mit einer malzbonbonfarbenen Flüssigkeit darin. Der Mann nahm das seine und trank einen Schluck. Er wandte sich der Frau zu, stellte das Glas wieder fort.

„Sie soll sich gerade hinstellen", sagte er. Er sprach mit einem harten Akzent – osteuropäisch.

Die Frau nickte. Sie betätigte einen kleinen Knopf, der an der Vorderseite der rechten Armlehne eingelassen war. „Stell dich gerade hin!"

Das Mädchen in der Glaskammer zuckte zusammen. Ihre Schultern zitterten. Sie weinte. Doch es war nicht der leiseste Laut zu hören. Zum Glück. Es reichte, die Bälger flennen zu sehen. Ihr Gewinsel … nein, das war geschäftsschädigend.

„Gerade hinstellen!", sagte die Frau, während sie erneut den Sprechknopf betätigte.

Das Mädchen nickte aufgeregt. Sie hob den Kopf, straffte die Schultern. Ihre Haare fielen ihr aus dem Gesicht. Ihre Wangen wiesen rote Flecken auf, auch ihre Augen waren gerötet. Ansonsten war sie makellos schön zu nennen. Ihre Brüste hoben sich in die Höhe, klein und spitz. Die Frau bemerkte, wie der Mann neben ihr sich eine neue Sitzposition suchte.

„Schön", sagte er. „Wenn man von den Tränen und dem verheulten Gesicht einmal absieht."

„Sie hat gerade ihre Zwillingsschwester verloren."

„Sie haben zwei von ihr?" Seine Stimme klang nach großem

Interesse.

„Nicht mehr."

Der Mann und die Frau tauschten vielsagende Blicke.

„Ist sie noch Jungfrau?"

„Ja."

„Wie alt?"

„Vierzehn."

„Sie soll sich herumdrehen."

Die Frau befahl, das Mädchen gehorchte. Der Mann zog eine Augenbraue in die Höhe. Das Mädchen gewann immer mehr an Zuspruch.

„Wie viel?", fragte er.

„Eine Million."

„Stolze Summe."

Die Frau nahm ihr Glas und trank einen Schluck. „Sie ist jeden einzelnen Cent wert. Versprochen."

„Davon würde ich mich gerne selbst überzeugen."

Diesmal war es an der Frau die Augenbraue hochzuziehen. Sie nahm einen weiteren Schluck und schien zu überlegen. Sie leerte das Glas und stellte es zurück auf das Tischchen. „Vergessen Sie's. Nehmen Sie sie. Für eine Million. Oder lassen Sie's. Andere werden sich die Finger nach ihr lecken." Die Frau erhob sich, blickte auf den Mann herab, der sie ausdruckslos ansah. „Schönen Tag noch", sagte die Frau und wandte sich ab.

„Warten Sie!"

Die Frau blieb stehen, drehte sich aber nicht herum.

„Wir sind im Geschäft, Frau …?"

„Was sind schon Namen?", antwortete die Frau. „Deal?"

„Deal", sagte der Mann.

Die Frau grinste und ihre Zunge liebkoste von innen das kleine Loch in ihrer Unterlippe, wo sich vor wenigen Monaten noch ein Piercing befunden hatte.

Danksagung und so weiter …

Eine lange Reise geht zu Ende. Sie hat im Oktober 2018 begonnen und war eine Achtbahnfahrt der Emotionen. Euphorie, Freude, Stolz und natürlich jede Menge Spaß kamen ebenso vor wie Mut- und Hilflosigkeit, aber auch Verzweiflung. Nun – fast vier Jahre später – ist die Geschichte um Sonja Krüger und Jan Holtmann erzählt. Und es fühlt sich gut an. Ich litt mit Jan – denn als er in mein Leben trat und sich wahnsinniger Weise zum Komplizen einer Mörderin machte, hatte ich nicht den Hauch einer Ahnung, wie es für ihn ausgehen würde –, und ich fieberte mit Sonja. Die, wenn ich es richtig betrachte, gar nicht geplant war. Sie mogelte sich in die Geschichte und machte sie zu ihrer. Auch wenn sie mir nicht immer sympathisch war, hab ich sie doch in mein Herz geschlossen. Ich hoffe, Ihnen geht es wie mir und dass Sie mehr von ihr erfahren wollen …

Als Gerd Fischer vom mainbook Verlag und ich uns 2017 dazu entschlossen, dass der *Friedhofsänger* früher als geplant seine letzte Geschichte erzählen sollte, wollte ich etwas Anderes ausprobieren. Weg vom Horror und Übersinnlichen. Ich wollte einen Thriller schreiben. Wie die jener Herren, die ich so gerne lese. Andreas Gruber, Linus Geschke, Arno Strobel … Und dieses Mal – das war mir klar – musste ich anders an die Sache herangehen.

Während ich beim Schreiben des *Friedhofsängers* noch auf ein gepflegtes Halbwissen zurückgreifen konnte, wusste ich, dass das für *Komplize* nicht mehr ausreichte. Ich musste „richtig" recherchieren. Ich brauchte Menschen, die ich fragen konnte, wie die Wirklichkeit aussah. Dass mein Thriller eben nicht nur reine Fiktion, sondern auch einen wahren Kern besitzen musste.

Für all meine Fragen – und viele davon durfte sie wirklich zum Kopfschütteln bewogen haben – möchte ich mich bei den Mitarbeitern der Pressestelle der Polizei Viersen bedanken: Michael Radloff, Polizeioberkommissar, und Antje Heymanns, Kriminalhauptkommissarin. Ich hab so viel Neues erfahren, was mich Krimis im Fernsehen nun mit ganz anderen Augen sehen lässt. Allerdings ist vieles von meinem neugewonnenen Wissen dem Rotstift zum Opfer gefallen. Denn der versierte Krimi- und Thrillerleser weiß, im Gegensatz zu mir, dass die Tatortsicherung der Beamten vom Wachdienst *Erster Angriff* heißt.

Ein ebenso großer Dank gilt meinem Kontakt zum Rechtsmedizinischen Institut Düsseldorf, der leider nicht genannt werden möchte. Es war ein ebenso spannendes, wie kuriosmorbides Gespräch einen Tag vor unserem Urlaubsantritt 2019. „Am besten können Sie Ihr Opfer umbringen, indem Sie …“ Es war sehr aufschlussreich. Ich hoffe, ich habe alles korrekt wiedergegeben.

Danken möchte ich auch Frau Dr. Claudia Aguirre. Obwohl keine Urologin hat sie sich tief in das Thema der Penisamputation und –implantation hineingefuchst. Neben der fachlichen Darstellung war es Ihre Aufgabe Thorsten Seidler leiden zu lassen. Das ist ihr gut gelungen! „Gehen Sie bitte vom schlimmsten Verlauf aus!“ war die Aufgabenstellung. Ich denke, vielen Lesern ging es ähnlich wie mir, dass Sie Thorsten Seidler am Ende lieber Tod hätten sehen wollen. Aber Sonja war dagegen. Dafür aber musste er so richtig leiden!

Eine besondere Erwähnung muss Clara Rebecca Hermanns bekommen, die nicht nur eine meiner ersten Testleserinnen war, sondern auch die Namensgeberin für eine der Hauptfiguren. Für beides vielen Dank. Ihr erstes Lesen der Geschichte hat mich in vielen inhaltlichen Fragen positiv beeinflusst. Danken möchte ich ihr auch für die beiden Gitarrenwandhalterungen …

Als Handlungsort wählte ich die Stadt Krefeld am Niederrhein. Kevelaer, das noch für den *Friedhofsänger* herhalten musste, war leider zu klein. Während meiner Arbeit an *Komplize* habe ich Krefeld mit ganz neuen Augen gesehen. Bislang war es für mich eine der hässlichsten Städte, die ich kenne. Aber ich habe wirklich wundervolle, malerische und faszinierende Ecken dieser Stadt entdecken dürfen. Zum Beispiel den wirklich imposanten Hauptfriedhof mit seiner Trauerhalle oder das düster anmutende, ehemalige Krematorium. Auch wenn meine Frau von unserem Sonntagsspaziergang über den Friedhof wenig erbaut war …

Wenn nicht alles, was ich beschrieben habe, stimmt, möchte ich mich im Vorfeld bereits entschuldigen.

Fairerweise sollte ich sagen, dass das Kinderheim St. Christopherus nur Fiktion ist. Dort, wo ich in Krefeld das ehemalige Kloster hingestellt habe, befindet sich eigentlich das Zentrum der schulpraktischen Lehrerausbildung am Schönwasserpark, der an einem sonnigen Frühlingstag einen Ausflug wert ist.

Vielen Dank auch an Florin Sayer-Gabor für die coole Covergestaltung.

Der größte Dank aber geht an Verlagsinhaber, Autor und Lektor Gerd Fischer für seine enge Begleitung, sein Vertrauen in mich, Sonja und Jan, und die sensationelle Zusammenarbeit. Ich habe mal wieder sehr viel gelernt.

Nun ist die Reise zu Ende.

Vielleicht aber auch nur ein Zwischenstopp. Mal sehen.

Ich danke Ihnen, liebe Leserin, lieber Leser, für die Zeit, die Sie mir und meiner Geschichte gewidmet haben.

Kevelaer, 21.03.2022